Farley Mowat

鹿之民

PEOPLE
OF
THE
DEER

〔加〕法利·莫厄特
舒兰 骆海辉

译 著

GUANGXI NORMAL UNIVERSITY PRESS
广西师范大学出版社
·桂林·

鹿之民
LU ZHI MIN

著作权合同登记号桂图登字：20-2021-181 号

图书在版编目（CIP）数据

鹿之民 / （加）法利·莫厄特著；舒兰，骆海辉译. --桂
林：广西师范大学出版社，2022.10
（自由大地丛书）
书名原文：People of the Deer
ISBN 978-7-5598-5389-9

Ⅰ．①鹿… Ⅱ．①法… ②舒… ③骆… Ⅲ．①纪实文
学－加拿大－现代 Ⅳ．①I711.55

中国版本图书馆 CIP 数据核字（2022）第 167622 号

广西师范大学出版社出版发行

（广西桂林市五里店路 9 号　邮政编码：541004）
（网址：http://www.bbtpress.com）
出版人：黄轩庄
全国新华书店经销
广西民族印刷包装集团有限公司印刷
（南宁市高新区高新三路 1 号　邮政编码：530007）
开本：880 mm × 1 240 mm　1/32
印张：13.375　　字数：260 千
2022 年 10 月第 1 版　　2022 年 10 月第 1 次印刷
定价：78.00 元

如发现印装质量问题，影响阅读，请与出版社发行部门联系调换。

谨以此书献给 ——

奥霍托的朋友弗朗西丝

"我仍与荒原紧密相连，而那维系之线，除了脑海里的记忆碎片，还有一种更为强烈的情感。真情实感发乎于心，对于荒原上的男男女女，我永远感激不尽，是他们借我以智慧的双目，让我有幸透过过往岁月的黑暗虚空，瞻顾了掩埋在时间长河里的遗迹古物，走进了荒原先民的生活日常和心灵深处。这是荒原人赠予我的珍贵礼物，值得我用文字来回馈、来反哺。"

法利·莫厄特小传

法利·莫厄特（Farley Mowat，1921—2014）是一位多产的作家，著有40多本书，也是一位直言不讳的环保积极分子。莫厄特对自然世界的热爱和保护自然的强烈愿望贯穿于他所有的作品中，其中包括小说、儿童读物，以及他游历加拿大北极地区、西伯利亚和其他地方后写下的令人惊叹的游记。他的书已被翻译成52种语言。1981年，莫厄特被授予加拿大官佐荣誉勋章（Officer of the Order of Canada），这是加拿大的最高荣誉之一，以表彰他对全人类的贡献，因为他的影响远远超出了他的祖国的边界。

莫厄特1921年5月12日出生在加拿大安大略省的贝尔维尔市（Belleville, Ontario）。1933年，莫厄特全家搬到了萨斯卡通市（Saskatoon）。十几岁时，莫厄特在该市的报纸《凤凰星报》（*The Star Phoenix*）上发表了一篇关于鸟类的专栏文章。二战期间，莫厄特在意大利的加拿大第一步兵师服役，最终晋升为上尉。莫厄特在他1979年出版的《没有鸟儿歌唱》(*And No Birds Sang*)一书中描述了他的服役经历和反战意识的逐渐觉醒，这本书被许多人认为是伟大的反战回忆录之一。战后，他进入多伦多大学学习动物学，并作为学生参加了一次观察性质的自然探险，这成为他人生中一次非常重要的经历。这一时期，莫厄特和他的动物学同学弗兰克·班菲尔德（Frank Banfield）一起，开始意识到在加拿大原住民因纽特人（Innuit）中肆虐的贫困和饥饿，他由此下决心在职业生涯中捍卫这一族群的权利。

大学毕业后，莫厄特继续担任美国博物学家弗朗西斯·哈珀（Francis Harper）的田野研究员，研究努纳武特地区努埃尔廷湖（Nueltin Lake, Nunavut）的北美驯鹿。他还与后来成为加拿大野生动物局首席哺乳动物学家的弗兰克·班菲尔德合作，对贫瘠土地上的北美驯鹿进行了研究。莫厄特在北部地区与野生动物和当地人的相处，为他的写作提供了大量素材。

1952年，莫厄特出版了他的第一本书《鹿之民》(*People of the Deer*)，这本书是根据他在加拿大偏远地区基韦廷（Keewatin）旅行时遇到贫困的伊哈米特人（Ihalmiut）的经历写成的。该书一出版即获得广泛好评，并在1953年获得了阿尼斯菲尔德-伍尔夫图书奖（Anisfield-Wolf Book Award）——美国的一个旨在表彰那些关注种族歧视、展现文化多样性的重要作品的奖项。

然而，这本书也引发了争议，一些评论家认为莫厄特虽沉醉于北方文化，但对北方文化的了解却不像他声称的那样广泛。1996年，约翰·戈达德（John Goddard）在加拿大杂志《星期六之夜》（*Saturday Night*）的一篇文章中写道，莫厄特曾经告诉他，"我从不让事实妨碍真相"。莫厄特解释说，他做的所有工作，最重要的目的是唤起人们对环境破坏、野生动物受到虐待和原住民所处困境——那些长期不为公众所知的真相的关注。对这本书的一些批评源于对莫厄特写作风格的误解。莫厄特与同时代的杜鲁门·卡波特（Truman Capote）一样，被认为是新兴的具有创造性的非虚构流派的先驱，他的作品兼具文学性和新闻性。

莫厄特最著名的作品是《与狼共度》（*Never Cry Wolf*），这是他1963年在加拿大亚北极地区的狼群中生活的真实记录。起初，莫厄特的任务是找出狼群捕杀北美驯鹿的原因，但后来他反而发现，狼是一种以家庭为中心、行为复杂的动物，并不是人们认为的那种嗜血野兽。《与狼共度》一书被认为改变了公众对狼的看法，挑战了猎人和政府根除狼的计划，这些计划一度威胁到了世界各地狼的生存。作为对这本书的回应，读者们开始保护这个物种不被滥杀，渐渐地，许多国家取消了打狼的赏金，包括那些狼的数量仍然很庞大的国家。当这本书被翻译成俄语并在苏联出版时，公众的愤怒促使苏联政府立刻下达了禁止捕杀狼的命令。《与狼共度》于1983年被改编成一部大型故事片。

莫厄特的其他作品包括小说、回忆录、儿童读物和致力于拯救非洲山地大猩猩的博物学家戴安·福西（Dian Fossey）的传记。他获得了许多奖项和荣誉，包括因他的儿童读物《迷失在荒原》(*Lost in the Barrens*)而获得的加拿大总督奖（Governor General's Award），加拿大百年勋章（Canadian Centennial Medal），伊丽莎白二世银、金和钻禧勋章（Queen Elizabeth II Silver, Golden, and Diamond Jubilee Medal），以及第一个国家户外图书奖（National Outdoor Book Award）的终身成就奖。海洋守护者协会（Sea Shepherd Conservation Society）将一艘负责监控非法捕鱼活动的海洋守护船命名为"法利·莫厄特号"考察船（RV Farley Mowat）。莫厄特也被任命为北美原生植物协会（North American Native Plant Society）的名誉会长。

莫厄特于2014年5月6日在安大略省的霍普港（Port Hope）家中去世，享年92岁。

iv

目　录

序　言

　　一天傍晚，落日在地平线上盘桓。我坐在一个异族男人身旁，极目远望。眼前的景色气势恢宏，颇为壮观，我却找不到描述它的语言。

　　我们脚下是贫瘠的荒原。幽暗处处，波澜起伏，一股生命的洪流从昏黑的南方奔涌而出，席卷世界，吞噬世界，沉入生命的大海。空气中弥漫着生命的气息，呼吸声、奔跑声，好像猛然而起的一阵狂风，又好像那些本无生命的冷酷岩石，从世代积淀的坚硬中迸发出烈焰，宣告着神圣的生命权。

　　在我身边的男人凝目注视的前方，一群数量巨大的兽类迅猛奔驰，隆隆如潮水般向我们扑来。他似乎伸出了心灵的双手，正在迎接那生命的狂潮——惊涛骇浪、铺天盖地、横扫一切的狂潮。

　　我有些害怕。那个男人已经不见了，从我的身边溜走，投入那生命的洪流，但他是怎样做到的又让人捉摸不透。那时，他欣喜若狂，悄声离开。他的心灵一直在寻觅这个占据了他的家园的生命群体，现在他找到了。于是，他与它们合而为一。

对此，我还没有搞明白。在这里我不过是个外来人。之前坐在我身边的那个男人，却一直属于这片土地。不仅如此，他身上还有一些不可思议的东西，深奥得令人叹为观止。

夜幕已经降临，但那人还没有回来。荒原上没有一丝光亮，四周一片黢黑，充满了万千心脏跳动的力量，汇聚了无数微弱难辨的生命回响。天太黑，什么也看不见，不过我能感觉到，那人正面对着我，直直地盯着我。他说话又轻又慢，而且有如魔鬼现身一样，不太连贯。

"图克图米（Tuktu-mie）……"低沉的声音徐徐飘来，"这才是这里的主人啊——驯鹿军团……"

序言（1975年版）

1952年，《鹿之民》（*People of the Deer*）出版。但在那时，我根本找不到官方文件来佐证大部分的故事内容。本书严厉抨击了"古老北方帝国"的一些机构——传教使团、加拿大皇家骑警队（Royal Canadian Mounted Police, RCMP）、贸易公司和联邦政府部门。他们手握全部的官方"证据"，却拒绝承认自己的疏漏，也没有向我提供委托证明。因此，我不得不谨慎行事，为部分人物用了化名，就连一些已经确认的事件，我也不得不写下虚构的时间和地点。

1959年，我的写作条件发生了巨变。这一年，在创作《绝望者》（*The Desperate People*）时，我获得了一些必要的资料——有关真相的书面"证据"。因此，在《绝望者》一书中，所有人名都是真的，对所有事件的呈现也都保留了它们真实的时空背景。读者倘若在这两本书里发现了明显的内容出入，那么以《绝望者》的相关表述为准即可。

1959年出版的《绝望者》是我为《鹿之民》而书写的续集。我在序言中写道："加拿大极地地区阴沉的地平线上，多次出现了闪电的迹象，迟到的终归来了，然而，这可能仅仅只是冬季里极地虚假日出的幻影……"

这些话是在十五年前说的，而我们今天已经证实了极地日出确实只是幻象。20世纪的前半叶，我们的社会对因纽特人的生活，尤其是他们的身体造成了一定破坏。这一情况在今天已有所好转，至少可以说，很少再有因纽特人因为社会的忽视而死于身体疾病。

从1960年前后至今，我们做了大量的工作来保障他们基本的物质生活条件。但与此同时，我们奉行的政策又足以摧毁他们的精神世界。我们强迫他们放弃他们民族自古以来的思想观念和生活方式，去适应现代社会的生活模式。在这一点上，我们冷酷无情，不遗余力。同化他们是我们的目标……但最终带来的是深重的灾难。

1974年，加拿大的因纽特人几乎全部被迫远离家园（其实那里也早已不再是他们的家园），居住在现代社会的贫民区——生活条件大都比黑人居住区还要糟糕。这些人造的因纽特人定居点，位于加拿大北部边缘，总数不超过二十个。在那里，他们主要依赖各种名目的福利金养家糊口，不再像从前一样从土地和大海中获取食物了。

实际上，他们生活在没有安全保障的集中管制区，彻底失去按照自己的意愿和方式去生活的自由，只能依靠基本的生活物资苟延残喘。我们确保他们不再死于饥饿，这为我们的民族良知找到了些许安慰；却强行剥夺了他们满足自己内在需求的生活权利——只有这种以自己的意愿和能力讨生活的权利，才能让他们作为有生命的人类而存在。

种族灭绝可以通过多种方式进行啊！

《绝望者》写于1952年至1959年间，可"绝望者"至今仍然没有希望。不同的是，现在的绝望者几乎包括所有的加拿大原住民——印第安人、因纽特人和混血种人。我们的社会永远不会接受他们，除非他们甘愿成为二等公民，永远生活在西方人的影子之下。为了脱离这样的社会而生存，他们做出了最后的拼死一搏。这是一场终极决战，只为按照自己认同的生活方式立足于世界；这是一场终极决战，只为赢得自由，活出自己的精彩。

一直以来，我们以生于民主国家而自豪，甘愿为自由献祭自己的一生。可这是哪些人的自由呢？如果我们追求的自由，是以牺牲他人的自由来满足的，那么，我们虔诚坚守的立场，甚至比公然实行专制的暴君更令人憎恶——我们的自由建立在虚伪之上，这是何其卑鄙啊！

为了拥有自由，我们必须给予他人自由。让我们大肆夸耀的自由信念接受检验吧！我们夺走了原住民在这片土地上生活的自由，现在还给他们吧！倘若我们连这一点都做不到，那么，厄运不仅会降临到他们头上，也会降临到我们自己头上。

人生苦短，韶华易逝，我们唯有把握现在。我将此书再版，希望它可以帮助我们了解并承认我们自己的罪恶——在这里，在这个国家，我们曾经在自由民主的庇护下犯下反人类的罪行；如今，我们打着更微妙的幌子还在继续犯着这样的罪行……

法利·莫厄特于加拿大安大略省霍普港

1974年3月

故事的由来

　　1935年春，我第一次深入北极地区。那一年我十四岁，又矮又小，在舅爷的监护下才顺利完成了自己的极地之旅。舅爷弗兰克空闲时喜欢研究飞鸟，对鸟类有一种特别的狂热。其实，但凡是野生的动物或植物，他都甚为着迷，这给我留下了永久的记忆。在我的家乡萨斯卡通绵延起伏的草原上，常有这样那样的动物出没。所以，我从六岁开始，就对动物产生了浓厚的兴趣。我家住在城西，我养过的宠物有臭鼬、土狼、乌鸦、囊地鼠和响尾蛇等等。它们性情不一，但在我眼里，它们都是人类的朋友。唐腾印第安人保留区（Dundurn Indian Reserve）有一群游牧民的孩子，我养过的宠物几乎都是他们帮我挑选的。他们破衣蔽体，粗野顽皮，但和我一样，都对广袤草原上自由自在的生活怀有一种奇怪的向往。我渴望与原始生物亲近，这份渴望从未停息过，这是父亲留给我的遗产，也是在舅爷弗兰克的影响和指引下逐渐产生的。舅爷每年都要去一次北极古老的苔原地带，这次他应我母亲的请求，带上我一起去朝拜他心中的圣地。在那里，我们将与北方的飞鸟共度夏季。我对那些鸟类充满了好奇，它们的名字听起来极为神秘，而且，在我们人类出现在北极之前，它们就生活在那里了。

1935年5月的第一周，草地鹨飞临萨斯卡通，这标志着春天来到了草原——舅爷弗兰克就在这个时候来到我家。他又高又瘦，饱经风霜，但浑身充满力量，似乎任何苦难都打不垮他。多年来，他一直在亚伯达（Alberta）的农场种小麦，日子过得很苦，好像天天都在战斗——同坚硬的土壤战斗，同突降的冰雹战斗，同小麦的枯萎病战斗……好在他有用不完的力气，才拿下了不错的战绩。现在他快七十岁了，终于可以沉醉于自己毕生的爱好了。所以，每当春暖花开，他都会去很远的地方观鸟，他一直渴望了解、弄懂那些飞鸟的生活习性。

在幼年的我看来，满身泥土的舅爷弗兰克身上，透着一股奥林匹斯诸神的威严。我站在他的身边，就像一片在风中摇曳的草叶。他高出我一大截，站着看我时简直是在俯瞰。他把我审视了一番，眼里流露出来的神情无以言状，但似乎又是满意的。所以，在来到萨斯卡通的第二天，他就带着我向温尼伯（Winnipeg）进发了。温尼伯是通往北极陆地的主要入口。我们漫长的旅程开始了。

从温尼伯出发，铁路蜿蜒向西，穿过大片大片的麦田，画出一道道弯弯的曲线。这里原本是古阿加西湖[1]，后来随着最后的冰川而消亡了，只留下平坦的河床和厚厚的沃土。然后，列车转而向北，奔驰在同样平坦的农田之间，经过一个又一个小村落——每个村庄都有两个标志物，一是东正教教堂凸起的尖屋顶，一是方方正正有如纪念碑的谷仓。慢慢地，农田黑土上零散地有了些树木，就像森林的爪子。最后，这些粗糙的爪子紧缩在一起，草原不见了，列车开进杂乱的密林。

现在，列车行驶得更加小心了。这片土地对于外地人来说，环境极为恶劣。列车向北，驶过低矮的丛林，那里是克里族印第安人（Cree Indians）生活的家园。机车的排气声呜呜响起，列车来到边境小镇帕斯（Pas）。驶过一排破败的建筑，列车愉快地调转车头，驶向南方，匆匆离开了这片没有丝毫特色的森林和泥岩沼泽地。

然而，帕斯还不是铁路的尽头。随着边境线北移，这里不再是热闹的定居点，破旧的房屋愈发衰败不堪。帕斯被称为南部终点站，实际上是惯于做表面文章的政客们用来骗人的把戏。生活在加拿大首都的那些政客，"骄傲"地把这条铁路命名为"哈德逊湾铁路"，但当地人却称行驶在这条

---

[1] 古阿加西湖（Lake Agassiz）是历史上最大的冰缘湖，长1100公里，宽320公里，一度流经今天加拿大的曼尼托巴省、安大略省和萨斯喀彻温省，以及美国的北达科他州、明尼苏达州的部分地区。——译者注

铁路上的列车为"马斯基格快车"[1]。这条铁路像同样穿行于荒野的西伯利亚大铁路一样，既难以行驶，又经常出状况，所以，马斯基格快车在美洲大陆没有"亲戚"，通行条件之差，再无其他铁路可比。铁路向北延伸，需要越过五百英里[2]萧瑟荒凉的原野，才能最终抵达哈德逊湾（Hudson Bay）海滨。在这条铁路上行驶，列车要连续快跑一百英里，是想都别想的事情——在任意一个一百英里的区段内，既有多处连续弯道，又有多处倾斜路面，列车只能以沉重缓慢的速度爬行。

这条铁路的部分路基不稳，下面是年代久远的泥炭土，泥炭土下面是由泥岩沼泽和湿地形成的永久冰层，黑暗深处则是古冰川在消亡之前最后占据的领地。

列车上只有一节车厢可为旅客提供食宿，那便是挂在尾部的守车[3]。舅爷弗兰克和我就住在守车里，列车跑了三天两夜，我们就在里面闷了三天两夜。列车哐当哐当向前开，我也在不断地给自己找乐子，每隔一英里，看一看白色的小路碑，数一数有多少颗道钉像子弹一样嗖嗖地飞离了铁轨枕木。我特别感激那些路碑、那些道钉，因为向北的旅

---

[1] 马斯基格快车（the Muskeg Express），意为"通行在泥岩沼泽地里的列车"。——译者注

[2] 英里，长度单位，1英里≈1.61千米。——编者注

[3] 守车，又称瞭望车，是挂在货物列车尾部的木质铁皮工作车，主要用来瞭望车辆及协助刹车，通常是列车员的专用车厢。——译者注

程极为单调，幽暗的森林是唯一的风景，如果没有什么特别的事情发生，无聊与乏味就会伴你一路前行。

可是，在铁路线"410英里"的路碑处，特别的事情真的发生了。那件事将我引入的世界，我连在梦里都没见过，即使多年过去了，我仍对当时的情形记忆犹新。大约在"400英里"的路碑处，我开始注意到了云杉树的异样。之前的一路上，窗外闪过的低矮云杉令人目不暇接，它们半泡在水里，奄奄一息，叫人看了心里发狂；可到了这里，片片手指状的空地突然从西北方向延伸过来，伸进云杉丛林。我指着那些云杉树让舅爷弗兰克看，他解释说，那些细长的空地是平原伸出的触手。北极的大平原，也就是我们所说的荒原，一直不断向南面推进。所以，看到这些来自平原的触手，就意味着森林即将消失。

我爬上守车的圆顶，坐在高高的瞭望凳上，仔细观察我们慢慢靠近的大地。我刚刚看到"410英里"的路碑，就听到机车的旧引擎拉响了汽笛。刺耳的尖叫声持续了整整三十分钟，完全不在乎会不会把机车的气压表弄坏。汽笛声刚一响起，我就翘首远望，想越过隆起的货物车厢看看前面发生了什么——之后我就什么都听不到了！

只见一条棕色的滚滚河流，横亘在我们的眼前。它从渐渐消失在视野里的森林边缘奔涌而出，漫过我们前面的铁道，流过白雪覆盖的铁轨，有如一条宽阔的棕色丝带，舞动着飘出了大地的缺口。在这片仍由森林主宰的土地上，这条蜿蜒曲折的河流，从东南向西北，迅猛地荡平了河道里的皑皑积雪——这不是一条自然的河流，而是一条生命的河流！我立刻举起双筒望远镜，从目镜里我清晰地看到，这条河流分解成了无数的生命个体——那是一头头四肢长长的鹿啊！

"是驯鹿群！"站在我旁边的列车司闸员说，他是一个法裔加拿大人。听到他的话，我瞬间明白了自己看到的是什么。

"好大的一群啊！"这是第一个到达加拿大的法国探险家[1]写在日记里的一句话。他当时目睹到的生命奇观，至今仍然可能是我们这片大陆上最为壮美的景象——无以计数的驯鹿，加拿大北极驯鹿，令人难以置信地大规模集体迁徙。

刺耳的汽笛声仍在响着，绵延不绝，似乎在发泄懊恼与愤怒。然而，滚滚而行的鹿群，并没有放弃自己过路的权利，它们需要优先通行，人类必须给它们让路！它们从容地健步奔走，任凭列车缓缓滑动，突突的引擎响声根本吓不倒它们。终于，火车哧哧地喷着蒸汽，无可奈何地停了下来。这一停，就好久都走不了了。足足一个小时，我们完全困在那里；足足一个小时，宽达半英里的驯鹿洪流，慢慢悠悠地向北流淌。这支游行队伍，规模如此之庞大，

---

[1] 指雅克·卡蒂埃（Jacques Cartier，1491—1557），第一位到达加拿大的法国探险家。1534年，他率领探险船队，驶入加拿大东部的圣劳伦斯河（St. Lawrence River），并以法国国王的名义，宣布占领这里。——译者注

气势如此之恢宏，我几乎不敢相信自己的眼睛。突然地，河水的流量越来越小，没多久就断流了，而雪地里则多出一条宽阔的大路来。破旧的火车又准备启动了，呜呜地集聚着残存的力量。下车喝茶聊天的乘客，重新爬上列车。舅爷弗兰克和我，也继续向前，进入北方。

发育不良的云杉树又迎面扑来，白色路碑再次一闪而过，仿佛我们刚刚看到的一切，只是一场时空幻景。但那一定不是幻景！当时的每一个细节，至今都还镌刻在我的脑海里，那么清晰，怎么可能是幻景？！那样的景象是一个男孩——或者说一个男人——终生难忘的。许多年以后，正是我在那"410英里"处见到的景象，以不可阻挡之势把我拽回了鹿群的故乡。

"马斯基格快车"适时地把我们带出了森林。看到哈德逊湾结冰的海面，我们也就到达了旅途的终点。

我们在丘吉尔镇[1]度过了那个夏天。在舅爷孜孜不倦的指导下，我在苍蝇嗡嗡乱飞的镇里四处搜寻鸟蛋。湿漉漉的沼泽地里到处回荡着鸟叫声——哈德逊麻鹬的哨声，还有䴗鹬、雪鹀和铁爪鹀的美妙叫声，让人久久难忘。在这个极地南部的边缘小镇，奇异的飞鸟看不过来，动听的鸟叫声听不过来，让我早把壮观的鹿群抛在了脑后。

---

[1] 丘吉尔镇（Churchill），位于加拿大曼尼托巴省的丘吉尔河河口，是哈德逊湾西海岸一座有名的城镇，享有"世界北极熊之都"的美誉，也是加拿大观赏白鲸的首选之地和观鸟胜地之一。——译者注

1935年的夏天很快过完了。我再次爬上"马斯基格快车"，离开了撩人的荒原边陲，一走就是十年。我带回一大箱鸟蛋，一个装着六只鲜活旅鼠的锡铁盒子和一个关着一只贼鸥的板条箱子。贼鸥是一种奇怪的猎鸟，形似海鸥，动作之迅猛又像鹰。

除了这些，我还带回了许许多多有声有色的记忆。不过，随着时光的流转，我最为深刻的记忆，还是在"410英里"处见到的庞大鹿群。这段记忆长存脑海，栩栩如生，而且随着年龄的增长，越发深刻。我对北极的渴望是无形的，却深深地植根于我的心底，无论岁月如何变换，这种渴望从未冷却。

我想，我得了一种病——"北极热症"。然而，用任何显微镜都观察不到它的病毒，科学家对它也一无所知。北极热症不会伤及人的身体，但它存活于人的大脑，让病人产生持久的冲动，不停地产生幻想。出现在病人大脑里的，始终是极地苔原地带的辽阔空间，以及在苔原上滚滚流动的驯鹿群。这种病与想象力有关，但是任何人——包括那些一般情况下被认为缺乏想象力的人，都可能患上这种热症。正是这种不为人知的疾病，年复一年地把那些不苟言笑的白人带回北极，回到他们简陋的原木棚屋，回到寒冬长夜漫漫的孤独里，回到朔风野大的雪地里，去猎取白鼬和白狐。这种病的确威力无边，只有病人走到生命的终点，它才会离开。

这种病毒在我体内潜伏了多年。从1935年到1939年，我的生活里发生了太多的事情，偶尔也想再去荒凉的北方，但内心感受到的召唤并不强烈，还不足以控制我的意志。在那些年里，我继续上学读书，一有假期就去草原狂欢，去西部爬山，去东部森林探险——但我从来没有忘记那光秃秃的北方平原。在那些年里，我特别专心地研究飞禽走兽，因为我已下定决心，一定要成为动物学家，并为动物研究奉献一生。

19岁那年，我参军了，成为黑斯廷斯和爱德华王子团[1]的一名士兵。我不得不放下老式的霰弹猎枪，扛起李–恩菲尔德制式步枪；不得不远离广阔的草原与山川，被禁锢在营房封闭的步兵团。军营里的世界是狭小的，但军营外的世界骤然变换，成了令人发狂的梦魇！它让我担惊受怕，又让我满腹疑团。1941年，我来到英格兰南部，成为对德"假战"[2]部队的一员。我有过几次短暂的休假，到过英格兰的几个大城市，但所到之处，总在残垣断壁之下看见破碎支离的尸体，惨烈的景象让我对战争的意义产生怀疑。我心生恐惧，它腐蚀了我的心灵，害得我病病歪歪。但我知道，

---

[1] 黑斯廷斯和爱德华王子团（Hastings and Prince Edward Regiment，简称 Hasty Ps），加拿大爱德华王子市的民兵单位，本书作者法利·莫厄特是其中最著名的成员之一。——编者注

[2] "假战"（Phony War）是二战期间由新闻记者新造的一个战争名称，用以描述发生在 1939—1940 年二战全面爆发后最初八个月里的战争状态。英法两国都因为德国入侵波兰而对德宣战，可是交战双方并没有发生实际意义上的大规模军事冲突。——译者注

这种恐惧是理性所战胜不了的，它源于对人类自身行为的惊骇与反感——世间万物，唯有人类惯于用毫无意义的杀戮来摧毁世界。战争无情地继续着。我所在的步兵团随盟军挺进意大利，北上横扫法兰西，攻占比利时和荷兰，进军德意志第三帝国本土。突然有一天，空中不再响起炮弹的呼啸——战争结束了。

1946年春，我回到自己的家乡——但是，这次的心情已大不相同，完全没有了1935年夏末归家的那份愉悦。我渴望躲进清静的庇护所，再也不想听到战争的枪炮声。为此，我立即给自己做出了安排，成为一名"科学采集员"，到遥远的地方去采集稀有标本，供科学家观察研究。我拼命地寻求心神安宁，但它得稳稳地扎根于现实生活，所以，我决定抓住这次机会，全心投入工作——在我看来，采集标本只为追求知识本身，性质足够单纯。

1946年年末，我北上来到萨斯喀彻温省（Saskatchewan）的北部森林，住在一个叫"拉克拉郎"（Lac La Ronge）的地方。名义上，我去那里是为博物馆采集鸟类标本，但我很快就放下了猎枪——以"科学"为名残害小鸟的生命，就像在战场上杀人一样，这让我烦透了。我煞费苦心地寻觅内心宁静，满怀希望地投身科学研究——但是我失败了。我天天所见，既无意义，又极为残酷，那些堆积起来的小鸟干尸，已经全无知觉，被封存于石墙后面那一排排黑暗的橱柜里，以防腐败变质。因此，我只是活着，没有任何特定目标地活着。我待在克里族印第安人的一个定居点，一个边远的村落。这里的人曾经受到野蛮而残酷的对待，不仅社会地位下降了，而且由于"文明生活"的罪恶，人口逐渐衰减——也正是在这里，我认识了一个人，他无意中给我指引了方向，让我有了新的目标。

年迈的亨利·莫伯利是克里族印第安人与白人的混血后裔，几乎没有走出过最北边的那片森林。从他的口中，我再次听到了鹿群，我多年前看到过的鹿群。亨利给我讲了许多故事，都是关于"鹿"的——在那片土地上，驯鹿都通称为"鹿"。他讲得非常生动，一下子唤醒了我的记忆，曾经见到过的鹿群，又清晰起来。就在那时，我体内沉寂已久的北极热症再次发作，开始日日夜夜折磨我的身心。

鹿的形象深深地印刻在我的脑海里，犹如一道精神上的护身符。我带着这一法宝，回到城市过冬，内心比六年来的任何时候都更加平静。我重返大学校园，选修动物学课程，一心要让自己成为研究驯鹿的学者。在当时，驯鹿的习性和行为都还是未解的秘密，等待着人们去探索，因此，我决定把揭秘驯鹿作为自己努力的方向。当然，也许一开始目标并没那么明确和肯定，因为那时我模糊地意识到，驯鹿只是作为我重回北方——那个一直在召唤着我的地方——的一个借口。尽管如此，我在那个冬天仍旧努力地学习，空闲的时候也读一些关于北极的书。"北极"一词意味着什么，我其实并不清楚，所以，凡是到手的图书，我都贪婪地阅读，渐渐地，一些概念不再模糊。

读了些书才知道，在北极的世界里，河流湖泽冻结成冰，但冰面下同样流淌着生命；河湖的水，深如龙潭，但在那蔚蓝的深处，同样生机盎然；河湖的两岸，同样有绚烂夏花随风摇曳，同样有青青草地连绵数里。北极绝对是酷寒之地，但那里同样有高温难耐的时日，即使你赤身裸体，脚步轻盈，也会大汗淋漓。更重要的是，我开始认识到，尽管在地图上，北极看起来就像地球的一顶冰帽子，但事实上它拥有方圆近两百万平方英里的大平原。炎炎夏日，那里同样有无数生命群聚的精彩，同样有五彩斑斓的植物和鲜花。这些特别的大平原，引起了我的注意，在美洲地图上，它们构成了一个巨大的三角形。三角形的锐角顶点，指向北冰洋，离马更些河（Mackenzie River）河口和阿拉斯加州（Alaska）边境不远；三角形的底边，就是哈德逊湾西岸一线；三角形的两条斜边，都在西面，一条沿着森林线[1]，一条沿着北极海（the Arctic Sea）沿岸伸展。这一大片光秃秃的地方，名曰荒原。

我透过心灵之眼，就能看见那片荒原，广袤无边，神秘无限。荒原形成于冰川的碾压，若以地质年代来计算，

---

[1] 山地森林随着海拔增高或向极地分布到一定限度就不再生长，被适应高寒、大风的高山灌丛和草甸所替代，这个限度就称为森林线，简称林线。——译者注

它是在昨天刚刚成型，今天几乎依旧保留着冰川冲刷后留下的沟沟坎坎，全无变化。荒原大地，是波浪起伏的大平原，一眼望不到地平线。荒原大地，有绵延不断的群山。原本低矮的山丘，屈服于威力巨大的冰川，被夷为平地，毫无特色可言。荒原大地，没有泥土，只有粗细不一的沙砾和破碎不堪的灰岩。荒原大地，蕴藏着丰富的淡水资源，被水覆盖的面积几近一半，那里的湖泊星罗棋布，那里的河流不计其数。这就是我要去探索的大地，这就是驯鹿的家园。

那个冬天快要过完的时候，我遇见了一个当兵时的老友。他在和平时期做了一名采矿工程师。我对他讲我对北极充满了好奇。听到有人愿意去那种地方，他似乎觉得有点可笑。他说自己因参战被流放了五年，现在经济飞速发展，有钱可赚，他得留下把那些年的损失补回来。但是，他帮了我一个大大的忙，大到连他自己都料想不到。他给了我一堆他父亲留下来的政府开矿报告。他说，他觉得有些内容可能会有助于我了解北极。他说得对，在那堆布满灰尘的文献里，我竟然挖到了关于驯鹿家园的天然宝藏！

那堆文献，无论是薄薄的小册子，还是厚厚的大本子，我都浏览了一遍。最为破旧的一本，就连书名都很平淡，那是1896年出版的《关于杜邦特河、卡赞河、弗格森河和哈德逊湾西北岸的情况报告》(*Report on the Dubawnt, Kazan, and Ferguson Rivers and the North West Coast of Hudson Bay*)。看起来它是无趣的，可能只是哪个目光呆滞的政府雇员受命堆砌了一些过时的数据。然而，外表是会骗人的。我认出了作者——约瑟夫·伯尔·蒂勒尔（Joseph Burr Tyrrell）。记得在很久以前，我读过一篇关于他的报道，报纸鲜为人知，记者默默无名，但蒂勒尔的探险之旅，却意义非凡——他穿越了基韦廷荒原！从南向北贯穿那片中部荒原的人，蒂勒尔是第一个——也是迄今唯一的一个。

我翻开蒂勒尔撰写的报告，如饥似渴地读起来。这份报告非常特别，与官方文件惯用的写作方式极为不同。蒂勒尔有自己的精神追求，为矿物学和地理学倾注了全部的心血。报告里流露出来的弦外之音，既有献身科学的热情，又有抑制不住的兴奋，与其一本正经的报告封皮和郑重其事的官方大印格格不入。报告的文字简洁、流畅，即使是关于矿物质的冗长评价，也透着一股清新，颇能引起阅读兴趣。然而，在这份关于杜邦特河（Dubawnt River）的报告中，蒂勒尔只用极短的篇幅隐隐地提到了那片土地的真实特点，以及他在那里经受过的考验与磨难。

除此之外，我倒是零零散散地读到一些他对驯鹿的描述。有一处描写极为简洁，说他看到的鹿群，可能是白人遇到过的最大的单一品种兽群——鹿的数量之多，绵延长达数英里，大地上全是活生生的驯鹿！读着他描绘的壮观景象，我的脑海里立刻呈现出清晰的画面来，想去荒原的愿望更加强烈。不过最终促使我下定决心的，是我在蒂勒尔报告中发现的另一件事情。

那就是蒂勒尔提及的"鹿之民"。在那片空旷无垠的荒原上，流淌着一条无名河，蒂勒尔称之为卡赞河（Kazan River）。河的沿岸，一直被认为是无人之地，但是蒂勒尔在那里发现了一个人类族群！报告对那些人的描述，散见于对各种岩石的长篇大论之中。这些只言片语，却令我心驰神往。在蒂勒尔光临之前，那些人与世隔绝，对外面的世界一无所知。在这份关于杜邦特河的报告里，一个被世界遗忘的族群，第一次清晰地出现在我们眼前！很显然，这个族群在蒂勒尔生活的那个年代，生活依旧是老样子，还保持在维京人（Viking）乘坐长船首次抵达北美东岸之前的状态。报告对这个族群着墨不多，几个片段，三言两语，却令人好奇不已——这个荒原族群，完全生活在另外一个世界啊！显而易见，他们得用尽全力与几乎不可战胜的自然环境艰苦抗争。我突然想到，他们永远不可能把力气用于彼此间的争斗，恐怕既无那样的意志，也无那样的欲望吧。如果这些描述属实，那么，他们当然就是我想了解的族群。

可是，自蒂勒尔发现那些内陆因纽特人以来，已经半个世纪过去了。在此期间，那片土地以及生活在那片土地上的居民，一定都经历了巨大的变化，这是毋庸置疑的。我继续寻找任何有关北极的文献。关于蒂勒尔见过的那个族群和那片土地，我还想了解更多。可是我发现，已没有更多的文字记载了，心头不由得暗暗生出几许遗憾来。当然，我也读到一些传言，寻得一些二手报道资料，足以证明那些鹿之民仍旧好好地生活在自己的隐秘世界。我写信给渥太华的朋友，索要最新版的中部平原地图。地图一到，我便将它们铺在地板上仔细研究，越研究越兴奋——早在半个世纪以前，蒂勒尔就用模糊的虚线绘制出那里的地形；然而现在的地图也好不到哪儿去啊，大部分区域仍然是空白一片，只印有一些文字，讲述相关的传说，并标注着"尚无地图"。

对那片土地，我们知之甚少。它的北边，是北美大陆清晰的海岸线，大地上散布着因纽特人的居住点，他们与白人的交往已逾百年。它的东边，是哈德逊湾沿岸，其人其景如同北面。它的南边，是密密丛丛的森林和弯弯曲曲的古河道，几个世纪以前，航海家曾经去过那片林地探险。它的西边，一直延伸到极其遥远的马更些河的河谷，沃腴富饶，繁华热闹。那片土地，就在这东西南北的边界之内，但只是一片空白，在地图上是一片空白，在书本里也是一片空白。

这就只有一个解释了。第一批白人来到那片土地，发现那里一望无垠，渺无人烟，那种荒凉着实让人不寒而栗，便将这里称为"荒原"；然后转身离去，根本不知道在那荒原的深处，还有生命的河流舒缓地流淌着。

我想找到进入那片土地的途径和方法，但在收集信息的过程中，却感受到了难以言状的困难，并意识到出入那里不仅障碍重重，甚至令人毛骨悚然。我一次次地查询书籍资料，却一次次地发现已有的文字对我毫无帮助。的确有旅行者到过荒原的边缘，少数几个人甚至走得更远，到了平原西部的狭窄地带，但最终被困在林地与海岸之间，无法再前进一步。他们试图记下自己所见，可是一旦述及自己最深刻的荒原印象，便大脑瘫痪，不知从何下笔了。那一片荒原将一种特殊的情感慢慢地注入他们的心田，可是他们的文字，犹如在黑暗中摸索行走，苦苦挣扎也觉徒然。要付出怎样的努力，才能讲得清楚？他们困惑不解。大多数人放弃了完整记录的尝试，只记下个别片段，聊以自慰。但是，这些零碎的文字，并不能真实地呈现那宽广的极地平原，我们又从何了解呢？

这一切我似乎看不明白。荒原的确令人一头雾水，但是，假如我们调动所有的感官，洞察一切，难道还不能透过层层迷雾看到它的真实面目？

1947年春的一天，我已经快完成自己的计划，准备动身去北极了，却收到一条线索，一条关于荒原神秘特点的真实线索。

那是一封信，是我在战争期间结识的朋友给我的回信。他曾是加拿大皇家骑警队的一名警员，我曾写信问他是否去过极地平原。他在回信里说，他曾进入西部荒原，去追捕一个杀人嫌犯。嫌犯逃脱了——至少警方看来如此——我的朋友及时转身，保全了自己的性命。他当时孤身一人，饥冻交切，幸好找到了一间海岸贸易站，才免于冻死或饿死。荒原对于他，意味着什么呢？在回信的末尾，他做了总结，只有寥寥数语，极其简单直接——

    我想，让我极度讨厌的，是那里的空旷与荒芜。太空旷了，太荒芜了——不知道尽头，找不到出路，你只想号啕大哭，你只想放声叫喊——或者，你只想割断自己的喉管！

空旷与荒芜，令人极度讨厌的空旷与荒芜！去到荒原的白人只有那么几个，难道这就是荒原留给他们的唯一印象？要知道，在那广阔的荒原深处，还隐藏着——如果没有死绝的话——成群结队的驯鹿，以及鲜为人知、与鹿共存的人类——鹿之民啊！

一、进入荒原

1947年5月的一天早上，我爬上了向北的列车。

体内的北极热症再度发作，极为严重，我索性放弃了抵抗。我为此次旅行所做的准备，可以说简单得不能再简单了。我去了一趟军用物品商店，买了一套老式军服和一只廉价的睡袋。现成的家当，包括一部可用于常见快照场景的照相机，一架双筒望远镜和十二卷胶卷——这就是我全部的科研设备了。至于武器嘛，我只带了一支美式卡宾枪，那可是一直陪着我冲锋陷阵的老伙计了。

实际上，我的行动计划几乎与我的装备一样简单。我知道自己要去的地方方圆数千平方英里，但对于如何去到那里，我心里还没有明确的打算。当年，蒂勒尔是划独木舟从南向北而行的，但我想独自前往，所以这个方案对我来说并不合适。借道东面或北面的边境去荒原，也是不可能的：荒原的河流一路奔腾入海，那湍急的水流，人类是难以逾越的，更别说要去内陆高原探访河的源头。从西面进入荒原，路程又太遥远，所以我一开始就没想过要走西边。

但春天已经来到南方，我没有时间思前想后了。于是，在5月的某一天早上，我果断买了张票登上列车，向着丘吉尔镇出发了。那是我熟悉的地名，也是我唯一知道的极地小镇。反正那里离荒原不远，就先去那里吧，说不定在列车到达终点之前，我就可以想出办法来。

又一次，我经过了温尼伯和帕斯。又一次，我进入了密密丛丛的森林。向北的铁路在林地上撕开的，依旧是那么一条狭窄的口子；站立铁路两旁的，依旧是白色的路碑，像勇敢的哨兵。"马斯基格快车"一路向前，随着"512英里"的白色路碑映入眼帘，列车摇摇晃晃地到达终点。此时，冰冻的丘吉尔镇，冰冻的居民点，全都笼罩在一片灰色的冰雾里。一时间，我站在那里瑟瑟发抖，打量着自己少年时代来过的这座小镇。然而，当年那些美妙的记忆，在冷酷的现实面前迅速灰飞烟灭。

眼前的丘吉尔港一片混乱。拥挤的棚屋半埋在积雪之下，与厚厚的雪堆奇怪地混为一体。可那污秽的雪岸线还在不断地逼近，那些简陋的棚屋，墙体是粗木板做成的，屋顶也早已破败不堪，哪里扛得住这样的苦苦紧逼？哈德逊湾升起的冰雾，徐徐涌向港口，奋力掩盖港口的丑陋，奋力隐藏港口高大的混凝土谷仓升降机——而后者正是丘吉尔港存在的唯一理由。名义上，丘吉尔港仍然是一座海洋港口，尽管远洋货船每年可以进港的时间极为短暂，只有那么几周，而且只有耐寒抗冻的货船才敢穿越哈德逊海峡，进入哈德逊湾来装运货物。在1947年5月，这座"海洋港口"还极度荒凉，除了谷仓升降机，就没有其他人造的港口设施了。

我背上装备包，独自上路了。丘吉尔镇里仅有一条公路，沿着冻硬了的车辙，我缓慢步行，边走边想着如何寻找驯鹿。几分钟之后，我走进一间酒吧，坐在火炉旁，总算舒服多了。闷闷不乐的酒吧招待送来一瓶非常差劲的麦芽啤酒——还没有酒杯。我一边喝着淡而无味的啤酒，一边透过脏兮兮的窗户，望着窗外那些糊满冻土的废弃物：锈迹斑斑的锅炉啦，废弃闲置的辅助机车啦，没法再用的施工机械啦……可这堆废弃物件背后，又藏着多少被摧毁的梦想呢？我突然觉得，自己想要通过这个鬼地方进入荒原，真是作死啊。我又喝了几瓶啤酒，越喝越觉得啤酒味道寡淡，越喝越觉得我的野心正在一点一点瓦解。

就在这时，嘎的一声响，门开了，一个大块头的斯堪的纳维亚人（Scandinavian）像一阵风一样闪进了屋里。他一见到我，两眼立刻闪出喜悦的光，显然他认识我。一时间，阴郁与沉闷一扫而光。

"你回来啦！"他的声音低沉有力，"是啊！我就知道你会回来的！"

是约翰·因格布里特森！上次见到他，我还是个十四岁的少年，那年在丘吉尔镇里，我去港口看过他的渔船。多年以前，他还住在帕斯。他的身上流着挪威人的血液，仿佛骨子里就带着对大海的热爱。后来，出于对海洋无法抗拒的强烈渴望，他在自家的后院造了一艘可以出海的渔船。可他的家离海边有五百英里呢！那艘长达四十英尺的"奥托·斯维尔德鲁普号"[1]渔船一完工，他就把它吊装在一辆平板大货车上，朝北拖到了海边。约翰宣称，他将乘着那艘渔船，去波涛汹涌的哈德逊湾捕鱼。从那以后，那艘渔船上发生了许多趣事，完全可以写一部"诺斯萨迦"[2]了。曾经有科学家直言不讳地告诉约翰，哈德逊湾水域没有可食用的海鱼，但是他不予理睬，天天都到那里撒网捕鱼，每周都向遥远的温尼伯市场送去一船好货。约翰在科学领域的确是个门外汉，但他绝对是海上捕鱼的能手。

约翰和我谈了一会儿早年的往事，便把我带到他的家里。因格布里特森太太张开双臂欢迎我，把我引到他们明亮而干净的小屋里，用丰盛的美食填饱了我的肚皮。

饭后，约翰、他的夫人、他们的子女和我围坐在一起，

---

[1] 奥托·斯维尔德鲁普（Otto Sverdrup），挪威著名极地探险家，也是一名海洋学家，一生献身于海洋事业，现代海洋科学奠基者。此处称约翰的渔船为"奥托·斯维尔德鲁普号"，当是一种半戏谑半钦佩的说法，暗示其将乘坐渔船去远洋探险。——编者注

[2] "诺斯萨迦"（Norse sagas），意为"北欧传奇"。萨迦，是13世纪前后冰岛人、挪威人用古诺斯语（Old Norse language）写成的斯堪的纳维亚长篇传奇，后泛指传奇故事。——译者注

一边喝着热气腾腾的咖啡，一边兴高采烈地聊着天。我告诉了他们我为什么要重回丘吉尔镇，以及我想要去哪里。听完我的话，约翰建议我包租一架飞机。对他的这个主意，我的心里却有一些疑虑：一方面，飞往极地的费用太高，我可负担不起；另一方面，飞行员需要有明确的飞行目的地，而我还不知道自己具体要在什么地方着陆。

在我们愉快地交谈时，一位年轻人静悄悄地进了屋。他又瘦又高，长着一双明亮的黑眼睛。主人介绍说，他叫约翰尼·布拉索，以前是皇家空军领航机的飞行员，现在自己有一架老式双引擎"安森"型多用途飞机，兼任机长和机组人员，偶尔运送一些货物到别的地方——总之，冒着飞越世界之巅的危险，过着并不安稳的生活。布拉索欣然加入我们的讨论，三人边说边铺开了地图。

我们谈兴甚浓，也谈到了一些荒原的故事。对于我打算要做的事情，年迈的约翰无意给我泼冷水，可他显然铁了心，要让我完全弄明白自己在做什么。他给我们讲起了约翰·霍恩比的故事。约翰·霍恩比是个英国人，曾经在20世纪20年代末的一个冬天，从这里出发去过荒原。

霍恩比带了两个年轻人同行，他们也是英国人，刚从英国来到加拿大。三人从大奴湖[1]出发以后，便音讯全无，

---

[1] 大奴湖（Great Slave Lake），又称大斯雷夫湖，位于加拿大西北部，面积2.86万平方公里，是加拿大第二大湖。——译者注

整整一年，没有人知道他们经历了什么——直到最后，噩耗不期而至。

那已经是第二年夏天，一个探矿小队意外地发现了他们。当时，探矿小队正划着独木舟在塞隆河[1]沿岸进行地质勘探。在森林线以北几百英里的一小块绿洲里，探矿队员发现了霍恩比他们的窝棚。窝棚搭建在几棵小树间，极其简陋，而那三个企图挑战荒原的人，已经变成了三堆白骨。一个年仅十八岁、名叫埃德加·克里斯蒂安的探矿队员，在日记里记下了霍恩比三人的故事。悲剧的发生并不复杂。他们三人原本希望目睹驯鹿的大迁徙，但那年驯鹿的迁徙路线发生了变化。他们错过了秋季的驯鹿大迁徙，便准备在原地过冬。可是，这三个不速之客，却没有准备足够的肉食充饥。在那白茫茫的荒原上，人只有靠肉食才能活下来啊。寒冬快速袭来，他们无从撤退——没有雪橇犬，靠双腿根本走不出这冰天雪地的荒原。死亡对于他们来说，只是时间早晚的问题——但这个过程太煎熬了，他们一直竭尽全力挣扎在死亡的边缘，同时清醒地知道这种挣扎毫无意义。最终他们死了，在极度恐惧中慢慢地死去。

约翰的故事讲完了，大家都闷不吭声。我满脑子都在想霍恩比，心中有些疑虑，但忍着没有发问。就在这时，只

---

[1] 塞隆河（Thelon River）发源于大奴湖东边的怀特菲什和林克斯等湖泊，全长904公里，向东流经塞隆野生动物保护区，注入哈德逊湾。——译者注

听得年迈的约翰压低嗓音，喃喃自语：

"迪敏兹！"他说，"迪敏兹牌礼服，还有金色的袖扣呐！"

我们都不明白他在说什么。于是，他给我们讲起了传闻之事 ——探矿者发现那些遇难者的死尸时，还发现了他们之前在里茨镇上添置的大部分生活用品，而礼服的碎片就散落在荒原上的狼窝边！想象中的场景实在太可怕了，完全无法与眼前的现实联系起来。我毅然把霍恩比置之脑后，继续研究地图。

我突然有了主意，便问约翰是否了解蒂勒尔见过的因纽特人。叫人吃惊的是，他知道的还不少呢——当然只是道听途说。他告诉我，在20世纪20年代的繁荣时期，人们确实在基韦廷荒原的南部边境修建了一座贸易站，离卡赞河的源头不远——蒂勒尔就是在那里见到了那些内陆的居民。随着毛皮价格的飙升，那座原本孤零零的边贸站，生意变得十分兴隆。但它实在是太偏远了，就连去最近的物资供应地帕斯，也要坐独木舟漂流几百英里。

后来，毛皮市场崩塌了，边贸站赚钱不多就关闭了，与内陆因纽特人建立的短暂联系，眼看就要中断。幸好有个德国移民站了出来，他娶了一个克里族女人为妻，坚持以一己之力，顽强地维持着边贸站的运转。多年来，他时断时续地保持着与因纽特人的交往。不过现在他已经离开了，有传言说，他的一个儿子仍然留在荒原边缘一带，以

31

猎取白狐为生，偶尔会与当地人做些买卖。

约翰用指头在地图上点了点，告诉我们那个被遗弃的边贸站在哪里。那地方叫温迪河（Windy River）——河水最终汇入努埃尔廷湖的宽广水域。

努埃尔廷湖本身就是一个充满传奇色彩的地方。直至1947年，这个湖还没有被人实地勘测过，在很大程度上还不为人所知。不过，从地图上用虚线勾勒出的大致轮廓来看，它显然堪称一个真正的大湖泊，至少有一百二十英里长，三分之一的湖面隐藏在森林里，三分之二的湖面向北延伸，直达那贫瘠之地上的广袤平原。

了解到温迪河畔边贸站的存在，我立即认定努埃尔廷湖就是我要去的地方。既然传说那个一半印第安血统、一半德国血统的年轻人还生活在那里，那么，如果走运的话，我就可能找到他；甚至或许还能得到他的帮助，那样我就有希望实现梦想。相反，如果独自瞎闯，只会徒留一段令人不舒服的传闻而已，就像故事里那些挑战荒原的人一样，以失败告终。

选择努埃尔廷湖看起来合乎逻辑，但还是有一个小问题，我怎样才能穿越阻隔其间的平原到达那里？两地之间冻得硬邦邦的平原，可有三百五十英里宽呐！我愁眉苦脸地看着约翰尼·布拉索，心想他要收我多少钱才肯把我送到那里去呢？但是，现在问价钱又似乎没什么意义——他刚刚取消了飞往切斯特菲尔德湾（Chesterfield Inlet）的航班，天气预报员发出了警告，春天即将来临。我知道，一旦春天来到，北极的冰雪就会开始解冻融化，所有的飞机至少都要停飞一个月，无一例外。不过问问他，也没什么损失吧。

"约翰尼，"我问道，"明天你可不可以飞一趟努埃尔廷呢？"

他从地图上抬起头来，想了很久，然后——"我们试试吧！"他简短地答道。更令我惊愕不已的是，他说飞完这一趟，只收我两百美元——以这个价格飞越荒原，真的是太物超所值了！

第二天整整一上午，我们都在艰难中前行。路上的雪堆开始融化，我们跌跌撞撞地走向"安森"飞机停泊的兰丁湖（Landing Lake）。我离开南方时，为了图便利，随身携带的装备一减再减，但是，在丘吉尔镇短暂停留之后，我的行装又增加了很多。驻扎在镇里的加拿大空军官兵，因为担心我的生命安全，担心我可能遇到需要紧急救援的危险时刻，要求我带上的物资之多，实在是始料未及。一个重达百磅[1]的板条箱里，装着向飞机求救的烟雾发射器！（大概是要我用来与远方的因纽特人联络的吧，荒原腹地哪儿来的飞机呢？）一套军用冬装，难以置信的肥大、笨重。还有一箱复杂的气象设备，（他们希望）我仔细观测努埃尔廷湖的天气

---

[1] 磅，重量单位，1磅 ≈0.454公斤。——编者注

情况。出于礼貌，我接受了所有东西，尽管它们对我来说根本没什么用处；况且我已经在丘吉尔镇上的哈德逊湾公司商店里添置了大量的东西，行装早就超重了。

我添置的东西不仅数量大，而且品种多。假如我在努埃尔廷湖没有找到那个年轻人呢？这是极有可能发生的，那样的话我就得完全依赖自己备下的物资求生了。约翰尼也帮我选购了不少物资，为我的行囊又增加了一些不必要的分量。但他说的话也有道理，在荒原结冰封冻之前，如果他没能来接我回去，那我就只能靠自己身上的脂肪活命了，一直要熬到12月底，等到冰面上适合飞机滑行着陆才行。

因此，我携带的食品重达五百磅！包括面粉、猪油、砂糖、茶叶、炒面、熏肉和咸肉，外加发酵脱水的水果和蔬菜——如果北极的那些老家伙听说了这些美食，一定会两眼放光的！——嘿，还有一箱果汁呢！

除此之外，我要带上飞机的，还有另外五百磅重的货物！那是去年秋天有人托运给努埃尔廷湖那个年轻人的，一直放在仓库里，没有机会运过去，已经开始腐烂了。就极地交通而言，在什么时间以什么方式运送人员和物资，都带有极强的随意性。所以现在，这些货物都交给了我——万一我有机会把东西交到他手里呢。

增加我负荷的最后一项物品，无疑是最重要的——那是三加仑[1]的谷物酒精！按照当地的法律规定，容器上都贴上了"仅用于科学研究"的标签。

所有的装备、食物和货物，全都搬上了"安森"飞机，整齐地码放在一起。约翰尼看着这一大堆东西，也不由得吃了一惊，但他很快就转身离开，到驾驶舱发动了引擎。飞机超载了，在湖面缓慢而笨拙地滑行着。飞机上自制的滑雪板，狠狠地刮起雪水，又狠狠地洒出去，把我们严严实实地包裹在一团水雾里。终于，我们起飞了，随即折返，在丘吉尔镇凄惶的上空兜了一圈，约翰·因格布里特森一家人正站在下面，向我们挥手道别。随后，"安森"飞机掉头向北，朝着冰封的海岸飞去，透过舷窗，能看到海面上漂动的浮冰。当我回头再看向内陆时，稀稀拉拉的树木已经消失在视线中，飞机正摇摇晃晃地转向西边，我们飞离了大海，进入了荒原。

"安森"飞机在预定的航线上隆隆地飞行。这条航线，是约翰尼自己画的。他把地图摊在膝盖上，借助罗盘在地图的空白处画了一条直线，就算确定了飞往温迪河的航线。此刻，罗盘就挂在机舱里他的头顶附近，像傻瓜一样晃个不停，指针左右摇摆，搞不清楚究竟指的是哪个方位。在十分靠近极地磁场的地方，罗盘充其量不过是个聊胜于无的工

---

[1] 加仑，容量单位，分为英制和美制两种。1加仑（英）≈4.546升，1加仑（美）≈3.785升。——编者注

具，然而我们也没有其他导航辅助工具。我们飞离了海岸，也把太阳抛在了后面——眼前只有厚厚的云团，我们像飞越在雪堆之上，难以依靠身下的大地找到正确的航线……

我们的飞行成了一场白色的梦魇。眼前的白色并不刺眼，却在大地上蜿蜒起伏，延绵不绝，单调地掩盖了一切。所有物体都没有形状，没有颜色，这里原本应该随处可见的矮山、湖泊和河流，似乎全都不存在。即使偶尔见到活物，也是全身雪白，不时蹦跶几下，在雪地上也不过是移动的影子而已，我们依旧没法据此判断飞到了何处。

我们已经飞行了一百多英里，这一切都还没有发生任何改变。皑皑白雪看得久了，我感到有点头晕目眩。约翰尼回头把地图递给我，"航线"上多了一个用铅笔画的十字叉，还有一个也许只有他才能看懂的符号。

"一半了。很快就到那里了。"

我转身看着窗外，下面依旧是白茫茫的旷野，我尽量把目光固定在一样东西上。然后，我又抬头瞥了一眼，谢天谢地，我看见了模糊的地平线，并且正慢慢变得清晰起来，尽管看起来并不是一条平整的直线。终于，远方出现了崎岖的小山轮廓，那便是高原的边界了。正是这条边界，轻轻地把努埃尔廷湖和卡赞河环抱在怀里。

现在，我们身下白色的地面开始出现裂缝，黑色的山脊渐渐从白雪下面冒出来，地面的起伏变得越来越大，犹如风暴来临之前海上翻涌的波涛，一浪高过一浪。

约翰尼又把地图递给我。这次的十字叉，画在努埃尔廷湖的旁边。我朝下看了一眼，却无法将眼前所见与地图上的文字和符号联系起来。我挤进机舱，发现约翰尼神情紧张，焦虑不安。几分钟以后，他指了指油量表，上面闪烁的指针告诉我，飞机的燃油已经用掉了一半。突然，我感觉飞机在斜着飞行！我抬头看了看那只"活宝"罗盘，它的指针还在不规则地晃动，显示我们的航向一会儿是南，一会儿是东——然后，我们又回到了海上！

飞机搜索了一圈又一圈，但在这片没有任何特征的荒野，我们没有发现任何标志物，既不知道我们身在何处，也不知道我们该在哪里着陆。我们已经越过了荒原的边界——而且这片土地对我们的"入侵"似乎并非毫无知觉，甚至或许早已做好抵御的准备。

乌云越来越低，飞机持续降低高度，向东转时离地面已不足五百英尺[1]。就在这个高度，我们突然看到大地裂开了一个大口子——那是一条大峡谷。峡谷两边满是岩石峭壁，陡坡上的积雪并不多。突然，我瞥见什么东西一晃而过……

"约翰尼！"我叫道，"是棚屋！……就在下边！"

飞机兜起了圈子，以最省油的方式飞行。引擎的隆隆声戛然而止，我们重重地落在了谷底。首先出现在我们眼

---

[1] 英尺，长度单位，1英尺 = 0.3048米。——编者注

前的，是几棵云杉树，又矮又小，还长得歪歪扭扭的；然后是一个河口，仍然结着冰；最后是一个屋顶或类似屋顶的东西，从积雪中俏皮地探出了头——那一定就是棚屋了！

我们跳到冰面上，浑身僵直，不停地搓手。毫无疑问，这里便是我的目的地了。方圆两百英里内，这是唯一的棚屋。

然而，迎接我们的只有寒风。棚屋四周没有一丝生命的迹象。在刺眼的冰面上，我们跌跌撞撞，不时滑倒，又无可奈何。我们因为找到目标而激动的心情，很快就因为这里极度荒凉的景象而冷却下来。我们满怀希望地盯着那些枯瘦的树木，它们没有一棵高过十英尺，树尖参差不齐地从雪地里伸出来，东倒西歪地迎接我们的到来。灰蒙蒙的天空愈发低沉，凛冽的寒风刮得愈发强劲。我们没有时间继续探索下去了，只得匆匆把全部行装扔在冰面上。约翰尼在舱门口呆呆地站了许久，好像在纠结要不要问问我是否改变了主意。我很高兴他没有问出口。是的，我无法抵挡荒原的诱惑，已经兴奋得无力把持自己。最终，约翰尼一句话也没说，朝我挥了挥手，钻进了飞机。"安森"飞机摇摇晃晃地起飞了，带着几分顽皮，向海湾飞去。

飞机即刻消失在阴沉沉的天空中。从远处的"鬼山"（Ghost Hills）刮来的强风，卷起无数雪块，向我迎面砸来。啊！我终于踏上了这片日思夜想的土地！

不过现在还不是自说自话抒情的时候！当务之急是找到

一个藏身之地。于是，我走向那间半掩在雪里的棚屋。门口堆满了积雪，有好几英尺厚呢。我艰难地扒出一条道来，进到屋里，结果发现里面不过是个大洞穴——阴冷潮湿，黑咕隆咚，恶臭无比。很快，我发现那股恶臭正是从脚下的地板散发出来的——其实已完全看不出地板原本的样子，只有长年累月的污垢和整整一个冬天留下的食物残渣。

"洞穴"的一处墙面下，有一只巨大的火炉，但这一发现完全没法让我高兴起来，因为我并没看到一根柴火，拿什么来填满炉膛的大嘴呢？洞外呼呼地刮着大风，洞内又异常阴冷潮湿，真想生火取暖啊！可这个美妙的想法就像睡梦中出现的漂亮女人——叫人无法抗拒，却触不可及。

棚屋的四面墙上，挂满了大大小小的毛皮，狼皮、极地狐皮，白蒙蒙的像初冬里下的雪，看样子是挂在这里晾晒。这足以说明，这间棚屋还没有被彻底弃置不用。在接下来的一周里，我天天端详着这些毛皮，心里充满了欢喜，它们可连接着我和那个年轻人啊！虽然我们还未见过面，但的确是他把我引到了这里，我盼望着他快点出现。

在等待他到来的日子里，我要做的事情可多着呢。我的装备啊、食物啊，全都得从温迪河湾的冰面上拖进棚屋来。白天，除了拖箱子，我也会自寻开心，要么去蹚水，要么去找柴火。营地附近的小树林边上，就有一条小河。河里的浮冰，好像在小心地守护河道，守护树林。我喜欢在齐腰深、齐肩深的水里艰难地行进。柴火并不好找，往往几个小时的苦苦寻觅，只能找到一点点湿漉漉的松树枝、云杉枝什么的，刚够生一堆小火，简单地煮点吃的；但这个过程让我浑身暖和了许多，绝不亚于熊熊炉火前的那番享受，也算是对我缺乏柴火的一点补偿吧。

我到达这里的第一天遭遇的那场风暴，整整持续了三天。第四天，天气陡然变化，极地的春天一下子喷发出来，来势极为迅猛。6月1日，炽热的阳光照在身上，温度之高，即使在热带地区也是少见的。但更为罕见的是，在一天二十四小时里，阳光照射的时间竟长达十八小时！

就我目之所及，仅仅半天的时间，远处山脊上的积雪，后撤了十二英尺，留下裸露的砂砾和枯死的苔藓，任由大风刮起、吹散，就像水壶急急地冒着热气。眼前发生的一切，是多么奇妙啊！我感觉自己仿佛坐在冰冻世界之巅，而这冰雪覆盖的世界，突然崩塌，原因不可理解；突然融化，速度难以置信。

每一块中空低洼的地方，顷刻间注满了洪水，汩汩地急速奔流，即使在美丽的黄昏也不会停息片刻。冰块开始融化，闪亮的冰面灰蒙蒙的，一副呆滞的模样，分裂成不计其数的碎块，你推我挤，横七竖八。我再也无法爬过雪堆去外面找柴火了，湿漉漉的积雪已经承受不了我的重量。在两次跌进雪里之后，我只好放弃了寻找，因为害怕自己被埋在潮湿、冰冷的雪里窒息而亡。

小鸟也归来了。有一天早晨，我睡得不太安稳，还在迷糊之中，就被一阵叽叽喳喳的鸟叫声吵醒了。疯狂的叫声响成一片，听起来就像怪异荒谬的笑声。我一把推开门，外面阳光灿烂，刺得我几乎睁不开眼睛。定睛一看，却只看见一双双眼睛！大约有五六十只小鸟吧，滴溜溜的眼珠特别显眼。它们的脑袋与小鸡相似，但呈暗红色，仿佛它们全身的血液都集中在头部。

我心生恐惧，不由得死死地盯着这些怪异的不速之客，它们古怪的小眼睛，同样直直地瞅着我，同时仍然欢快地叽叽鸣叫着，嘈杂的响声传遍了整个山谷。我捡起一块碎冰，朝着其中的一只猛地扔了过去，它们这才一窝蜂地扑扑飞走了。之前雪地掩盖了它们苗条雪白的身躯，现在一飞起来，我才发现它们是雷鸟——极地中的一种松鸡。

我的第一周就这样过去了。地貌特征快速地发生着变化，但我还不能理解这意味着什么。我刚刚来到这冰冻的世界，对于这里为何热得这样迅猛，着实摸不着头脑。同时，困在这流动的冰雪之上，我有点发懵，不知道该干点啥。

然而，温暖而潮湿的空气里，却溢出了一种熟悉的味道——放大一千倍就可以嗅到——那是春天里翻耕田地以后才有的味道。我的意思是：冬季里毫无生气的贫瘠土地，现在终于有了呼吸，那深深的呼吸声，犹如一个健硕的女人情不自禁的喘息。

我焦躁不安，心神不定，彻夜难眠，甚至在黄昏——在这短暂的时段里，还有一丝漫长冬夜残余的凉意——我也睡不香。孤独感已经远去，但我与这片土地上的所有生物一样，在等待着——可在等待什么，我又说不清。或许，在等待万物的苏醒吧。触摸不到的复苏，才是荒原的特质。

6月4日，我爬上棚屋后面崎岖的长坡，兴致勃勃地俯瞰营地之外的大地。为了躲避狂风烈日，我找到一块巨石，坐在它的背风面。营地旁的那条河独自消融，已是一半冰雪一半水。突然，我听到了犬吠声，远远地从河的上游传来。这可是我期待已久的啊！我兴奋不已，正欲向坡下跑去，但又立刻踌躇起来，我是先暴露自己，还是先摸清情况再说？于是我带着一点点紧张，仍然藏在巨石的后面。很快，我看到一群狗跑过来——九只硕大的狗，拉着一架硕大的雪橇——超过二十尺长，那群狗看起来就矮小了许多。两根巨大的雪板上面，架着三五根横梁，横梁的上面，堆满了鹿皮，鹿皮的上面，坐着一个人。

狗拉着雪橇沿着河边走来，小心地避让着地上的雪水和岸边湿漉漉的雪堆。当它们走到我的正对面时，我发现雪橇上坐着的并不是因纽特人。那群狗摇摇摆摆，拐着弯离开了河岸，停在棚屋前的院子里。然而，我仍然藏在巨石后面，盼望已久的时刻终于到了，但是我拿不准那人会对我有什么反应。那个孤独的人，可是整整一年没有见到生人呐！我无力地拖延着，默默地观察着，并不急于与他打照面。只见那人跳下雪橇，站在一旁，眼睛直勾勾地盯着棚屋的门。

他的到来的确让我大吃一惊，但至少是我盼望中的事；

而对于他来说，一回到家，就发现自己的营地已被人占据，他心中的震惊肯定是巨大的。他一动不动地在那儿站了好几分钟，才侧身从雪橇上取下一只箱子，拿出一把步枪。他握着枪，来到院里我放斧头的地方，捡起斧头左看右看，仿佛那是从天而降的宝物。后来我们相处久了，他才告诉我，那天他回到家，发现那把斧头，找到家里来了陌生人的铁证，但斧头不会说话，他的脑子一片混乱，完全想不通家里怎么会有陌生人来！

你想，他在那片土地上生活了几十年，从来没见过陌生人，现在却有人来了，就好像是被什么魔法从其他星球带来的。他四处寻找狗群的痕迹，却什么也没发现。要在冬季来温迪河，除了凭借狗拉雪橇，他想不出还有什么其他办法。那片土地上也根本没有陌生人——除非算上原本就住在岩洞中、但他从没见过的那些，可那些根本不属于人类啊。

他手端步枪，心怀恐惧，打开棚屋的门，走了进去。我丢在屋里的杂物，还有那些奇怪的物资，一定把他彻底搞糊涂了，但他还是待在屋里没有出来。我选择在这个时刻，走下山坡。

二、外来人

还没等我走近雪橇，棚屋院里的几只雪橇犬便开始狂吠不止。听到歇斯底里的狗叫声，那人走出了屋子，步枪搭在一只手臂上，面无表情。

我们就这样见面了！有些紧张，有些忐忑。弗朗茨——那是他的名字——与所有常年独自生活的人一样，早已失去了在与人交往中形成的坚硬外壳。他们长期与世隔绝，外表柔弱，无力自卫，几乎害怕见到同类，即便是我们习以为常的碰面，也会让他们恐惧不已。

当然对于弗朗茨这样的人来说，这只是他们对见到陌生人感到恼怒的部分原因罢了。还有一些其他原因。我的理解是，一个人只有身处如此与世隔绝的环境中，才会害怕自己的同类——这像是一种退化，在远古时代，人们往往将陌生人视为潜在的敌人。

我开始向他解释，告诉他我是谁，我为什么来到他的棚屋。我想把一切都说清楚，但我的话听起来颠三倒四，毫无条理。

弗朗茨也帮不了我什么。不过，听说我是坐飞机来的，他似乎明显地松了一口气。听我说完后，他一句话也没说，只是呆呆地站在那里，冷冷地看着我，足足有五分钟之久。当然，这也让我有了充裕的时间来打量他。

他还很年轻，但是不修边幅，这让他看起来比同龄人显老一些。他个子不高，很瘦，但柔弱中又有几分狂野。他的穿戴堪称大杂烩，既有叫不出名字的本地兽皮，又有白人的衣服。他头戴一顶破旧的飞行员头盔，就是我们在城里大街小巷经常见到男孩子戴的那种，一边的帽舌耷拉下来，几乎遮住了半边脸。一双黑眼睛深陷在眼窝里，长着一只日耳曼人的鼻子，高大挺拔，孤傲冷漠。脸是印第安人的，平滑光洁，又带着亚洲人的影子。

他目不转睛地盯着我，很快就看得我心里发毛。突然，我想起了以前经常听到的一些北极故事，便壮着胆子结结巴巴地请他让我留下来。他那木然的表情消失了，微微一笑，跨进了屋子，又给我打了个手势，示意我也进去。

此时的我特别想来一杯烈酒，于是，我从装备包里翻出一瓶酒来，也没有问弗朗茨，就自做主张倒了两杯。大概这是他第一次品尝烈酒吧，一口就干了，呛得他一边咳嗽，一边抹眼泪。沉默终于被打破了，就像冰雪被春天的第一缕阳光晒化了，不受约束地汩汩流淌。是的，他开始

二、外来人

说话了——最初说得有些拘谨，磕磕巴巴吐出来的，只是一些单音节的词，慢慢地才说出一些句子来，意思也连贯了许多。他的英语里夹杂着很多因纽特人和克里族印第安人的词语，但在对话流畅以后，方言词就基本消失了。这充分显示，对于英语这一平时几乎用不到的语言，他早已熟练掌握。

非常奇怪的是，他并没有就我最初给出的那些解释提出任何疑问，也没有对我流露出一丁点好奇。相反，他只是滔滔不绝地讲起了他自己。从他刚刚结束的长途跋涉讲到刚刚过完的这个冬天，又从这个冬天讲到多年以前的往事。黎明破晓时，他已经讲到了他的童年。我和弗朗茨一起度过的第一个夜晚，真是无比美妙的回忆。我只管聚精会神地听，就像从来没有听过别人说话一样；他只管专心致志地讲，就像从小就被剥夺了说话的权利一样。他的故事，就是闯入这片土地的外来人的故事，就是这些外来人如何占有这片土地的故事，以及他们如何利用这片土地生存的故事。他的故事，让我心生恐惧，也让我陷入深深的思索——这一片荒原之地，要以怎样的方式才能免遭我们的破坏？

他的父亲，名叫卡尔。他对父亲的崇拜，含蓄内敛，又极为简单。卡尔三十年前从德国来到加拿大。作为移民，卡尔身上自然带有一些"文明人"的印记，但是由于诸多原因，他不愿生活在"半文明"的加拿大南方，而是游荡在北部大地。就是在那里，他适时地结了婚有了孩子。他的妻子是克里族印第安人，一直生活在北部大森林的南边，受过一点教会教育。她是一位贤惠的女人，也是一位慈爱的母亲，她让孩子们身上流淌的克里族血液，和其他种族的一样高贵。

大约在1930年，努埃尔廷湖的贸易公司邀请卡尔去做经理。他接受了，带着一家人从布罗谢（Brochet）出发向北，坐了三个星期的独木舟，终于来到温迪河湾，却苦于没有安身之处。卡尔原本是计划好了的，那里有一栋原木建筑，是一位已故商人——也是卡尔的竞争对手——留下来的，正好够一家人住；可是他们到了才发现，那栋木屋不知何时已经化为灰烬。而此时，秋天已经把平原上的灌木染得猩红，卡尔只好带着七个孩子，找到少得可怜的几根树木，搭起简陋的小屋过冬。

建好只有一间屋的"寒舍"，在屋顶铺好驯鹿皮，卡尔就开始做生意了。他与因纽特人交易，价钱由他说了算——在两百英里的范围内，他可是独一无二的商贩呢。而与他做生意的客户，正是我来这里想见到的人——荒原之民。

对于弗朗茨和他的兄弟姊妹来说，他们的童年一定是非同寻常的。即使面对因纽特人，他们也显得很冷漠。他们那间小屋，堪称贸易公司的"前哨基地"，但是只有到了夏天，才会有商队从"外面"来到这里。商队用独木舟从布罗谢带来过冬的物资，再把当季的毛皮运出去。一年到头除了这些天之外，卡尔和他的家人都是与驯鹿一起度日。这片环境恶劣的土地，使劲折磨着这家外来人，而他们毫无还手之力，被迫相依为命。在这个长期与世隔绝的地方，弗朗茨与他的兄弟姊妹渐渐长大成人，也慢慢地适应了这片土地。

20世纪30年代，荒原之民人口还算众多，所以，到卡尔的边贸站来交易狐皮的，差不多有四十个猎人——他们都是各自家族的头领。随着岁月的流转，来到这里的猎人也在渐渐流失。他们的名字全都列在"债务簿"上，却没有多少新的名字来代替他们。后来，世界市场狐皮的价格暴跌，边贸站的利润越来越少。最终，公司决定撤销这个边贸站，这个决定也及时传达给了卡尔。

消息传来，卡尔很快就接受了，甚至心存感激。在这个男人的心中，对这片土地的恐惧从不曾有丝毫减弱；而且，自从几年前的一个冬天妻子去世后，他就一直身处绝望与孤寂之中。

那年秋天来临的时候，温迪河湾的那间小棚屋已经空无一人，任由凄厉的秋风狠命横扫。因纽特猎手带着毛皮来到南方，却见棚屋门洞大开，屋里堆满了积雪，除此之外什么也没有。因纽特人无奈折返，没有带回他们盼望已久的食物和弹药——他们很多人都将活不过来年春天有猎可打的时候了。

卡尔离开了这片土地，仿佛得到了一种解脱，但他的孩子们却没有离开。密林深处还有很多边贸站，还有很多商人，弗朗茨和他的兄弟姊妹找到了维持生计的办法——一条他们并不喜欢的活路。

　　与绝大多数混血儿不同，弗朗茨与世隔绝的时间太久了，因此他对于自己遇到的种族屏障毫无思想准备。那些边贸站里的白人，心怀强烈的种族意识，多次粗暴地拒绝与他做生意——这是不可避免的，弗朗茨除了接受别无选择。那些白人对"野蛮人"——这是他们经常挂在嘴边的称谓——从来都不友善，弗朗茨只有靠自己，走出一条荒原人从未走过的生活之路。他从不认为自己是印第安人，或半德、半印第安的混血儿，他只把自己当作白人。是否曾有过适应边缘生活的痛苦？他不记得了。他唯一知道的就是，自己过着"红白混血儿"能够拥有的最好生活。但有些事情，他仍记得很清楚。他记得北方广袤而空旷的草原，只有在那片一望无际的土地上，他作为一个人，才有自己的价值。他还记得被遗弃的棚屋以及棚屋旁边的坟墓，那里躺着他深爱的母亲。

　　作为家里的长子，弗朗茨对这一切的感受自然比弟弟妹妹要深刻得多。但随着年龄渐长，其他孩子也慢慢意识到人类的社会分化，并开始带着遗憾回味荒原的一切，回味那里曾留给他们的幸福记忆。

　　20世纪30年代末，卡尔因为思念孩子们，不顾长途跋涉的辛苦，又回到温迪河湾。然而，关心孩子们的幸福并不是他回来的唯一动机。白狐皮的价格上升了，作为自由商人，卡尔回来是为了大量收购因纽特人的兽皮，从中获取丰厚的利润。与此同时，他还可以充分利用孩子们的捕猎技术。孩子们从来没有辜负过他的期望，弗朗茨和弟弟汉斯捕捉白狐的技术已相当娴熟，就连两个年长的姑娘也参与到狩猎活动中，并很快成为捕猎能手。

反观弗朗茨在努埃尔廷湖的新生活，却与以前大不一样了。因为在南方的居住地不受白人待见，他带着痛苦的伤疤，在平原四处狩猎，不断地延伸自己的狩猎路线，最后闯入因纽特人的营地。因纽特人对弗朗茨平等相待，甚至把他当作尊贵的客人，这样的待遇帮助他恢复了自信，减轻了痛苦；然而同时，弗朗茨却自视高贵，看不起因纽特人，就像那些边贸站的白人看不起他一样。这让他的内心充满了矛盾。

弗朗茨需要修复自己受伤的自尊，这无可厚非。但我想，正是这种矛盾的心境蒙蔽了他的双眼，使他看不到残酷的命运正慢慢摧毁他的新朋友。他鄙视因纽特人，觉得他们目光短浅，而这似乎只能给他们带来饥饿。他以"无知的当地人"来称呼他的新朋友，重演着白人轻视他的那一出悲剧——或许，也重演着他父亲的那一出悲剧。某种邪恶力量无情地摧残着荒原之民，但他根本不想去弄清其本质，甚至以自己的方式助长了这种邪恶。与此同时，因纽特人的友谊又滋养了他，他的自信开始恢复，本性也有所复活，所以，他也愿意在他们需要时施以援手。

当然，卡尔的边贸站又重新开张营业了。荒原上仅剩的十多个猎人，再次为了获取赚钱的毛皮而去猎杀动物——而不是为了果腹。他们把毛皮交到卡尔手里，却只得到一点点象征性的东西，远远低于毛皮的价值。因为卡尔既不拿他们当朋友，也从不对他们抱持同情。他虽然重返荒原生活，但心里只有对亡妻的思念，以及无法向孩子们倾诉的孤寂。他憎恨这片土地，只想快点赚够钱，然后永远地离开这里。由于他是自由商人，不受任何人监督，他可以随意定价，把最大的利润收入囊中，而这在整个北方都被认为是合理合法的。

1943年发生的一件事情，最终促使卡尔下定决心离开了荒原。他最喜欢的孩子——大女儿斯特拉，被困在冬季酷寒的荒原中整整十五天！

那年冬天，斯特拉和哥哥汉斯去一个很远的地方查看他们家储存肉食的地窖，在返回途中，斯特拉驾着自己的雪橇，跟在哥哥汉斯的后面。那时汉斯十六岁，斯特拉十五岁。

在离温迪河湾大约还有三十英里时，突如其来的暴风雪包围了他们。汉斯把妹妹的领头犬套在自己的雪橇后面，兄妹俩前后驾着雪橇继续赶路，他们相信只要风向保持不变，就不会迷失回家的方向。

几分钟后，暴风雪的狂怒达到了极点。汉斯看不见妹妹，斯特拉也看不见哥哥。在猛烈的大风中，在厚厚的积雪里，汉斯没有注意到妹妹雪橇上连接领头犬的缰绳突然断裂，领头犬和其他的雪橇犬走散了！汉斯驾着雪橇奋勇向前，但他的后面只跟来了妹妹的领头犬，拖着一截缰绳。

斯特拉也不知道缰绳断了！她继续赶路，一边尽力在雪橇上坐稳，一边紧紧地捂住脸以抵御狂风。但是，她的那群雪橇犬年龄太小，失去了领头犬的带领，立刻就找不到方向了；而汉斯的雪橇留下的痕迹，眨眼就被风吹起的大雪覆盖了。

更可怕的是，狂风突然改变了方向，开始向南怒吼。汉斯感觉到了风向的变化，便紧紧地拉住自己的狗群，确保它们沿着正确的方向前进，雪橇犬坚定地逆风而行。终于，汉斯回到了边贸站，这才发现他一直没有注意到的事情——他是一个人回来的！

回去找斯特拉是不可能的。暴风雪越来越猛烈，这个时候闯进荒原无异于自杀。一家人只好静静地围炉而坐，无奈地等候狂风歇下来。

暴风雪仅仅持续了一天，但斯特拉回到温迪河湾已经是十五天以后了。隆冬时节的荒原上，几乎没有食物，又没有保暖的被褥，这是一场真正的考验啊！而她奇迹般地熬过了十五天的饥寒，顽强地活了下来。这充分说明，卡尔的孩子们已经成功地与这片土地融为一体了啊！

当时，斯特拉意识到自己迷路后，并没有慌神，而是当机立断，做了一个非常明智的决定——给自己造个宿营地。她用当地人用来砍雪块的骨刀砍了一些树干树枝，搭起一道防风障，然后在它后面的雪堆里挖出一个洞穴，钻进去躲了起来。一直等到暴风雪停了，她才爬出来，睁大眼睛试图辨认出自己所在的位置。但是，荒原在冬季没有地标，雪地上除了少量冒出来的灌木、杂草以外，什么也没有。风向改变时，斯特拉根本就没有觉察到，所以，她以为自己只是向北跑偏了一天的路程。白天，在阳光照射的四个小时里，她便在太阳的指引下向南赶路。但好天气仅仅持续了一天，接下来的一个星期，天空阴暗，根本见不到太阳！三天后，她的雪橇犬实在是饿坏了，拉不动雪橇了。她本来是带了一些肉食的，但为了减轻雪橇的重量，早就扔掉了。她砍掉套狗的缰绳，把好几只狗都放走了，希望它们独自找到回家的路；同时，她杀掉了三只狗，她需要狗肉来活命啊。然后，她丢下雪橇，开始徒步前进，只带了一件薄薄的长袍，背了一包狗肉。

她凭着直觉一直往前走，但方向已经完全偏离，逐渐走出安全地带。有时候，她疲惫得连眼睛都睁不开了，但她知道，要是真的睡着了，无疑会冻死。实在困得不行了，她就停下来，小心翼翼地休息一会儿。有时候，她得在雪地里扒出一条道来，拼命爬上小山顶，才能找到几颗干瘪的熊果或者一把"岩肚子"（rock-tripe，苔藓）来充饥。等到稍微恢复一点体力，她又收拾起长袍，继续向南艰难跋涉。她知道自己错过了努埃尔廷湖湾，但也清楚如果待在原地，就只有死路一条。她迷失在了面积将近五万平方英里的荒原

二、外来人

里，而且据她估计，自己现在可能处在这一大片区域的任何地方。但是，她并没有就此放弃。

她走遍了整个努埃尔廷湖，一百多英里呢！最后，她走到了湖的南岸，可并没有认出来，她甚至不知道自己一直走在湖面上——那一年的积雪和冰实在太厚了。不过，她看见了树林，湖里的岛上总是有树的。于是，她用尽最后一丝力气，走到那片云杉树林的边上，一头栽进雪里，睡着了——她差点就永远醒不过来了，好在奇迹发生了！

谁也没有想到，那天来了一个捕兽人！他一个冬天只来岛上一次，偏偏就在那天来了！在周围百多英里范围内，他可是唯一的大活人啊！更为巧合的是，那天他还驾着雪橇绕着岛上的树林转了一圈。而他的雪橇犬，径直把他拉到了斯特拉的身旁。幸运的斯特拉躺在那里还不到一个小时，就被发现了。捕兽人把她带回自己的临时营地，精心照料。

接下来发生的故事，更加让人惊叹——仅仅一天，斯特拉就恢复了体力！是的，她不仅恢复了体力，而且归心似箭！所以，在失踪的第十六天，她再次踏上向北的归途。同为混血人种的捕兽人担心斯特拉路上挨冻，就给她准备了一架平底雪橇，还用衣物把她裹得严严实实的。第十七天，斯特拉回到了温迪河湾！见到女儿，卡尔忍不住老泪纵横，几个男孩子也跟着流下了眼泪——尽管在此之前，他们已经以泪洗面好多天了。在过去的两周里，他们天天游走于白雪皑皑的荒原上，因找不到妹妹而悲伤流泪，因得了雪盲症而痛苦流泪。

春天到了，卡尔也做好准备要永远离开这片土地了。他找弗朗茨和汉斯谈过，但两个孩子都不愿意去南方，卡尔也就随他们去了。他心里明白，两个孩子完全可以自己谋生了，他们每年不是都能捕获大量的白狐吗？卡尔坐着载满货物的独木舟，向南漂去，带走了年龄较小的孩子和那一季收购的毛皮。弗朗茨和汉斯留在了温迪河畔。弗朗茨留下来，是因为他不愿意面对回到南方将要遭受的歧视；汉斯留下来，则是因为一些无法言说的个人原因。

在遥远的外部世界，战争的车轮隆隆驶向其注定的终点；但是，在那一片静寂的荒原，连枪炮的回响都没有入侵过。多少年悄无声息地过去了，直到1947年我"从天而降"，温迪河湾才有外人闯进来。从他们的父亲离开一直到我来这里，弗朗茨和汉斯在这里的生活多年都没有变化。他们每年去一次遥远的南方，用独木舟运送货物到相隔最近的贸易站。在那里，他们急匆匆地卖掉自己猎获的毛皮，买好一年所需的生活物品，又立即穿越森林，逃回极地平原。在一年里的其余时间，他们就在荒原上四处为家，冬天靠狗拉雪橇，夏天则步行，或者牵着一群狗步行。

奇怪得很，两兄弟共用一间棚屋，却并不一起生活。汉斯极度寡言少语，嘴里几天都吐不出一个字来。两人各有各的狩猎路线，各有各的狩猎领地。冬天，两兄弟离开棚屋，各自走向不同的方向，整整一个月都不再见面。他

55

二、外来人

们偶尔会同时回来，但大多数时候，他们各自回屋，歇息几日，又彼此错过。孤独感永远压在心头，兄弟俩总是各自承受。弗朗茨完美地继承了母亲的基因，像印第安人一样有力量。而且随着与荒原居民越来越熟络，越来越亲密，他内心的孤独也得到了一定程度的排解，使他不至于被无边的孤独逼疯。他为自己筑起一道安全屏障，像一张密密实实的大网，帮助他抵御荒原非人的环境。

与因纽特人相处久了，弗朗茨似乎慢慢成为他们中的一员了，但并不能完全融入。他呀，即使所有其他种族的人都不再与他交往，他也会坚守自己心中的种族壁垒，完全忘了自己曾经受过的伤。话说回来，只有因纽特人能保护他免遭孤独吞噬——相比其他，孤独更能击垮一个人啊。所以，弗朗茨有些妥协，不再那么孤傲自负。只不过，他虽与因纽特人为伴，却并不甘心与他们为伍。如此一来，他又怎能远离孤独？他渴望与因纽特人交往，但又尽力克制自己。结果，他愈是克制，愈是焦躁不安，整日里痛苦不堪。为了消解这种痛苦，他不停地扩大自己的狩猎范围，不断地开拓新的狩猎领地，离温迪河湾越来越远。

然而，即使不停地深入荒原，弗朗茨内心的痛苦也丝毫没有减轻。对自己的问题，他从来就没有想清楚。他学会了在荒原求生的技能，也懂得适时收手，绝不与遍地岩石的环境和恶劣的天气抗争；但他永远不懂的是，无论如何努力，他仍然是荒原上的——一个外来人。

三、孩子们

最初那股一吐为快的激情慢慢地退去了，弗朗茨又不说话了，偶尔嘟哝一两个单音节的词，却根本解答不了我心中升起的一个又一个疑问。或许，他是因为第一天晚上絮絮叨叨说得太多而恼恨自己，就像喝得酩酊大醉的人在陌生人面前胡言乱语，酒醒后又为过多暴露了心声而懊悔不已。又或许，他一言不发，完全是因为弟弟汉斯迟迟没有回来。

每天一大早，弗朗茨就离开棚屋，爬上附近的一座小山，眼巴巴地向东南方向瞭望。河湾覆盖的冰雪正在渐渐消融，完整的冰面已经开裂。春天的阳光灼热难耐，但弗朗茨在那里一待就是几个小时。汉斯早该回来了。刚刚开春时，弗朗茨去过一趟努埃尔廷湖南岸，大概一百英里以外吧。在那里的一座小岛上，他建有一口地窖，用来储藏过冬的食物，他前去检查、维修。现在，留给汉斯回来的时间不多了，再过几天，一旦河湾的冰雪全部融化，狗拉雪橇就再也没法通过了。为了等候汉斯，我们开始一起在山顶守夜。

第三天早上，开始下雨。雨下得很大，像荒原上的任何事情一样——一旦发生，就必定极为猛烈。弗朗茨和我急忙跑进棚屋。我们坐在漏雨的屋里，只听得急急的雨点打在屋顶的驯鹿皮上，咚咚咚，像敲响了一面湿漉漉的鼓。突然，我们又听到新的声响，轰隆隆，轰隆隆，盖过了哗哗的雨声。我全神贯注地捕捉那声音，听出是从河面传来的，是雪水流淌的汩汩声——只能是那种声音了，我以前听到过，但这次听到的更为深沉，而且越来越近，越来越响，瞬间就变成了洪亮的咆哮！棚屋在颤抖，就像发生了地震一样，桌上的锡铁盘子，嗒嗒乱舞，哗啦哗啦地滑落一地，叮叮当当地响成一片。

弗朗茨不顾倾盆而下的暴雨，冲出了屋子，我也立刻跟了出去，忙乱中看到了可怕的一幕——一个巨大的冰块，至少有十英尺高，从水里冒出来，离我们的门只有二十步的距离！差不多两人高的冰块，突然立起来，像极了一块大墓碑，还未立稳又轰然倒塌，狠狠地砸到了河里，灰色的水花喷溅而出，又硬生生地砸向河里的浮冰。河水高涨，夹着破碎的浮冰奔涌向前，几分钟就爬上了我们脚下的坡地，数不清的冰碴在我们门前留下一片狼藉。

透过灰蒙蒙的雨雾，我眼睁睁地看着眼前发生的一切。不断上涨的河水，漫过我的脚背，发出警告的巨响后，顺着斜坡逆流而上，轰隆隆地好似冲锋的战鼓已经敲响。河流所经之处，大大小小的冰块相互碰撞，发出响亮、刺耳的声音，你拥我挤地朝着冰冻的河湾涌去。

浮冰与河水的冲劲看起来势不可挡，但它们在流入河湾的时候，遭到了大规模的抵抗。滚滚的河水重重地冲击着河湾厚厚的冰面，浮冰与冰面相互碰撞的力道极大，双方鏖战地的空气，凝聚成了一团团晶莹的冰晶，拼命与滂沱大雨对抗。冰块不断堆积，顷刻之间高如楼房，又立即被压碎，紧接着新的浮冰又堆积起来，再被压碎。如此反复冲锋，河湾的冰面屏障渐渐失去了战斗力，慢慢地向河口败退。

最终，冰封的河湾彻底放弃了抵抗，平底锅大小的浮冰，缓慢、笨拙地随河水流下来，一块又一块地堆积在河湾里，形成了一道冰坝。冰坝后面，河水急速上涨，棚屋里的水，大概涨到了我们的膝盖那么深；而河里的水，则从十五英尺深，变成了差不多三十英尺！与此同时，大块的浮冰散落在河水的漩涡中，其中一块抵在棚屋的原木墙壁上，就像一头公象发疯似的对抗着一棵大树。弗朗茨和我早已逃上了山梁，眼前的一切让我们越来越兴奋，根本无暇顾及棚屋和屋里的东西。

堵在狭窄河口的冰坝，正在不断扩张。新的冰块不断从上游涌来，冲击着冰坝，被高高抛起，又落在冰坝上。冰坝剧烈震动，隆隆作响。那条河已经发疯了，汹涌的河水冲击着棚屋，恐怕就算我们想救，也什么都救不出来了。最终，冰坝放弃了抵抗，整个滑出河口，砸向尚未完全破裂的河湾冰面。河湾里的水，突然释放，喷涌而出，河道里成千上万吨的障碍物步步后退。

冰坝一下子就崩塌了，给人不堪一击的印象，轻易就被河水冲坏了。然而，它真正的威力却无法估量。河面漂来一块巨大的浮冰，一间小屋大小，流到冰坝前却突然飞起，像一块飞旋的重石，画出一道弧线，砸在温迪河湾的冰面上，吱吱嘎嘎地滑行了差不多半英里！浮冰在处处裂痕的黑色冰面上翻滚着，最后卡在岸边一个小暗礁上的乱石堆里。在未来的几天，它将一动不动地待在那里，直到灼热的阳光将其化为流水。而它端坐在岩石上的样子，极其恰当地象征了这片土地蕴藏的威力。

弗朗茨和我完全沉浸于这场战斗的隆隆声响和狂怒景象中，压根没有听到渐渐靠近的犬吠，更没注意到一群狗拉着雪橇爬上了我们所在的山梁。当我们听到雪橇刮过石子道上的刺耳声响时，雪橇已经停在了我们的面前。

一群狗坐在地上，身上还拴着缰绳。一个清瘦的年轻人站在领头犬的旁边，我猜那就是汉斯了。我还没来得及看清他那张阴沉的脸，雪橇上两团行李一样的东西就弹了起来——一个浑身裹满毛皮的小孩，像一只可爱的小动物，蹦蹦跳跳地跑向弗朗茨，欣喜若狂地扑进他的怀里；另一个则不紧不慢地从那堆不伦不类的行李中爬出来，带着一点点克制走向我们，但一见到我站在那里，就停下了脚步。后者是一个男孩，十三岁的样子，裹着一身驯鹿皮。终于，他还是来到了弗朗茨的身边，虽然有些局促不安，脸上的笑容却越来越舒展，看起来上唇几乎要盖住扁平的鼻子了。他平整的上门牙朝着我闪闪发光，我完全被迷住了，呆呆地望着他，心想，这就是我要寻找的荒原人的孩子啊。

弗朗茨怀里的女孩儿，叽叽喳喳，扭来扭去，完全抑制不住见到这个男人的喜悦。弗朗茨漆黑的眼睛里充满泪水，好一会儿才把孩子放到地上。我想她最多不过五岁，看上去可能还要小些。她走到男孩身旁，这才第一次注意到我。几乎在同一刻，刚刚还洋溢在她身上的热情消失了，她冰冷得有如山上的一尊石雕神像。

"库妮，"弗朗茨指着女孩儿说，"阿诺蒂利克，"又指了指那个男孩。这个介绍也太简短了嘛！但此时此刻，我该满足了。我们一起朝山下走去，去棚屋察看损失，清扫污物。我边走边想，库妮这孩子，该不会是弗朗茨的吧？

见到我，孩子们表现得有些羞涩，但汉斯又做何反应呢？他根本不能接受我的到来，但又表现出了极大的克制。他长期不与人交流，一切都闷在自己心里，就连偶尔与哥哥弗朗茨见一面，也觉得备受折磨。至于面对我——一个白人，一个不了解的陌生人，他便彻底沉默了。他没有与我说过一句话，回到棚屋后，则独自坐在角落，死死地盯着我，好像我是一只极其危险的动物，突然闯入他的荒凉

三、孩子们

领地。他的皮肤黝黑，比他哥哥还要黑得多，面部轮廓看起来狭长、脆弱，把一张黑皮肤的脸绷得紧紧的。他的眼睛空洞无物，仿佛深不见底，只匆匆瞥了我一眼便移开了，犹如一只落入陷阱的狐狸，不敢直视逼近的劲敌。

但是，孩子终归是孩子，他们的害羞来得快去得也快。不一会儿，他们就开始在屋里你推我搡，扮鬼脸，吐舌头，嬉戏打闹起来，毫不在意我的存在。阿诺蒂利克麻利地在湿漉漉的炉膛里生起了火。库妮虽然年纪小，却已有了一些模范女性的样子，她跑到河边，打了些水回来。两人合作，没几分钟就为我们烧好了一壶热气腾腾的茶。

库妮把茶水倒进锡铁茶缸，就爬上弗朗茨的双膝，舒舒服服地坐下来，熟练地卷起了烟叶。弗朗茨给她点着了，她便抽起烟来，十分惬意。弗朗茨与她说话时，柔声细语，完全是一副与孩子聊家常的父亲形象。

见此情景，我的好奇心再也忍不住了。

"弗朗茨，"我问道，"她是——你的孩子？"

弗朗茨慢慢地点了点头，根本没有抬头看我一眼。

"当然！"他突然回答道，声音听起来很不友好，与他之前同我说话的语气判若两人，"是啊，她是我的孩子。是我把她从北边捡回来的，她当然是我的孩子！"

他的语气极其生硬，甚至夹杂着一丝怒气，好像在责怪我——怎么可以质疑他对这个小宝贝的监护权？！令人吃惊的是，还没等我细问，弗朗茨已经开始讲述他是如何发现库妮和她的哥哥阿诺蒂利克的。后来，我又从因纽特人的嘴里听到了这个故事的更多细节。

温迪河正北大约六十英里之外有一处小湖群。穿过湿漉漉的平原，越过砂砾山脊，就可以看见这些小湖，密密麻麻地挤在一条河的两岸。那条河我们称之为卡赞河，但是它更贴切的称谓应该叫"因纽特库"（Innuit Ku）——"人类之河"。这些小湖的水经由恩纳代湖（Lake Ennadai），流入不远处的"人类之河"。多少世纪以来，这些小湖和周围的小山，一直是内陆文化的中心所在。荒原之民自古生活在这片绵延起伏的土地上，在因纽特库的上下游不断地扩散营地，星星点点地散居在这片湖河的沿岸。他们自称"伊哈米特人"——意为"他者民族"，为的是将在内陆生活的自己这一族与生活在海边的因纽特人区分开来——那些人主要靠海洋生活。

伊哈米特人对这片土地的了解由来已久，并一直在无边无垠的荒原上四处为家。小湖群位于宽广的卡赞河沿岸，对他们有一股特别的吸引力。因此，当在其他地方遭遇前所未有的恶劣天气，当瘟疫、饥荒横扫他们的营地，伊哈米特人自然而然地就会撤退到这里。

到1940年，外围的最后一个营地被攻破。那些在内陆族群解体后幸存下来的少数人，又重新回来生活了。他们追寻祖先的足迹，重返小山脚下的小湖流域，在奥泰克湖、哈洛湖和卡库米湖三个小湖的岸边搭建营地。在茫茫无垠的荒原大地上，这里是人类生活的最后据点，却处在各种势力的包围中。那是一座没有防护墙的堡垒，唯有一股触摸不到的防御力量——人类的求生意志。这种意志虽然日渐衰弱，但一旦受到严酷的围攻，又变得异常坚定而有力量。他们的敌人极多，冲在最前面的就是饥饿与疾病。与伊哈米特人早已懂得如何与之周旋的其他荒原之敌相比，这两个强敌是荒原的"外来者"，但更为狰狞可怖。到1946年秋末，残存的伊哈米特人被迫群居在荒凉的小湖地区，尽可能地远离这些凶横之敌没完没了的纠缠[1]。

其中，有一家的主人叫昂格勒亚拉克。他和年迈的母亲，他的妻子，三个孩子——库妮、阿诺蒂利克和帕玛，拥挤地生活在同一顶帐篷里。妻子名叫伊克图克，是一位慈爱的母亲，也是一位贤惠的妻子，但是她长年累月地咳嗽，经常咳得自己没有一丝力气。有一天，她咳出来的鲜血染红了她咬在嘴里止疼的白狐毛皮。昂格勒亚拉克擅长捕猎，但他空有一身技艺，常常空手而归——没有可以填充枪膛的子弹，没有可以塞进黄铜枪管的火药，他那把破枪又岂能射中猎物？而家里那位年迈的老妇，比同族的其他三百人都要命长。现在她几乎天天活在焦急的等待中，等待与死神

----

[1]　1947年夏，十八个伊哈米特成年男女与儿童死于疾病，他们极有可能患的是白喉病。——原注

的不期而遇。每年冬天，她都希望自己再也见不到下一个春天了，可是每到春天，她都活得好好的，直到下一个冬天。

库妮和阿诺蒂利克都还年幼。然而，阿诺蒂利克已经可以陪父亲穿越漫长的狩猎路线去打猎了。当然，他们带回来填充一家人肚子的，经常只是一些猎物逃掉了的离奇故事。库妮只有四岁，却已经实实在在地扛起了自己作为营地女性的责任。她经常帮助老祖母做些事情，收集柳枝当柴火啦，去湖边取水啦；在母亲咳血不止无力起身的日子里，则由她为煮饭的炉膛添柴加火。

昂格勒亚拉克用雪块垒起来的圆顶小屋，坐落在奥泰克库玛尼克（Ootek Kumanik）——奥泰克湖的北岸。这里还有三座营地与他们家为邻；在几英里之外的小湖边，另有八座这样的圆顶小屋。

——这便是所有残存的荒原人家了。

1946年冬末，"小山"环抱的几座冰屋相继面临粮荒，食物越来越少。昂格勒亚拉克和邻居奥泰克结伴而行，踏上狩猎路线。两个大男人只能坐一架雪橇，拉雪橇的狗也只有三只——狗食也不足啊。他们穿过广漠的荒原，直奔南方弗朗茨的棚屋而去。然而，他们一路上都没有见到驯鹿，甚至也没有见到驯鹿的任何踪迹，两个以狩猎为生的男人，心中大惊。

两人到达温迪河畔时，弗朗茨碰巧在家，便让两人进屋过夜。第二天早上，两人就带着弗朗茨匀给他们的少量食物离开了。弗朗茨自己的食物也不多，可以分给他们的实在太少。他们离开之后，弗朗茨想起他们讲的事情，心中陡然升起不祥的预感。他知道，伊哈米特人秋天能捕杀到的猎物少得可怜，他们营地存储的鹿肉一定快吃光了。弗朗茨最近一次穿越伊哈米特人的土地时，发现他窖藏的驯鹿尸体少了不少，那是他去年秋天就地窖藏起来准备喂狗的。他很清楚，那些不见了的驯鹿尸体，早已填进了人的肚子。但他更清楚，如果不是面临死亡的威胁，伊哈米特人是绝不会偷窃的——在死神逼近的时候，谁还在乎自己是否会成为道德嘲讽的对象呢？

昂格勒亚拉克和奥泰克深冬里的这次造访，带来的消息并不太妙——他们说，驯鹿已经离开了这片土地！除非春天早日来临，除非温暖的阳光再次把驯鹿召回，否则荒原上的人也只有离开了。

听到这样的预言，弗朗茨心中的愤怒胜过了怜悯。他怒火中烧，是因为他觉得自己对这些"野蛮人"承担着责任与义务；他怒火中烧，是因为这些人愚蠢地挥霍着食物，而且目光短浅之极，从来不会像他——一个白人一样，为将来的生活做点准备。当然，他怒火中烧，还因为这些人偷窃了他的地窖——没了鹿肉，他的狗吃什么？狗没了吃的，他怎么出去打猎？不打猎，他又何以为生？！然而，最令这个年轻猎人生气的，或许是他越来越强烈地意识到，正是他的到来，给这里的荒原之民带来了致命的苦难。

　　他的父亲卡尔和其他的商人，曾经从伊哈米特人手里大量地收购毛皮，这一举动向荒原之民表明，猎取白狐毛皮比猎取动物肉食更有价值。所以，在短短的一二十年里，荒原之民慢慢地荒疏了建造地窖的技术，不再像先辈那样在秋天储藏过冬的肉食。取而代之的，他们学会了围捕白狐，习惯了用白狐的毛皮换取面粉、子弹和猎枪。以伊哈米特人的眼界来看，那些商人确实改变了他们的生活，但这种变化挺不错，他们只要付出少许的体力劳动，就可以满足基本的生活需求。

　　但是，商人永远追求高额利润，一旦赚不到钱，边贸站就撤走了，与荒原人的贸易也就停止了。单纯无知的荒原人刚刚学会新的生活方式，便踏上了穷途末路。曾经擅长捕杀驯鹿的荒原人，已经成为猎捕白狐的高手，可白狐的毛皮又怎能填饱肚子呢？荒原人也不愿再改回自己原来的生活方式。"毫无疑问，"他们心想，"我们冬天还是要捕捉白狐，说不定等我们把毛皮运到南方，就会发现那些商人又回来了。"可是，当他们再次来到南方，却发现边贸站仍然空空荡荡，破败不堪，荒凉得好像已遭受了多年的饥荒。

　　商人在有利可图的时候就来到荒原，为收购毛皮而短暂地待上几天；无利可图了，就彻底抛弃荒原，根本不会考虑自己给荒原带来的破坏。只有依旧生活在这里的弗朗茨，隐隐地意识到买卖狐皮的过错，心中的愧疚无法排遣。或许正因为如此，一想到昂格勒亚拉克和奥泰克从"小山"脚下远道而来，却几乎空手而归，弗朗茨就怒从心起。

长达数月的冬季拖着沉重的脚步缓慢向前，不再有呼救声从北方传来。3月初，弗朗茨来到伊哈米特人的营地，在年迈的赫克沃的冰屋里待了一天。同往常一样，他和营地里的人共享食物，一人一份，但这一次食物的分量实在少得可怜，这让他倒尽胃口，难以下咽。他找了个借口匆匆离开，向北深入，选了最偏远的狩猎路线，却再次发现好几个藏肉的地窖被洗劫一空。

3月中旬，昂格勒亚拉克打猎归来——再一次失败而归。他没有带猎枪，只带了一把简陋的弓，那把弓在他手里，比小孩手里的玩具弓弩好不到哪里去。伊哈米特人早就忘了如何用驯鹿角来制作精巧的角弓了。他们已经多年不用角弓打猎，因为获取毛皮需要的只是铮亮的钢枪和子弹。当然，昂格勒亚拉克也不是一无所获，他带回两只饿死了的松鸡——这就是一家六口人、三只狗的全部口粮了。或许有一天，生活在这顶帐篷里的人啊、狗啊，都将不再需要任何食物了。

在昂格勒亚拉克这次打猎之前的那一个月里，他们家每人每天就只能吃到一口食物了。他这次出去打猎，是绝望中的最后一次努力，只为稍稍缓解一家人肠胃的折磨。然而，他的狩猎失败了——当然也是注定要失败的。局势已经不可逆转，无论这个猎人如何挣扎，都无法改变结局。死神已经降临营地！他们所有人能做的，就是为死神引路，让家里最没有必要活下去的人先走一步。

这个问题家里没有公开讨论过，也不需要讨论。只要昂格勒亚拉克活着，这个家就还有希望。但如果他这个猎人死了，即使成群的驯鹿回到"小山"脚下，其他人也活不成。

排在猎人后面的是孩子——库妮、帕玛和阿诺蒂利克。伊哈米特人活下去的勇气快要丧失殆尽了，但孩子们是看得见的希望啊！

然后是伊克图克，她在家里是妻子，是母亲，是新生命的源头——不过，她似乎已经尽到了全部的责任，即使没有她，孩子们也可以活下去。

接下来就是家里的狗了，那可是家里的宝贝呀。他们曾有一群体型健壮的雪橇犬，现在就剩下这三只了——虽然已经饿得皮包骨头，但仍然很有用，不可替代。它们可以保障一家人的可流动性。如果没有它们提供穿越荒原的动力，即使是最优秀的猎手，也活不了多久。

那么，就只剩下那位老太太埃皮特娜了。她的重要性排第几位？平日里儿孙几个对老太太尊敬爱戴，恪尽孝道，没有什么比这份孝心更能确保她的地位了。然而，一旦饥饿的幽灵张牙舞爪要吃人的时候，这些美好的感情也就不堪一击了。

在昂格勒亚拉克带回两只松鸡的那个晚上，老太太夜不能寐。她的时限到了。为了这一刻，她已经熬过了不知多少个食不果腹的年头。她坚信死亡就是解脱，也一直在盼着自己走出这一步。那么，就在这个晚上，就在雪墙内，让一切都结束吧。然而，真到了那一刻，她却倍感恐惧——对于老人而言，那恐惧实在太强烈了；与之相比，年轻人面对危险产生的害怕心理，显得那么苍白和虚伪。

事情发生在家人入睡不久。为了免受饥饿感的折磨，大家早早地睡了，只有老太太呆坐在那里，目光越过家人静静的卧姿，直勾勾地凝视着远方。她听见了小库妮梦中的呜咽，还听见了儿子焦虑的咕哝，但更为清晰的，是屋外沙沙的下雪声。大风一直刮，大雪一直下，像沙砾一样的雪粒，沙沙地落在冰屋光滑的圆顶上。清晰的沙沙声，渐渐地填满了她的耳朵眼儿，到后来，她再也听不见一丝人的声音。雪越下越大，沙沙声越来越响，老太太越来越害怕。

漫漫长夜就要走到尽头了。通道上骨瘦如柴的卫士——那几只狗，无精打采地抬起头，退缩到冰屋的墙根，让出一条道来。老太太走出了冰屋，走进了黑暗。风雪包裹了她，漆黑笼罩了她。她几乎赤身裸体地站在厚厚的积雪里，只穿着一条薄薄的毛皮裤子。她解开了腰带，裤子滑落在地，悄无声息。狂风呜呜地吹，犹如困兽的哀号，黑暗无情地将她抽缩成干瘪的一团，极度虚弱的老人受尽了人间最后的折磨。

家里少了一张面孔，第二天早上却没有人提及，连最小的库妮也没有问起。但是，当黄昏降临时，昂格勒亚拉克独自来到雪地，在半明半暗中迎风站立，腰上紧紧地缠着一条辟邪的护身带，口里念念有词。那是他在孩提时代就学会的咒语——那时荒原之民的营地规模大、人口多，而从他记事起，伊哈米特人就用这种特殊的咒语，送别刚刚逝去的亲人。

已是3月中旬了。通常这个时候，白昼会慢慢变长，无休无止的寒冬狂风终于渐渐减弱，再过几日就会完全消失。但这一年的风啊，依然恣意狂吹，好像忘了自己该何去何从。整个荒原世界，唯有风雪肆虐。

这种情况，即使真的出现猎物，也没有人愿意冒险走出冰屋。昂格勒亚拉克一家蜷缩在床架上，盖着破旧的兽皮袍子，挤成一团，静静地——等待。

冰屋里弥漫着忧郁。白天，在阳光的照射下，屋里尚有一丝微弱的生气；夜里，屋里只剩漆黑一片——小油灯里的驯鹿油脂早就烧干了。狂风像魔鬼，横扫着屋外的冰壁。终于，风声停了下来，又渐渐变成死一般的寂静。三只狗躺在地上一动不动，身子紧紧地缩成一团，好像半冻的圆球；它们把头藏在尾巴里，悄无声息，有如饥饿中沉睡的人，就快要失去意识。

两只松鸡已经吃光了。三个孩子一人一份，昂格勒亚拉克只吃了很少的一点。内脏和毛进了三只狗的肚子里。伊克图克什么也没吃。她的丈夫从自己嘴里省下了一些，想让她多少吃点东西，但她推开了丈夫，什么也不吃，只是不停地咳血。

　　老太太辞世一周以后，伊克图克除了咳嗽，就没有其他什么动静了。那个时候，昂格勒亚拉克去了邻居奥泰克的冰屋。奥泰克一家与他们相隔不过几百英尺，但昂格勒亚拉克却费了很大的劲才找到他们的冰屋——地上的雪堆越积越厚，挡住了他的路；雪堆之间尽是浓浓的冰雾，他也看不清路。

　　奥泰克的冰屋里，住着他自己、他的年轻妻子豪米克和一个婴儿。昂格勒亚拉克进屋的时候，婴儿正趴在母亲的胸口吸着干瘪的奶头。奥泰克已有十多天没吃东西了。从旧袍子上撕下来的最后一块碎皮，也用最后一把柳条烧火煮了，填进了母子俩的肚子里。那相依为命的母子，一个死了的话，另一个也活不成。这是奥泰克夫妇的第三个孩子，第一个孩子只活了一年，第二个孩子同样命短。前面两个孩子都因饥饿死去，所以，奥泰克再也不打算遵守先辈留下的规矩——谁说家里的猎人必须先吃饱？

　　昂格勒亚拉克与奥泰克小声地交流了很长时间，讨论接下来必须采取的行动。他们知道，弗朗茨已经去遥远的北方打猎，要一个月或更久才能回来。若要等他回来，一切都来不及了。奥泰克最近听说，在东边离他们大约十天路程的地方，有个白人又建了一个小边贸站，跟生活在海岸边的因纽特人做生意，他们有时会从海边来到内陆过冬。奥泰克建议，他们应该离开"小山"脚下，向东去寻找活路。

但是，昂格勒亚拉克却没法表示认同。他心里清楚，他不可能与奥泰克和其他邻居一起走，伊克图克已经动弹不得，三只狗也已经没有力气拉动雪橇了。

一周以后，奥泰克湖边残存的四座冰屋中，只有一座还住着人。另外三家荒原之民，已经踏上了向东的逃命之路，他们孤苦伶仃，无依无靠，为生存而垂死挣扎，在荒原大地上留下一串串踌躇的脚印，而不可阻挡的毁灭正在向他们逼近。

在留用的冰屋里，伊克图克突然从长长的酣睡中醒来，她见到的景象，让她惊恐地尖叫起来，但是她快要流干了的血液，又回流到体内，堵住了她的咽喉，她完全发不出声音。睡在身边的人，并没有醒来，只有伊克图克看见了向她走来的死神。

她拼命挣扎，短暂地疏通了堵塞的肺叶，然而又一阵不可控制的咳嗽发作，一滩生命的液体从她的胸腔喷出来。她大口大口地喘着粗气，体内的血汩汩地流出，流到睡床的横档边缘，流到地上，立刻冻结成血块。

第二天中午昂格勒亚拉克醒来时，他妻子的尸体已经冻硬了，在睡床边的雪地上扭曲成丑陋的一团。他大力拖拽，想在孩子们醒来之前，把妻子的尸体拖出去。但是他无法将她弯曲的四肢弄直——完全无法想象，可怜的女人在生命的最后挣扎里，双手双腿抽搐得多么厉害啊！他也实在没有力气，拖不动妻子了。他只有那么一点时间，可以看一看妻子血糊糊的脸。这就是他深爱了一辈子的女人啊！就是为了这个女人，他才甘愿留在这儿，才没有跟随其他几户荒原人家，去东边寻求渺茫的生存希望。

那天晚上还死了一条狗，于是一家人连夜弄来吃了。狗是饿死的，肉又干又苦，全都分给了孩子们，昂格勒亚拉克只吃了一点点，刚够他恢复体力去做完剩下的事情。又过了七天，另外两只狗也杀来吃了，它们已经饿得皮包骨头，对他们毫无用处了。3月结束，进入4月，狂风终于歇了下来。白天，阳光照耀，没有了寒冬里的阴郁笼罩，太阳在天空中越爬越高。

最后一点狗肉也吃光了。一天早上，昂格勒亚拉克拿起他的老式步枪，爬出冰屋的洞穴门廊，爬进阳光里。这个猎手又要去打猎了！但他虚弱无力，只能在冻得坚硬的雪地上爬行，步枪拖在身后。他爬了差不多一百码[1]，眼睛被阳光刺得几乎睁不开，迷迷糊糊中，他看到前方出现了一道山梁，一头驯鹿站在那里，盯着眼前这个爬行的猎人。昂格勒亚拉克全身颤抖，浑身无力，但是满怀希望。他端起那把老枪，草草地瞄准，朝着那神奇的景象，拼尽全力开了一枪。

几个孩子挤在冰屋里，并没有听到枪响。他们那天也没有吃到鹿肉——哪有什么驯鹿啊！ 在白昼明亮的阳光里，

---

[1] 码，长度单位。1码 = 0.9144米。——编者注

昂格勒亚拉克僵硬地躺在地上，身边那把毫无用处的老枪，直直地指向白皑皑的雪堆——就是在那里，猎人最后一次见到了他的驯鹿。

弗朗茨到达奥泰克湖时，已是这事发生后第二天的拂晓。他第一时间去了奥泰克家的冰屋，看到洞穴门廊堆满了积雪，明白这家人已经去了别的地方，或许去了哈洛湖吧？于是，他准备向遥远的南方进发，尽快回到自己的营地。弗朗茨赶着狗沿着湖边前进，一条狗突然抬起头，汪汪地嚎叫。他朝旁边的雪地看了看，发现了一个形状模糊的棕色小丘。最初，他以为那是一头狼獾，便从箱子里拿出了步枪。但是那棕色小丘一直没有动静，他慢慢靠近，辨认出是一个人躺在那儿。

弗朗茨害怕死人。在他那白人的身躯里，印第安人的血液在流淌，脑海里有太多与死亡有关的意象。他没有碰那具冻僵的尸体，而是掉转雪橇，来到昂格勒亚拉克的冰屋。门廊开着，但积雪太厚，进屋的通道只剩下一条窄口，完全看不出在圆顶下的静谧里埋着什么。弗朗茨心里害怕极了，大声地喊叫，却没有听到任何回应。就在他转过身，想要逃离的那一刻，他隐隐听到了什么声音，非常微弱，好像一只受了重伤的小动物，正困在积雪下面等死。

弗朗茨拴好他的狗，鼓起勇气，踩着厚厚的积雪爬过长长的门廊，进到冰屋。他来得太及时了！两个年龄最小的孩子得救了！他俩正睁着眼躺在那里，等着父亲归来。模模糊糊中，他们似乎看到他回来了，正在哭泣的小女孩一下子哭得更大声了。

弗朗茨从床架上扯下一些兽皮，盖住了帕玛和伊克图克的尸体，一具冻得僵硬，一具面目狰狞，实在太吓人了！然后他在那间冰屋里待了一整天。他拿来自己的小燃气炉，找了一些食物，给两个皮包骨头的小东西熬汤喝——两个孩子不住地干呕，喝下去的汤都吐了出来，他就耐心地等待，然后再让他们喝汤，直到他们的肠胃可以接受营养。他的小燃气炉火力全开，将阴暗的冰壁照得发亮，随着温度急剧升高，屋里升起一团模糊的冰雾。小女孩向他伸出双手，那颤抖的小爪子没有一丝血色。弗朗茨捂住那双小手，轻轻地按摩，好一会儿手指手掌才暖和起来。

到了第二天，两个孩子不可思议地恢复了！只有他们这样健壮的孩童，才会展现出这样强大的恢复力。弗朗茨不敢在此地逗留太久，雪橇上已经没有狗食，自己的食物也快耗尽了。伊克图克、帕玛和昂格勒亚拉克的尸体也让他感到不自在。这里离温迪河湾他的棚屋还有一百英里的远路，他急于踏上艰苦的归途。

他从雪橇上卸下十多只冻僵的白狐尸首，藏在雪地里，又把自己的长袍铺开，将两个孩子严严实实地包裹起来，放到雪橇上剩余的白狐尸首中间。一切安顿好了，他就驾着雪橇，从奥泰克湖向南方奔去。两天后，在温迪河湾的棚屋里，他为两个孩子升起了取暖的炉火。

没过多久，汉斯也狩猎回来了。他看到棚屋里多了两个孩子，虽感到吃惊，但脸上并没有流露出来。几天之后，弗朗茨就把汉斯和两个孤儿留在棚屋里，自己独自外出了。弗朗茨忘却了他曾经因荒原之民而怄气，因他们目光短浅而不满。自从带回了库妮和阿诺蒂利克，他的心境发生了巨大变化。最令他满意的是，即使他不在家，两个孩子也是安全的。于是，他套起了狗，驾着雪橇再次前往"小山"脚下。

弗朗茨来到卡库米湖边卡特洛家的冰屋。这家人的饥饿已经到达顶点，死神近在眼前。弗朗茨把带来的面粉和肉分了一些给他们，然后又驾着雪橇，去寻找那些还有活人的冰屋，给每个家庭送上一些食物，以帮助他们逃离濒死的边缘。在奥泰克湖和哈洛湖沿岸，他没有发现生命的迹象，不知道那些曾经生活在那里的家庭，究竟出了什么事情。

食物分完了——虽然是少得可怜的一点救命粮，但这已经是弗朗茨能够弄到的所有东西了——弗朗茨立即回到温迪河湾。仅仅休息了一天，他又驾着雪橇奔向南方，长途跋涉三百英里，来到最近的白人"前哨基地"。这是一个小边贸站，位于鹿湖（Deer Lake）边，由一个年轻的混血儿经营、照管。在冬天，这个年轻人同样与外部完全隔绝，但是他有一台老式的短波无线电收发机，可以偶尔用摩尔斯电码发出断断续续的讯号。

弗朗茨走了整整七天才到达鹿湖。七天当中，有三天他都在与春季雪暴斗争，行程艰难。一到边贸站，他立即与那个混血儿经理碰头，费了老大的劲才终于发出一条信息，向外界传递了伊哈米特人面临的困境。这是一条具有重要意义的信息——因为它是从内陆平原向外界发出的第一条信息！几百年来，伊哈米特人一直隐秘地生活在这片土地上，这是他们第一次向外发出求救的声音。很多人听说过他们和他们的困境——商人、狩猎者或传教士，等等——但弗朗茨第一个担起了为他们呼救的责任，是真正关心他们的第一人。

信息向外传递的速度极慢，每一个字都要发送两三次。设在丘吉尔镇的大型无线电收发站接收到这条信息，立即转往南方。好几天过去了，弗朗茨待在鹿湖焦急地等待着，但外界却迟迟没有回音，又是好几天过去了。

这条消息究竟是怎样处理的呢？——没人说得清。首先，政府当局需要花点时间确认消息的真实性。在任何情况下，动用政府资金都要经过调查。其次，这是第一次有人请求政府当局帮助内陆民族——"那么多年他们都过得好好的，为什么现在突然需要帮助呢？"最终，政府机器的车轮还是转动起来，救援的指令发到了帕斯。帕斯的官员雇了一架飞机，第一次飞行以失败告终；第二次，飞机降落在努埃尔廷湖的最南端，卸下救援物资就自顾自地飞走了。

然而，弗朗茨一直期待着从丘吉尔镇来的飞机，那条航线才是最短的直线距离。听到有人从帕斯派出了救援飞机，他立刻离开了鹿湖。他决定去找他窖藏的食物。与遥远的帕斯相比，他的地窖离等待救援的伊哈米特人要近得多，只有两百多英里。

时间已经不多了！

弗朗茨走了一百多英里才来到他的地窖。然而，打开地窖他才发现，大部分食物对于那些在冰屋里等死的伊哈米特人并没有多大帮助。几乎全是白豆！一袋又一袋的白豆！这对于冰屋里挨饿的人有什么用呢？在冰天雪地里，他们根本找不到生火的木柴啊！

好歹翻出一些有用的东西，弗朗茨把它们装上雪橇，套上疲惫的狗，便又向北出发了。那可是两百英里的艰苦行程啊，积雪已经开始消融，一路上走得十分艰难。

最佳的救援时机已经错失。

为了伊哈米特人，弗朗茨跑了差不多上千英里。再次赶到荒原之民的营地时，他得到的却是不幸的消息——伊皮尤克、阿尔朱特、尤克蒂洛希克、埃莱图特纳、奥基努克、奥奎努克和霍莫古卢克——这些他再熟悉不过的伊哈米特人，都没能等到他。春天已经来临。这些死去的人葬在岩石堆里，坟顶的积雪已经融化。还有一些人却曝尸荒野，连一座坟也没有，全由狼和狼獾来"照料"。他们没法像得到安葬的逝者一样，灵魂得到安息——营地里再也找不到人来体面地埋葬他们了。

弗朗茨为伊哈米特人所做的一切，也是为了他自己。他以前对伊哈米特人的不满与怨愤，以及白人给他留下的耻辱与仇恨，全都过去了。不，还没有完全过去，但他现在的不满只针对那些罪有应得的人了，不再针对"小山"脚下的荒原之民。

对于荒原之民而言，这仅仅是他们迎来的又一个春天而已。在过去的半个世纪里，他们有四十多次都是这样迎接春天的，这一次并没有什么两样。

但是，这一次也有一点不同——伊哈米特人向外界发送了求救信号！现在政府当局再也不能无视荒原之民的存在了，再也不能以不知情为理由拒绝承认白人的法律对荒原之民的忽视了。消息传出去之后，政府的回应极为缓慢，空投的物资又太远，完全把救援行动搞砸了；但至少给出了回应，政府终于承认，在那一片茫茫的大草原上，还生活着一个民族，他们也应该得到政府的保护。

从蒂勒尔第一次来到荒原，发现荒原之民，到这一次官方对他们迟到的认可，经过了五十年的黑暗岁月。在这漫长的半个世纪里，荒原之民一直没有被政府放在心上，甚至被刻意遗忘，但现在这一切都快结束了。在伊哈米特人悠久的历史里，他们一直作为垦荒者生活在我们的这片土地上，这是他们第二次得到认可。毫无疑问，这是一次光明的胜利，是我们民族良知上的一种胜利！但它来得太迟了，唯一发挥的作用，不过是延长了"小山"脚下荒原之民最后垂死挣扎的时间。

四、这片土地的命根子

汉斯和两个孩子回到棚屋的第二天清晨，我被一阵密集的枪声惊醒。嗖嗖的枪声闯入我的梦乡，恍惚中我以为自己还在意大利山区，听到的是德国前哨部队和我们部队交火的枪响。等我清醒过来，枪声仍未停止。我匆匆披上衣服，冲进6月的清晨。

弗朗茨、阿诺蒂利克和汉斯三人正坐在屋后的山梁上，镇定地朝着河的对岸开枪。南岸的斜坡上差不多有一百头驯鹿，全是雌鹿。它们蠢笨地挤在一起，惶悚不安，毫无目的地乱转。我可以看见子弹击中岩石炸起的灰色烟雾，可以听到子弹射中驯鹿的声声闷响。

棕色的河水汹涌湍急。已经下河的驯鹿，挤在齐腰深的水里，无法再回到岸上，因为身后的同伴挡住了后撤的路。还在岸上的雌鹿，开始试图逃跑，慌乱中左冲右突，好一会儿才得以脱身。它们沿着河岸，迈着大步，笨拙地逃往上游，怀着幼鹿的大肚子，有节奏地摇晃着——它们的产期快到了。

鹿群四散，向第一道河湾后面的山梁逃窜。最后一批驯鹿翻过山梁后，枪声停止了。三个猎人冲下山坡，从棚屋旁边抬出一艘绿色的独木舟，手忙脚乱地清扫外壳上的积雪。我立即上前帮忙。不多久，独木舟收拾好了，可以下水了。弗朗茨和我把独木舟推入河中，向对岸划去。河里还在涨水，水流很急，为免独木舟被冲进开阔的河湾，我们奋力地划桨。这个过程让我们又累又兴奋。然而，即使是在如此激烈的活动中，我也注意到，河水不完全是棕色的，里面还夹杂着一些深红色的涓涓细流，融入急流就立刻消失不见了。独木舟在对岸搁浅了，我们跳入水中，把独木舟推到沙滩上，免得它被河水冲走。

枪击和渡河带来的兴奋突然而至，现在又突然结束了。我站在斜坡的乱石上，俯瞰那些已死的和垂死的驯鹿。在我眼前的河岸上，横七竖八地躺着十几头驯鹿。它们的鲜血还在汩汩地往外流，流入泛着泡沫的漩涡。有两头驯鹿已经死去，其余的或躺在乱石丛中抽搐不止，或仰着头瞪着我们，或挣扎着站起来，跌跌撞撞地向前跑一段，又一头栽倒在地上。

这是杀戮的景象，这是恐怖的景象！尤其是我想到这些濒临死亡的驯鹿，肚子里还怀着幼崽，顿感这血淋淋的场景更加惨不忍睹。这是我第一次在这片土地上见到鲜血，即便以一个外来者的眼光审视这一切，我仍然大为震惊。而弗朗茨却完全无动于衷。他像一头敏捷的驯鹿，在乱石中一跃而起，凶猛地扑向奄奄一息的雌鹿。他手持一把锋利的短刀，每走近一头受伤的雌鹿，就熟练地在它后颈上狠命一戳，干净利落地刺伤驯鹿脊椎里的骨髓。这个方法简单有效，充满仁慈，不到十分钟，所有受伤的驯鹿都躺在地上一动不动了。弗朗茨随即开始切肉。

弗朗茨用刀，力道恰到好处。长长的一刀拉下，便划开了驯鹿的肚皮，再以小刀砍下后腿。

我看得入迷，心里却十分排斥。但弗朗茨的每一个动作都那么稳健，每一次用刀又那么娴熟，血腥的场景似乎变得不那么恐怖了。我钦佩这个男人的技术，但当时还没有意识到，这不正是蒂勒尔描述的"鹿之民"吗？弗朗茨只是在完成自己的日常工作。他从伊哈米特人手里学到了精湛的屠宰技术，而伊哈米特人不就是真正的"鹿之民"吗？

不到二十分钟，所有的驯鹿尸体都处理完毕，我们扛着它们的后腿来到岸边。半小时以前，这里还站满了活生生的鹿群，现在却杂乱地堆放着血糊糊的鹿肉，在尚未完全融化的雪地里，徐徐地冒着热气。这个变化发生得太快，我还不能完全理解它对我产生的影响。后来在这片土地上生活得久了，慢慢开始以北方人的视角来看问题，明白了这类杀戮背后的真相，才认识到这种死亡的巨大效用。回到眼前，这是我在荒原度过的第一个春天，我只知道驯鹿回来了。它们一回来，冗长不堪的冬季给生命带来的折磨就结束了。棚屋外，很久没有吃到肉的狗，仰起消瘦的脸，汪汪长嚎，焕发出勃勃生机——阵阵微风，已经让它们闻到了鹿肉的浓香。

库妮和阿诺蒂利克欣喜若狂。阿诺蒂利克冲进河里，上涨的河水淹没了他的膝盖，但他只顾得上帮我们靠岸，然后一把抓起一块还有余温的鹿肉，便狼吞虎咽地大吃起来，一副心花怒放的模样。我想起来，这是冬季漫长的几个月以来，他第一次尝到鲜肉——在奥泰克湖边挨饿的那些日子，阿诺蒂利克又怎能忘得了呢？库妮就在他身后不远。直到今天，我也说不清当时心中的滋味。我看到那个小女孩一只手握着刀，一只手抓着一大块血淋淋的鹿肉，一张小脸埋在肉里，大快朵颐，直到不停地打饱嗝儿——就像高康大[1]那样贪婪地吃、吃、吃！

汉斯第一次展现了生动的一面。他笑了——不知道是源于杀戮的快感，还是出于对鲜肉的渴望——尽管这笑显得呆呆的，看不出明确的情绪。

弗朗茨的脸上也挂着微笑。我们还没把鹿肉从独木舟上全部卸下来，他就高声呼唤库妮，让她赶快去生火。热情洋溢的面庞，焕然一新的生活，全都出现了。我身边的这

---

[1] 高康大，小说人物，文艺复兴时期法国人文主义作家弗朗西斯·拉伯雷（Francois Rabelais，1494—1553）讽刺小说《巨人传》里的主人公，是作家笔下特别能吃的巨人。——译者注

几个人，好像血管里注入了新的血液。就连我自己，似乎也受到了某种情绪的感染，浑身充满了力量。我说不出这是什么情绪，但我知道，自己从未感受过这样的活力。

火很快升起来，一大锅鹿舌架在火上烹煮。突然，屋外又响起一阵乱哄哄的犬吠声，我立刻起身出去一探究竟。这一次，我清晰地看到，一大群雌鹿又出现在河湾渡口。就在弗朗茨刚刚屠宰驯鹿的那个地方，鹿群纷纷攘攘，开始接二连三地涉水渡河。

这一次，没有响起枪声。汉斯几乎无法克制端起枪的冲动，但他还是把子弹退出了枪膛。鹿群似乎对眼前的棚屋视而不见，不到一分钟，它们全都蹚入河里。它们的身体十分笨重，但并没有把渡口踩坏，还凭借其强大的浮力，奋力泅渡，很快就在我们的前院附近登陆了。

院里的狗，更加疯狂地大力咆哮，几乎快把拴着它们的木桩从雪地里拔出来了。鹿群看见了狗，也看见了我们，但并没什么反应。它们在棚屋前自动分成两股，像洪水一样绕过棚屋涌向前，一下子就将棚屋夹在了中间。它们经过院子时，一股异常难闻的气味充斥我们的鼻孔。最后，鹿群翻过山梁，消失不见了。

前前后后不到一个小时，先是铺天盖地的驯鹿，仿佛全世界尽是奔跑的驯鹿，而现在什么也看不见了。

那天下午，弗朗茨带我去了"鬼山"。我们沿着河湾开裂的冰面，小心翼翼地驾着雪橇。天气太热了，正午的温度达到了100°F[1]，所以，我们只穿了薄长裤和棉质衬衣。冰面上的积水有些深了，雪橇成了小船。一小时后，我们来到河湾北岸。我们拴好了狗，爬上一道朝南的缓坡。下面就是温迪河湾，它的后面就是"鬼山"破碎支离的斜坡。这是一幅值得载入史册的景象。万物的生长，有点跟不上季节变化的脚步，夏日里铺满平原的斑斓色彩，此时还没开始流动。日渐消融的冰面呈黑色，但仍然有一些象牙一般的浮冰徘徊在岸边，逗留在千沟万壑的峡谷里。山丘高处因为覆盖着岩石和枯死的地衣而呈深褐色，令人惊奇的是，山坡低地却散落着一棵棵矮小的云杉树，看起来像一块块黑斑。北面，平原陷入一片白雪覆盖的谷地中，洼地、沼泽和水塘全都隐藏起来；接着，地势升高，露出荒芜之地，阴冷沉闷，茫茫伸向天际。

我们居高临下，俯瞰着这个没有色彩的世界，它阴沉沉地躺在我们脚下。我们在等待驯鹿的到来。幸运的是，我们没有等太久。弗朗茨突然抓住我的手臂，指了指南面的小山。我依稀看到远处崎岖的山坡上有一条移动的黑线。看起来，山坡正轻轻地向着河湾滑下去，仿佛有数不清的岩石漂浮起来，向山脚下的冰面倾泻而下。我看得十分专注，一开始还以为是刺眼的阳光在捉弄我的双眼。接着，"泥石流"缓缓滑到河岸，流入广阔的河湾。我试着想数一数我看到的

---

[1] 华氏度（°F），温度计量单位。100°F≈38°C。——编者注

黑点，十，五十，一百，三百……我放弃了——这些黑点连接成线，东一团，西一串，断断续续，一直向北伸展，绵延了好几英里——是驯鹿来了。

鹿群离我们太远，看上去几乎没有移动。但几分钟之后，它们已经来到河湾中心，并开始形成队列阵形。我带了双筒望远镜的，但因为一直沉醉于眼前壮观的场面，竟然忘了使用。我把望远镜举到眼前，那条长长的斜线立刻分解成一排一排的鹿，每一排都踏着前一排的脚印前进。长长的鹿群队伍中，不时可以看到一岁左右的小鹿，蹦蹦跳跳地走在雌鹿的身旁。雌鹿的肚子高高隆起，一看就是又怀上了幼崽。队伍里没有雄鹿，全是雌鹿，全都挺着大肚子。它们不可阻挡地向北方挺进，赶往平坦的平原地带去产崽。

领头的雌鹿来到我们所在的河岸，开始爬坡。河湾的对面，"泥石流"还在继续，而且越来越密集。鹿群挤满了河湾冰面，从东到西起伏的"波浪"宽达六英里，同时，还有雌鹿源源不断地涌过来。

它们不紧不慢，一刻不停，毫不迟疑，只是紧紧地跟着前面的足印，踏上河湾的冰面，径直奔向我们所在的河岸。它们踩出的路，开始变宽。黑色的冰面受到连续的踩踏，不断碎裂成块，又不断结成晶体，变成白茫茫的一片。每过一批驯鹿，就踩出一条横跨河湾的路来。这些路越来越多，越来越宽，直到最后驯鹿消失，整个冰面上就多出一条宽阔的大道来。

四、这片土地的命根子

现在，鹿群的波涛缓缓地流向我们在山坡上的"观景处"，离我们越来越近，十步，五步……为免被踩伤，我们不得不站起来，不停地挥动双臂。走在前面的雌鹿，淡然地瞅了我们一眼，毫无兴趣，一晃就过去了几英尺，继续向北前进，步态一点也没有改变。

几个小时过去了，就像只过了几分钟。源源不断的鹿群继续向前流动，一直到太阳静静地悬在地平线上才停息。我内心慢慢充溢一种强烈的冷漠——生命，我的生命，弗朗茨的生命，我所知道的世间一切生命，似乎已经变得毫无意义。在这里，生命的规模如此宏大，完全超乎想象。这让我思想麻木，让我仿佛感觉到，这了无生气的世界充斥着一种不顾后果的浪费——对生命这一神圣宝贵之物的浪费。此时，回想起在温迪河湾被屠宰的十几头驯鹿，我已经不再感到恐惧，也不再觉得恶心；对那些死去的人，那些为横扫平原的生命洪流所淹没的死者，我也已不再有任何感觉。

等我们回过神来，已近黄昏。我们默默地走向雪橇。我感到不太舒服，开始怀疑自己见到的景象是否真实。太阳下山了，路上的冰又冻硬了；坑坑洼洼的驯鹿脚印，让下山的路颠簸得厉害，我只得跳下雪橇，跟在后面小跑。一路上，我们多次看到掉队的鹿群。每一次，那些拉雪橇的狗都试图扑向驯鹿，全然不顾弗朗茨的呵斥；情急之下，我们只好掀翻雪橇，才总算拦住了它们。这一切又如此真实——我所见到的景象不容置疑。

那天晚上，我在棚屋后面的山梁上坐了很久，默默地抽着烟，静静地回想自己见到的景象。迄今为止，我对鹿之民还知之甚少，但已经见到了驯鹿。我也明白，自己对驯鹿同样一无所知，但人和鹿的形象在我的脑海里交融在一起，成为一个整体。我发现我只要想到一个，就一定会想到另一个。在见到伊哈米特人之前，我偶然撞见了他们的秘密。我相信，正是自己头脑中这种模糊的意识——意识到荒原人和驯鹿密不可分——才使我后来尝试去了解因纽特人的工作得以顺利开展。

自从人类首次探索北极以来，探险家那"好大的一群"的感叹就激起了我们强烈的好奇心。我们闯入大草原，观察到了成群结队的草原野牛，了解了它们的生活习性。但是，驯鹿还一直笼罩在神秘的面纱之下，至今没有被看透。我们仅仅知道，在一年里的某个时节，铺天盖地的鹿群会突然出现在北极荒原的某个地方，然后在短短的几天里，又会消失不见。它们去了哪里呢？它们可能去了北方，去了南方，去了东方，去了西方。但是，它们具体的目的地在哪里？它们又为何要去到那里？这些问题的答案，无人知晓。

然而，随着时间的推移，从相互矛盾的种种驯鹿传说中，开始浮现出大致的轮廓来。人们发现，绝大多数鹿群来到辽阔的荒原，是为了在此度过夏天；临近冬天时，它们大都奔向南方，在极地森林高大树丛的保护下过冬。驯鹿的这两次迁徙，是众所周知的。但是，在荒原待了一年之后，我发现它们还有另一次迁徙——对此，我将在后文详述。

开春的头几个星期，鹿群从南部森林蜂拥而出，向北横跨温迪河河口，便迅速消失。接下来的一周时间，就只能见到小股掉队的鹿群了——多是不育的成年雌鹿。它们走得并不匆忙，因为并不需要赶着去生产。之后是那些年迈的雌鹿，还有已经断奶的幼鹿，行动更为缓慢。然而紧随其后的，却是一股新的驯鹿狂潮——雄鹿来了！不过数日，那些结实坚硬的泅渡之地，便密密麻麻地挤满了雄鹿。它们棕色的背脊形成一张巨大的地毯，覆盖了脚下的坚冰。然后，雄鹿经过我们的营地，沿着雌鹿的蹄印前行——此时，后者已经在离我们五百英里远的平原上开始产崽了。雄鹿经过之后，驯鹿的春季迁徙就告一段落了。不过，还有一些掉队的驯鹿不时从我们这里经过，慢慢悠悠，要持续好几周。

那年春天，从我眼皮底下经过的鹿群，根本算不上漂亮。它们毛皮粗糙，正在换毛；在穿过茂密的森林时，身上的毛又被刮掉了不少，露出大块大块的黑皮肤。雌鹿凸起的大肚子也算不上美。不管雌鹿、雄鹿，全都长着牛头似的脑袋，而且还没有长出鹿角，看起来十分丑陋——与"鹿"这个词让我们联想到的优雅形象大相径庭。然而，尽管它们算不上优雅、漂亮，但是双腿修长、关节突出、脚趾叉开，在崎岖的地面腿脚灵活，跑起来又快又稳。

它们的仪态也没有什么吸引力。雌鹿、幼鹿、雄鹿，无一例外。它们一天到晚翻山越岭，肚子里不停地发出声响，每一群驯鹿都像一个闹哄哄、解不开的结。但是，它们肚子发出的隆隆声，在音量上却比不过它们脚掌发出的响声。驯鹿的"脚踝"处有一块松散的软骨，所以跑动时会发出咔嗒咔嗒的声音，就像石块在水里相互碰撞发出的闷响。

6月底，最后一批掉队的驯鹿伤病员，全都越过了温迪河湾。我们营地附近的土地，只剩下一群又一群的鸭、海鸥和矶鹬，它们在小水塘和稀软的沼泽里自由地鸣叫和活动。此时，雪已融化，但驯鹿的迁徙通道依旧清晰可见。沼泽地在无数驯鹿蹄子的连续踩踏之下，留下深深的痕迹，变得泥泞不堪。方圆几英亩[1]的范围内，苔藓与陈旧的泥炭搅拌在一起，好像巧克力布丁。泥炭从冰封的睡梦中被撕扯出来，在久违的阳光下暴晒、融化。与我们的棚屋庭院一样，这些地方散发出浓烈的恶臭，数周不散。

就连那平铺着一层冻碎的砾石的大山脊上，也清晰地留下了驯鹿迁徙的永久通道。而它们踏出来的小道，更是纵横交错，随处可见。在这片土地上，已经找不出哪怕一平方码大小的地方，不曾留下驯鹿踩踏过的印迹。即使是在坚硬的大岩石上，痕迹也清晰可见，有些灰色片麻石上的脚印，甚至有一英尺深。

---

[1] 英亩，面积单位。1英亩=4840平方码≈4047平方米。——编者注

当温迪河湾这片土地完全属于鸟类的时候，那些焦急万分的雌鹿已经产下了幼崽。它们选择的平原高地，位于贝克湖（Baker Lake）和塞隆河的南岸。幼鹿一生下来就融入鹿群，缠在雌鹿身边哼哼唧唧，呜呜咽咽，搅得雌鹿终日不得安宁。这些早熟的幼崽，在出生几个小时后，就能跑得比人还快，连体形硕大的北极狼也难以追上它们。早熟对它们是件好事，因为大多数雌鹿都极为缺乏母性，在遇到危险时常常会弃幼崽于不顾。因此，在宽广的草原上，幼鹿独自游荡的情景屡见不鲜。这些落单的幼鹿，可以数小时跟在人的身后。与所有的驯鹿一样，幼鹿除了害怕孤独，对其他的事情都怀有强烈的好奇心。

　　雌鹿产崽以后，那种把鹿群带到北方的紧迫感依然没有减退，驱赶着它们继续向前。于是，庞大的鹿群分成若干小队伍，永远在移动中。它们在苔原上漫无目的地转转停停，你拥我挤，几天就能兜上几百英里远。驯鹿没有家，夏天和冬天，总是在游荡。这些不计其数的驯鹿，聚集到哪里，哪里的地衣啦，矮柳树叶子啦，就会被它们一扫而光——这样还留在原地，等着挨饿不成？

　　因此，在酷热的7月，北方草原上到处都是小股小股的鹿群，它们躁动不安，像风滚草[1]一样四处滚动。然而，到

---

[1] 风滚草，大多数人称它为草原"流浪汉"，生长于北美和澳大利亚，枯萎后散落在地，像球一样随风四处滚动。——译者注

了7月末，它们似乎又受到一种新的冲动的驱使——这就是前文提及的那次迁徙，至今原因未明。少数几个小股鹿群突然开始向南转移。它们的行动，就像开启了一场雪越积越多的"雪崩"，沿途带动它们遇到的所有鹿群奔跑起来。队伍行进的气势，日渐磅礴，到8月初便集结成了来势汹汹的洪流。荒原的血液，逆着春季流经的方向回流而去，领头的是雌鹿和幼鹿，正是它们将小股的鹿群聚集成了庞大的队伍。于是，仲夏迁徙的驯鹿，向南猛冲，越跑越快，一直到了森林的边缘才停下来。然后猛地回头，乱作一团，全然没有秩序，像海浪拍打在花岗岩悬崖上一样。浩浩荡荡的夏季鹿群，再次分散开来，又开始慢慢悠悠、漫无目的地闲荡。跟在雌鹿后面或混杂其间的雄鹿，顶着可爱的鹿角，沿着大部队狂奔的足印行进。之后，鹿群的全线退缩慢慢开始，直至再次漂回北方。

隐藏在这次夏季迁徙背后的原因，谁也没法完全说清。冬天还早着呢！冬季来临之前，所有的驯鹿都会再次北移，几乎可以到达春季迁徙路线的最远端。或许，它们这次夏季迁移，是因为蚊虫？荒原上的蚊子和黑苍蝇极多，多得令人难以忍受。白天，聪明的人会待在黑洞洞的棚屋里，几个星期都不出来，除非是因为生存需要而非出门不可。如此看来，驯鹿的夏季迁移，就是一次逃窜之旅。面对那些长着翅膀的嗜血者，只有拼命奔跑，才能逃过它们的追逐。这个季节，假若人在荒原待上一天，脱下衬衣时会是怎样的情景呢？我曾经见到过。因为被蚊虫无数次叮咬而流出的血干了，衬衣粘在了身上，只能一点一点地剥下来。苍蝇可谓荒原最重要的防御工事之一。长期以来，在保护这片土地免遭白人入侵方面，它们起到了不可低估的作用。

如果说人类都难以逃避嗜血的苍蝇，那么驯鹿就更别提了。在苍蝇嗡嗡乱飞的高峰时节，驯鹿饿得骨瘦如柴，有如自己薄薄的影子，但它们几乎不敢停下来进食或休息。它们只是沿着海拔最高、风速最大的山脊拼命地奔跑，以免遭它们可预知的灾难——纯粹因为失血而身亡。

然而，在将驯鹿作为宿主的昆虫中，吸血食肉的苍蝇还不是最可怕的。还有另外两种苍蝇，体形硕大，花哨俗丽，看起来像大黄蜂。这两种穿着艳丽外衣的袭击者，就算只飞来一只，也足以让一群驯鹿惊恐万状，甚至连人或狼引发的惊恐都无法与之相比。有一次，我看到一小群雄鹿原本在陡峭的河岸静静地进食，却突然发疯似的跑起来。鹿群迅速散开，鹿头摇摆，鹿蹄腾空，四处逃窜，有的甚至撞到了尖利的乱石上。一头雄鹿转身跑向河边，毫不犹豫地越过陡峭的河岸，却跌进浅浅的河里，脖子摔断了，躺在那里等死。

我蹚水过河，来到雄鹿身旁，看到了可恶的行凶者——一只黄色的大苍蝇。这种苍蝇繁殖力惊人，通常寄生在鹿皮之下，被它盯上，驯鹿的结局只有一个——千疮百孔。

两种魔鬼苍蝇中的第二种，更具邪恶的本性。它的幼虫不是寄生在驯鹿皮下，而是扭来扭去结成板块，堵塞在鼻腔和喉管里，不断生长，直至宿主无法呼吸，窒息而亡。

或许——我还不能证明这种假设——正是这些形形色色、长着翅膀的恶魔，威胁到了驯鹿，迫使它们开春就奔向遥远的北方。因为越往北走，苍蝇乱飞的时节就来得越晚。接下来——当然也只是一种可能的假设——随着夏天的推进，苍蝇从北到南渐次灭绝，驯鹿便跟着苍蝇衰亡的线路，寻找没有枯竭的牧场。我不知道这是否属实，只知道我在荒原度过的那个夏季，驯鹿到来时，可恶的苍蝇恰巧突然消失了。

既然说到这些恶心的苍蝇，我不妨顺便细细说一说那些坑害驯鹿的生物。知道驯鹿的人，都知道大蝇蛆。但幸运的是，心平气和的北方人，很少知道在驯鹿皮下还寄生着其他一些令它们讨厌的生物。我的研究结论是，驯鹿身上的寄生虫多得不计其数。即使一头驯鹿能够逃过各种危险侥幸活下来，它也早晚会死于寄生虫。因为寄生虫会越来越多，最后超过负荷，驯鹿就算整天进食，也很快会死于饥饿。是的，每一只驯鹿的身上都布满了寄生幼虫的孔洞和囊肿，早死不可避免。即使所有其他因素不变，我也怀疑一头驯鹿能否活到十二岁。

在一头老死的雄鹿尸体上，我曾经目睹了上百条可恶的寄生虫。但是，反过来想，如果吃鹿肉时吃下去的寄生虫会致病的话，那么，世间便不会有因纽特人了。有了这样的想法，当我回忆起自己在荒原上吃过的生肉餐食，心里才有了少许宽慰……

　　大约8月底，一种新的情绪在鹿群中弥漫开来。一小群一小群的驯鹿，又开始缓慢地向北方迁移。雄鹿的发情期临近了，躁动不安的鹿群再次沉浸在旷日持久的紧张气氛之中。

　　这时候，驯鹿膘肥体壮。没有了苍蝇的叮咬，它们可以从容地细嚼慢咽，尽情地享用厚厚的地衣和茂密的灌木树叶。到了夏末，雄鹿堆积在背上的肥膘，可以达到三英寸厚——因为一旦进入发情期，它们根本就没有时间进食。现在，雄鹿的毛皮油光晶亮，呈浓烈的棕色。雄鹿粗壮的鹿角大弓，弯弯地指向蔚蓝的天空。

　　其实，就连雌鹿的毛皮也再次变得柔顺光亮。熬过生产和哺育幼崽的苦难，它们现在已经恢复了靓丽的容颜。对于10月的发情期，它们说不上渴望，只是被动地做些准备。雌鹿也长鹿角，尽管与雄鹿相比，更像小小的角刺，但也是十分有趣的现象——生活在北美大陆的鹿种类极多，唯独驯鹿的母兽长鹿角。

　　处于发情期的驯鹿群吵吵嚷嚷，场面极为壮观。高大的雄鹿激动到极点，彼此不停地交战，全然不顾获胜是否有奖赏。激烈的争斗一刻也不停歇，它们白天斗，夜里斗，鹿角碰撞的声音此起彼伏。如果有人在鹿群附近宿营，夜里根本无法安睡。

雄鹿一旦开战，便是酣畅淋漓，景象一片惨烈。巨大的鹿角使雄鹿的身躯相形见绌，但作为决斗的武器，却没有多大用处。然而，失去鹿角的竞争者，通常也就失去了尊严。当然，经常发生的危险，是争斗者的两副鹿角牢牢锁在一起，彼此动弹不得，其状令人毛骨悚然。战死的两具雄鹿尸骨，鹿角依旧死死缠在一起，这样的惨象并不鲜见。

　　决斗结束之后的几周，获胜的雄鹿成为雌鹿的保护者，有权占有成群的雌鹿，一直到急不可耐的生殖器精疲力竭时，才悻悻地离开自己的妻妾，重新回到独居的生活。

　　在冬天降下第一场大雪之前，驯鹿一直只是不紧不慢地向北移动。突然有一天，冬天在呼啸着从黑沉沉的北极袭来之前，简单地向它们发出了警告——初雪突降，驯鹿开始惊慌起来。

　　驯鹿吓破了胆，凭着动物的直觉，它们再次聚集起来，成群结队，发疯似的奔向南方。一群又一群的驯鹿加入大部队，直至这片土地上的所有驯鹿都汇聚起来，成为一股浩浩荡荡的洪流，汹涌澎湃地冲向南方，去那片茂密的森林寻求庇护。

　　1947年的秋天，我曾目睹了惊恐逃窜的驯鹿洪流。那天，在漫无尽头、向北绵延的土地上，原本没有一点动静，只有一只渡鸦在灰暗的天空懒洋洋地盘旋。但是，就在第二天即将破晓的时候，死气沉沉的大地突然复活了。我站在河边的一座高山上，满眼都是驯鹿背脊。河里充满了汹渡的驯鹿，磕磕擦擦的鹿蹄声，比南方夏夜里蟋蟀的鸣叫还要持久。但是，三天之后，同一片土地再次陷入沉寂。在被鹿群踩烂了的平原沼泽地上，一只悠闲漫步的狼成为仅有的行走活物。

冬天的荒原看起来空空荡荡，见不到什么活物。但是，在这片白茫茫的平原上，依然还有一些脱离大部队的鹿群，分散地隐藏于僻静的云杉丛中。每一群驯鹿的数量极少，人们通常注意不到它们的存在——除了那些隐身在雪地里的狐狸和狼。寒冬的来临，将这些掉队者与逃进森林的鹿群割裂开来，它们不得不留在荒原之上，依靠雪地里的地衣，饥一顿、饱一顿地过着日子。然而，在雪地里刨掘地衣，绝非易事。有的时候，地上的积雪可达数英尺深，就连树上也厚厚地粘附着被大风刮起的雪尘。尽管如此，与那些躲藏在森林里的鹿群相比，它们在荒原上要应对的危险，简直微不足道。

在曼尼托巴省（Manitoba）北部的林地，湖泊众多，大批鹿群会来这里过冬。在那里，我曾经遇见过一位迟暮之年的白人，他在那片林地湖区狩猎多年。10月的某一天，他带我来到一条连接两个湖泊的狭窄通道。湖面没有积雪，冰层透明清晰。我朝下一望，只见窄道下面的地上，杂乱无章地堆满了白骨，离冰层表面不过几英寸。那是一座巨大的驯鹿坟场！仅仅是可见的鹿角，就数以万计，而从堆积起来的白骨来看，死在这里的驯鹿总数，肯定还得多几倍吧。

看完窄道，老人给我讲起了很久以前的往事。那时，他刚刚来到湖边，搭建起棚屋。从北方来的驯鹿，被连绵的小山分成平行的两列，从山地进入坟场附近的窄道。他告诉我，密密匝匝的鹿群你拥我挤，一些幼鹿被挤得摔倒了，就会被四周的鹿群踩死。他告诉我，拥挤不堪的驯鹿洪水持续奔流了两个星期，一刻不曾减缓。或许，他讲得有些夸张。老年人的记忆嘛，总是要比实际发生的情况更加"枝繁叶茂"。然而，那冰层之下的堆堆白骨，确实历历可见啊。

我问起那个窄道坟场，他又继续给我讲坟场是怎样形成的。他说，伊德森埃尔德利印第安人（Idthen Eldeli Indians，以下简称伊德森印第安人）——意思是"食鹿人"——每年秋天都会光顾那些湖泊之间的窄道，每人至少扛来一整箱的步枪子弹。印第安人待在窄道附近射击，直到打光所有的子弹或者鹿群冲过去——确实有些驯鹿冲过窄道逃脱了。这些印第安人离开时，死掉的驯鹿把通道上和湖面上刚结的冰层压得嘎吱作响。

到了春天，冰层融化，沉沉的驯鹿尸体便沉入湖水深处。绝大部分的驯鹿尸首没人动过，身上只有子弹留下的伤痕，但所有的鹿舌头都被割掉了——原因我后文再讲。在六十年的时间里，那条深不可测的水道，渐渐填满了驯鹿的尸骨，现在连独木舟也难以安全地划过。

现在，秋天从那里经过的鹿群，已经变成了涓涓细流。驯鹿并没有改变迁徙的路线——它们只是消失了，就这么简单。可以肯定，灭绝了驯鹿的步枪，最终也灭绝了手握步枪的印第安人，好像人类掉转枪口对准了自己。即使驯鹿的数量再多，也顶不住如此肆无忌惮的杀戮。驯鹿大军不断减员，伊德森印第安人同样不断减少——因为缺少肉食而饥饿至死。这就是大肆杀戮的后果。

在驯鹿过冬的每一片林地里发生的故事，几乎如出一辙。20世纪30年代末期，驯鹿湖[1]地区每年被杀死的驯鹿大约是五万只。如今，即使把生活在那里及其周围土地上的驯鹿全部加在一起，也不够这个数。大湖原本是以驯鹿命名的，但还没过多少年，它就已经名不副实了。而且很快，人们就会忘记它为什么叫驯鹿湖。

尽管如此，除了傻瓜，没有人会责怪伊德森印第安人。他们的生活一直很艰难，充满危险，驯鹿是他们在抵御饥饿和灭绝的战斗中唯一的保障。在漫长的冬季里，森林的物产本就不丰足，全靠驯鹿才撑起了这些印第安人的生活——这与生活在荒原的因纽特人只能以鹿为生是一样的。事实上，这两个族群，都是与鹿共存的族群。在白人到来之前，他们一直与给予他们生命的驯鹿和谐共生。

然而，当边贸站开始扩散到北部森林的时候，步枪迅速取代了伊德森印第安人手里的落后武器。最初的步枪是单

---

[1] 驯鹿湖（Reindeer Lake），又译作赖恩迪尔湖，坐落于萨斯喀彻温省东北与曼尼托巴省的西北边界上，是萨斯喀彻温省第二大湖泊，也是加拿大的第九大湖泊。——译者注

发装填弹药的——这原本也许是一件好事。但很快，商人就不再满足于仅仅依靠卖点铅弹和火药赚的那点钱了。于是，在商人的鼓吹下，他们的武器又有了新的进步，连发枪篡夺了单发步枪的活动领域。这个民族猎鹿的历史悠久，但多少世纪以来，他们的武器之所以有效，主要是靠高超的技艺和坚定的意志。而商人提供给他们的武器，不仅可以用来随意灭杀，而且完全不需要技术。

这一切你以前肯定听说过。或许，你一听到这样的故事，就会联想到南部草原的野牛。但那已是发生在百年之前的往事了，也就是你父亲的父亲生活的年代发生的事。不过，还是让我告诉你吧！我要说的，就发生在你所处的时代，而且仍在发生着。

贸易公司越来越兴旺，越来越富有。但他们是怎样积累起巨额财富的呢？ 20世纪20年代，一家世界知名公司下设的边贸站，为了将大量弹药卖给北部的印第安人，竟然鼓励他们用驯鹿舌头来换取子弹！于是，不计其数的驯鹿舌头从边贸站流出，相应地，不计其数的驯鹿尸体只被割下了舌头便遗弃在冰天雪地里，到了春天又腐朽溃烂。所以我认为，把罪责都推到印第安人身上是不公正的。

一到冬天，伊德森印第安人就去狩猎地捕杀驯鹿。每个猎手都扛着一箱子弹（整整一千发），这足够他们用到春天，然后再去边贸站换取更多的子弹。利润和回报都在增长，买卖双方很是满意。确实如此，以致后来有人提出，限制出售子弹的数量，就是在限制买家的利益。甚至有人公开谴责说，限制捕杀猎物，就是在干涉人的自由。我想，这些限制措施的确是一种干涉——干涉了某些人因无知而灭绝自己的自由权利。

杀戮驯鹿，同时毁灭与鹿共存的民族，这些罪恶的事情过去一直在发生，现在还在继续发生。而为了制止这种相互残杀，政府采取的措施仅仅是派出代表，告诉那些幸存的伊德森印第安人，他们必须懂得"保护"的艺术。对这种奇怪而陌生的言论，伊德森印第安人表面上不置可否，但在私下里，在自己的帐篷里，却回想起一幕幕往事来——那些白人狩猎者，不仅蚕食了他们的土地，而且猎杀起驯鹿来毫不内疚、毫无节制。而在伊德森印第安人更遥远的记忆里，那些驯鹿属于他们——而且只属于他们——从古到今一直属于他们。

伊德森印第安人对白人的看法没错，甚至可以说是不可争辩的事实。我这里有一段真实的日记，是一个年轻的白人猎手在荒原边缘狩猎时写下的。他的日记写得极其精确，包括日常生活的细枝末节，无一遗漏。1939年秋，当来自南方的驯鹿穿越他的狩猎领地时，他便扛上步枪去打猎了。他需要储存自己和狗过冬的肉食，也需要为捕捉其他猎物准备一些诱饵。为此，他杀光了自己狩猎领地上的所有驯鹿。而那些驯鹿，全都暴尸荒野。他根本没有保护它们免遭食腐动物的吞噬，相反，只是多多地杀死驯鹿，想着即使有一些被食腐动物吃掉了，剩下的也够他用来设置陷阱了！我手里的这段日记，仅仅记录了他五个星期的狩猎生活，但就在那短短的五周里，他杀死了多少只驯鹿呢？日记里统计出来的数字是267！面对如此惊人的数字，这个特别的猎手还认为自己的杀戮太"保守"了！我想，如果这也算"保守"的话，那么，伊德森印第安人在面对政府派来拯救他们的代表时，完全有理由拒绝接受对方所谓"保护"之类的伪善说教。

停止杀戮的指令已经传达下去，不只是对驯鹿的杀戮，也包括对印第安人的杀戮。在1900年代，伊德森印第安人的总数约为两千人，但现在仅残存几百人了。根据那些高高在上的政府官员发出的指令，这几百人将由愚蠢的白人来保护。可是再过几年，伊德森印第安人就不再需要这样的指令了，也不会再让那些必须照料他们的官员为难了。

然而，假如绝口不提政府为拯救驯鹿而做出的唯一"善举"，实在有失公允。我忘了告诉你们灭绝驯鹿的"真凶"，那就是人类历史上最古老的替罪羊——狼。白人商人、白人猎人和在北方的其他白人，几乎一致认为驯鹿数量之所以急剧减少，唯一的根源就是北极狼，因为它们嗜血成性，贪得无厌。这一说法，没人质疑。一个自称每年枪杀驯鹿不到五百只的白人，在告诉你被狼害死的驯鹿数以万计的那一刻，会气得暴跳如雷，破口大骂。当然，他说的这些并没有证据。是啊，指控狼的罪行，需要什么证据呢？

这些说法掷地有声，起到了一定作用。对恶狼的一致声讨，转移了公众的视线，真正的罪恶却被深深地掩盖起来。政府支持这样的声讨活动，也乐意接受这样的奇怪论调，甚至悬赏捉拿残害驯鹿的真凶——杀死一头狼奖赏二十五加元。于是，被驯鹿面临的严峻形势激发的愤怒情绪，由于政府的积极干预，很快得到平息。

狼在哭喊，你们这些人真没良心！你们居然无视一个事实——自有驯鹿以来，狼就一直在啊。在你们这些白人到来之前，狼、鹿和人相互适应，共生共存已经若干个世纪了。狼在哭喊！没有狼会对你撒谎。然而狼不会说话，无法为自己辩解。最终幸存的鹿之民，也同样无法——为自己辩解。

至于驯鹿——在春天冰雪开始消融之际，它们依旧会来临，急不可耐地奔向北方，形成千军万"鹿"之势。看着这样的驯鹿大军，还说什么驯鹿灭绝，岂不是信口雌黄？然而，它们现在行进的路线只有一条——而在过去，它们的队伍可是能填满许多条宽阔的大道啊！

偏远的平原冻土上，伊哈米特人还在翘首以望。他们枯坐在低矮的圆顶冰屋里，提心吊胆，饥肠辘辘，心中全无把握，残存的鹿群还会不会经过他们的营地？倘若驯鹿从百里之外悄然而过，他们就只有在绝望中变成饿殍被白雪淹没了。在林区连接湖泊的狭窄通道里，驯鹿的白骨堆积如山，早已高出了水面；而在荒原冰封的河岸上，石头堆砌的新坟，还在雪堆里不断增添。

五、"小山"脚下

　　春天还没有过完，夏天就已经来了。夏天跟得太紧，好像与春天属于同一季节。到这时候，我们都还没来得及去奥泰克湖岸看一看那里的伊哈米特人。我和弗朗茨计划好了，由他带我去那里，汉斯和两个孩子则留在温迪河湾，喂养留下来的狗，照看棚屋营地。

　　弗朗茨和我忙着为这趟北上的旅程做准备。我既兴奋又忐忑。我渴望在伊哈米特人生活的土地上见到他们。弗朗茨已经零星地给我讲过一些他们的故事，但我还是想亲眼去看一看他们的生活现状。可真的要和他们面对面了，我又感到强烈的不安。我不知道，他们会在多大程度上将自己的悲剧归咎于我这种肤色的人；我也不知道，他们会不会像北方的印第安人一样孤僻、冷漠，讨厌我的到来，怀疑我的目的，懒得搭理陌生的我。

　　即使他们欢迎我走进家门，我也担心自己会有什么不恰当的反应。我将要见到的那些人，比我更懂得什么叫饥饿，而我将暂时生活其间；他们属于一个垂死族群的残部，极度脆弱，人数不多。一想到这些，我心中就有一种奇怪的感觉，类似于恐惧。

我们没法乘坐独木舟向北航行，水路走不通。几个星期之前洪水还在荒原奔腾，现在已经变成了涓涓细流，河道里胡乱地塞满了大大小小的石头，也没有一条大河按照我们行进的方向流动。那么唯一的选择就是从陆地长途跋涉了。所以，我们准备步行——像伊哈米特人一样步行。

但是，也有所不同吧。

伊哈米特人外出的行装极其简便。他们在夏天穿越荒原时，随身携带的物品不过是一把刀、一根烟管，顶多再背一双备用的"卡米克"（kamik），即兽皮靴。他们不带食物，找到什么吃什么。在水量减少的河岸溪畔通常会有胭脂鱼，可以用手抓来充饥。如果抓不到鱼吃，他们会用一根生鹿皮革做成的长线，在蛇形沙丘上设下陷阱，捕捉橘黄色的地松鼠。而初夏时节，在荒原上一定可以抓到折翼的鸟，或者找到鸟蛋，要是蛋里的鸟快要孵出来了，那就再好不过了。

而弗朗茨和我，则完全相反，我们的旅行装备带着明显的白人风格。两个人带了五条狗为伴，每条狗都拉着一架小型的印第安人老式雪橇——两根细长的木棍伸在后面，撑着一英尺见方的平台，上面放了差不多三十磅重的行装，包括铺盖卷、子弹、炊具和给因纽特人准备的礼物——面粉啦、烟草啦等等。此外，我们还带了一顶小型帐篷，以及人与狗的食物——狗吃的鹿肉，我们吃的面粉、茶叶和发酵粉。是的，远远超出了基本生活用品的范畴。后来，我们也为此吃尽了苦头。

带着一群狗，狗又拉着沉重的物品，我们走得极慢，整整一周，才走了六十英里——伊哈米特人只需要两天一夜，就可以在荒原上穿越同样的路程。而我们在路上受到的无尽折磨，更令人久久难忘。太阳高挂，气温极高，我们仿佛身处热带地区。极地天空出奇的晴朗，而地面上根本没有什么东西可以遮挡强烈的阳光。我们还穿着毛衣，甚至裹着鹿皮上衣——蚊虫逼迫，只能如此。荒原上处处都是地衣，脚一落地，蚊虫便蜂拥而出，越聚越多，像有毒的薄雾，又像低飞的云团，将我们笼罩其中。"米卢加"（milugia，黑苍蝇）和"基克托里厄克"（kiktoriak，蚊子）的数量如此之多，让人浑身起鸡皮疙瘩。而我们完全避无可避——荒原四周空空荡荡，无处可逃，也无处可藏。停下来进食时饱受蚊虫折磨，继续前行时又酷热难耐。我们无数次被逼得发疯发狂，只想扔下物资，胡乱奔跑，直至精疲力竭。可是，黑苍蝇和蚊子岂会轻易将我们放过？我们的紧张与慌乱，根本无济于事，只换来汗如雨下，只招来更多的蚊虫。

我们的血液顺着耳背、顺着下巴，不断滴下，流进衣服里。贪得无厌的苍蝇爬满了衣领，在领口形成黑乎乎的一个圈。苍蝇不停地钻进衬衣，一路攻击，直到被皮带挡住去路，便在腰部狂咬乱吸，凝固的血液使衬衣粘在前胸后背上。

与此同时，我们穿行的路线，障碍重重，对于我们不断遭到蚊虫侵扰的痛苦旅途，可谓雪上加霜。那是一片丘陵地带，尽是连绵起伏的山丘。山丘的侧面或山顶上，布满了尖尖的岩石，有时我们不得不踩着碎石，从巨石的夹缝中穿过，兽皮靴被划破了，裂开了，脚掌起了血泡，疼痛难忍，寸步难行。

然而，即使在山上跋涉如此艰难，也比山下的谷地要好走得多。

夹在山与山之间的谷地，宽阔而潮湿。山谷中间，小河流淌，通常宽不过五英尺，但看起来却不止五英尺深。河边铺满了湿漉漉的苔藓，一踩上去便会深陷其中，直到触到永不融化的冰层，烂泥几乎淹过膝盖，才会停止下陷。我们在沼泽里蹚水，在小溪或水塘（水塘岸边的泥土早已被掏空，没有了缓坡）边挣扎，走得磕磕绊绊，极其艰难。我们通常是下半身冻得失去了知觉，上半身又热得汗如雨下。要是下雨的话——我们确实遭遇了三天持续的大雨——穿越这片没有尽头的沼泽，就真正成了一场湿淋淋的梦魇。

我如此详尽地描述那次夏日旅行的艰辛，并不是为了强调自己吃了多少苦遭了多少罪，而是为了说明伊哈米特人拥有绝对令人吃惊的行走能力。走六十英里这样的山路，对他们来说易如反掌——是的，他们真的可以在两天里轻松地走完这段路程。而且请注意，他们穿的还只是一双薄如纸片的鹿皮靴。当然，他们绝不是天生就不受艰苦环境的影响，而是已经调整了自己的身体反应，可以适应他们面临的任何困苦。他们在自己与荒原之间架起了通行的桥梁，而不是非要在荒原上开出一条平整的路来——这是我们才会去干的事情；他们会让自己顺应荒原，遇水蹚水、遇山爬山——而这是我们不愿去干的事情。在机械本能的驱使下，白人的生活方式总是与自然环境格格不入，就如一艘机动船，如果不借助良好运转的精密仪器，就没法成功地迎风破浪向前行进。而荒原人恰恰与此相反，他们已成为自己所处环境不可分割的一部分，好比一条小帆船，顺着风、顺着水，借助自然之力就能轻松达成自己的目标。

看到那些小湖时，我已经绝望到快要发疯了。我诅咒荒原，诅咒自己曾经的荒原梦想——虽然它转瞬即逝，却真的把我带到了这里。我诅咒弗朗茨，诅咒狗——尽管狗也可怜，蚊虫无休无止地纠缠它们，它们的双眼被咬伤，眼皮肿得眯成了一条缝。我疲惫不堪，已经感觉不到自己是死是活了——要是嗜血的蚊虫军团把我的血吸干了，我就可以静静地休息了，那才好呢！

艰难的旅程来到最后一天。弗朗茨领头，三条狗紧随其后。我落在了后面，离他大约半英里远。在山间小道上，我不断地催促筋疲力尽的狗，叫它们加油、加油！突然，我听到弗朗茨的高声叫喊，一抬头，却望见了三个人影——那里原先只有一个人——弗朗茨站在一座山顶上，旁边站着另外两人。三人拼命地朝山坡下的我挥手，大喊大叫。

绝望中看见陌生人，似乎就是看到了希望。我丢下吃力爬行的狗，自顾自地向山上跑去，但是我的双脚沉重无比，脚下不停打滑，甚至几次摔倒在石缝里。终于爬到山顶上，只见弗朗茨和另外两人正盘腿坐在石头上乘凉。阵阵微风沿着山脊吹来，那里既无蚊虫，又十分凉爽。

其中一个陌生人手里忙着操控一把小钻。那玩意看起来像弓箭，箭头插在地上的一截木头里，弓弦在箭杆上缠绕了两圈，陌生人一上一下地来回拉动弓弦，箭杆便不停地旋转，不一会儿，木头上冒出了一股黄烟——我明白了，这个裹着毛皮的人在生火。

我们带的火柴早就不能用了。过河的时候，装火柴的铁盒盖子掉了，火柴泡坏了。我们已经三天没有抽一支烟、没有喝一杯茶了——对于荒原上的白人来说，没了这两样东西，生活就是不堪忍受的。现在，我站在山顶上，一边喘着气，一边看着一个因纽特人生火。那人生火的动作很随意，熟练得就像我们的远祖钻木取火一样。他抬头看了我一眼，笑了笑，这一笑与照在他脸上的火光一起，让他整个人都亮堂了起来。

弗朗茨一边示意我坐下，一边拿出一只水桶，还有一包湿透了的茶叶。这时，第二个因纽特人凑了过来。他个头不高，但身体结实，咧开嘴笑了笑，便接过水桶，奔下山坡，到苔原的一个池里为我们打水。

弗朗茨朝着他的背影点了点头，"那是奥霍托，他们这儿真正的好人之一。"

"这是赫克沃，这帮人里最厉害的猎手。"他冲着第一个陌生人又说道。

又是一次再简单不过的介绍！弗朗茨老是这样！他与这些人长期交往，对他们的观察和了解简单而直接。但他不明白，这些人对我来说是多么怪异，又是多么稀奇。我对他们的了解是间接的，而且我落在他们身上的目光，多少受到了文明社会的影响。

弗朗茨只讲了这两人的名字，但我可以自己来打量他们。两人都穿着"霍利克图克"（holiktuk）——用秋季鹿皮缝制而成的翻毛风雪大衣。赫克沃，就是生火的那位，他的大衣上有两处装饰，肩头镶嵌着白毛，底边的皮革条结成了流苏。奥霍托的大衣更为讲究，衣领和袖口的镶边甚至嵌了珠子。可是，纯白的毛啊，皮革流苏啊，小珠子啊，这些都掩盖不了两人的邋遢。衣服上的鹿毛一大块、一大块地磨光了，破洞和口子虽然都补上了，但显然不是由手巧的人缝补的。残存的毛皮上沾满了食物的汤汁和油渍，一团黑、一团灰的污垢，已经无从辨认来源。

厚厚的霍利克图克，两人都是贴身穿着的。下身穿的是"凯利克"（kaillik）——毛皮短裤，长及膝盖。脚上黄色的长筒兽皮靴，又高到膝盖，与短裤相接。

从一开始，我就闻到了他们身上浓重的气味，第一反应是反胃——那气味实在太难闻了。我真搞不懂，这两个家伙为什么不找件干净衣服来穿呢？刚这样一想，我立刻意识到自己作为白人的优越感在心中升腾。当然，这种想法极为肤浅，是无知的人才会有的！可是，这确实代表了绝大多数白人——特别是那些白人传教士，当他们目睹这些"天性邪恶的野蛮人"的自然状态时——的真实想法。

但是，在荒原上的那个夏日，我对衣着其实兴趣不大。当然，我对两人的衣服是有些好奇，却只是敷衍地看了几眼。两个男人本身更让我着迷。

赫克沃——其他人叫他"熊"，是个山一样的男人——当然，是一座缩小了比例的山。他身上的毛皮大衣有些陈旧，袖子肥大宽松，一双手臂露出来，肌肉凸起，颇为健壮。脖子又短又粗，肌腱随着取火钻旋转的动作，有节奏地跳动着。汗珠从他平直稀疏的黑发间渗出，从倾斜低矮的前额滴下，顺着深深的皮肤纹路流过半睁半闭的两眼，沿着扁平的鼻梁和隆起的鼻孔两侧淌下。嘴巴宽阔性感，随着手上的动作，又大又厚的上唇不停撅起，几根花白的胡须则以同样的节拍颤动着。

这是一张滑稽的脸，一张变了形的滑稽脸，若出现在喜剧舞台上，一定有不凡的"笑"果。但是，这张脸上却有一种非凡的特质，生生抑制了我大笑的冲动。在那原始的本能下，深藏着一种智慧；而那眉宇间、那扁平面颊上的道道皱纹，既是饱经风霜的印痕，也是幽默与善良的见证。

赫克沃从木头上扒出钻头，抖出一撮冒烟的木屑，放到一堆又干又脆的苔藓上。然后，双膝跪地，面颊鼓胀，满是皱纹的皮肤绷紧，几乎看不到眼睛了。他对着木屑轻轻吹气，火点燃了，蹿出一股绿莹莹的火苗来。

正好奥霍托取水回来了，手里还抱着一大抱湿淋淋的、比铅笔还要细的柳枝。弗朗茨从雪橇上取下我们颇为讲究的"煮茶架"，架在苔藓火堆上，再把水桶悬挂在架子上，开始烧水。白天的光线相当明亮，小小火焰在阳光的照射下根本看不清，只有从柴棍上冒出的股股青烟，可以知道桶里的水正在慢慢升温。

现在，我有机会看清奥霍托的模样了。一张圆脸，看起来很年轻，不像老赫克沃满脸都是深深的皱纹。头发剪得粗糙，短得像异教徒和尚的光头，粗得像驯鹿的毛发，露出又宽又高的前额。眼球凸出，还没有退进眼洞里去躲避冬日里白雪的反光；它们又黑又亮，有如麝鼠眼睛一样充满机警与好奇。两排大白牙排列整齐，咬着一根空空的石头烟管——我还不算太迟钝，立刻明白了某种暗示。我扯出一小块潮湿的烟叶饼，又抓了一点烟叶碎屑放在上面，一起递给了他。奥霍托一见便眉开眼笑。

此刻，长途跋涉带来的不适与绝望，已被我远远抛在了脑后。我终于来到荒原人中间，来到他们这片土地的中心。显而易见，至少我之前的一些担忧是毫无根据的。

桶里的水开了，小火苗嘶嘶变弱，最后熄灭了。弗朗茨抓了一把茶叶，扔进桶里。我躺在高高的山脊上，头枕着又干又脆的驯鹿苔藓，休息放松，等着喝茶。此时此刻，我不再像之前那样茫然了——那时我们不得不与各种艰苦条件做斗争，荒原在我看来太过残酷无情；而现在，我终于可以自由自在地瞭望夏日荒原了。生平第一次，我感受到这片土地的美轮美奂，开始认识到那些以"荒原"为名的文字统统都是扯淡！

在冬天，称这片土地为"荒原"或许是恰当的。但如果要说这里一年四季都是荒原，或许就只是一些人毫无根据的断言了。他们脑海里对所谓"沃土"已形成固有的印象，那就是气势磅礴的森林和错落有致的良田。我就是这样的人。即使在这里待了两年之后，我仍然发现自己常常使用"荒原"一词——且并非代指，就是这个意思。

眺望广袤大地，第一眼看到的是一片绵延起伏的世界，浅浅的棕色渐渐地淡出视线，植物的黄、绿镶嵌其间，有条状的，有团状的，不断闪动变化；定睛细看时，花花绿绿又合而为一。这便是荒原的景色。然而，在白晃晃的阳光照耀下，其荒凉外表下隐藏的美丽又何止万千？泥塘的巧克力色颇为厚重，小溪、水塘全都染成了深褐色，宽阔的洼地里高大的草丛又是片片翠绿。墨绿草地上起伏的斜坡长满低矮的桦树，簇簇深绿色的灌木丛，远远看去就像浅黑的斑点，没有固定的形状，却异常醒目，充满了勃勃生机。能让无垠旷野鲜亮起来的，定是那千千万万娇艳的小花，而花间飞舞的蝴蝶，其美丽绝不亚于任何其他地方的。就连乱石占据的山脊，也是五彩斑斓——灰色的岩石上爬满了蔓生的地衣，一团团猩红、金黑、玫瑰红……为岩石涂上了淡而柔和的缤纷色彩。在这里，并不缺少鲜活的颜色——但我们只注意到这里没有遮雨的屋顶，没有挡风的墙壁；万紫千红在我们眼前汇流，却无法抵达我们的眼底。于是我们看到的只是这样一幅景象：无边无际的大地有如海绵，吸尽了千里缤纷，留下了旷野悠悠。

在这片土地上，除了上述这些活生生的色彩，还有很多其他的东西可看。我们脚下的小湖数不胜数，杂乱无章，看起来就像一面打碎的大镜子，碎片散落各处。在金光闪闪的碎片之间，便是那些"小山"——低矮而形状不定的山脊，曲折起伏的山坡。远远望去，灰绿的地衣铺满山坡，黑色的岩石杂乱地立于山巅。在北边的地平线上，阳光照耀下的小湖泛起点点微光，时隐时现，就像棕色草叶上反光的露珠。我知道，因纽特库——"人类之河"弯弯曲曲的河道，一定就隐藏在这片迷宫之中。然而，我极目远望，却没法从这片水上世界中把它找出来。

在我眺望远方时，奥霍托走过来，盘腿坐在一旁，与我一起观赏这片土地——他的土地。我放下望远镜。他又咧嘴一笑，像一个给城里的朋友介绍山野美景的乡民，兴高

五、"小山"脚下

采烈地给我指出那些有趣的事物。

他不会说我的语言，我也听不懂他的话，但这并不妨碍我们的交流。即使不用语言，奥霍托也具备非凡的表达能力。他的手势直截了当，清晰得与印刷出来的英语文字一样。他伸出手臂，指着北边几英里之外的一个大湖，吐出几个字来："奥泰克库玛尼克!"

我举起望远镜，看见奥泰克湖滨有三个灰白色的小丘，睁大眼睛再一看，从那儿冒出了一股烟。原来是荒原人的帐篷啊!

奥霍托马上又挥臂指向北边的其他湖泊，哈洛库玛尼克（Halo Kumanik，哈洛湖），卡库米库玛尼克（Kakumee Kumanik，卡库米湖）；最后是廷米库（Tingmea Ku）——"小鹅河"，它把那些小湖连接成片，最终汇入因纽特库的洪流。但是，我对因纽特库仍然一无所知，还以为那就是一串小湖，坐落在其他无数的小湖之间。直到后来，我走近它，才惊奇地发现因纽特库是一条连贯流动的大河，直通远方，河道显而易见。但是，从远处望去，它完全融入一片混沌的水域，难觅踪迹。在外来者的眼里，外表变幻莫测的荒原就是一条变色龙。

我们在山顶喝了一会儿茶，然后便收拾东西下山，开始进入伊哈米特人的土地。两个因纽特人给我们带路，他们在粗糙的岩石间跳来跳去，敏捷得连驯鹿都会自愧不如。我们艰难地跟在后面，掉了好大一段路。终于，我们来到奥泰克湖滨较低一侧的陆地上。

越过湖面，我们可以清楚地看到湖对岸的三顶帐篷。它们像是从山里面生长出来的，巧妙地与背后的风化砾石山体融为一体。人啊，狗啊，漫无目的地在帐篷间跑来跑去。两堆火刚刚升起来，因为他们远远地就看到来了陌生人，而他们的规矩是，外来的客人一到，就必须开饭。

后来，我才慢慢了解到，伊哈米特人的营地，通常以两三个帐篷为一组，分散在几个小湖边的陆地上。因为在荒原的任何地方，都没有足够的柳枝可供三个以上的家庭烧火做饭。奥泰克湖滨的三顶帐篷分别是赫克沃、奥泰克和奥霍托家的。向西几英里之外，哈洛湖边的三顶帐篷分别是哈洛、亚哈和米基家的。在卡库米湖边，则有三个独立的营地，卡特洛和阿莱卡霍两家的帐篷挨在一起，是一个营地；奥利克图克和奥尼克沃两家的帐篷组成了第二个营地；而老卡库米家的两顶帐篷，则远远地搭建在湖的另一边。

就这样，每三英里的范围内就有一家伊哈米特人。所有荒原人居住的这片土地，从南向北纵深五百英里，从东向西横跨三百英里。这儿是伊哈米特人最古老的宿营地，也是他们最后的宿营地。几个世纪以来，我是第一个走进"小湖"边这片帐篷地的外来者。不过，如果说这一点令我激动的话，那么，那些帐篷里的妇女和儿童同样也激动不已——这可是他们生平第一次见到白人啊！

我们沿湖行进，很快到达了营地。在这儿，靠近湖边的斜坡不再由岩石组成，而几乎全是骨头。这个遗址看上去年代久远，发白的鹿骨多年堆积起来，已经达到了惊人的规模。在荒原上，木头和骨头似乎都不容易腐烂，更别说消失了。大块的骨头被狗和天气弄碎，四处散落，甚至在营地四周铺出一条路来。然而，无论是狗还是天气，都无法对颅骨产生太大的影响。因此，颅骨和巨大的鹿角堆积起来，形成了一片白森森的小山。后来，我在一家伊哈米特人的帐篷外数过，一百码的范围内就有两百颗颅骨！但这个数字仅仅代表了一部分死在那里的驯鹿——只有猎杀发生在营地周围时，猎物才会被伊哈米特人带回来。

三顶帐篷搭在斜坡隆起的地方，从高处四周吹来的风可以帮助抵挡苍蝇的侵扰。每顶帐篷附近都有一个粗糙的石砌火炉，火炉旁则堆着一大垛柳枝。当然，这些枝条完全没有干透，火烧不旺，还浓烟滚滚。靠我们最近的火炉上架着一口大铁锅，看起来可笑极了，与杂志漫画上那些食人族喜欢的大铁锅一模一样。

帐篷呈圆锥形，底面直径大约十五英尺，高度大概在十英尺。说是帐篷，其实就是将拼接的鹿皮搭在木架上而成。草草剥下的鹿皮，湿漉漉地缝合在一起，等到干透了，接缝就会开裂，因此可以清晰地看到每一块鹿皮的位置和大小。帐篷底部以一圈石头压住鹿皮篷布来固定。在那片土地上，是没法打木桩的，因为就算木桩可以穿透砾石，也会受到地下永久冻土的阻挡。而冻土离地面不过几英寸，木桩打下去也是摇摇晃晃，根本固定不了。帐篷的门洞朝北开，那是驯鹿归来的方向。门帘就是一整张鹿皮，未经处理过，硬得像木板。

从某种程度上说，伊哈米特人的营地凸显了极地平原的荒凉与贫瘠。然而，又恰恰是这些地处荒原中心的帐篷，在人类生活的真空地带形成了小块的生命之地。在这儿，我们呼吸顺畅，不再孤独——尽管我还是有些拿不准自己会受到怎样的接待。

然而这样的担心是愚蠢的，也是多余的。赫克沃和奥霍托跑在前面，一边跑一边叫喊，但他们的口头通知显然也是多余的。看到陌生人走近，男人、妇女和儿童欣喜若狂，异常兴奋，早就出了帐篷，拢在火炉边。一个弓着背的老妪，像是被这里的岩石压弯了腰，狂乱地吹着火炉里的草木灰，又胡乱地朝里面添柴，手忙脚乱中反而把火弄灭了。奥泰克的妻子豪米克正在和半扇鹿肉较劲。那一大块后腿肉还在滴水，是她刚从冰冷的湖水里捞出来准备做晚餐的。她手握"尤卢"（ulu）——妇女用的弯刀，一边哐哐地砍肉，一边偷偷地瞄我们，差点把自己的手指剁下来。随着她忙碌的身影，她头上的木饰晃来晃去，犹如灵动的活物。她背在背上大衣里的孩子卡拉克，一边拍打妈妈飞舞的辫子，一边快乐地尖叫。

就连狗也兴奋起来。三只小狗不约而同地开始互相追逐、咬尾巴。两只老狗也加入其中，立刻激起一片混战的喧闹。几个小孩在狗群里挤来挤去，时不时地踢一脚它们的肚子，既像是在轻轻地把狗撵走，又像是刻意地在我们走近时找点事做。

弗朗茨和我停在离最近的一顶帐篷大约一百码的地方。奥泰克、赫克沃和奥霍托三个男人走出来，正式邀请我们进家门。奥霍托和赫克沃一副郑重其事的样子，好像是第一次见到我们。他们一板一眼地触碰我们的指尖，动作一丝不苟，表情严肃庄重。正式的欢迎仪式结束后，奥泰克拿出一根石烟斗，装上"阿塔莫贾克"（atamojak）——一种矮灌木的干叶，可作为烟草的劣质替代品——递给我抽了一口。然后我们一起走向奥泰克家的帐篷，妇女和儿童停下各自手中的活儿，眼中带着毫不掩饰的期待，注视着我们的一举一动。已经正式地欢迎过客人了，这时候表现出好奇心是一种礼貌；但如果在客人安顿下来之前就好奇地打量客人，会使他们感到尴尬。

整个营地的孩子、妇女和老人都跟在我们身后，涌进奥泰克家的帐篷。这么多人挤在一起，空气中立刻流动着一股浓烈的味道——然而，这些荒原人表现出来的和善和快乐，又一下子把那气味冲散了。

奥泰克招呼我们在睡台上坐下，他的妻子则忙着安排其他妇女准备宴席，我终于可以仔细地观察一下伊哈米特人的家了。帐篷显然不能完全遮风挡雨，有的鹿皮接缝已经开裂了，可以看见外面的天空，好在块块鹿皮围起来至少还算是一个整体。篷布下面放置的就是这家人的全部财产了，但他们的家当少得可怜，几乎到了家徒四壁的地步。

在帐篷围成的圆形地板上，床架就占了一半的地儿。床架上铺着柳枝、苔藓，上面是乱作一团的熟皮褥子。这是一张公用床架，一家人挤在一起，共用一件长袍或两张柔软的鹿皮。令人诧异的是，另一半地上尽是垃圾，鹿肉七零八落，有吃剩下的，有煮熟了的，也有可能根本不会吃的。我还看到一只被啃光了肉的完整鹿头，以及一堆鹿腿骨——但已经敲碎吸干了骨髓，而且又放到锅里重新煮过，熬干了最后一滴宝贵的骨油。在帐篷的另一侧靠边有一扇基本完整的胸脯肉，肉连着皮，但明显不新鲜了，看起来早该吃掉了。后来我才了解到，那其实是经过特殊处理的快餐肉，在等待开饭的当口，可以给客人先割一块充饥。

沿着帐篷的内侧，立着十多根十分讲究的木桩，上面挂着奇奇怪怪不当季的衣物。几双卡米克（兽皮靴），又干又硬，还是半透明的，挂在那儿等着主人来穿。靴子旁边是几件贴身穿的大衣，叫作"阿蒂吉"（atteegie）；几件儿童外套，是用整块幼鹿皮革做成的。有一根木桩下堆了一捆晒干了的水藓，那是为小孩卡拉克准备的。荒原上的小孩不用尿布，大自然赐予的"海绵"更好用。

以上这些几乎就是奥泰克一家的全部家当了。此外，还有一只古旧的木箱，里面装的全是家里的宝贝：奥泰克辟邪护身的腰带；豪米克的针线包，包里有骨制缝衣针和鹿筋线卷；十多颗黄铜空弹壳，可以用来装饰石烟管的烟斗；还有一把弓钻，一把麝牛角梳子和一些儿童玩具。

我还在尽力熟悉环境，弗朗茨便拿出了他要贩卖的烟饼。他的烟饼其实与伊哈米特人的自制产品一样劣质，却被帐篷里的这些人当作珍品，轮流传了一大圈。令人饶有兴趣的是，奥泰克把这种"贵重物品"装满烟斗以后，便把烟管递给了他的妻子，首先让她品尝。等她再把烟管还给奥泰克时，烟斗里的烟叶就只剩一点了。从这一微小的举动中，我大胆猜测——后来我也的确发现——伊哈米特族男人一向对自己的妻子体贴入微，柔情蜜意。

我们一边等着晚餐，一边兴高采烈地交谈。但大多数时候只有弗朗茨和三个男人在说话，其他人只是专心致志地听着，偶尔插上几句嘴，或者发出爽朗的笑声。弗朗茨给我翻译了一些谈话内容，我才明白他们的谈论主要围绕驯鹿。这个话题永远都谈不完。它们在哪儿？有没有人发现新的踪迹？觉得还要多久"图克图"（Tuktu，驯鹿）才会从北方来到这里？这个话题非常吸引人，我也想说上几句话，可我得先求弗朗茨讲一讲，才能够了解个大概。然而弗朗茨谈兴正浓，很快就不愿再浪费时间给我翻译了。我感到无聊极了，觉得自己被遗忘了。为了混时间，我便拿出笔记本，漫不经心地画起了驯鹿。身边的交谈声一浪高过一浪，我不假思索地在驯鹿的嘴里画了一根烟管，驯鹿看起来安闲舒适，还带着人类才会有的坏笑表情。

我没有意识到，有人一直在密切注视着我的一举一动——赫克沃一直坐在我身后，越过我的肩头仔细地看着我画画。起初，他有些困惑，直至看到鹿嘴里插上了烟斗，就像突然被一记重拳击中，他从凳子上滚落在地，狂笑不止——完全处于歇斯底里的状态，而我完全不明所以。

　　我吓坏了，还以为他发疯了，或者突然发病了。弗朗茨和我都跳了起来，惊慌失措。小笔记本掉落在地，奥霍托扑过去，只瞥了一眼，也哈哈大笑起来。坐成一圈的人见状，急不可耐地抢过笔记本，一个传一个，笑声也跟随笔记本蔓延开来。帐篷里群情沸腾，人人都跟着了魔一样，一个比一个笑得响亮。

　　我这才慢慢明白，他们不是因为集体犯了迷糊而傻笑，也不是为了鼓舞参战的士兵而舞蹈，而是在颂扬我的智慧！我不自觉地咧开嘴朝身边的人笑了笑，他们仍然高声尖叫着，无拘无束地欢笑着，一边笑一边抹眼泪。一个小孩拿起我的笔记本，一边大声叫喊，一边跑向帐篷外面，我赶紧把笔记本夺了回来。我又看了看自己的画，自己也觉得画得太滑稽了，确实令人发笑。终于，我不再顾忌礼节，也为自己的小玩笑而又喊又笑起来。这下帐篷里的欢闹更加难以控制。赫克沃笑得窒息了，有人把他拖到帐篷外去透透气。有个老妪笑得失去了平衡，跌倒在篷布上，绷紧的鹿皮发出"乓"的一声闷响，裂开了，她四仰八叉地摔在地上，撞在篷布外面的石头上，痛得发疯似的哀号起来。

我开始有些犯愁了。说实在的，我确实做不到像他们这样，没心没肺地一直大笑不止。但这些荒原人似乎被一种歇斯底里的情绪控制住了，没有什么可以让他们停下来——是的，除非摆出吃的东西来。

　　豪米克出现在门口，疑惑不解地看着帐篷里的人，手里端着一只巨大的木托盘，里面堆满了热气腾腾的大块鹿肉。浓浓的肉香唤醒了喧闹的人们，笑声立即平息了。赫克沃摇摇晃晃地回到帐篷里，身后跟着那个笑倒在地的老妪，大家都坐下来，双眼期待地盯着装肉的木盘。

六、肉宴与饥荒

我坐下来——不，蹲下来——第一次与伊哈米特人一起进餐。豪米克进到帐篷，把大木盘放在地上，我们五个男人将它团团围住。木盘大得惊人，大约有四英尺长、两英尺宽，四周向上卷边。当初做这个大木盘付出的劳动，一定艰辛得让人心酸：木料用的是南部荒原的矮云杉，手工砍成的厚木板至少有三十块，先用榫头和鹿角铆钉巧妙拼接，再用鹿筋将木板间的缝隙填补严实——因此，木盘完全不会漏水。

木盘很大，但里面装的食物更为可观：六七根煮得半生半熟的鹿腿，散乱地泡在浓浓的肉汤里，汤汁表面还漂浮着一些油脂和鹿毛；十多根鹿舌在汤水里轻轻地上下晃动，再加上一扇完整的肋骨，看起来就像一个笼子里面装着许多切成小块的熟肉。

另外还有配菜——豪米克又到外面地窖去了一趟，拿了

125

一只鹿皮口袋回来，里面装的全是干肉片。她也不讲什么客气，随意地把肉干倒在我的脚边。还不止这些呢！赫克沃的妻子抱着一捆冒着热气的髓骨进来，这是她为宴席做的一道菜。这些髓骨差不多都已敲裂了，我们可以毫不费力地吸出多汁的骨髓。

我饿极了，可是看到这么一大盘肉，又有些胆怯。但是很显然，只有我一人感到不适，其他人都急切地等着我这个主客先动手。这种场合的礼节让我很为难，但我还是从刀鞘里拔出小刀，拉锯般地割下一大块鹿腿肉，然后小心地刮掉上面的毛，便就着大腿摊开吃起来——帐篷里也找不到其他东西可以做餐盘了。

现在，弗朗茨和三个伊哈米特男人开始用尖牙利齿刺戳鹿肉了——我这样用词是经过了深思熟虑的——

奥霍托先抓起一整只鹿腿肉，一边吮吸上面的汤汁，一边意犹未尽地咂着嘴。然后，他用牙齿咬紧厚实的鹿肉，左手抓住鹿腿关节以免肉汁糊到脸上，右手拿着小刀快速地割下去。我看得入了迷，又有些胆战心惊。锋利的刀刃差一点就割掉了他的大鼻尖，可是他根本顾不上看一眼小刀划在什么地方。幸好，他的鼻子还在，嘴里还多了一块鹿肉。他匆匆嚼了一两口，便囫囵地吞进肚里。

赫克沃好像更喜欢肉汤。他先把双手伸进汤里，捧起一捧肉汤，滋滋地一阵猛喝，然后才不慌不忙地捞出一条鹿舌来，咬上一口，又把鹿舌浸进汤里。就这样，咬一口，蘸一下热汤，以保证鹿舌一直是热乎乎的。

　　看着赫克沃的吃相，我突然发现自己过于拘谨了。于是，我把小刀插入刀鞘，深深地吸了一口气，双手抓起肉块，大口地啃了起来。鹿肉可真香啊！

　　好客的主人奥泰克带着浅浅的微笑，邀请我一定要尝尝髓骨。他示意我用小石块敲打，以便让长长的胶状骨髓完整地掉出来。虽然我并非专业的美食家，但是你也完全不必怀疑我告诉你的——我平生从来没有品尝过那么烫嘴而又美味的骨髓。骨髓里都是脂肪，但并不油腻，也完全不像我们所知的牛骨髓那样淡而无味，它的口感简直难以形容，真的美妙极了！

　　到这时，我开始明白为什么伊哈米特人的毛皮大衣总是脏兮兮的了，因为它还被用作餐巾和围嘴。只见汤水和肉汁不停地顺着赫克沃的大下巴滴下来，旋即就被他那件大衣的毛皮给吸收了。从我嘴里流出来的汤汁并不多——我已尽力注意吃相——但我的法兰绒衬衣还是很快就湿透了。过了一会儿，我心想"见鬼去吧！"，便放弃了努力，任由汤汤水水顺着嘴角流淌下来。

　　豪米克似乎一直在奔跑忙碌。此时，她拖来了我刚才在外面看到的那口绿色大锅，只不过锅里没有肉了。晚饭已经用这口锅煮过了，所以它现在只是承担煮茶任务的金属"罐"——但在两次任务之间，并没有人把它清洗干净。当然，茶叶由我们提供。所以，精明的伊哈米特人把最大

六、肉宴与饥荒

的容器搬来了。如果他们能够找出一口浴缸的话，就一定会用浴缸来煮茶的。伊哈米特人有一个无法控制的"恶习"，那就是喝茶。

那锅熬出来的茶水，与我之前喝过的相比，颜色更深，口感更纯。茶水里也不可避免地漂浮着一些鹿毛和肉末星子，但大家都见怪不怪了。奥泰克块头不大，却特别能喝茶。他的茶缸可以装一品脱[1]的茶水，可他竟一口气连喝了三缸子，只是偶尔停下来响亮地打一两个嗝。然后，他又吃了一条鹿舌，喝了三缸茶水。

其余的每个人也一样口渴，一大锅茶水不到二十分钟就喝光了。大锅又被抬出去加水，锅里的茶叶也留着，可以使新煮的茶水味道更浓一些。

大量地饮水自然会有它无法避免的后果。参加宴会的客人不停地跳起来，匆匆地跑到帐篷后面——大家都是如此。但赫克沃除外，他年事已高，又备受尊敬，可不能再为这样的小事跑进跑出了。他解决难题就用床边的一只大壶。一旦壶装满了——的确满过好几次——他年迈的妻子就拿出去倒掉。

不久我就吃撑了，再多一根髓骨也对付不了了。弗朗茨也填饱了肚皮。但其他人还在继续向肉堆的残余发动进攻，直到消灭最后一块鹿肉和最后一滴肉汁。他们坐在地上，仰

---

[1] 品脱，液量单位，一品脱约等于半升。——编者注

面打着嗝，情绪更加高涨。豪米克进来把大木盘拿走，又重新装满，妇女们开始进食。

这是我第一次与因纽特人共同进餐，但不是最后一次——当然不可能是。之后的每一天，我们都会这样坐下来吃五次，中间还有便餐。伊哈米特人在营地食物充足时，一天吃五顿才被看作是正常的。但他们在追踪猎物的时候，一天也只吃三顿，勉强可以维生即可。

烹饪的方法时有不同，但食材永远不变。他们的规矩就是餐餐吃肉，端上桌来的没有其他东西，只有肉。偶尔会以几只腐臭的鸭蛋作为开胃菜，但次数寥寥无几。我出于好奇，曾经估算过赫克沃一天要干掉多少肉。我发现，如果他是真的饿了，一顿饭就可以吃掉十至十五磅肉——当然，有时候他会吃得少一些。

如此大量地摄入蛋白质，或许可以解释为什么因纽特人容易口渴，需要大量饮茶；即使没有茶喝，也要大量饮水。大量吃肉产生的有毒废物会损伤肾脏。所以，伊哈米特人每天必须喝几加仑的液体，才能帮助身体排出这些有毒废物。他们的身体似乎也经历过某种生理上的变化。如果你见过赤身裸体的伊哈米特人——作为外来者的我每天晚上都可以见到——就会注意到他们的躯体非常厚实，从后背到前胸的厚度，看起来和他们的体宽差不多，腰部的厚度与宽度也大致相同。不难想象，之所以拥有这种特有的体型，极有可能是因为他们有一颗巨大的肝脏，既能存储足够的肝糖原[1]以备肌肉消瘦期的需求，也能应付尽是蛋白质的饮食。——这种体型就像一口"锅"，但绝不是一口久坐不动的"锅"。

在整个荒原上，"食物"和"驯鹿"几乎是同义词。可选的食物是单一的，但加工食物的方式却多种多样。第一种自然是生吃。我也曾经这样吃过鹿肉，而且也没闹过什么毛病，唯一的缺陷是淡而无味。然而伊哈米特人猎手在远离营地狩猎时，如果射杀到驯鹿的话，是懒得去生火烤肉来吃的。通常他的第一个动作是砍下驯鹿的小腿，剔掉小腿上的肉，敲碎骨头吮吸骨髓。骨髓里都是脂肪，而对于纯肉食者来说，对脂肪的渴望是他们永远难以抑制的。

处理掉骨髓后，猎手可能会割开驯鹿的喉管，取一杯鹿血来喝。伊哈米特人不懂吃盐，他们似乎只渴求鹿血，而鹿血也确实能满足他们身体所需——事实上，鹿血里的盐分浓度极高。

在满足了一些特别的渴望之后，饥饿的猎手会剖开驯鹿的侧腹，小心翼翼地取下附着在内脏上的板油。要是还没有吃饱——通常如此——只要驯鹿的脂肪层够厚，猎手就会割下部分胸脯肉来充饥。在抛弃驯鹿尸首之前，他还会割下鹿舌，有时候也取下鹿肾，一直带在身上，等有了时

---

[1] 肝糖原，存在于动物的肝脏和肌肉中，用于贮藏碳水化合物，控制血糖浓度。——译者注

间也能找到柴火时便烤来吃。

上述这些不同部位的鹿肉，当然都可以煮熟来吃。只要具备条件，这些美味就一定是煮熟才吃的——生吃鹿肉并不是首选。只要有火，用最简单的方法就可以轻松地弄熟鹿肉——随意地把生肉塞进炭火里，等到外表烤焦了再扒出来，刮掉烤焦了的外皮，就可以吃到里面约一英寸厚的熟肉，然后再放进炭火里烤，再吃熟肉，直至最后敲碎骨头，吮吸热腾腾的骨髓。

在营地吃肉，只要有燃料，通常是煮熟了吃。鲜美的鹿肉汤人人都爱喝。从前，伊哈米特人煮东西用的是皂石凿成的方形石锅，锅里加满水，把肉放进去，再把烧得滚烫的小石子倒进锅里，让水沸腾。这样煮肉费时费力，煮成半熟都要费老大的劲。直至几年前他们还是这样煮肉的，但现在他们可以从海滨地区的因纽特人手里买来铁锅，这就比以前省事多了。

在所有这些特别的美味熟食中，我必须要说一说幼鹿头肉。其实鹿头煮熟了都好吃，但幼鹿头的嫩肉口感最佳。有时候会剥掉头皮，但通常连皮一起煮。鹿头肉非常可口，而眼睛后面的脂肪又是最好吃的。在夏天，伊哈米特人偶尔会叉鱼吃，鱼头肉同样是首选。

几乎所有的鹿肉都会通过这样或那样的方式被吃掉。但是，你或许已经注意到，我们最喜爱的肉排和烤肉却没有出现在伊哈米特人的菜单上。我们常用来做肉排和烤肉的臀部肉和大腿肉，伊哈米特人都是拿来喂狗的——这些肉似乎缺少肉食者需要的特殊营养。伊哈米特人认为，只有吃掉驯鹿身上的所有东西，日常的饮食才是令人满足的。因此，鹿心、鹿肾、鹿肠、鹿肝和其他器官也深受推崇，全都进了他们肚里。

食用鹿肉的第三种方法是制作"尼普库"（nipku）——肉干。伊哈米特人会制作这种肉食，原因有二。一是可以为特别单一的饮食换个花样；二是肉干易于存储，可以帮助他们在没有新鲜鹿肉可吃的时节渡过难关。尼普库的制作方法很简单，就是把鹿肉切成纸一样的薄片，铺在营地附近的柳丛上晒干即可。尼普库看起来、嚼起来都像是撒了一层糖霜的硬纸板，像刀刃一样锋利，但是由于它的重量比鲜肉轻五倍，所以最便于狩猎时携带。我喜欢尼普库，发现它与伊哈米特人的其他食物一样好吃。奥霍托曾送给我一袋，但是我必须承认，看到袋子里的肉干已经长满会飞的蛆虫时，我确实心生不快。

毫无疑问，对伊哈米特人来说，最重要的营养成分还是脂肪。对于生活在海边的因纽特人来说，脂肪供给量受限于猎获的海生哺乳动物数量。在北极，海兽脂肪的获得途径就是大量捕杀海豹、海象、独角鲸和其他水栖哺乳动物。为了抵御极地海域的严寒，海兽体内囤积了厚厚的脂肪。海边的因纽特人可以获得的脂肪极多，在满足日常食用之需之外还有剩余，可以用作燃料煮饭，为冰屋取暖和照明。是啊，他们真是太幸运了。可是，内陆的因纽特人只能依靠驯鹿来获取有限的脂肪。而驯鹿作为他们唯一的脂肪来源，即便远远无法与海豹相比，也是无可替代的。

每年秋季，在雄鹿发情之前和雌鹿发情之后，驯鹿的身体状况极佳。一年之中，这是多少能从驯鹿身上获取一些脂肪的唯一时机。在秋天捕杀的一只雄鹿，皮下的纯白色板油约为三十磅。这听上去很可观，但提炼出来却相当少。就产出油脂而言，许多许多只雄鹿才抵得上一头海豹。

在秋季围猎期，伊哈米特人必须采集充足的脂肪，以备一年的生活之需，但绝不可能兼顾食用、烧饭和取暖。因此，他们的冬季冰屋通常都是冷冰冰的，冗长不堪的黑夜里也几乎没有人造光源照明。冬季冰屋的温度经常达到零下五十度，但他们仍然可以生存下来，主要的原因就是脂肪在燃烧——在他们体内燃烧。每个人都是自己的暖炉，只要体内有足够的脂肪可以支撑到春天，就能在完全不利于人类生存的极端条件下存活下来。充足的体内脂肪——这就是他们如何熬过荒原酷寒冬季的答案——也是唯一的答案。

可以用作燃料——这还不能充分说明脂肪的重要性。在炎热的夏天，人们面临的生活难题是如何消暑。但即使是在这个时节，脂肪也是绝对重要的，只有它可以保证伊哈米特人的安康。我曾经亲身体验了脂肪在夏季的重要性。有一次，弗朗茨和我乘坐独木舟远行，途中遇到了食物短缺的问题——事实上，除了一磅茶叶、半磅猪油和一些子弹，我们已经一无所有了。因此，我们只得以猎枪谋生，靠驯鹿活命。

那时正值夏末，驯鹿在经受了苍蝇长达数月的侵扰之后，变得瘦骨嶙峋，我们的餐食几乎全是瘦肉。在最初的几天里，我还能成功应付一日三餐尽吃瘦肉，但是不到一星期，我就病倒了。因为找不到一个更好的名字，我称之为"厌鹿症"。在乘坐独木舟旅行的途中得了这种病，实在让人欲哭无泪。河水流速极快，处处是急流，可是我又必须不时地靠岸停留，根本顾不上河水是不是卷着翻腾的浪花。上了岸就急急忙忙地暴露自己，受尽了蚊虫贪得无厌的攻击。到后来，就连坐下来也让我痛苦不堪。

然而，持续不断的腹泻还只是"厌鹿症"的病症之一。我感到一种病态的倦怠，意志消沉，坐在独木舟里根本不想动弹。我很担心，不禁回忆起自己曾在西西里岛上得痢疾的痛苦经历；再一想到三百英里之外才有医疗救护站，我就越发不安。

弗朗茨摇身一变成了医生。一天晚上，他拿出我们宝贵的半磅猪油，在煎锅里烧化了，待到油温降下来，便命令我把浓稠的猪油喝掉。

说实话，即使到现在，一想到要喝热猪油，我也会恶心想吐。但奇怪得很，我当时竟然对猪油馋涎欲滴，还喝了不少。上床睡到第二天早上，我就完全恢复正常了！这听起来像休克疗法，但我其实就是因为体内缺少脂肪而病倒的，只是当时没有意识到而已。

　　除了直接的营养价值，脂肪对肉食者的新陈代谢究竟有什么生理作用，我并不清楚。但我知道，在北极，仅仅依靠瘦肉，人体是不能正常发挥功能作用的。或许，脂肪里含有某种酶，可以作用于消化道里的瘦肉；或许，脂肪里含有某些重要的维生素。但不管是哪种因素，我们已清楚地知道，脂肪不仅提供了大量人体所需的卡路里——这是在极地寒冬里维持生命必不可少的，而且还提供了一些其他的重要物质——没有这些物质，肉类饮食将令人无法忍受。

　　当然，伊哈米特人一直都懂得脂肪的重要性，及时补充脂肪，也是他们的生活习惯。无论是冬天还是夏天，他们每吃三口瘦肉就至少要吃一口肥肉。这个比例比较理想，但也不是总有条件按这个比例来吃。一旦脂肪稀缺，伊哈米特人就容易生病，身体会出现抵抗力极度下降等种种症状。

　　总之，我想说明的一点是，油脂不仅能用作因纽特人过冬的燃料，更是他们日常饮食的重要组成部分。然而，那些授权管理北方土著居民身体健康的官员，似乎忽视了这一点。极地目前的政策趋势是改变当地人的饮食结构，让他们舍弃习惯已久的天然食物——我指的是动物肉食、高蛋白食物和高脂肪食物，来适应白人的人工熟食，即以淀粉为主的食物。这一政策带来的恶劣后果，本章稍后另述。

　　你可能会想，除了鹿肉，荒原上应该还可以找到其他食物吧？伊哈米特人对驯鹿的完全依赖看起来非常愚蠢；尤其是当他们赖以生存的驯鹿数量有限时，他们完全可能会饿死。

是啊，荒原并不仅仅属于驯鹿。冬天，大批的极地野兔从北部边缘跑出来，那是多么鲜嫩可口的食物啊！春天和秋天，成群结队的松鸡像白雪一样覆盖山头。夏天，河流湖泊里的白鲑鱼、鳟鱼、茴鱼和胭脂鱼，确实数不胜数，撒一网就可以捕获不少。奇怪的是，伊哈米特人没有渔网，也从来不用渔网捕鱼，只是偶尔用鱼叉叉鱼。在我们最为熟悉的因纽特文化中，制作精巧的鱼叉极为常见。

政府当局以他们一贯的"敏锐眼光"，捕捉到了这些原始人"疏忽大意"的证据。他们认为，很明显，这些愚昧无知的当地人一定没有意识到河流湖泊是尚未触及的食物宝库，竟然从未学会编织渔网，也不会用渔网捕鱼，真是太愚钝了！那么，就由政府来为他们提供渔网，以此来解决荒原人的饥饿问题吧。

政府的援助计划多么明智啊！1948年，当我准备再度回到荒原时，政府当局交给我大量的渔网，指示我分发给伊哈米特人，并教会他们如何使用，以免他们在冬天再度面临挨饿的困境。

与政府当局争论是没有用的。所以，我带着渔网来到荒原，适时地分发给伊哈米特人，并给他们讲解了渔网的用途和用法。他们谦恭有礼，向我表示感谢。为了迎合我，他们甚至还借了我的独木舟去学撒网。毫无疑问，我坚决执行了渥太华当局的命令；毫无疑问，这一定会让渥太华当局满意。

然而，热情的政府官员却忽略了一些细节问题。首先，伊哈米特人的"柯亚克"[1]是一种非常轻巧的独木舟，不像"尤米阿克"[2]小船那样具有较大的空间。在柯亚克上撒网收网或检修渔网，即使不是绝无可能，也是特别困难的。其次，只有在冬季和早春时节，伊哈米特人才会遭遇饥荒，而彼时河里湖里的冰层厚达10～12英尺，即便是精明的伊哈米特人也束手无策。

然而，这些看得见的问题相对来讲还不是最关键的。伊哈米特人一直没有学会编织和使用渔网确有原因。他们其实早就清楚地知道可以捕获鱼类来填充肚皮，但同时他们也知道，进食鱼类并不能解决荒原人的饥饿难题。这一切又回到了之前谈过的脂肪问题。是的，内陆的淡水鱼脂肪含量极少，根本满足不了伊哈米特人的生存之需。野兔和松鸡同样如此。在夏天，鱼作为膳食补充是没有问题的，反正当季的食物丰足。但到了冬天，长期吃鱼对于荒原人来说无异于服用毒药，会产生灾难性的后果。饥饿会以致命的营养缺乏症表现出来，使身体严重受损，即使肚子里装满了鱼，也会感到像空腹一样难受。稍后，我会讲到一个北方土著

---

[1] 柯亚克（kayak），内陆因纽特人用动物皮绷在木架上做成的单人划子。——译者注

[2] 尤米阿克（umiak），海滨因纽特人用海豹皮做成的小船。——译者注

民族放弃鹿肉而改吃鱼的情况。很显然，那个土著民族吃鱼造成的悲剧，并没有在高层官员的脑海里留下任何印象。

驯鹿必须给伊哈米特人提供食物，也只有驯鹿能让他们活命。在未来的岁月里，伊哈米特人将继续吃鹿肉，延续数个世纪以来他们的活命之道，因为他们的身体需要他们吃鹿肉。如果将来的某一天，世上再也没有驯鹿了，那么，最后一个伊哈米特人也将饿死在自己的冰屋里。到那时，对他们的监护责任问题，就不再是问题了。到那时，在小湖地区湖滨的岩石上，渔网将慢慢地发白直至腐烂，再也没有人去使用了；它们将作为一种证据保留一段时间，借以表明在伊哈米特人处于绝境之际，我们曾提供过的援助。

现在我将来说一说饥荒的问题。我想告诉大家的是，北方土著居民——包括因纽特人和印第安人——走向灭绝的真实而潜在的原因。许多白人到过这里，走近过这些人，他们知道我要讲的并不是虚构的故事。

为什么森林里的印第安人人口大幅减少？或许，你听说过他们是死于疾病，死于天生的闲散懒惰，或者死于其他原因。是的，关于原因，或许你早已听过很多种说法，但绝没有听到过真相。因为这些所谓"原因"都只不过是虚假的表象，真凶只有一个——饥饿。

或许你会问，不是说每一年都有成千上万的印第安人和因纽特人死于肺结核吗？或许你会问，不是说最近二十年，是麻疹和天花等流行病摧毁了十分之一的北方土著居民吗？

或许你会问，难道这些人也都是死于饥饿吗？我的回答是，他们的确死于饥饿。

让我来解释一下吧。首先，对于我们为何未能保护北方民族免遭灭绝，一直以来最为普遍的一种辩护之说是"后天免疫"理论。这一理论鼓吹——如果我们相信的话——免疫力是北方民族没有的东西，也是他们通过后天获得不了的。然而，没有哪一个医学权威会愚蠢地指出，某种特异性免疫只有某些民族才可以获得，而其他民族则不能。"后天免疫"理论认为，无论是现在还是将来，因纽特人和印第安人永远缺少我们具有的免疫力。这一理论一直用来解释为何我们不能遏制病魔对北方土著居民的摧残，只能任由肺结核和其他疾病夺走他们的生命。但这一理论是站不住脚的，与鼓吹雅利安人[1]比犹太人更高贵的理论一样荒谬无耻。事实上，对疾病的免疫力是后天获得的，而且人人都可以获得。

但话说回来，既然免疫力人人都可以获得，那么，马更些河流域的印第安人早就应该获得了免疫力——在过去的一个半世纪里，疾病一直是这片土地上的一个强大杀手。然而至今，每当瘟疫降临马更些河流域，那些拥挤不堪的印第安人居住地仍旧在劫难逃，那些自古饱受流行病蹂躏的幸

---

[1] 雅利安人（Aryans），历史上原是俄罗斯乌拉尔山脉南部草原上的一个古老民族，是世界三大古游牧民族之一。后以希特勒为首的纳粹法西斯为了挑动民族之间的仇恨，声称犹太人是劣等民族，雅利安人和日耳曼人是优秀民族，为了保持雅利安人的种族纯粹，必须对劣等民族进行清洗。——编者注

存者的子孙后代仍旧成百上千地死去。这样看来，那些"后天免疫"鼓吹者可能是正确的——但也仅仅是看起来如此！

我讨厌做统计，但我还是要引用以下数据自证观点。据报道，在1937年至1941年期间，加拿大西北地区肺结核的死亡率是761/100000，而加拿大其他地区则是50/100000。不过，西北地区这个死亡数只包括医疗官验证过的，我们有充足的理由相信，真实的数据至少超过1000/100000——北方民族中有些人死了就直接埋了，白人并不知情，而且占比很大。迄今为止，肺结核在那片地区肆虐横行已有一百五十年了，但奇怪的是，那里的土著居民似乎仍然无法对结核病免疫。

但饥饿又与这一切有什么关系呢？下面，我不再采用数据，而以人为例来说明。

在曼尼托巴省北部的驯鹿湖地区，有一个印第安人的居住地，叫布罗谢。他们是齐帕威族印第安人[1]的一支——"食鹿人"伊德森埃尔德利人，他们的幸存者一直以布罗谢为中心维持生活。在1860年，布罗谢已经建设成为完善的边贸站，大约有两千个伊德森印第安人生活在那里。但他们的生活方式独特，处境极其艰难。冬天，他们在北极高地森林边缘搭建帐篷，与驯鹿一起过冬。春天，驯鹿向南

---

[1]　齐帕威族印第安人（Chipewyan Indians），加拿大北部说阿萨巴斯卡语的印第安人。——译者注

迁徙，进入大平原地区，他们便会尾随而至。所以，伊德森印第安人为了生活，每年都要穿过荒原，穿过伊哈米特人的家乡，长途跋涉一千英里以上。

早在18世纪，著名探险家塞缪尔·赫恩[1]曾经完成过一次陆地探险。他与一帮齐帕威族印第安人从丘吉尔镇出发，穿越荒原到达了科珀曼河[2]。他与大多数人一样，谈到伊德森印第安人时，认为他们具有超人的耐力和强壮的体魄。

1948年冬，我曾经在布罗谢与伊德森印第安人生活过一段时间。那时，他们的总人口已经很少了，男男女女加上儿童只有一百多人。他们在驯鹿日益减少的狩猎路上过冬，忍饥挨饿的时间长达数月，只有等到春天才能在开阔的河流捕鱼。那时，他们再也无力跟着鹿群长途跋涉到荒原生活了——即便跟在鹿群后面也只能走向灭绝。他们非常被动，筋疲力尽，毫无希望，只能痛苦地坐以待毙；因为不讲卫生，身体虚弱，病病歪歪，他们遭人嘲讽，但他们对这一切早已无动于衷，成天懒散度日，唯有绝对必要时才做出最后的挣扎。啊——他们已经同白人交往近百年，却依旧没有获得任何免疫力。

---

[1] 塞缪尔·赫恩（Samuel Hearne, 1745—1792），英国航海家、毛皮商人、探险家，是第一个通过陆路到达北冰洋海岸，并首先发现了广袤的加拿大西北地区荒原的欧洲人。——译者注

[2] 科珀曼河（Coppermine River），多急流，开冻期短，全长845公里，向北流经德格拉斯、波因特、伊钦和迪斯默尔等湖，在因纽特人居民点科珀曼附近注入北冰洋的加冕湾。——译者注

自从伊德森印第安人开始面临饥荒以来，到现在快一百年了。饥饿最初找上门来，就是在他们改变了冬季日常饮食之时。他们现在过冬的食物，百分之八十是白面，加上极少量的猪油和发酵粉，而夏天几乎只有鱼吃。从驯鹿身上获取的红肉和白色脂肪——他们曾经唯一的食物——他们现在已经吃得极少了。已经有三代人从出生、过活到死亡，都是靠燕麦薄饼、鱼肉和茶水为生，一日三餐都吃面饼和鱼肉，用茶水冲进肚里。这三代人一代比一代瘦弱，一代比一代免疫力低下。有些亡故的人完全是饿死的，尸体干瘪，只剩下一副皮囊，透过像羊皮纸似的皮肤可以清晰地看到骨头，惨状骇人。但大多数人则死于咯血，或黏膜化脓阻塞喉管，或身体表皮溃疡生疮。而所有这些症状，都是长期挨饿引起的。

在边贸站兴起之前，伊德森印第安人与伊哈米特因纽特人一样，都是以鹿肉为生。后来，哈德逊湾公司在布罗谢建立了"鹿肉站"——鹿肉在这里被加工成干肉饼，送往大草原，因为那里的野牛早就被杀光了，肉食匮乏——从此，伊德森印第安人开始改变他们的日常饮食。

那些商人极力怂恿伊德森印第安人放弃夏季跟随鹿群走出荒原，与鹿为伴、以鹿为生的传统。于是，他们学会了以鱼肉为食、以救济面粉度日。那些救济面粉可不是免费供应的，而是赊销给他们的，以使他们紧紧地依附于臭名昭著的"济贷制度"。这种制度过去是、现在仍然是白人与土著居民做生意的方式。在商人的极力怂恿下，伊德森印第安人大量猎杀驯鹿——但并非给自己食用，而是用来交易。大肆杀戮驯鹿的后果，当然是不可避免地开始重蹈野牛灭绝的覆辙。商人还极力说服伊德森印第安人不要吃鹿肉，因为前者就靠这些鹿肉赚钱呢！商人赊销的商品利润极高，一袋面粉可以赚到七十五元；此外，白糖、发酵粉，甚至各种毫无用处的小饰物，样样有利可图。但是，如果鹿肉被伊德森印第安人吃了，商贩就没钱可赚了。

于是，到了今天，疾病终于引发了致命的懈怠情绪，让伊德森印第安人不再奢望不确定的未来；身体虚弱又让他们在死亡临近之时毫无反抗之力。疾病、懈怠和体弱同时出现在那片土地上，而三者指向同一个源头——饥饿。

受到商贩奸计的哄骗和贿赂的诱惑，伊德森印第安人舍弃了驯鹿，从高地森林里跑出来生活，但男人们的精力一年不如一年，捕获的毛皮越来越少；帐篷里铺上了木制地板，但是咯血的妇女一年比一年多，血弄脏了木地板，脏乱如猪圈，就连她们的祖先也会嗤之以鼻。在寒冬里，零度以下的寒风肆意钻进帐篷，人们只有从边贸站换来的劣质布衣可穿，不再有暖和的鹿皮外套可以御寒；女人们一边搅拌面粉和发酵粉来喂养孩子，一边祈求孩子可以活到开春。到了夏天，男人们就提起已经学会使用的渔网，但每天都只有鱼吃。挨过了秋天，他们的身体已经极度虚弱，再也抵抗不了漫长冬夜的酷寒。的的确确，这样的人当然无法获得我们所说的"免疫力"，因为饥饿的身体根本无力抵挡病魔的袭击。

在整个边疆地区，还有许多土著部落生活在类似的条件之下，同样因为饥饿而走向灭绝。伊德森印第安人只不过是其中之一。

离伊德森印第安人沉寂的帐篷营地不太远，便是奥泰克一家的帐篷。现在我就坐在那帐篷里享用他摆放在我面前的肉宴，与一群身强力壮的因纽特人谈笑风生。这群人在精神和思想上都还没有达到贫乏的地步——现在的伊德森印第安人与生俱来的一种生存状态。当然，伊哈米特人尚需再前进一步，他们现在仅仅知道挨饿的直接后果是死亡，知道饥饿削减了他们的人口。但是，毁灭印第安人的潜在饥饿，还没有撼动伊哈米特人的根基。现在我们的政府已经决定"援助"这些残存在内陆的因纽特人，那么毫无疑问，用不了多久，他们就会被带到其他食鹿者遭遇过的同样关口。到那时，世上将再也没有食鹿者；不久之后，世上也将不再有鹿之民。

请记住，我谈的是现在，而不是过去。在我与森林里的印第安人共处的那段时间，我曾经遇到过一个医生，他受政府当局的委派，一年要去那里巡诊两次。我和他提过那个地区每年有多少印第安人死于结核病。他回答我说，他能为印第安人做的不多，医院里塞满了病人，而且印第安人似乎对结核病的治疗反应较差。但是，他带着正直而骄傲的神情指出，政府花了几十万资金，正在北部各地修建医院，以便及时为当地人治疗一些小病小痛。

　　是的，这些人现在疾病缠身，但那是整整三代人因饥饿而积累起来的恶果。所以，可以肯定地说，对他们唯一有效的疗法，就是给他们足够的、正确的食物。可这个想法过于简单，我估计难以真正引起重视——否则早就被采纳实施了。不过，这已经不重要了，因为要不了多久，就不再有需要喂食的嘴巴了。当代印第安人的生存状况日益恶化，但正如传教士们一再重申的那样，他们不是由上帝创造的，他们只不过是人类的仿品。所以，他们真的不需要什么大医院，也真的无法建立起什么免疫力——来对抗饥饿。

七、关于语言与房屋

1947年夏天，我在"小湖"地区停留的时日并不多。对于生活在这里的伊哈米特人，我的兴趣正浓，但一天一天过去，弗朗茨却越来越掩饰不住内心的焦躁。表面上，他担心的是那些留在温迪河湾营地的狗，怕汉斯和两个孩子照料不好它们。事实上，他急于离开伊哈米特人营地的真正原因是牵挂库妮。那个因纽特小女孩虽不是他亲生的，但弗朗茨对她的感情，就是他所理解的"爱"了。

于是，我与弗朗茨越过沼泽、翻过高山一起往回走。一路上，我一直希望自己鼓起勇气与荒原人同生活、共命运。但是，语言障碍造成的限制，实在令我困扰，而这个难题又不是我能独自克服的。一段时间以来，即使有弗朗茨做翻译，我也很难与荒原人进行口头交流。

我们回到了温迪河湾。几位成员欢迎弗朗茨的方式显然不同。他收养的库妮和阿诺蒂利克欣喜若狂，而他的亲生弟弟汉斯则冷淡依旧。棚屋里里外外乱糟糟的。给狗捕食的渔网破了，大洞小眼的，几乎无法使用了。所有的狗几乎都饿得半死。接下来的整整十天，弗朗茨和我忙着补充狗食，我完全没有时间去为离开因纽特人营地、痛失了解他们的大好时机这件事懊悔。就在我重拾这一心情之前，几个因纽特人的到访，又给了我新的机会。他们在棚屋附近的小山丘上建起临时帐篷，一批又一批因纽特人随后而至，以此为家，一直住到了秋天。但没多久，我再次失去了与他们亲密交往的机会。夏季的最后一个月，我不得不陪弗朗茨前往南方六百英里之外的布罗谢，然后再乘坐独木舟回来。这件事刻不容缓，一是营地快要断粮了，二是弗朗茨还得处置他上一年收获的毛皮，带回生活必需品准备过冬。

这次乘坐老式独木舟运送物资的旅程漫长而艰辛，在这里就不赘述了，只说一说我在布罗谢的见闻吧。布罗谢是驯鹿湖地区唯一的贸易点，在那儿我遇到了一位年迈的白人。他从很早开始就一直在北部边缘的森林里做生意，那时候伊哈米特一族特别人丁兴旺。他给我讲了许多关于过去的故事，而那些几乎被人遗忘的往事，我后来也从伊哈米特人的口中听到过。第一次在布罗谢听到那些故事时，我迫切地渴望再一次深入荒原，但我很快知道这一愿望在1947年是无法实现了——在布罗谢收到的一份无线电报，瞬间击碎了我的梦想。电报发自我快要遗忘的南方，要求我尽早回到遥远的多伦多。同时，我还得到消息称，约翰尼·布拉索在荒原西部失踪了——这意味着我得靠一己之力离开极地平原了。

弗朗茨没办法独自返回温迪河湾，所以，我跟他一起回到温迪棚屋。我明白，只要我们把物资运回去，他就一定会想办法帮助我离开荒原。

9月下旬，我极不情愿地与这片土地作别，与弗朗茨乘坐独木舟向东航行。六周之后，我在丘吉尔镇登上"马斯基格快车"，一路向南穿过森林。弗朗茨在镇上待了几天，便飞回温迪河湾去了。但他注定在温迪河湾也待不久了——因为他在镇上遇到了他的父亲。老人不愿意看到孩子们继续流落在外了，吩咐弗朗茨关闭温迪河湾的棚屋营地，赶不上飞机就乘坐狗拉雪橇，一定要尽早回到丘吉尔镇来；在镇上可以到建筑队做工——有钱可赚的工作在等着他呢。弗朗茨的父亲认为，猎人和商人在荒原上的好日子都已经到头了。这个结论相当理性，或许他早就料到伊哈米特人注定难逃厄运。残存的因纽特人寥寥无几，从他们身上已经攫取不到财富了，尤其是现在——狐皮的市场价格已经跌至新的低点。

待到新年之初，荒原上的外来者都跑了，温迪棚屋的木门又一次在寒风中哐当作响，再也没有人迎接来到这里的伊哈米特人——也没有人可以提供援助了。弗朗茨和弟弟带着两个因纽特小孩，回到丘吉尔镇与家人团聚，他们再也不会重返努埃尔廷湖了。那些与"人类之河"发生过联系的白人永远地逃离了，但在他们身后，在荒原深处，还残留着无处可逃的伊哈米特人。他们在世上已无避难之所，唯有留守湖滨河畔，跟其比邻的只有乱石坟岗。

有的人对荒原的兴趣是用金钱一元一角地来衡量的，他们最终抛弃了这片土地和生活在这片土地上的人民。我对荒原的兴趣，却不是为了什么实在的好处。1947—1948年的冬末，我再次踏上了向北的旅途。这次我多了个同伴——安德鲁·劳里（Andrew Lawrie），一位动物学学者，与我一样对荒原充满了好奇。他曾经与加拿大海军一道来过北极，那次短暂的造访一直让他念念不忘。所以，他非常愿意陪我回到荒原。我们雄心勃勃地计划在荒原待上一年，仔细地研究被称为"图克图"的驯鹿，以便为政府的保护计划提供有效的基础数据。

这是1948年，没有结实的"安森"飞机等在那儿，也没有约翰尼·布拉索可以帮助我们从丘吉尔镇飞到努埃尔廷湖。有一天，他驾着他那架老式飞机飞过极地上空，极不稳定的天气让这成为他此生最后的一次飞行。如今，烧焦的飞机残骸躺在荒原西部的泥炭沼泽里，几乎快被人忘得一干二净。

约翰·因格布里特森又一次对我们施以援手。他有一个儿子名叫冈纳，曾经接受过空军的训练，现在开了一家独立的"航空公司"，以一架小飞机开展从丘吉尔镇外出的航空业务。挤在飞机狭小的空间里，安迪[1]和我飞越了从丘吉尔镇到荒原西部的遥远距离，来到温迪河湾，只见房门半掩的棚屋已半埋在积雪里。

我们这次来的时节，比我上次到达这里早太多了，大地上还没有冬天让位于春天的任何迹象。飞机离开后，安迪和我便开始跨过冰面走向棚屋。天气酷寒，呼出的热气很快就凝成了霜雾，根本看不清棚屋里有什么。突然，安迪抓住我的手臂，指着冰雪覆盖的河岸。我看见一团黑色的人影朝着我们飞奔而来。

我们驻足等待。河湾的冰面上闪着耀眼的白光，从"鬼山"吹来的风呼呼作响，犹如揪心的哀乐回荡。迎面而来的竟是奥泰克！他停在我们面前，憔悴的脸上绽开了笑容，继而禁不住大笑起来——那从喉头爆发出来的狂笑声，透着发自内心的喜悦。对于奥泰克而言，这次会面确实令人欣喜振奋。我们三人来到棚屋前，在雪堆里刨出洞来，爬进去，完全不确定棚屋是否还安全。奥泰克用动作和手势向我解释，他只身从"小山"前来，心怀渺茫的希望——希望白人已经回到了温迪河湾。饥饿驱使他来到这里，尽管他早就知道这里已被白人完全抛弃，大半个冬天棚屋里都无人居住。但记忆犹新的往事化作无尽的期望，将他带到南方，即使屋前的雪地上并没留下一丝有人活动的痕迹，希望之光也从

---

[1] 安迪（Andy），安德鲁·劳里的昵称。——译者注

没彻底熄灭。他固执地守着棚屋，两天里没有吃过一口食物，只是无望地等待着续命的援助从天而降。第三天，他准备踏上回家的路，心中充满了伤心绝望。就在那时，他突然听到了隆隆的"科内泰夫"（Konetaiv）——那是白人的铁翅膀在空中飞舞时发出的咆哮。

吃了一顿饱饭，接受了一些步枪子弹，奥泰克就离开了我们。驯鹿大军的先头部队已经到达荒原，只要枪膛里有子弹，奥泰克一家的春季饥荒便解决了。倘若我们没有出现，或者我们晚来一个月，当初库妮和阿诺蒂利克变成孤儿的春荒悲剧就一定会重演。政府对伊哈米特人的认可本就来得太迟，目前看来，这种认可也似乎极为短暂，现如今又对他们弃之不管了。

随后的一个月里，安迪和我花了大量的时间在温迪河湾附近研究返回北方的鹿群。可我俩并不孤单。奥泰克离开我们仅仅四天，便带着所有的伊哈米特男人又回来了。那些天我和安迪心情愉快，过得十分舒坦。因纽特人兴高采烈地欢迎我们，似乎我们是仁慈的上帝。对于我们的到来带给他们的喜悦之情，奥泰克和他的伙伴们似乎觉得怎样表达都不够。如果我们需要找柴火或取水，伊哈米特人总会跳起来抢着干，人人都想抓住为我们效劳的机会。他们特地翻山越岭，为我们捕获稀有的肥鹿，带回美味的鹿舌。每到夜晚，他们全都挤在棚屋里，只为与我们多待一会儿，直到我们哈欠连天，礼貌地打发他们都去睡觉为止。赫克沃和奥利克图克还带来白狐毛皮，作为友谊的象征赠送给我们；收到我们回赠的礼物，又说尽了感激的话语。

不幸的是，这样的你来我往也有缺点。安迪和我都不是商贩，携带的物资仅能满足我们自己的需求。为伊哈米特人提供了急需的物资之后，我们就缺了很多东西，包括最宝贵的步枪子弹。所以，在回赠礼物时我们开始变得吝啬小气——这在伊哈米特人看来相当费解。他们拥有的东西，无论是什么，可都是乐于并且急不可待地给了我们啊。他们深信，白人可以调集的物资供应是无限的——这种想法也并非毫无根据。我费了老大的劲向他们解释，我们不是商人，其实是穷人，除了强烈的好奇心之外，并没有什么值钱的东西——但显然收效甚微。

去年就让我感到困扰的语言障碍，现在好像变得更令人生畏、更令人气馁了。单凭肢体语言，我们彼此都解释不清楚。我想念弗朗茨。与伊哈米特人交流时，他就是我的喉舌。虽然他通常翻译得心不甘情不愿，也不是句句准确，但是离了他，我发现自己仿佛深陷一张无形大网，越来越困惑。照这样下去，我显然不指望从伊哈米特人的记忆和思想深处挖掘出什么有用的东西来。除非我学会他们的语言，否则待我离开荒原时，一定会像刚来时一样对他们一无所知。然而，我被那些自诩为"老北方"的白人误导了，以为学会因纽特人的语言要花费多年的艰苦努力。因此，我始终不愿意开启这项自认不能及时帮助到我的语言学习任务。

结果，在头一个月的时间里，安迪和我像聋子一样跌跌撞撞——耳朵想要听懂的话，光靠眼睛又岂能瞧得明白呢？直到有一天，我和奥泰克的交流陷入了僵局，这彻底激怒了我！我当机立断，决心应对困难。于是，我明确地告诉奥泰克，我一定要学会他们的语言。

我原本指望奥泰克会对我的决定做出什么反应呢？我也不清楚。或许是兴味索然？或许是左右为难？或许更糟——好比有人向他提出了什么幼稚的要求，他只能不予理会？

但是，这个伊哈米特人的反应却不是以上任何一种。或许，他们看到了最朴实的事实——我作为一个白人、一个外来者，竟然自愿去跨越横亘在我们之间的种族障碍，请求他们来教我他们的语言，却没有要求他们学习我的语言——这一点成了打开他们心扉的钥匙。见我急于了解他们的生活方式，他们的反应是急切的，是热情的，几乎无法抑制。奥泰克和奥霍托都被请来帮助我完成这个任务。这两个家伙立刻对我换了一副面孔，完全没有了平日里对外来白人的恭敬与尊重。他俩像着了魔一般，全力以赴地解答我提出的各种问题。一开始，奥泰克就教了我"伊哈米特"这个单词。为了帮助我理解，他还在沙地上精心地画了图案。然后，奥泰克让奥霍托站在一个地方，又让我站在南面几英尺远的地方。接着，他指着奥霍托，一遍又一遍地重复"伊哈米特"，声音高亢，表情夸张。最后，他走过来抓住我的手臂，把我领到奥霍托的身边。两个男人开心地对着我微笑，神情中又带着一丝渴求，显然迫切地希望我已经理解了他们的表演。幸运的是，我没有让他们失望，我明白了他们的意思。从此，我不再是外来者；从此，我就是伊哈米特人——居住在"小山"地区斜坡之上的伊哈米特人。

这种学习入门仪式极不正式，缺乏戏剧性的形式，其深刻含义我一时半会儿并没有完全弄明白。过了一阵子我才发现，奥泰克和奥霍托安排的这个仪式虽然简单，却不仅让我成为这片土地的养子，还让我与他们俩有了特殊的关系——我成了他们俩的结盟兄弟。这种关系很难定义，但它建立在友谊之上，是友谊最完整、最深刻的延伸。若是我愿意；我可以分享奥泰克和奥霍托拥有的一切，包括他们的老婆——不过，这份荣幸我至今没有接受。作为结盟兄弟，我对应他们每一个人，是他们的影子，只不过隐藏在不同的血肉之躯当中罢了。

当然，按照他们的习惯，我应当给予完全等同的回报。如果我生来就是伊哈米特人，我一定会不假思索地认可这种互惠性。但是，作为一个白人，我下意识地多次拒绝了奥霍托和奥泰克。尽管如此，他俩并没有采取任何报复行动，也没有收回他们自愿给予我的任何特权。

作为伊哈米特人的一员，我现在面临的紧迫任务就是学习他们的语言。奥泰克和奥霍托一起花了两天的时间，从不同的角度讨论怎样教我他们的语言。最后，我实在失去了耐心，决定采取主动——向他们询问身边各种物件的名称，用动作表达一些动词。可我不知道的是，这正是他俩商定的学习计划——但他俩谁也没说，宁愿让我相信是我自己在掌控节奏。两位导师总是与我一道发奋努力，或一对一，或二对一，态度严肃，精神集中。有时候，我们都太过较真，为了一个简单的词义而相互解释，却越解释越糊涂，最后总以一阵哈哈大笑来化解彼此的尴尬。不过，我竟然学得很快，快得让我以为那些关于因纽特人的语言难学的奇谈怪论，就如许多对他们的误解一样，完全是胡说八道。

不到一个月，他俩就可以听懂我说的话了，大多数时候我也可以明白他们对我说了啥。我开始有点小骄傲，甚至认为自己具有非凡的语言天赋。不过差不多一年之后，我才发现了自己"进步神速"的真正秘密。

当然，秘密就在导师奥泰克和奥霍托这里。他们与其他伊哈米特人合作，共同设计了一套教我这种语言的特殊方法。他们的语言确实相当难以学懂弄通，但他们精明地找到解决问题的办法。他们首先推断，由于他们的语言已充分发展，而一个白人的脑袋可能没有那么发达，所以不能指望我可以应付错综复杂的细节。然后，他们专门针对我个人的语言用途，制订了一个教学计划。表面上是我在主导学习方向，实际上是他们单独为我开辟了一条捷径，引导我不断进步。

在我询问物名时，他们就直接给出答案，绝不让详尽的释义加重我的负担。譬如说，"驯鹿"直接就是"图克图"。这个词简单易记，用在复杂句中也不困难。可我后来才知道，它的使用其实相当受限。"图克图"意为"驯鹿"不假，但它指代的是广义上的驯鹿。若要专指某一类驯鹿，比如两岁的雄鹿，则需要用另一个特殊的单词来精准定义。因此，在伊哈米特人的语言中，意为"驯鹿"的单词高达几十个，分别适用于不同的语境。而奥泰克聪明地避开了若干同义词之间的细微差别，以免让我的记忆超出负荷。他允许我使用通用单词来指代不同语境下的驯鹿；反过来，当伊哈米特人与我交谈时，则避免使用专指某一类驯鹿的特殊单词。

绝大多数名词都是这样来教的。伊哈米特人教给我的其实是一套词根，砍掉了那些繁琐复杂的词缀——要知道，正是因为这些丰富的前缀和后缀，他们的语言才具有表达的灵活性和词义的准确性，这可能是当今世界上的任何其他语言都无法企及的。也就是说，他们针对我的特殊用途，总结了一批特殊的因纽特语"基本单词"。他们自己也学习使用这些单词，只要与我交谈，就一定使用；即便是在他们相互交流时，只要我在听着，也必须使用。当然，混杂语言的产生并不新鲜。但是，对于大多数民族而言，这种读音不准、语法不通的语言，都是经过几十年的发展演变自然形成的，并不会刻意去开发。可伊哈米特人却有意开发了这样一种混杂语言，精心设计，悉心教导，仅为一个人的利益而使用，而这个人还是这片土地的外来者。

我就是这样学习因纽特语词汇的。奥泰克和奥霍托孜孜不倦地训练我，直到我熟练掌握读音与语义的微妙差异。我很快发现，自己不仅可以表达一些抽象概念，而且偶尔用到的一些抽象词语，就连说这种语言的"本族人"也想不到或说不出。我为自己的杰出才能感到自豪，但"真相"最终还是暴露了。

　　在"成为伊哈米特人"一年后的一天，我在丘吉尔镇附近遇到一个生活在海边的因纽特人。在与他交流时我旁若无人，信心十足地讲了一通长篇大论，目的当然是给在场的白人留下深刻的印象。但是，我很快注意到那个因纽特人脸上写满问号，不由得大吃一惊——这等于向我表示他根本没有听懂我在说什么。后来我发现，不仅我用到的单词（伊哈米特人使用的许多单词，都是生活在海边的因纽特人听不懂的），而且那些我自以为完美的句子结构与习惯表达，在他听来都很莫名其妙。

　　我突然对自己的语言水平有了清醒的认识。这让我感到有些悲伤，但也让我从侧面了解到伊哈米特人的性格特征。我真的不知道，这世上还有哪个民族愿意如此费心设计一套几近全新的语言，只为方便一个偶然闯入他们生活的外来者。我还从来没有听说过这样的情况。

　　我及时放弃了这种专门的特殊用语，开始深入地学习地道的伊哈米特族语言，力求逐渐准确地掌握它。但是，我必须承认，我从来没有真正地学会伊哈米特人的语言。尽管如此，这并不妨碍我去认识伊哈米特人——对他们的生活、他们的传说、他们的历史，凡此种种，我自以为都有了真实的了解。这是伊哈米特人赠予我的礼物——也是他们能够给出的最为宝贵的财富，因为他们并没有受到任何形式的强迫，完全出于对其他民族的同情。

在解决了交流的困难之后，我向奥泰克提了一堆问题，第一个便是伊哈米特人为什么会单挑"小山"地区建立营地呢？广袤无垠的荒原上明显有很多类似的地方。这个问题自从我第一次来到荒原就一直盘踞在脑海里。我猜想，选址这个营地可能具有某种历史意义，或许以此为起点，我就可以进一步地探索伊哈米特人的历史。不过，奥泰克一开口谈起"小山"营地，我就知道自己了解伊哈米特人的旅程还远远没有开始。因纽特人的生活方式看起来简单，其实隐藏在背后的因果关系盘根错节，非常复杂。这给了我一个教训——当时我就明白了，将简单的生活方式置于所谓"简单文化"中来审视，是极其愚蠢的。同时我也明白，我如果想要真正了解伊哈米特人，就必须做好准备，与各种相互关联的复杂因素纠缠到底——这些因素本质上与我在文明世界发现的其他因素同样重要。

首先，奥泰克让我了解到，选择永久性营地主要考虑三个因素。

第一："既然驯鹿就是我们的生命，那么，它们赞成在这里选址吗？"或者更直接地说，在这个营地可以获取人类生活必需的肉食供应吗？这个条件并不是轻易可以满足的。我前面写过一些关于驯鹿的文字，如果你已经读过了，就一定可以猜到为什么。

第二是营地的燃料供应。在极地，无法从动物身上获取足够的脂肪来做饭、取暖。因此，营地必须建在靠近荒原灌木丛的地方，以获取足够的柴火。

第三个因素最为复杂。选址时，必须考虑与死者相邻的距离。如果把冰屋或帐篷建在乱坟之中，显然是不明智的。但这个因素衍生出来的问题极多，所以，我将在后面用一章的篇幅来谈论这个话题。

选择"小山"脚下的湖区作为营地，始于很久很久以前。这些湖滨地区，曾经是鹿群迁徙的必经之地。那时候，从这里经过的鹿群铺天盖地；那时候，在这里用一杆猎枪能猎获的驯鹿就多达成千上万。至于燃料，小湖四周长满了柳树丛，而柳枝生长极快，所以这里从不缺柴烧。当然，有时候他们也需要走到15~20英里之外的地方，才能找到一片茂密的柳树丛。至于说死者问题，在曾经人丁兴旺的伊哈米特人的所有营地中，这里是唯一没有流行过可怕瘟疫的一个。因此与遍布荒原的其他营地相比，这处躲在"小山"脚下的阴凉里、没有遭受过瘟疫重击的营地，死者极少。湖滨的空地足够死者安息，而且仍有足够的空间留给生者搭建帐篷。

是的，伊哈米特人建家选址的问题激起了我的好奇心，然而当我查看了他们为自己建造的房屋之后，这种好奇心更强烈了。对伊哈米特人的了解越深，我就越敬重他们的聪明才智和心灵手巧。不过我经过了很长一段时间，才在敬重之余接受了这样一个事实：他们为自己建造的住所竟然徒有四壁、简陋狭小。与大多数因纽特人一样，伊哈米特人的过冬住所是用雪块堆砌的圆顶冰屋，他们称之为"伊格鲁"[1]。但是，伊哈米特人的冰屋又与其他因纽特人的不太一样，空间狭小，不过是令人难受的"掩体"而已。我猜想，伊哈米特人掌握建房技艺的时间一定不长，大概是近些年从海滨因纽特人那儿学来的。不过可以肯定的是，他们也不喜欢冰屋，反而更喜欢鹿皮帐篷。这种偏好自然与燃料问题有关。

在极地的寒冬里，任何家庭至少都需要燃料。海滨因纽特人通过捕猎海兽获取的脂肪车载斗量，他们在冰屋里用脂肪灯照明，用脂肪做燃料来煮饭，并为冰屋供暖。但是，生活在"小山"脚下的伊哈米特人，绝不能如此挥霍从驯鹿身上获取的宝贵脂肪。他们只敢点一盏小油灯，以微弱的火苗来驱散冰屋里的黑暗。唯一可用的燃料是柳枝。在山坡上通风的帐篷里烧柳枝做饭倒也无妨，烟雾可随风而散；但是，若是在冰屋里燃烧柳枝，呛人的烟雾让人根本待不住。

---

[1] 在因纽特语中，"伊格鲁"（igloo）泛指所有的房子。因此，"伊格鲁"可以是用雪块建造的，也可以是用木材或石头建造的。——原注

因此，只有进入隆冬以后，伊哈米特人的鹿皮帐篷才有可能为冰屋所取代。那时候，气温降到零下60甚至70度[1]，酷寒难耐，伊哈米特人不得不放弃鹿皮帐篷，极不情愿地取冰造屋。从那时一直到春天，伊哈米特人都不会在屋里生火，就连不可或缺的一日三餐，也是在冰屋外面煮的，饱受狂风暴雪无情吹打而莫可奈何。

冰屋不堪言状，难道帐篷真的就称心如意吗？我实在搞不懂他们的帐篷有什么可取之处。我在前面谈到过，他们的帐篷由鹿皮拼接而成，但每块鹿皮之间的连接处缝隙都特别大。以这样的帐篷遮风挡雨，甚至不如躲在灌木丛里。荒原上风速极快，风力极强，会把严实坚硬的雪花也吹进帐篷，那层鹿皮"墙"好像根本就不存在似的。倘若这样的住所也可以称之为"家"，那就真没什么好说的了。但是，伊哈米特人就在这样的住所度过了无数个日夜。帐篷外面、帐篷里面，狂风魔鬼般邪恶地怒吼着，酷寒像是要毁灭这片土地上的所有生灵。

在这样八面漏风的帐篷里，有时会生一堆火。但是，想象一下这样的火堆吧——费了老大劲才从雪堆里刨出来的一把柳枝，湿淋淋的，根本烧不旺，其产生的热量非常有限，只在锅底几英寸的地方，才会冒出一丝热气来，烧一

---

[1] 原文此处仅用"degrees"表述，未明确标注温度计量单位，根据北极气候推测，当为摄氏度。后同。——编者注

壶水要花上一两个小时。与此同时，冷风不时灌进帐篷来，卷走有限的微热，哪来多余的热量煮饭呢？这样的火堆，对伊哈米特人来说，也就是过过眼瘾吧。

尽管如此，生了微火的帐篷总好过冰屋，冰屋里可是连一点火星也没有啊。住在帐篷里，至少可以偶尔喝到一碗热汤。一旦开始在冰屋里生活，吃的喝的就全是冰凉的了，几乎所有的食物都冻结成块，硬得像石头。有时候，他们需要把装在鹿皮袋子里的冰块搬到床头，用身体捂热了化水喝。当然，也有人选择在冰屋外的隐蔽处做饭，但那种用雪块堆砌的雪炉并不好用，而且仅适用于没有风时。而大多数时候风都太大了，根本无法在外面烧火煮饭。更何况，在隆冬时节，柳树枝深埋在雪堆之下，要找到也不容易。

你瞧，伊哈米特人冬天的住所几乎就是极不舒适的样板。即使春天来了，他们的居住条件也没有多大改善。帐篷支起来了，但滂沱大雨也来了。白天，大雨发了疯似的下个不停，冰冷的雨水渗入鹿皮，帐篷松松垮垮地搭在木架上；一股股雨水流进来，家里的东西全都浇透了。晚上，就连帐篷里面也会结霜，等到天亮，除了裹在睡袍里的人，帐篷里的所有东西都冻得硬邦邦的。

春雨一停，夏季火辣辣的太阳就升起来了。鹿皮帐篷迅速晒干，缩水，绷紧，随手一敲便能听到鼓响。然而，帐篷里的煎熬远未结束。沼泽地里冒出了水汽，也冒出了成群结队的蚊虫。它们吮吸人血，叮咬人肉，可恶至极；它们蜂拥而至，惊喜地发现伊哈米特人的帐篷对它们并不设防。帐篷属于伊哈米特人，同样属于蚊虫。直到盛夏，蚊虫消失，苦不堪言的折磨方告结束。

每次看到伊哈米特人的房屋，我对他们的崇高敬意就会蒙上疑云。有时候，我甚至怀疑他们是否真像我以为的那样聪明伶俐，那样足智多谋。长久以来，我习惯性地认为家就应该有四面墙壁和一个屋顶。伊哈米特人解决住房问题的办法简单明了，但是差不多整整一年，我一直试图搞明白这个办法有何高明之处。又过了差不多一年，我才意识到伊哈米特人不仅拥有栖身的"豪宅"，而且还巧妙地为每个家人都量身定制了完美的"小屋"。

对于伊哈米特人而言，帐篷和冰屋只是附属的栖身之处。他们真正的房屋，就像海龟的壳，是背在每个人背上的。事实上，也正是这样的"小屋"，才让他们一族得以在冷酷无情的荒原上存活至今。这间"小屋"是有中央供暖系统的，那就是燃烧脂肪的人体火炉——它的四壁隔热效果极佳，其完美程度是我们白人无法企及的，甚至是无法效仿的；它的结构完整，轻便灵巧，易于制造，易于修复，且无需成本，是这片土地借由驯鹿馈赠给伊哈米特人的礼物。这间"小屋"彻底驱散了我心中的疑云，甚至让我愈发坚定地认为伊哈米特人是颖悟绝伦的。

"小屋"的主要构件是两套毛皮衣服，里一层外一层套着穿，每一套都根据主人的尺寸精心裁剪。穿在里面的那套，毛皮向内，紧贴皮肤；套在外面的那套，毛皮外翻，任凭风吹雨打。每套衣服都包含一件带有防风兜帽的风雪大衣、一条毛皮裤子、一双毛皮手套和一双毛皮靴子。缝在袖口、帽缘和裤脚的褶皱花边，可以包裹住指尖、头顶和脚后跟。脚上贴着皮肤穿的则是一双柔软的兔皮便鞋。

严冬里穿的长靴在膝盖处扎紧，不给寒风留下任何进口；而风雪大衣的设计，又巧妙地保持了衣服内的空气流通。内层和外层的两件大衣都很长，至少超过了膝盖，松松垮垮地挂在身上，无论多冷也不用扎腰带——冷空气不会上升，所以不会蹿到大衣里面，让皮肤感到冷飕飕的；而人体散发出来的潮湿热气，则从两层衣裤之间的缝隙排出。伊哈米特人特别爱出汗，但即使是从事繁重的体力劳动，也不会因为汗水湿透衣背，进而结成霜而使他们面临生命危险。因为衣服的皮革并不直接接触皮肤，两者之间隔着一层柔和而有弹性的鹿毛，空气始终在鹿毛与皮革之间的空隙里流动，可以吸收并排掉汗水。

这便是伊哈米特人在冬天的日常穿戴了，几乎每个身体部位都被严严实实地保护起来，仅从防风帽留下的椭圆形开口露出脸来——即使是这个狭长的开口，也会围着一条柔软光滑的狼獾毛皮。这种狼獾毛皮有一个奇妙的特点——从嘴里呼出来的热气，不会黏附在上面结成冰。

夏季，雨水当然会淋湿皮革，但会顺着外面的翻毛流走，鹿皮与皮肤之间的空气层不会进水，身体也不会浸湿。

此外，还有一个衣服重量的问题。有些白人试图在极地过冬，但他们大都穿戴笨重，厚厚的衣服至少有二十五磅重；而因纽特人背在身上的纯鹿皮"小屋"，不过七磅重。——这就造成了穿戴者身体灵活性的完全不同。一个人穿着紧身而笨重的衣服，有如穿着潜水服一样，难以动弹又无可奈何。伊哈米特人的衣服不仅重量轻，而且裁剪合体，肌肉需要活动的地方都很松弛。可以说，"小屋"里没有什么"隔板"或"墙壁"限制，主人的活动空间很大，可以自由地动作和呼吸，做什么都与赤身裸体一样不受束缚。如果需要在野外休息或睡觉，即使是零下五十度，他也只需要把双臂缩进大衣里，就可以像躺在双层鸭绒睡袋里一样舒服安逸。

冬天的穿戴如此，那么夏天的又是什么样的呢？我已经解释过，风雪大衣的渗漏性极强，但仍可以当作雨衣来穿——嗯，它其实比雨衣强多了。到了夏天，就脱下套在外面的那件大衣，只穿里面那件，但"小屋"的隔热效果一点不打折扣，里面出奇的凉爽，而且特别透气。它的好处很多，而最重要的是，它筑起了一道屏障，可以保护身体免遭蚊虫叮咬。防风帽拉起来戴在头上，就可以捂住脖子和耳朵，蚊虫根本无从进入。当然啦，伊哈米特人早就学会了如何与蚊虫共存，从来不会像我们这样，一旦遭到蚊虫叮咬就又急又恼又无奈。

就妇女而言，她背上的"小屋"通常有两个"房间"。

大衣背部额外多加了一块，称为"阿莫特"（amaut），样子看起来像驼背，里面"住"的是家里尚未断奶的小孩。小孩的屁股下面，放着一大堆特别吸水的水藓地衣，他就光溜溜地骑在上面，不受约束，兴高采烈。坐在"阿莫特"里，他可以观察他生活的世界，从小就欣赏这片土地的美景，了解这片土地打雷刮风下雨下雪等不同情绪。他不需要穿衣服；至于水藓地衣嘛——在这片土地上，柔软而吸水的水藓地衣取之不尽用之不竭，随时可以更换。

但孩子最终还是得搬出这个舒适的"房间"，要么是他长大了，要么是他有了弟弟或妹妹。此时为他准备的是鹿皮连体衣服，看起来与白人孩子穿的防雪套衫并没什么两样，但前者更轻便、更防冻、更宽松。这是伊哈米特儿童自己的第一间"小屋"，温暖而舒适，如果他们白人亲戚家的小孩体会到这件衣服的真正妙处，一定会心生妒忌。

这就是伊哈米特人的"房屋"，也是这片土地馈赠给他们的礼物，但主要是图克图——驯鹿馈赠的。

八、因纽特人之春

　　随着对这门语言越来越精通，我渐渐有了新的发现——伊哈米特人对过往岁月总是津津乐道。似乎他们更渴望展现给我的，不是他们的现状，而是他们曾经的模样，因此，他们总是有意无意地重提那些似水流年。为了让我也能分享那段快乐的时光，他们小心地字斟句酌，将荒原上已经没落的古老的生活方式向我缓缓道来。他们的努力没有白费，不久便达到了理想的效果。在我心底、在我眼前，真的浮现出一幅伊哈米特人昔日的生活画卷，生机勃勃，绚烂多姿！那时，人们爬上山坡，无论朝东、朝西还是朝南、朝北极目远眺，都看不到陆地，目之所及全是图克图——驯鹿，耳边回荡的只有鹿群奔跑的声响，鼻子闻到的也只有鹿群散发的芳香。

　　在那古老的岁月里，驯鹿在春天离开森林。雌鹿怀着幼崽，肚子浑圆。整片土地上都回荡着对新生命的热切呼唤。

冬天的冰屋已经弃置不用，人们纷纷从冰屋旁边的帐篷里走出来，就连掉光了牙齿的老人也站在帐篷边，笑盈盈地欢迎"图克图"的到来。猎手查看狩猎的柯亚克是否可用，一旦发现舟身皮革破损，妇女们就赶紧把鹿皮浸在冰雪融化的溪水里泡软，然后撑开，包裹在柯亚克纤细的骨架上。

等到营地附近河流消融，驯鹿开始泅渡时，男人们便要外出打猎了。他们带着猎杀驯鹿的梭镖，把柯亚克推进尚未完全解冻的河流湖泽。妇女们来到河岸，修整石柱围栏。这些石柱世世代代矗立在此，用来把迁徙的鹿群赶到猎人守候的地方。石柱上覆盖着苔藓，乍看像人一样，可以吓唬驯鹿。冬日里刮起的大风可能把石柱吹倒，把苔藓刮落，现在妇女们得把石柱扶正、伪装好。

石柱围栏整修妥当，妇女和孩子就出门了。平原上，春雪下个不停，地上仍有积雪覆盖。他们躲在岩石或苔藓洼地里，等待鹿群经过。一看到驯鹿出现，守望的人们就跳起来，大喊大叫，追着惊慌失措的兽群，把它们赶进石柱围栏。鹿群在狭窄的围栏间奔逃，最后跑到猎人守候的河边。等它们一跳入水中，猎人就划动柯亚克发起进攻，春天的猎杀就此拉开了帷幕。梭镖在阳光下闪闪发光，被杀死的驯鹿顺流而下，一直漂到下游河湾。

春天是猎鹿的重要时节。然而，伊哈米特人在这一季猎杀的驯鹿并不多，只要够吃到秋天就行，因为春季驯鹿的皮做不了衣服，而且肉太瘦，没有脂肪。

吃了整整一冬的肉干和冻肉，人们已经开始反胃了。此时冬去春来，太阳再次高挂在蓝天。他们终于能获取足量的鲜肉，大快朵颐了。在河湾的回水处，老人们把漂浮的驯鹿尸体拖上岸，妇女们手拿锋利弯刀，就地剥皮。很快，她们就佝偻着身子，将新鲜的鹿肉和一捆捆髓骨扛回了营地。并非所有的驯鹿尸体都要剥皮宰割，许多只是掏了内脏，系上石块，沉入水流湍急、冰冷刺骨的河底。这些鹿肉一直到夏末，都可以保持新鲜如初。

等到鹿群去往北方之后，伊哈米特人就把营地搬上山坡，以借助大风驱散即将到来的蚊蝇。人们在这里一直住到仲夏，等着驯鹿归来。

夏天是鸟类产蛋和小鸟生长的旺季。孩子们每天拿着玩具弹弓和弓箭，在平原上寻找松鸡、麻鹬、野鸭和小歌鸟的影踪，搜寻它们的鸟蛋和幼鸟。男人们也不会闲着，任狩猎手艺"生锈"废掉。他们偶尔会蹲守北极狼窝，带回大量毛皮，作为毛皮垫子或大衣镶边的原料。但大部分时间，男人们都忙着打造新的柯亚克、修补雪橇，为捕猎回归的鹿群做准备。傍晚，他们会爬上山顶，凝望北方火红的天空，期待着驯鹿的出现。

仲夏时节，雌鹿的先头部队南下，再次来到伊哈米特人的土地。这一次，平原上的狩猎会持续整整一个月，但仍然没有大肆捕杀的必要。因为每年的这个时候到鹿群再次北上之前，除了幼鹿的皮，其他的鹿皮都没什么用。猎人们通常只带着用麝牛角做成的弹力弯弓走出营地，蹑手蹑脚地跟着山上的驯鹿，小心翼翼地挑选最肥的几只下手。

到了夏末，鹿群离开伊哈米特人的土地，再次奔向北方，人们便开始为一年中的最后一次狩猎做准备了。这是一年中最忙碌的时节，因为人们明白，当鹿群再次南下，能见到它们的时间不过几天——它们要赶在冬季来临之前到达南方；在那之后，再见到驯鹿就是来年春天了。人们同样明白，鹿群这次经过"小山"，会一刻不停，犹如洪流过境一般迅速消失。因此，在驯鹿到来之前，一切都得准备妥当——秋猎的收获可是关乎伊哈米特人的身家性命啊！

秋天到来以前，河流和大部分湖泊里的残雪已经消融殆尽。驯鹿会循着新的线路，沿着大湖弯曲的湖岸，在开阔水域的上游或下游泅渡过河。在伊哈米特人的土地上，这样的渡口不少，且历史久远。在渡口附近，湖泊和山峦之间形成峡道，驯鹿只能沿着峡道通行。伊哈米特人会在每个渡口几英里之外搭起帐篷，建起狩猎营地，确保不会影响驯鹿的活动。

伊哈米特人告诉我，过去，有名的渡口有七处，在每个渡口附近，人们搭起的帐篷多达三四十座；在其他分散各处、不知名的小渡口附近搭起的帐篷也有好几十座。男人在营地悉心打造柯亚克，把梭镖的铜尖磨得像剃刀一样锋利；妇女则在周围的土地上转悠，捡拾柳枝堆起来，准备燃起一年中最旺的大火，将驯鹿甜蜜的脂肪熬成油。年轻人划船北上，两三天后，在山顶扎营，见到驯鹿远远到来，立即把消息带回营地。

年纪太大无法猎捕的老人，密切地留意着各种蛛丝马迹。他们可能会注意到狐狸和狼突然大量出现，随之而来的，还有成群结队的食腐海鸥；而他们需要特别留意的，是从北方飞临的渡鸦，它们才是可靠的使者，说明鹿群即将来到。

秋天的日子一天天过去，营地里，兴奋和紧张的情绪持续高涨。偶尔有少量驯鹿在迁徙的大部队之前率先到达，就会引起人们的阵阵担忧。有人不禁会想，会不会命运弄人，让此次南迁的鹿群故意避开了那些渡口？可人们早已搭好帐篷，等候多时了啊！人们紧张、担忧，不眠不休。晚上，鼓声响起，伊哈米特猎人聚在一起，高唱猎杀图克图的战歌，或者讲述各种逸闻趣事，回忆他们平生见过或捕获的驯鹿，直到黎明悄然来临。

然后，在10月的某一天，天空飘起了雪花。一艘从北而来的柯亚克掠过河面，船上的人高举梭镖——那是发现驯鹿的信号！"它们来了！"营地一片欢呼，猎手们各就各位，妇女和孩子都跑到渡口以北的山脊上。

大肆捕杀的时节终于来临。鹿群泅渡过河时，遭到柯亚克的持续猛击；在山谷和溪谷，又迎面遭遇猎人。渡口血流成河，每天的狩猎持续至深夜。

营地里，熊熊篝火日夜燃烧，帐篷里堆起大块大块雪白的驯鹿脂肪。洼地里的灌木丛上铺满枯叶，人们将薄薄的肉片摊在上面晾晒，渡口附近、营地周围、峡谷和山峦在落日的余晖下泛着暗红色的微光。灰色的平原上突然冒出一个个小石堆，像巨大的水泡一样，在驯鹿泅渡的渡口附近尤为稠密。石堆下面，是大卸四块的鹿肉。帐篷边的沙滩上，成千上万的优质鹿皮里皮朝上，在木桩上铺开，妇女和孩子忙着将这些兽皮洗净并刮薄。

从划着柯亚克的人报信那天开始，不到一周的时间，鹿群的大部队已经消失了。人们从最初的兴奋继而欣喜若狂的情绪中渐渐平复。渡口处已不见一只活鹿，唯有驯鹿的尸体。

冬雪飘零，大地上的万物——除了人和渡鸦——一片雪白。松鸡的羽毛变白了，狐狸变白了，连黄鼠狼也变白了。雪鸮从最遥远的北方翩然而至，它们也变白了，像体形硕大的北极狼。

鹿群早已远去，但荒凉孤寂的冬季平原上仍有残留的猎物可以猎取。山谷被周围的山峦遮蔽，地上积雪不多；山峦的高地上，狂风刮走飘落的雪花，地衣也埋藏不深。少量落后的驯鹿被冬雪阻断了前路，会在山谷和高地活动。

因此，要是某个伊哈米特人家庭因意外或运气不佳碰巧在冬天缺了肉食，对于技艺娴熟的猎人来说，获取食物也并非不可能。不过，冬天猎捕驯鹿可不是件易事。隆冬季节驯鹿较少，分布较散，且警惕性高，只有等到积雪较深或暴风雪肆虐的天气，猎人才有靠近它们的时机。

驯鹿在冬天难以猎获，却容易被陷阱捕捉。要是馋一口鲜肉，猎人就会出门，选择在雪堆边挖一个坑。坑的四周很高，有时用积雪垒就；在坑的一边再造个斜坡，也用冰冷坚硬的雪块堆砌而成。斜坡上铺一层薄薄的灌木，再盖上雪，把陷阱隐藏起来。诱饵是几把地衣，更理想的则是冻硬的人尿或狗尿冰棒。不可思议的是，冬天里的驯鹿老远就能闻到尿味。为了吃上尿里含的盐，它们往往放下所有的警惕。狼也深谙此道，它经常在雪丘边撒泡尿，然后静静潜伏在附近。它知道，如果附近有鹿，一定经受不住诱惑。

有时，积雪不够厚，挖不了坑，猎人会就着雪堤挖出一条斜沟，大小仅容得下一头鹿。饵料放在斜沟的尾端，驯鹿走下斜坡，既不能后退，也不能转身，只能束手就擒。

简而言之，这就是伊哈米特人昔日的生活，他们对此记得一清二楚且津津乐道。但他们现在的生活却苦不堪言，我很难说服他们谈谈现状。有一阵子，我对他们的生活现状不甚了解，只能通过自己亲眼所见或弗朗茨所述了解一些皮毛。后来，我开始将一些离奇的故事片段一点一滴地收集起来，终于能够拼凑出一些1947年春天发生在"小山"的事情，将当时的生活方式还原。

在前文中，我曾提到过那个灾难深重的春天，发生在奥泰克湖畔的悲剧，弗朗茨在那里发现并收留了孤儿库妮和阿诺蒂利克。我还提到，那里的另外三个家庭逃往东部去寻求帮助。

现在我要重拾话题，将他们的故事讲完。你会看到我逐渐了解的平原上的新生活与过去驯鹿繁多、生活惬意的状态有多么不同，也会理解为什么伊哈米特人如此醉心于过去。

给我讲这个故事的主要是奥霍托，那是发生在一年多时间里的一连串事情。当然，其他伊哈米特人，尤其是奥泰克和奥利克图克，也提供了大量细节和佐证。但有些地方，我不得不根据自己对相关当事人以及对这片土地的了解，适当增加情节来使之连贯呈现。因此，接下来我要讲的故事，并非所有细节都源于事实。然而，它却是伊哈米特人近年来春天生活的真实写照。

因为这个故事主要由奥霍托讲述，所以我选择让他作为故事的发言人：

　　　到我父亲那一代，我们伊哈米特人从白人那里获得了猎枪，换下了梭镖和弓箭。在我的少年时代，猎枪确实帮我们猎取了所需的肉食，尽管旧有的生活方式多少有些变化，但人们对这片土地上的生活仍是心满意足的。

　　　但是现在，常常没有子弹填装我们的枪膛，这令我困惑不解。白人第一次来到我们土地边缘时，给我们讲猎枪的好处，我们相信了。他们让我们放弃猎鹿传统，改而围捕白狐，我们也照他们的话做了。曾经一度，一切顺利，我们的日子过得红红火火。像大多数伊哈米特人一样，我在青年时代就成了出色的猎手，练就了高超的猎狐技术，懂得各式各样抓获狐狸的方法。但是，我对如何猎取图克图所知不多，那是我父辈的生存本领——因为我的枪膛里子弹充足，我无需知道那些。

现在，我们的枪膛里经常没有子弹，原因我却说不上来。我仍然按照白人的意思，诱捕大量的狐狸，但是等我带着猎物来到南边的棚屋时，等候我的却只有"希基克"（Hikik）——松鼠。第一次发生这样的情形，是多年以前的一个冬天，那时你还没有来。我对那年冬天记忆犹新。那些商人说，他们要收购大量狐狸。说这话时他们眼神诚恳，充满渴求，所以，我们在秋天没有捕杀多少驯鹿，而是使出浑身解数捕获狐狸。因为我们相信可以去白人的地方用狐皮交换食物，所以没有储存多少鹿肉。然而隆冬时节，当我们带着狐皮南下来到小棚屋时，只见屋门洞开，屋里弥漫着一股多日累积的恶臭，而那些信誓旦旦的白人早已不知去向。屋里死气沉沉，箱子空空如也，没有一丁点食物，也没有我们急需的子弹——所以连猎取鹿肉填肚子也办不到了。

那个冬天，我记得清清楚楚，可我多希望把它从记忆里抹去啊！我的第一个妻子埃皮特娜在那时去世，我的两个孩子也随她而去。营地里，忍饥挨饿、承受丧亲之痛的人远不止我一个，每五人中只有一人熬到了来年春天。

有些人想方设法回归原来的生活方式，想继续依赖驯鹿为生，却发现自己早已丢失捕鹿需要的古老技能。有些人心存渺茫希望，相信白人会回来，因而固执地坚持猎捕狐狸，但最后都不幸去世了。只有那些真正回归传统生活、依靠捕鹿过活的人幸存了下来，有些人至今还健在。

第一个白人离开后的第五年冬天，又一个白人到来。寻思着这个白人一定会常驻，我们又一次放弃了捕鹿生活。我们的猎枪再次装上了子弹，似乎一切都很顺利。然而，去年冬天，这个白人再次离开。除了狐狸皮，我们再次一无所有，没有任何东西可以果腹。

为何你们白人每次来，都只待上一段时间，却在我们最需要帮助的时候，又突然消失得无影无踪？这是为何呢？为何我们拿着狐狸皮却换不来急需的子弹？我们明明是按照你们的旨意做的啊！这个谜团我始终无法解开……

因为我们没有子弹，营地里也就没有足够的肉过冬。你听我说起过那个冬天，库妮和阿诺蒂利克的父母在奥泰克湖边死去的事情。但你还没有听说我们其他人的遭遇——听说东部又来了一个商人，我们便逃往那里。

住在奥泰克湖边的共有四个猎人，我得先给你讲讲他们的家人。第一个猎人叫昂格勒亚拉克，家里有妻子、老母，还有三个孩子：帕玛，库妮和阿诺蒂利克。第二个猎人叫奥泰克，妻子豪米克肚里怀着孩子，她的大衣"阿莫特"兜帽里还有一个。第三个猎人叫奥利克图克，和他的老母、妻儿生活在一起。还有一个猎人就是我。我的妻子叫娜努克，年迈的父亲叫埃莱图特纳，还有两个孩子阿尔朱特和小埃莱图特纳，他们是我妻子之前生的儿子，孩子的生父已经不在人世。

那年冬末，奥泰克和昂格勒亚拉克带上我们四个家庭仅剩的狗，向南前往弗朗茨的营地，告诉他我们需要大量救命的物资。他们走后，我独自来到白雪皑皑的荒原，寻找弗朗茨在秋天窖藏起来做狐狸诱饵的鹿肉。但我只找到一处，其余的都被积雪掩埋了。我找到的那个窖藏点也被"卡克威克"（Kakwik）——狼獾光顾过，只留下啃过的骨头和嚼碎了的兽皮。

我两手空空从荒原上回到营地，发现奥泰克和昂格勒亚拉克已从南方回来了。他们告诉我们，弗朗茨没什么食物可以分给伊哈米特人，他自己的窖藏也空了。这时，我感到了前所未有的恐惧。距离鹿群再次回到我们的土地，还有好几个星期呢！

尽管希望渺茫，但只要狗还在，我们还可以坐着狗拉长雪橇到光秃秃的雪坡上打猎。后来，狗都饿死了，我们就再也无法前往平原了。不过，去不去平原区别不大，那里也没啥可猎取的，即便有，我们的枪里也没有子弹啊。

一天晚上，我们听说老妇人——昂格勒亚拉克的母亲，离开了她家的冰屋，到第二天早上也没有回来。我们理应去哀悼。我的妻子去了昂格勒亚拉克的冰屋，回来告诉我说，昂格勒亚拉克的妻子患了痨疾，已经病入膏肓了。

夺命的疾病近在咫尺，无人能够幸免。在我们的冰屋，小男孩埃莱图特纳和他的祖父都坐着一动不动，我从冰屋进进出出，他俩都默不作声。只有年轻的阿尔朱特还有精神头帮我从雪地里挖一些勉强有点用的废弃骨头。

娜努克为她的两个孩子担忧，越来越绝望。一天，她悄悄对我说，我们必须杀了家里的老人——我的父亲，这样才能省下食物给饥肠辘辘的孩子和我们自己。对她的计划，我无法同意，也不忍心。老埃莱图特纳是一把打猎好手，一辈子把精力和时间都献给了我和我的家人。但是，可能是女性本能使然，绝望的娜努克竟直接对着老人的耳朵说出了自己的想法。老人坐在高高的床架边上，紧紧地闭着眼睛，眼周皱纹横生。娜努克说话时，他连眼皮都没有抬一下，似乎根本没有听到她急切的声音。沉默良久之后，他缓缓地点了点头。我们知道，他愿意我们将他心中仅存的一点生命念头带走。

娜努克拿起生鹿皮索，想在末端打个活扣，手指却哆哆嗦嗦使不上劲，我也不愿帮忙。最后，她甩开索带，扑倒在床架上的两个孩子中间痛哭不止。就这样，老埃莱图特纳活了下来。

三个多星期了，我们没有吃过一口肉，只能靠骨头残渣和在营地附近发现的狗和人的排泄物苟延残喘。后来，奥泰克和奥利克图克来到我的冰屋。奥泰克告诉我们，夏天的时候，他听说有个白人在我们营地东方的一个湖边建了一间棚屋，不过到那里要走上好些天。他和奥利克图克已经决定放弃冰屋，离开"小山"向东出发，去寻找那个白人。是啊，留下来只有死路一条，我便同意和他们一同前往。我们让昂格勒亚拉克一同前去，他拒绝了，他说他的女人快死了，他不能抛下她，更不能让她独自死去。

我们将冰屋里仅剩的三只活狗打死，连内脏和毛皮一股脑儿吃掉，才总算有了足够的力气开启旅程。

出发那天，明媚的阳光带来了春天的第一丝暖意。我们的队伍行进缓慢，身强力壮的男人背着孩子，还带了几张鹿皮以便搭建栖身之所。妇女和老人只管迈着沉重的步子，使自己的身体往前挪动——这也已经够呛啦。

　　我们来到哈洛湖畔，只看见哈洛、米基和雅哈三家人。赫克沃和卡特洛已经带着他们幸存的家人离开，冰屋里只有他俩的妻子——伊皮尤克和奥奎努克的尸体。赫克沃和卡特洛逃到平原上，希望找到一条山谷，他们相信那里可能有驯鹿越冬。当时，哈洛湖畔的人对这些人能否活着回来不抱任何希望——好在他们后来的确发现并杀死了几头驯鹿，而且在春天到来之前返回了营地。

　　在哈洛湖畔，我们还听说了卡库米湖畔营地的消息。卡库米和他的家人都平安活着，而且有足够的肉吃。但我们也知道，去他那里乞食毫无意义——因为他是个坏人，他一定会毫不留情地拒绝我们，甚至施展妖术陷害我们。

　　我们向留在哈洛库玛尼克营地的三个家庭讲起前往东部寻求帮助的打算，这些人决定加入我们的队伍——他们家里也有人饿死了，活着的也随时面临死神的召唤，生存的希望渺茫。

　　他们的加入对我们是一大幸事。米基有一把小口径的喷火枪，适用的子弹小如蜜蜂，猎杀驯鹿可能指望不上，但用来射杀松鸡或野兔完全没问题。米基带了一些子弹，那还是弗朗茨在初冬时送给他的礼物。

　　我们走了两天，大地上的山峦才从眼前消失。这段距离，平日里健康人半天就可以走完，但是我们没有力气，每走几英尺就得停下来歇歇。妇女和老人将瘦骨嶙峋的身体靠在雪堆上，肚子饿得发痛，却也无从抱怨。

第四天，我们到了森林边缘，幸运之神在这里降临。我们发现了一头驯鹿尸体，已经被狼吃掉了一半。虽然我们比狼还要饿得发慌，但剩下的一半对我们来说完全足够了。那里恰好长着小树，可以找到柴火。于是，我们敲碎了骨头，用雅哈携带的锡铁锅熬了一锅美味的骨头汤。

我们在那里待了两天，直到将"阿莫"（Amow）——狼吃剩下的鹿肉吃完，连最后一根紧贴头骨的筋腱都不放过。等体力恢复了一些，我们又在森林里走了三天，就再也迈不动脚步了。这次停留的地方没有食物，连只松鸡都看不见，但我们还是搭起了临时帐篷，至少可以捡拾木柴，烧火取暖。我们将雪融化，喝下大量温水，以缓解几天颗粒未进的胃里撕裂般的疼痛。

在那个临时营地的第二天，我们又一次交了好运。米基的体力耗尽，无力在深深的雪地里跋涉，奥泰克就借了他的枪，独自去打猎。奥泰克撞见了一只野兔，赶紧跪在雪地上瞄准，野兔在树林边朝着他张望，他一枪将它击毙。

奥泰克把兔子带回营地时，我心想女人一定会争相抢食，她们都有充分的理由啊——奥泰克的妻子要喂养年幼的孩子，可她乳房干瘪，况且她的子宫里还有一个新生命；我的妻子也可能会一把夺过野兔，给她的两个孩子埃莱图特纳和阿尔朱特续命；其他女人也都有这样那样的理由。

然而，这一切并未发生。女人一致决定，由三个男人吃掉兔肉。因为他们的健康在饥荒中受损最小，兔肉可以让他们迅速恢复力气，继续前进，找到那个白人商人，带回救命的食物；而队伍中的其他人已经虚弱得寸步难行了。

就这样决定了。奥泰克、奥利克图克和我为了不让烤兔肉散发的香味飘进其他人的鼻孔，把兔子带进了灌木丛。烤兔肉的过程无异于一种折磨，但我们还是耐着性子将它烤熟了——生吃的话，肚子会因为不适应，把吃进去的东西呕出来。我狼吞虎咽地吃完我的那份，尽量不去想临时营地里那些奄奄一息的孩子。然后，我们三人忍着突然进食引起的肠胃刺痛，顺着一条结冰的小河出发，去寻找那个白人商人。

我们走得很快，但来到那个湖边也是两天之后了。湖的对岸果然有间小棚屋，墙壁用原木搭建，一看就是白人的风格。是那个商人没错。在那样的广袤之地，竟能把他找到，实在令我们大喜过望。我们急忙过湖，刚一走近，白人的狗就听到了声响，对着我们狂吠不止。

那一刻，我们心想饥荒结束了——是的，饥荒结束了，过去了。我发现自己几乎快要忘记发生在"小山"脚下伊哈米特人营地的不幸了。我们不是靠着肌肉的力量，而是凭着意志力走近棚屋。我因为腿力不支，摔倒在雪地里，但我毫不在乎，一心只想着我们安全了。

那是个矮个子男人。他从冰屋里走出来，看到了雪地上或坐或躺的我们。他瞅着我们，一言不发，我们虚弱无力，又不会他的语言，感到羞愧难当，只能报以尴尬的微笑。

我们好不容易站起来，却呆呆地杵在那儿，不知如何是好。最后，奥泰克指指自己深陷的脸颊，又露出肚皮上凸出的肋骨；我也躺回雪地，像死人一样闭上眼睛，好让这个"卡布卢纳"（Kabluna）——白人知道营地里的情形。

可是，那个商人——他竟一点也没明白！

他回到小屋，拿出一张狐狸皮，一只手把狐狸皮高高举起，另一只手向我们伸过来。我只觉得一阵恶心想吐——我们没有狐狸皮可以跟他交易。饥肠辘辘的人捕不到狐狸。我几乎可以预见，如果商人需要的只是狐皮，他绝不会给伊哈米特人提供任何帮助。

我们向他表明我们没有狐皮，这个白人突然怒不可遏，我想他也许是因为不明白我们为什么造访而生气。于是我们一次又一次竭力向他表明我们的需求，一次又一次掀起风雪大衣，好让他看到我们饿得皮包骨头的肚皮，但不知道到底哪里不对劲，他还是一头雾水的样子。

现在回想起来，我敢断定，尽管我们已竭尽全力，但那个商人一定没将我们想要表达的意思弄明白。试问，哪个食物充足的人会将饥饿之人拒之门外呢？这个人的狗喂得肥肥胖胖的，一看就知道不缺食物。要是他没有误解我们的话，哪怕施舍一点狗粮，我们也会感激不尽啊。

或许他忌惮我们三人也说不准。奥泰克带着米基的枪，也许枪让这个陌生的白人心里发怵。我记得，他走回小屋，再次出来的时候，右手拿着一支猎鹿步枪，左手拿着一袋面粉——一小袋面粉，孩子都拎得动。他把面粉扔向我们，砰地一下关上门——然后再也没有露过面。

我当时心里有个疯狂的念头——拿起米基的枪，把这个人打死，然后从他的棚屋商店拿走我们需要的东西。然而，一刹那，我想到了孩子埃莱图特纳，不知道他是死了，还是一息尚存。杀死商人的念头犹如摇曳的火花，转瞬即逝。营地人们的性命还掌握在我们三人手里，我们转身往西，赶回营地。

一路上，三人都默不作声——所有的语言都显得苍白无力。面粉一点没动，我们拖着虚弱不堪的身体花了四天才回到营地，最后到营火旁的那段路，我是挣扎着爬过去的。

我的父亲——老埃莱图特纳已经撒手人寰。他仍然坐在帐篷门边，眼睛紧闭，像他生前那样，但身体已经僵硬、冰冷。我原本担心娜努克会提议吃死人肉，但她已经虚弱得说不出话来，我父亲的尸体就一直僵坐在那儿。

我们找白人要来的那袋面粉足够营地的每个人吃上一小顿。大多都没能留下部分生面粉，但这无关紧要，这点面粉在死神面前也仅能抵挡一天而已。

在奥利克图克的帐篷里，他的妻子怀里搂着一个死去的孩子，名叫奥克蒂洛霍克。奥利克图克没法让她撒手将孩子松开，所以孩子仍留在帐篷里。

奥泰克和豪米克的帐篷里是同样的情形。一个孩子死在一块鹿皮上，另一个在豪米克的子宫里，也奄奄一息。

接下来轮到我为自己的孩子哀悼了。小埃莱图特纳已经听不见我的呼唤，他的小手结了霜，比冰还凉。继他之后，我妻子的另一个儿子阿尔朱特也死了，消失了。那时，死亡对我们来说毫无意义。没有人失声痛哭，也没有妇女为死者吟唱哀歌。那时，死亡对我们来说毫无意义……

那些可怕的日子不堪回首，我真想忘记。但愿你也左耳进右耳出，不要将它们放在心里。那些日子，我不愿再提起。

在我们从白人的驻地回来两天后，图克图终于来了，我们剩下的人都活了下来。世间万物，了解伊哈米特人需求的自始至终唯有驯鹿——是驯鹿，在我们无依无靠、没人怜悯的时候，走近森林边缘，到达我们的营地，给予我们看顾。"图克托里厄克"（Tuktoriak）——驯鹿精灵派了一只肥大的雄鹿来到我们的营地，呆头呆脑地站在奥泰克的营火旁，距离很近，奥泰克用米基枪里的一颗小子弹就把它解决了。

那是发生在春天的事了。春末，我们回到奥泰克湖，看到了昂格勒亚拉克和他妻女的遗骨，已被狼獾撕咬后散落一地。我们安葬了这些遗骨，就像在异地他乡的森林里埋葬我们的亲人一样。之后很长一段日子，我们以为死神已经带走了库妮和阿诺蒂利克。后来听说他们安然无恙，我们真是喜出望外。

奥霍托对1947年春天的回忆结束了——那一年与他们的现状密切相关——几十年前，生活在这片平原上的伊哈米特人成千上万，可就在1947年，最后的四十名幸存者中，竟然有十二人丢了性命。

九、他们的悠然生活

对现有的生活状态，伊哈米特人喜忧参半，但终究是愉快的时候居多。这种舒适与惬意也令他们沉醉，甚至沉迷，至于其他的负面情绪——在没有切肤的感受时，他们往往抛诸脑后。

秋季的一天，温迪棚屋结了霜，我开始查看自己过冬的衣物。其实，在和安迪离开丘吉尔镇之前，我已经郑重其事地检查过了，但那已是好几个月前的事了。从那时起，我已经见过许多因纽特人的东西，现在回头再看自己的衣物，眼里便开始有了嫌弃。我看着自己的毛绒长内衣、三四件厚羊毛衫，还有那带防风帽的厚重长大衣，不禁在想，这些衣物的保暖和防风作用在荒原上似乎都要大打折扣。

看了一会儿，我又把它们重新放回箱子，去找我的结盟兄弟——奥泰克。

187

看到我，奥泰克说："尼佩洛阿夸科！"（"Nipello[1] aqako！"）——明天要下雪！是的，我相信他，正是因为要下雪，我才去找他的。但这个问题有些棘手，我不想直接跟奥泰克挑明。一旦我开口说需要皮大衣，他很可能当场就把身上的脱下来给我。我们虽是结盟兄弟，但还没有亲密到同穿一件衣服的地步，况且，那件衣服他已经穿了一个夏天了。我只好尽量拐弯抹角。

"奥泰克，"我说，"听说在所有伊哈米特人中，最擅长给人缝衣的是你母亲，对吧？"

奥泰克没有领会我的弦外之音。显然，骨子里的谦卑让他同样不会高看自己母亲的手艺。他看着我，满脸黯然："说我老娘擅长给麝牛缝衣还差不多！谁跟你扯的弥天大谎？"

我只得另辟蹊径。"照你说，明天要下雪，"我说，"这对你来说问题不大——可我们这些初来乍到、不知如何穿衣御寒的可怜白人，恐怕得冻僵了吧？"我适时地打着哆嗦以示强调，瞥了一眼奥泰克，看他如何应对。

奥泰克却眉开眼笑。我没法引用他的回答，但大意是，我没必要害怕寒冬，他的妻子——豪米克会很乐意帮我解决这个问题，而他说的解决方式却与做衣服无关。

---

[1] 结合后文来看，"Nipello"是 rain（雨）的意思。此处疑为作者笔误，应是"Aput"（snow, 雪）。——编者注

那时，我简直想要放弃了，但还是决定最后一试。我掏出一块烟饼，直截了当地问：

"做一套全新的兽皮保暖大衣需要多少块烟饼？"

我以为奥泰克听了会很受伤，没料到他笑得更欢了。他告诉我，如果当晚就下雪，两周后就能把衣服做好（制作冬衣通常初雪后才开始）。一套这样的冬季行头差不多值两块烟饼，而烟饼会直接交到她母亲——那个擅长给麝牛而不是给人做衣的裁缝——手里。奥泰克拿了一段生鹿皮线，当场给我量起了尺寸，包括腰围、身高和臂长。每量完一个地方，他就在线上打一个结。测量完毕，我们动身前往他的营地正式下单。

秋天，"小山"脚下的营地，白天总是很短。冬天临近，太阳在天空中渐渐不见了踪影。在奥泰克的营地，那条长年累月铺满鹿骨的白色路面上，如今铺上了秋天猎获的雄鹿皮，大约有五十张之多，边缘用木桩撑住或石头压住，正在进行晾晒。新鲜鹿皮淡淡的蓝色渐渐褪去，呈现出干皮才有的灰白颜色。皮面上到处都是鹿皮蝇叮咬留下的癞疮疤，如同出了天花；但秋天开始发育突起的幼虫皮囊，连同残余的脂肪和肌肉组织，都被细心地刮掉了。豪米克从帐篷里走出来，选出一张快干的鹿皮，仔细打量，扯一扯鹿毛，看看是否紧实。然后，她把鹿皮拿进帐篷，蹲在营火旁，用火堆冒出的浓烟将鹿皮硝熟。生皮的硝制过程并不复杂，豪米克只需用粗糙的双手不断地揉搓，直到僵硬的生皮变软

189

即可。然后，奥泰克的母亲就把它作为新冬装的皮料，裁剪成合适的样式。

然而，并非所有皮料的硝制都如此简单。伊哈米特人脚上的靴子也必须用驯鹿皮制作。靴帮子得用雄鹿脖颈上的皮来做，才最为理想，那里的皮最为厚实。这种鹿皮需要先在水中浸泡很长时间，一直泡到鹿毛脱落，妇女们再用弯刀将它刮剃得跟优质的羊皮纸一样薄。做靴底，则最好用驯鹿前额的皮，那里的皮最为坚韧——尽管跟沿海人们所用的海豹皮相比，韧劲还是稍逊一筹。

靴子和衣服都用驯鹿背部的鹿筋来缝合。这条筋腱又长又宽，韧劲十足。豪米克缝制时用的缝衣针，精巧纤细，是用鹿的肩胛骨打磨、锉削而成的。她的缝制手艺简直令人叫绝。为使夏季的靴子防水，她得全凭自己的手艺把线缝拉紧。针脚又细又密，若以肉眼看，根本数不过来；至于豪米克是怎样做到的，没人能说得清。

这是制作夏靴的方法，但并不是所有靴子都按这种方式来制作。制作冬靴时，得将靴底的毛皮朝下，以便在冰上行走时可以抓牢地面。有的靴子里面加了毛皮衬里，有的软皮便鞋轻巧精致，用幼鹿或野兔皮做成，这些都可以直接光脚穿。

毛皮的清理和准备，靴子和衣服的制作，都是妇女的工作；时节一到，她们就日复一日地忙个不停。当然，妇女分内的工作，我提到的只是一鳞半爪，完整的事务清单几乎无法穷尽。妇女用驯鹿皮制成的东西，小到皮袋、皮桶、装饰品，大到衣物、袍子、帐篷和柯亚克船体，不胜枚举。鹿皮充裕的日子，妇女们手边有忙不完的活儿，日子也过得充实无比。

为我做"过冬豪宅"——毛皮套装的人，是奥泰克年迈的母亲卡拉。从开工一直到做完，她都没有见过我的面，然而，奥泰克拿给我试穿的时候，却出奇的合身。他的母亲没有要我高价，仅仅两块烟饼而已。为了向我充分展示手艺，她用驯鹿腹部纯白色的毛皮将大衣整体镶边，完美地展现了毛皮混搭的优雅和美丽。

在奥泰克营地度过的日子里，我见识了不少绝技，都如老卡拉展示的那般炉火纯青。这个家庭井然有序，即使活儿最多的人也不会觉得有负担。比如说，卡拉作为家中最年长的老人，其特定的任务就是确保煮饭的燃料充足。每天，老妇人都会走出营地，为了找到一簇满足她需求的柳树丛，有时得走上10英里。然后，她砍下柳树枝、捆起来，把它们背回家。对年迈的卡拉来说，往返走上20英里又算得了什么呢？路上的趣事儿多着呢！瞧，一群膘肥体壮的雌鹿在高高的山坡上悠闲地吃草，静谧安详，如缎的毛皮光滑油亮；听，那只"尤-阿拉"（Uh-ala）——长尾鸭，在池塘边嘎嘎高叫，犹如妇女在闲话家常……兴许，将一只松鸡从隐蔽的巢中赶出来，那些尚未发育成熟的鸟蛋就成了她此行不可多得的美味点心。

通常，如果燃料告急，营地的孩子们会和她一同前去寻找。奥泰克妹妹的遗孤——阿特纳利克，会带上他的玩具弹弓，一路上，只要看到山脊上警觉的雪鸫和铁爪鸫，他就会穷追不舍。等他再次回到卡拉身边时，有时会骄傲地高高扬起手里的小小战利品。

如果卡拉独自去找柴火，一路上，潮水般的记忆也足够她回味消遣。老卡拉一生经历了三任丈夫，生养了十二个孩子，见过第一个到达"人类之河"流域的白人蒂勒尔，知道这里三代人的家长里短，她的记忆丰富着哩。

拾柴火，给儿子缝衣、烧火……卡拉要做的事儿可不止这些呢！——她还常常对儿子和儿媳的生活方式发表尖酸评论。这是老妇人的特权，伊哈米特人不会对老人吝惜这点权利。如果哪天奥泰克没有带回急需的鲜肉，他就得忍受这个干瘦老太婆连珠炮似的训斥。奥泰克也不气恼，只是难为情地笑着摇摇头，答道："老娘，我明天会表现好一点——让你啃上新鲜的髓骨，你可得当心你的老牙！"

夏天，在伊哈米特人的营地里，老妇人白天有干不完的活儿。尽管要做的事情不少，可她不像其他地方的老人那样被迫干活儿。她有自由支配的时间，闲聊、走访附近营地。只要还活着，她就有权自由且开诚布公地表示看不惯某些人的生活习惯——儿子媳妇孙儿孙女，概莫能外。

是的，她的日子就该这样度过。随着冬天的来临，老人就如棋局中的一颗棋子，变得无足轻重。如果冬天饥馑逼临，度日如年，老人必死无疑。这是众人心知肚明的事，但谁都不会对此大肆宣扬。夏天，老年人过着相对自由的生活，不受年轻人约束。而冬天，在饥馑面前，年轻人可能会向老人求助，老人便只能走进无边黑夜，不再回来。

对豪米克而言，生活照常怡然自得。1947年夏，她生下孩子卡拉克，这让她心花怒放。她的前三个孩子在这片土地上都没能活过一年，如今尸骨还躺在小石堆下。显然，卡拉克会活下去，并平安长大。她是个既漂亮又健康的女孩，会吃得很好，长得很快——因为豪米克相信，即将到来的冬天，定会有大量优质鹿肉堆满营地周围的肉窖。

夏天，豪米克要忙活的事情不少，尽管如此，她也有充裕的时间享受生活的乐趣。虽然秋天才有衣服要做，但山上摊晒的大量"尼普库"需要她去照料——阳光明媚的时候，肉干需要不时翻面，以免蚊蝇叮咬；大雨将至时，又得把摊得满地都是的肉片迅速收起，妥妥地放好。

每天，她都要准备五顿饭，碰到三两客人从奥霍托或赫克沃的帐篷来访，她还得额外为他们准备吃的。她每天熬三四次汤，汤里有大量熬化的脂肪和骨髓，另外两顿是烤肉或炖肉——这样的盛宴足以让每个人都心满意足。

夏天，家里养的狗也归豪米克照料，但这活儿轻松。狗不多，只有三只，是奥泰克春天刚弄来的，原来的狗在前一年的饥荒中全死了。这三只狗还小，还没开始拉雪橇，所以在营地里活动自由。尽管它们如贼一般，时常偷吃东西，给豪米克制造的麻烦不断，她也没把它们拴起来——在伊哈米特人眼里，狗和人是一样的。对于这里的人和他们养的畜生而言，艰苦的日子和艰辛的劳动总是来得太快。伊哈米特人总会说："趁它们还年幼，生活也不难，让它们尽可能找乐子，像所有年轻生命一样活得自由自在。"所以，这三只狗平时不用被当作劳力，但阿特纳利克会把雪橇模型套在狗身后，让它们挨个儿模仿狗拉雪橇的真正工作——它们得尽快学会这一本领才成。

这些狗吃得很好，长得肥肥胖胖的，性情也无比温顺。我经常见到这样的情景：一只狗躺在地上，光溜溜的卡拉克趴在它的肚子上，小拳头不住地捶打它，或者抓起一把砂石喂进它大张的嘴里。对这些狗来说，幸福的日子不长了。目前，它们过得自由自在，只有在它们的行为太过离谱的时候，奥泰克才会发出嘶嘶声，以示警告。

豪米克的精力主要还是花在孩子身上。每天，她花很多时间和卡拉克待在一起，逗她开心。一旦卡拉克表现出饥饿的迹象，她就马上给她喂奶。她还用湿漉漉的苔藓给她擦洗身体，或像所有女人对自己的孩子那样跟她说话。

在伊哈米特人的营地里，孩子的地位至高无上。童年太过短暂，而悲剧往往紧随其后。跟狗一样，孩子在幼年时期也不会被迫参与艰苦劳动。轻松美好的童年岁月会永远珍藏在孩子的记忆里，成为他成年后消解痛苦的良药。

有的人说，因纽特人善待自己的孩子，是为了在自己油尽灯枯、年老无用之时，得到孩子的善待。实际上，伊哈米特人对待自己的孩子通情达理、包容有加，原因在于他们深谙人性之道。

记得有一次，奥泰克答应和我们住上几周。其间，他离开温迪营地，在冰天雪地里跋涉了六十英里，只为回去看看卡拉克是否平安、健康；然后又原路返回——而那已是他离开我们营地五天之后了。他一回来，就向我和安迪解释，他觉得自己对孩子关心不够，又为不得已离开我们而深感内疚。记得还有一次和他谈到孩子，我说伊哈米特人的孩子即使惹得父母大发雷霆，也不会遭受皮肉之苦，这使我很吃惊。我不过随口一说，奥泰克的回应却很激烈，说我竟然不知道不能打孩子，这反而让他大为不解。

"除了疯子，谁会扬起巴掌打向自己的亲骨肉呢?"他问我，"除了疯子，谁会以成人的力量去对付一个弱小无助的孩子呢？显然，我不是疯子，豪米克她也精神正常。"

他说这话时，语调暗含轻蔑，从此我就再也没有提起过这个话题。

因此，孩子们在这里生活得自由自在，全靠自己约束自己。他们举止得体，和其他地方的孩子并无两样。孩子出生后，吃母乳到三岁，这个时候他已经懂得了一般的生活常规。就像我跟你们讲过的库妮，从没人教过她该干什么，但她五岁时就能像能干的伊哈米特妇女一样操持家务。像多数孩子一样，她只是善于观察和模仿，看到别人做什么，她就希望自己也能那样做。

对孩子们来说，工作也是游戏，游戏就是工作。晚上，大人躺在睡架上休息或睡觉时，女孩们即便通宵不睡，也不会受到责骂。她们帮着烧火、炖菜、煮肉汤——不是用小孩过家家的玩具，而是用真正的家当，这样她们长大了自然就会用。没有强硬的生活规则，也没有严苛的作息时间，他们困了便睡，饿了便吃——只要不缺食物。如果他们一直想玩，也没人会阻止，但大人通常会丢一些芝麻蒜皮的小事给他们做，让他们在玩乐中学到更多生活之道，这远比口头说教来得实在。

比方说吧，一个十岁的小男孩，突然宣称要一夜之间成为出色的猎人，父母不会觉得他愚蠢可笑、自以为是，也不会责备他或怒气冲冲地打发他上床睡觉，更不会盛气凌人地嘲笑他异想天开。相反，父亲会花一个傍晚的时间，郑重其事地为他打造一把小型弯弓——不是玩具，而是能真正派上用场的武器，只不过是缩小版的。带着满含父爱的弯弓，男孩走向远处的狩猎场——可能就是百码开外的一片山脊。传承已久的叮咛与祝福在耳边回响——即便是最杰出的伊哈米特猎人在北上开始为期两个月的麝牛狩猎活动前，收到的祝福也不过如此。但这并不意味着装模作样，而是真心诚意送上的祝福。这个孩子会成为猎人吗？确实，他会成为真正的猎人——不再只是拿着玩具弓箭的小孩。

如果这个男孩胆子够大，他会在夏夜里借着黄昏至黎明的微光，在山脊和山谷中四处搜索。等到他饥肠辘辘归来时，他会跟他的父亲一样受到隆重欢迎。整个营地的人都愿意听听他打猎的情况。如果他一无所获，嘲笑当然不可避免；但即便只是猎获一只小鸟，他也会像成年男子满载而归那样得到称赞。他就这样玩乐、学习，不用担心父母的反对，无拘无束，无所畏惧。

夏天，营地里最快活的时光是晚上。男人白天去平原上打猎，修造柯亚克，或者去河中急流处用梭镖刺杀湖鳟，傍晚才收工回家。全家人饱餐一顿后，饥饿被抚平。老人瘦骨嶙峋的腿下垫着柳条编织的睡垫，坐在营火边最尊贵的位置。夫妇俩闲聊着当天的日常，孩子们从茫茫夜色中跑进帐篷，想听听往日的奇谈怪事。

白天，阿特纳利克学会了编织"绳索图案"——我们的叫法是"翻花绳"——现在，他要给全家人表演他的新绝招。他笨手笨脚，一个不小心，绳子打了结，引来大家的一阵善意的嘲笑，笑他蹩脚的三脚猫功夫。大家受到感染，老老少少，每人手里都拿着一截鹿筋，玩起了这个古老的游戏，营火四周形成一张由细肠线组成的、闪着银光的蜘蛛网。豪米克翻出了"两只打斗的狼獾"，其余的人全都停下来观看两只"狼獾"的打斗，奥泰克甚至还制造出逼真的双向音效，使战斗场面活灵活现。最后，一个圈散开来，一只"狼獾"消失不见，获胜的"狼獾"顺着绳子滑下，也消失了。

接下来，奥泰克讲起了"睡觉的地松鼠"的故事，并按故事中描写的形象用绳索编出栩栩如生的图案。就连老卡拉也弯着僵硬的手指编出大湖"库玛尼克昂格库尼"（Kumanik Angkuni）。图案不断翻新，新的图案出现时，大家欢呼雀跃；旧的图案失手搞砸时，大家则大笑不止。

三只狗仿佛饶有兴致却又迷惑不解，一直呆头呆脑地瞧着眼前的一切。突然，它们发出刺耳的吠叫，提醒主人老赫克沃到了。豪米克立即把火扒开，热起了肉汤。对访客，哪怕他就来自隔壁帐篷，也要马上以美食款待。

晚上，客人来访时有发生，于是所有人在营火旁齐聚一堂。赫克沃当然会留意到默不作声的孩子们黑色眼眸里闪烁的渴求，于是，故事就这样起了头：

我要给你们讲的故事，是关于"基威沃克"（Kiviok）的。他是一个四处流浪的人——驯鹿精灵图克托里厄克的孙儿。这也是他四海为家的原因。

据说基威沃克曾生活在我们西边很远的地方，一个我都没有见过的大湖旁。那时他还是个年轻小伙，和父母一起生活。有一天，他外出捕杀麝牛时，来自西北的半人半兽"伊贾卡"（Ejaka）来到营地，夺走了他父母的生命，留下他独自一人，孤苦无依。

于是，基威沃克坐上他的柯亚克，沿着湖岸奋力向南划去，最后来到两座大山之间的河道。走近了才发现，这哪里是山啊？分明是一只巨熊的嘴巴！熊嘴不停地一张一合，巨大的白牙碰撞时发出的声响有如天气之神凯拉（Kaila）的雷鸣。但基威沃克并不害怕，他耐着性子等它嘴巴一张开，便驾着柯亚克冲过河道，熊嘴合上时咬掉了柯亚克的尾部，好在基威沃克毫发无损。

基威沃克来到南方一片新的土地，发现那里有个帐篷，住着一个妇人和她的女儿尤拉里克。基威沃克和尤拉里克一起睡觉，她就成了他的妻子。有一阵子，一切顺利，但后来老妇人心生嫉妒，希望基威沃克成为自己的丈夫。她瞅准时机，等到基威沃克外出打猎时，提出给尤拉里克编辫子。她假意把木质头饰"图格莉"（tuglee）别到女儿头上，却用头发缠住尤拉里克的脖颈，让其窒息而亡。然后，她取过锋利的"尤卢"，剥下女儿的脸皮，贴在自己的老脸上。

基威沃克打猎回家，误以为老妇人是他的妻子，便和她上了床。然而巧的是，他那天打猎累得汗流浃背，汗水使老妇人脸上的假皮起皱、脱落。基威沃克明白自己上了当，跳上柯亚克逃走了。

他来到另一个地方，那里有只麝牛会说人话。麝牛提出，假如基威沃克愿意留下来与麝牛一起抵抗狼群，就把女儿嫁给他。基威沃克说："你女儿身上的毛太多了，不能上我的床！"说完又坐着柯亚克逃走了。

基威沃克继续游历，身上发生过许多离奇的故事，也看到过许多离奇的事情。猛然间，他发现自己又回到了大湖边——他父母曾经生活过的地方。他看到一群伊贾卡正站在岸边，只等他一上岸，就将他置于死地。

基威沃克坐在柯亚克里叫战："嘿！人不人兽不兽的东西！水里来战！"

伊贾卡群情激愤，跳进湖里。基威沃克则潜入水中，游到他们下面，刺穿他们的腹部，把他们全都消灭了。

这就是流浪者基威沃克和伊贾卡战斗的故事。

"关于他，我所知道的就只有这么多了。"赫克沃的故事讲完了，不过还会有其他人讲别的故事。老卡拉会讲自己最爱的故事——一个男人的悲惨经历，他的五个老婆在一个冬夜全变成了旅鼠……故事会一直讲下去。伊哈米特人的头脑中，这样的故事成百上千，虽然已经重复讲过多次，可听众还是听得津津有味。

如果哪天傍晚来了好几个客人，奥泰克就会从帐篷的柱子上取下他的鹿皮大鼓。他先把大鼓放到火上去烤，烤得鼓皮绷得紧紧的，然后递给客人。这些客人谦逊有礼，大鼓就在他们之间传来传去，直到最后，其中一人——多半是奥霍托——会接过鼓来。伊哈米特人蹲着围成一圈，奥霍托从圈中站起，走到人群中心，紧挨着营火。

有那么一会儿，他站在那儿有些手足无措。观众高声叫嚷，争论着他该唱哪首歌。最后，奥霍托说："好吧，既然你们意见不一，我就唱我自己的歌，一首写给自己、歌颂猎人的歌。"

他抓住鼓的一个把手，让大鼓旋转起来，用一根棍子轻轻敲打鼓沿。鼓声缓慢而有节奏，奥霍托拖着脚开始转圈，像一只马戏团里训练有素的黑熊。然后，他向前深深鞠了个躬，突然唱起了歌。歌词大意如下：

> 啊，平原上乱石堆积，
>
> 我是猎鹿能手名副其实。
>
> 可怜我一双旅鼠般的小眼睛，
>
> 哪个是鹿，哪个是石，哪里分辨得清？
>
> 我那雪鸟翅膀一样柔弱的臂膀，
>
> 在乱石林立的平原上，
>
> 弓箭却不能直直地射向远方。
>
> 然而，我走在平原上，
>
> 走在平原的乱石岗。
>
> 弓箭射进了岩石的胸膛，
>
> 说不准哪天岩石就变成驯鹿模样。
>
> 乱石堆积的平原一片荒凉，
>
> 可是我真的干出了名堂。

每节末尾，观众席都会响起古老的齐声合唱，听众紧闭双眼，在自己的位置上摇晃着大声应和：

哎——哟——呀——呀

哎——呀——呀

哎——呀——呀——呀

奥霍托拖着脚在地上越转越快，转得汗流满面。黑夜里，营火的微光将其投射到火炉边的岩壁上，只看到他扭曲的影子忽来忽去。鼓点节奏越来越快，歌唱完的时候，奥霍托累瘫在地，鹿皮鼓传到另一个人手里。

歌唱一直要持续好几个小时。大多歌曲要么自嘲，要么讽刺臭名昭著的懦夫或懒惰闲散的猎人。没有人会自吹自擂，如果歌唱自己，那一定是以一个傻瓜或技艺不精的猎人或粗枝大叶的恋人等角色出现。就连十岁的阿特纳利克也自创了歌曲，大家鼓励他唱出来，长辈们热情地给他伴唱，等他唱完后报以热烈的掌声。

只有女人不唱歌，男人在场时女人唱歌是禁忌，但她们承担了合唱的重任，她们高亢的声音在黑暗中响起，就像神秘的精灵之声。

夏日的夜晚并不漫长。游戏、歌曲和故事轮番上阵，几小时很快就过去了。于是黎明来临，太阳再次缓缓升上鱼肚白的天空。人们吃点东西，然后一起躺在柳枝编成的睡垫上，沉沉睡去。

冬天的夜晚很漫长，但同样愉快。一年中这是最可能让人发疯的季节，长夜漫漫、酷寒逼人；但同样也是享受歌曲盛宴的美好时节。这时，结盟兄弟你来我往，互相拜访，他们赠给对方珍贵的礼物，获得的回赠同样价值不菲。伴着鼓声，结盟兄弟飙歌竞技，不论输赢。是的，许多新歌都是在冬天的冰屋里创作、首唱的。

然而，唱歌并不是漫漫冬夜唯一的消遣方式。还有各式各样的游戏，其中，赌博游戏最为有趣。伊哈米特人有很多与印第安人相似的文化习俗，就连最喜欢的赌博玩法也几乎一样。赌博时，两人或两队人在摊开的袍子两边对立。庄家将石块或其他小物件藏于手心，快速将手依次伸进袍子下、屁股下（同时他会蹲下来）以及背后，最后把握紧的拳头伸到对方面前。对方必须马上指出物件的所在——手里、屁股下、背后还是袍子下。如果对方指出正确的位置，对方就成为庄家。他的胜算只有三分之一，可能在成为庄家之前就已倾家荡产，但通常也可能一把就连本带息赢回来。这项游戏速度太快，玩家很难跟上庄家的步伐，但即便赢不了，至少可以练就锐利的眼神。

过去，齐帕威人和伊哈米特人有着血海深仇，他们之间常常开展赌博比赛，地点选在划分双方地界的狭长地带。我听说过这样的比赛，双方鏖战两天两夜，不眠不休，以因纽特人赢得比赛告终，印第安人血本无归。为了避免比赛演变为一场血战，伊哈米特人不得不将枪支和梭镖对准印第安人。

在族人之间，伊哈米特人的赌博规则着眼于现实。他们心知肚明，一个人一旦失去步枪或狗群，就只能眼睁睁地饿死。于是，他们形成了一种心照不宣的习俗，赌博结束时，赢家要把赢得的大部分东西还回去，使输家不必承受生活之苦。因此，可能有人在一晚的游戏中五次输掉同一把步枪，虽不甚光彩，却也乐在其中。

伊哈米特人如何在悠悠岁月中享受生活乐趣，由此可见一斑。然而他们最持久的快乐还是来自创造性的劳动。比如，老赫克沃打造新的柯亚克时，会沉迷其中忘乎所以，他深知创造自己热爱的东西有多美妙。当他精心打造柯亚克纤细的龙骨时，他能体会到作为出色的匠人那妙不可言的乐趣。仅仅出于对劳动的热爱，他就能把小船打造得轻便又雅致。造船的工具也都是他自制的。用一把小弓、一截木棍和一个锋利的金属尖头组装成弓钻，在柯亚克的柳树龙骨上钻出小孔，然后用生鹿皮绳把它们牢牢绑在船架上。将小船弯曲的部分延长，打造成鸟喙状，使其显得既实用又精巧。鸟喙由数十根短云杉木纵梁组成，这些云杉都打上了榫眼，精心组装在一起，达到必要的长度。柯亚克骨架完成后，看起来酷似一条大鱼骨架，精巧无比，称得上巧夺天工的艺术品。随后，柯亚克被包上兽皮，赫克沃用石头磨出他想要的颜色，与驯鹿油脂混合，在甲板上画出绝妙的图案。最后，赫克沃把柯亚克放进水里，亲手掌控，享受它带来的无尽欢乐。

伊哈米特人不会在画布上作画，不会在岩石上画人像，也不会用黏土或石头雕刻塑像——他们无暇创造对生活毫无实用价值的东西。试问，如果一些美好的东西，在一家人因为不得已而穿越荒原、长途跋涉时，必须丢弃，那么创造它们的意义何在？尽管如此，伊哈米特人并不缺乏艺术感知能力，甚至可以说他们的这种能力非常发达。这在他们的故事、歌谣和翻绳游戏中都体现得淋漓尽致。为了使生活更加便捷，他们还将艺术洞察力用于制造日常用品。受地域所限，他们对抽象创作的乐趣知之甚少，但仍然知道如何创造美。

他们不仅知道如何创造美，也懂得如何欣赏美。日落或黎明时分，一个伊哈米特族男人蹲在山顶，一动不动，目不转睛地盯着天空中五彩缤纷、交相辉映的色彩，一看就是好几个小时——这样的景象不足为奇。走在路上，一个伊哈米特人突然停下来，久久凝望一只黄鼠狼柔顺光滑的毛皮或一朵不起眼的小花绚丽的花蕊——这也并不鲜见。他们做这些事情，完全是无意识的。在他们的语言里，没有"美"这样的字眼，但他们心中有美——这就够了。

十、男孩与黑羽精灵

　　说不清经过多少个夜晚的促膝长谈，我结合几个伊哈米特人娓娓道来的故事片段，拼凑出以下的故事梗概。我将要讲的故事，不是历史，而是鲜活的记忆。这些记忆，沿着传说和现实的发展轨迹，编织交错。有三则这样的记忆，关于过去某一年的三天里发生的事情——时间的流逝、黑羽精灵和人们的回忆，将这三天紧密相连。在我们看来，伊哈米特人偏爱追忆的过往故事，是他们奇思妙想的产物；然而，在他们看来，这些故事都来源于生活。事情是否真如他们叙述的那样发生过，无关紧要，重要的是，我要讲的这三天对于珍视回忆的伊哈米特人来说弥足珍贵。

　　第一天的故事发生在9月，那天，天空万里无云。南风阵阵，矮柳树上流光溢彩的叶片不停地晃动，树下的地衣紧紧趴在地面上，一只渡鸦懒洋洋地盘旋在那条名为"因纽特库"的河流上空。它独踞苍穹，如同被温暖的上升气流牢牢吸附的一片落叶，在空中打旋、流连。渡鸦的视野无人能及，但赫克沃不用看就知道，北方的冻土地带已然复苏，一切都在发生变化。

赫克沃小心翼翼地从河岸边一块突出的岩石边缘滑下，爬上他晃动不已的柯亚克。他奋力划动长长的双头桨，只几下工夫，柯亚克就驶离平静的水域，来到水流湍急的河面。南风中裹挟着鹿群的气息，崎岖不平的河岸边足迹斑斑，如同遥远的南方宁静的林地溪流泥泞的岸边，饥渴的奶牛留下的足迹。

柯亚克驶向河口，水流在此注入卡库特湖（Kakut Kumanik）。空气中新鲜粪便的臭味越来越浓。岸边，一条奇怪的水线——确切地说，是一条宽阔的纯白色带子——沿着河岸延伸，逶迤在岩石和水面之间，与黄褐色的水流和黑不溜秋的岩石形成鲜明的对比。这是一条毛发带，是在近一周时间里，驯鹿经过时掉落在河面的毛发形成的结实毛毡。

离河口不足一百码的地方，陡峭的河岸隐去，展现在眼前的是一片低矮的平原。赫克沃使劲划桨，柯亚克驶入洄水，停了下来，薄薄的船身摩擦着岩石边缘。

赫克沃解开梭镖的绑索，拿起这把短柄武器，用嘴唇轻碰矛尖，试了试锋口。然后，他把梭镖横在面前的座板上，一切准备就绪。他等待着。

三分钟，四分钟……驯鹿来了！

它们似乎是从河岸的岩石中突然凭空冒出来的，就像由某种奇怪的地质变化造就。它们迅速排成单行，由一头小鹿开道，敏捷地穿行在阴沉、古怪的巨石间。

赫克沃就像周围的石头一样一动不动。他把柯亚克稳稳靠在突出的岩石上，目不转睛地盯着小鹿走到水边，后面紧跟而来的驯鹿，有一百头左右。

小鹿在河边停下，漫不经心地吃着粗粝的莎草。其余的驯鹿也到达河边，肩并肩开始泅渡。小鹿转过身来，吃惊地看看身后涌来的同伴，丢下莎草，小心翼翼地蹚进水里。一时间，水流困住了它，把它卷了起来。很快，它稳住阵脚，昂起头，翘起小尾巴，朝着对岸勇敢地游去。

赫克沃仍然按兵不动。他一动不动地守在那里，直到一半驯鹿过了河，后面的大雄鹿也跳进水里。就在这时，柯亚克像一只挣脱束缚的猎狗，跃进湍急的水流，只一眨眼工夫就来到泅渡的鹿群之中。赫克沃左手按住尾桨，停稳纤小的柯亚克，右手找准梭镖的重心，将它高高举起，发动了第一次攻击。

他的出现如此突然，起初鹿群还在继续向前游动；然而，梭镖一收，鹿群便开始四散逃命。赫克沃出现时，河中约有五十只驯鹿。此时这些家伙惊恐万状，有的慌忙游向河岸，就要踏上岸边的岩石时，却又回转身，扑腾着冲进危险的河中心。一群雄鹿慌不择路，踢翻了一头幼鹿。幼鹿顺流而下，已经气息奄奄，只剩下母鹿在水里团团转。雄鹿转身跟着被淹死的小鹿逃向河湾，巨大的鹿角在空中不停晃动。

赫克沃划着柯亚克追赶逃跑的雄鹿。他只划了五六下，便像牛仔对待牛群那样，和它们保持着一杆梭镖的距离。雄鹿奋力游在前面，不时侧头翻着惊恐的白眼仁瞧着身后追赶的猎人。

赫克沃紧追不舍，一直追到一片宽约一英里的开阔河湾，鹿群被困在中央。它们从河口一路跑过来，早已疲惫不堪。现在，一切如赫克沃所愿，万事俱备。他不费吹灰之力，赶上了最后一头雄鹿。雄鹿一扭头，突然转向旁边，但还是没能躲过梭镖迅如闪电的一击。矛头似乎没有挨到驯鹿就已经收了回来，柯亚克也撤离了，只留下这头雄鹿，难逃一死。

赫克沃就像训练有素的屠夫，猎杀轻松而娴熟，且游刃有余。不久，这群膘肥体壮的雄鹿便不再游动，河湾的水面一片平静，只有风过处激起的阵阵涟漪。

与此同时，一只渡鸦从苍穹俯冲而下，飞临渡口，盘旋在奄奄一息的鹿群头上，却看到三个小小的身影沿着河的南岸走来。它只好强忍饥饿，在一只母鹿头上愤怒地打着旋，百般不愿接受妇女、男孩和狗到来的现实。随后，他们走近了。渡鸦突然间忘掉了愤怒，从岩石上一飞冲天，男孩手中的投石器像飞行中的松鸡，发出呼的一声响，光滑的石头击中渡鸦张开的翅膀，渡鸦打着旋，一头栽进了"人类之河"。

杀完雄鹿，赫克沃调转柯亚克向河口划去。每经过一具浮尸，他就停下来，将鹿的前腿巧妙地钩在鹿角后面，让它的鼻孔浮出水面，这样它就不会吃水过多沉到水底。河面刮起阵阵微风，吹得柯亚克摇摇晃晃，像个活物。赫克沃俯身划桨，破旧的兽皮大衣下面，肌肉一张一弛。柯亚克漂浮在急流之上，船身微微上抬，沿着河岸逆水而上，驶向渡口。

半路上，他遇到跌落入水、正在挣扎的渡鸦，一把将它捞起，扔进身旁的船舱，继续前进，到达妻儿等待的岸边。

当天晚些时候，赫克沃的儿子贝利卡里沿着卡库特湖岸收拾死鹿，一直走了好几英里。每发现一具漂浮的鹿尸，他就跳进水里，取出内脏，再把它拖到岸上。要是鹿皮质量上乘，他就熟练地将它剥下，然后将剥掉皮的净肉大卸四块，放在附近山脊的一个低洼处，并用巨石在肉的上方和周围堆起堡垒，以防被狼獾偷走。他把带角的鹿头放在石堆之上，鹿角朝天，便于猎取它的人在下雪时仍能找到它的所在。

晚上，贝利卡里回到渡口附近的营地时，那里的工作也完成得差不多了。他的母亲埃皮尤特[1]正蹲在火炉前，用心地照料一口铁锅。这铁锅还是她走了整整三十英里路，从奥泰克湖畔背回来的。铁锅黑不溜秋，表面沾满从骨头和肥肉块里冒出的油沫。埃皮尤特正在炼油，她的身边码了一堆鹿肉，她把白亮的板油割成小块扔进锅里，油脂立即从板油边缘汩汩冒出，丝绸般闪亮。

赫克沃坐在河边的山脊上，周围是堆得高高的、血淋淋的山丘，那是鲜红的鹿肉。落日殷红的余晖下，鹿肉酷似熊熊大火中的煤块，红得发亮。赫克沃看见贝利卡里，便招呼他。

"这边来，小崽子！"他叫道，"你倒是优哉游哉，一天到晚在岸边闲逛、找鸭蛋，你不知道还有一大堆肉要切啊？把这些肉拿去摊到柳树丛上，当心点，不要沾上泥！"

听到父亲的嘲弄，贝利卡里只是咧嘴一笑，便过去帮着他准备过冬的肉干了。埃皮尤特招呼他们到火炉边吃饭时，天已经暗了下来。

待因纽特人一家三口吃完晚饭，夜幕已经降临。他们谈起当天的捕猎情况，笑声不断，之后还唱起了歌。埃皮尤特炫耀着自己刚刚炼出的油脂，油脂已经冷却、变硬，用湿苔藓包裹着。赫克沃和贝利卡里看着她的手艺成果，假

---

[1] 第八章中，赫克沃的妻子名为 Eepuk（伊皮尤克），此处是 Eput（埃皮尤特），疑为作者笔误。——译者注

意要鸡蛋里挑骨头，试图从这些气味香甜、完美无缺的杰作中找出骨头渣和树棍。

火势渐小，贝利卡里坐在那儿，盯着煤块发呆，他父亲把手伸进打猎袋，拿出渡鸦的嘴壳和脚爪——那是他早就准备好，放在一个生皮小口袋里的。满脸皱纹的埃皮尤特，带着惊恐又严肃的神情，看着赫克沃把这两样东西缝在儿子的兽皮大衣背后。

贝利卡里把脸转向父亲，一脸困惑。在将要熄灭的炉火旁，老猎人轻声对他说出下面这番话。

"埃皮尤特之子，"他说道，眼睛并没有看向儿子，而是朝着向北延伸的漆黑平原，"埃皮尤特之子，有件事你必须终生牢记，未来的日子，你要聆听渡鸦的声音。当'渡鸦精灵'在深夜鸣叫时，你要用心倾听，并按它的吩咐行事。虽然你今天击落了渡鸦，但'黑羽精灵'不会像其他鸟类那样就此死亡。在我一生中，从未听说过有人离黑羽精灵那么近，可以将它击落。我想这是一个征兆，意味着渡鸦精灵已经决定要暗中助你。因此，你不可再次抬手瞄准空中黑羽精灵，相反，你要在漫漫黑夜倾听渡鸦的声音，按照它的指示去做。"

听完赫克沃的话，贝利卡里没有出声。他摸了摸缝在自己兽皮大衣上的小包，有点害怕。那晚后半夜，他们三人盖着一张新鹿皮，躺在余温未尽的炉火旁。贝利卡里用心捕捉空中黑羽精灵的声音，却只听到一只北极狐在山巅嗥叫。

他听了，心脏怦怦乱跳，向父亲紧紧靠了过去。

　　第一天的故事就这样结束了。之后冬季来临，大雪纷飞，"人类之河"被白茫茫的冰层盖得严严实实。鹿群消失在南方，赫克沃一家三口丢下奥泰克湖边的鹿皮帐篷，在附近的湖畔修了一座冰屋——瘸子阿莱卡霍过冬的营地也在那里。天气越来越冷，雪越积越深。有一天，赫克沃的邻居阿莱卡霍一家要去探访一个远亲的营地，它位于"人类之河"遥远的北岸。这家人在路上的遭遇构成了第二天的故事。

　　冬日短暂的白天已经过半，阿莱卡霍心急如焚。他将打狗棍挥过头顶，棍子上拴着的狼尾骨在寂静的空中嘎嘎作响，狗群听到了，又撒腿向前跑起来。二十英尺长的"科玛蒂克"（komatik）——雪橇吱嘎一声滑过山脊上裸露的黑色岩石，倾斜着驶入下面积雪覆盖的溪谷。

　　阿莱卡霍的妻子卡卢克、六岁的女儿考图克和三岁的儿子凯拉哈鲁克坐在雪橇上。上坡时，阿莱卡霍便跟着狗群一路小跑；下坡时，他再跳上雪橇。他的一条腿多年前被一只受伤的麝牛用犄角撞伤，瘸了，所以他跑起来不像别人那么利索。

　　雪橇从斜坡上冲下，狗儿们卷着尾巴、缩着屁股仓皇逃开。雪地路面像是用石英石铺成，光亮、洁白。四周没有一丝风。太阳虽已升到一天中的至高点，却如同将要熄灭的火苗，让人感觉不到一丝温暖。雪橇上的兽皮下，女人坐着一动不动，像死了一般。周围寒气蚀骨，她在挣扎中做出的唯一动作，就是将孩子们紧紧地搂在自己的怀里，用自己的体温为他们御寒。

这时，从前面的山谷传来刺耳的狗叫声。狗群飞奔起来，阿莱卡霍从雪橇上跳下来，在雪橇旁一边一瘸一拐地跑着，一边嚷嚷着伊哈米特人的古老问候语，嗓子都快扯破了。

"埃加！"他大声呼喊，"伊哈米特人，抬头看看我们吧！我们从正面来——从山脊正面来[1]！"

男男女女从三间圆顶冰屋里爬出来，在昏暗的光线中，他们挥舞着手臂，兴高采烈地向新来的客人欢呼着。

狗群绷直了脖子上的皮带，向前飞奔，大块头雪橇在雪地上顽皮地蹦了起来，阿莱卡霍赶紧跳上去，抛出刹车片才将它稳住。这样的刹车片取材于鹿角，将鹿角磨成尖叉状，只要用脚将尖叉踩进雪里，雪橇就会停下来。

卡卢克的哥哥卡特洛跑上前，把妹妹从鹿皮下面拽出来。卡卢克滚到雪地里，欢声尖叫，冻僵的四肢迅速恢复了活力。她的两个孩子从袍子下面爬出来，径直冲向一个冰屋的门洞，犹如野外被猎狗追赶的兔子。

---

[1] 伊哈米特人的这种问候方式来自传统，详情见后文。——译者注

另一名男子牵着狗群，把它们系到桩上。阿莱卡霍和卡特洛则走到附近一处雪堆前，那里的雪积得又厚又硬。阿莱卡霍拿出一根又细又长的探雪针，插进雪堆里，感受下面积雪的硬度。他试了试，满意地笑了，然后抽出了雪刀。

奥尼克沃的冰屋里人声鼎沸，营地的人都聚拢来欢迎刚到的客人。奥尼克沃的妻子大声招呼所有人到她家用饭。阿莱卡霍回答说，他肚子不饿，他还有要紧事要做。其余的人都聚集在奥尼克沃低矮的冰屋里，闲话家常。

与此同时，阿莱卡霍和他的内兄挑选了一处雪堆，挖出一个圆坑。阿莱卡霍站在这个坑里，卡特洛则将冻硬的积雪切割成薄薄的雪砖，上下两端都切成斜面，交给阿莱卡霍。阿莱卡霍用一块三角形砌块开始搭建圆形墙的第一层，当第二层砌到这块砖上方的时候，就会开始呈现向上倾斜的趋势，使墙体慢慢形成一个连贯的螺旋形。墙体垒得很快，随着层数升高，切成斜面的砖块使墙体向内倾斜，直到最后圆顶成形。

不到一小时，阿莱卡霍就站在圆顶下，开始仔细裁切拱顶，最后一块冰砖至关重要，需要准确就位，冰屋才会完美。圆顶完成后，他拿起雪刀，在南侧开了一扇门，从里面爬出来，和卡特洛一起用柔软的积雪填满墙体缝隙，再用雪砖在门外修起一条长长的拱形通道。

空中传来尖厉、刺耳的呼啸声，一阵高过一阵，两个男人加紧完成剩下的工作。他们在冰屋地面上修了个睡台，占了冰屋面积的一半，然后把阿莱卡霍不多的行李搬了进去。

太阳已经不见踪影，四周没有一丝光亮。头顶上，绿色的极光闪烁，让人有些不安；远处暴风雪的怒号声越来越大，但只听到尖锐刺耳的声音，却感觉不到有风刮来。转眼间，暴风雪席卷而来，疯狂地咆哮着，顷刻间改变了这片土地的模样。那些雪堆，原本看起来和其覆盖的岩石一样坚不可摧，却被狂风刮成粒粒雪碴，旋转着，砸向新修的冰屋旁背风而立的两个男人。

营地笼罩在白茫茫的暴风雪中，一片混沌。两人顶着风弯下腰，吃力地走进奥尼克沃冰屋的门道。他们脱下外层的大衣，放进一个壁龛里。

营地里的三户人家全都来欢迎阿莱卡霍一家，所以，奥尼克沃家宽阔的睡台上挤满了人。门道入口边的睡台上有一盏鹿油灯，伴着微弱的灯光，他们刚刚边喝冷汤边闲聊，现在早已吃饱喝足，开怀畅聊多时。然而，重头戏还在后头，阿莱卡霍来自杰出的猎手赫克沃的营地，在荒原上跋涉了数天，他一定有非同寻常的故事要讲。

阿莱卡霍在睡台上盘腿坐下来，将一碗麝牛肉汤放在腿上。屋外，狂风怒号，尖声咆哮；屋内，狂风却如影子一般虚无缥缈——在伊哈米特人心里，甚至连影子都算不上。大家聊天、说笑，直到阿莱卡霍高声说道：

"我有故事要讲！"

一时间，屋内鸦雀无声，只听见阿莱卡霍一人的声音，和屋外的狂风怒号交织在一起。

"好啦，现在……"他说，"我的肚子会告诉你们，这汤美味至极！"——他大声打了个饱嗝以证明他所言非虚——"对于像我这样的傻瓜而言，这样的汤，也许只有做梦才能喝上。不过，听我说，我要给你们讲讲这个傻瓜阿莱卡霍的故事，他现在坐在奥尼克沃和他妻子舒适的睡台上。"他顿了一下，环顾一下冰屋四周，这个球形空间黑漆漆的，厚厚的白色顶盖泛着亮光。他开始缓缓道来：

今年秋天，赫克沃的儿子贝利卡里找到"空中黑羽精灵"的事，你们都有所耳闻吧？对了，赫克沃也亲口跟我讲了这件事。但你们知道，我也有自己的精灵——"阿廷休特"（Atinhuit），他看起来不像人，更像一头熊，我一直认为他威力无穷，比任何鸟类精灵都要强大。

当我和妻子卡卢克决定北上来你们营地时，老赫克沃问我，是否希望得到"天气之神"凯拉的祝福，保我们一路平安顺利。一般人都不会拒绝这样的好意，所以我让赫克沃通过他熟悉的精灵告诉凯拉，但这个老头却叫他儿子贝利卡里替我向凯拉转达。

我是个十足的傻瓜，心里并没太当回事儿，因为贝利卡里不像他的父亲赫克沃，他还算不上一个萨满。但我这个傻瓜还是不失礼节，同意让贝利卡里来完成

217

他父亲交给他的任务。他站在冰屋中央，大声呼唤空中黑羽精灵——渡鸦，不一会儿，他就瘫倒在地。令我惊愕的是，"渡鸦"极其粗厉的声音从他的喉咙里冒出来，连叫了五声。我有点害怕，但仍然坚信"黑羽精灵"不如我自己的精灵阿廷休特那么强大。

贝利卡里醒过来后，说他根本没有跟凯拉说上话！他只是看到了渡鸦精灵，它警告他五天内不要在平原上出没，否则将遭遇凯拉刮起的狂风，再也回不了自己的冰屋。

一切都再明白不过，但我那时跟个傻子似的。我想，既然这个孩子没能和凯拉说上话，那么他的精灵一定很无能。我还是信任我的精灵阿廷休特。就在当天，我们收拾行装，驾着雪橇朝北而来。老赫克沃很是气恼我们竟然对他儿子的话置若罔闻。

在我们就要驾着雪橇离开时，贝利卡里给了我一片渡鸦的羽毛，并告诉我说，如果我有麻烦，就向它求助。他将自己的护身符腰带穿过我的腋下，对着天空说：

"请看护这个人，他和我们血脉相连！如他需要您的箴言，请用您那岩石般坚定的声音告诉他，让他迷途知返！如他需要您的帮助，请到他眼前来，为他指点迷津！"

随后，我们向北出发。我们在了无生趣的平原上只走了一天，就遭遇了凯拉的狂风——正如渡鸦精灵预言的那样。我们想建个营地，却找不到合适的积雪来搭建冰屋。最后，我们只得把狗群赶离风口，让它们与暴风雪赛跑，我们则坐在雪橇上紧紧依偎，以免冻僵。

但那天的风确实邪乎，多次改变方向。我这个大傻蛋，竟然在平原上迷失了方向。最后，我们只得在雪橇的背风处胡乱搭了个营地。大风刮了整整五天，我们在那儿忍饥挨冻。说真的，我吓坏了，因为我们只剩下一丁点食物了。直等到暴风雪终于结束时，这个女人——我的妻子才记起男孩贝利卡里说过的话，她让我爬到山上和黑羽精灵说话，向他求助。

我吓得够呛，赶紧出去了。我站在山上，四周白茫茫的一片，什么都看不见，这令我更加害怕。阿廷休特一直没有给我任何帮助，我只好大喊起来：

"听着，空中黑羽精灵！求你垂听迷路傻瓜的呼求，在黑暗的天空显灵，给他指明道路！"

没有任何回应，暴风雪过后的大地，四周一片死寂。我转身走回我的妻子和狗群等待的地方。突然，卡卢克冲我尖声喊道："你快回头看啊！"我立即回头，只见一只黑翅膀的大渡鸦从我刚刚站立过的山头直直地飞向天边。

于是，我们把狗群掉转方向，跟随渡鸦飞行的方向走了两天，翻过"小山"，终于来到你们的营地。你瞧，这个阿莱卡霍真是个大傻瓜！不过，傻归傻，等驯鹿再次回到这片土地时，他不会忘记给渡鸦一份小小的礼物！

故事讲完后，冰屋里的每个人又各自就这一事件发表了一番评论，大家都对这个故事兴趣浓厚。许多人也在心里暗下决心，等到春天驯鹿回归的时候，要给渡鸦备一份薄礼。

接着，奥尼克沃拿出皮鼓，有人接过鼓，唱起歌来，歌唱一直持续到第二天早上黎明初现。大风停了，被人们忘到了九霄云外，太阳再次冷冷地挂在冬日的天边。就这样，我讲的第二天的故事也结束了。

这是贝利卡里第一次独自在冬天去猎狐，父亲给了他五个猎狐夹子，让他自己找地方放置。由于是第一次，他犯了一些错误，最要命的是他没有在冬末及时去将夹子收回，一直拖到春天过去。

那是个糟糕的冬天。春天到来之前，一些营地陆续有人死亡。赫克沃的雪屋里维持生活的食物充足，但对妻子埃皮尤特而言，这个冬天尤为艰难，因为就在这食物最匮乏的时候，贝利卡里的弟弟出生了。

分娩异常困难。贝利卡里目睹了整个过程，吓坏了。他看到母亲痛苦不堪地躺在睡台上，一位妇女紧紧抓住她伸出的双臂；他看到一个接生婆按揉着母亲鼓鼓的大肚子，想让胎儿尽快从子宫里出来……

埃皮尤特生产后身子不干净，贝利卡里和他父亲一个月都不能进雪屋。这一个月里，埃皮尤特不能离开雪墙筑起的牢笼，她的食物都必须在雪屋外准备好，装在她专用的特制容器里，送到她手上。男人赫克沃和儿子贝利卡里那时真正尝到了苦涩的饥饿滋味，一直等到天气突然转暖，春天从南方重回大地，这一切才结束。

现在冬天已经过去，到了故事的第三天。贝利卡里要去取回他的猎狐夹子，把弹簧解开，再将它们藏到高山上，以便下个冬天再找出来用。

时间已是6月，贝利卡里走在河流以北绵延起伏的群山间。他带的食物足够吃一周；也就是说，他带了少量肉干。但这已经足够，成群结队的鸟儿正飞回平原，沼泽地的涓涓细流中也挤满了急于产卵的肥美胭脂鱼。这是贝利卡里行程的第四天，他在这四天里走完的路程，狗群在冬季半天就能跑完。两个小湖泊之间的小山，怪石林立，这些石头太大了，旁边要是有冰屋，一定显得特别小巧。驯鹿的通道就蜿蜒在这些巨石之间，贝利卡里之前就在这些鹿道旁安上了一些夹子。

在太阳的炙烤下，山坡热气蒸腾，他的皮靴已经湿透了。他爬上山坡时，皮靴在岩石上打滑，摔了一跤。在他身后，湿热的平原在热浪中晃动，看不真切。圆石上长满苔藓，绿得发亮，地衣从砾石中伸出灰蓝色的叶片，像手指一样。

贝利卡里发现的第一个夹子已经弹开了，地上一缕白毛显示，捉到的是一只狐狸，但沙地上的脚印表明，夹子弹开后，有只饿狼曾经路过。

第二个夹子原封未动。他让夹子脱扣，放进背包，继续前行。在他眼前，巨石被一道峡谷分开。贝利卡里走到谷口的时候，两只北极大野兔突然从黑漆漆的岩石下方跳出来，随即像灰色幽灵一样逃得无影无踪。对野兔的突然出现，贝利卡里毫无准备，错失抓捕良机，心生懊恼。于是，他从箭匣里抽出弓，装上箭。就在他正要继续往前时，"黑羽精灵"的声音突然打破前方酷热的寂静。

精灵在用鸟的语言讲话，仿佛受到了惊吓，那"呱呱"的叫声尖厉刺耳、充满警告，无需言语就能把恐惧传达到男孩的心里。

贝利卡里在峡谷浓浓的阴影中静静地站了一会儿，他的心怦怦乱跳，像野兔蹦跶一样。他有些害怕，不确定要不要继续往前。他心里非常笃定，渡鸦精灵给了他警告，前方有危险。但究竟是什么样的危险？他该怎么办？是潜伏在峡谷尽头的岩石幽灵"因努阿"（Inua）吗？还是那个喝人血的独腿恶魔"派贾"（Paija）？贝利卡里无从知道。终于，他小心翼翼地从嶙峋怪石夹着的深谷中折返，那把麝牛角弓拉开一半，箭杆搭在弦上。

从深谷里退出来后，他小心地爬上一块岩石的顶部。这些岩石将峡谷包围了起来，所以之前他只能看到黑咕隆咚的一片。现在站在高处，他看到了之前无法看到的深谷出口。这一看，体内一股气血直涌喉头——荒原上的"阿克拉"（Akla）———一只大棕熊赫然耸立在山脊上，离他本要经过的深谷出口仅有一箭之遥！

阿克拉，可怕的棕熊，体型庞大，身高是北极白熊的两倍；阿克拉，是白人几乎闻所未闻的神秘巨兽；阿克拉，在沙滩上留下的爪印比人的前臂还要长，令人胆寒；阿克拉，在伊哈米特人的语言里，就是"恐惧"的代名词！

大棕熊极为罕见，许多伊哈米特人连它的脚印都没见过——对此他们当然心存感激。然而事实上，这种荒原大棕熊确实存在。现在，贝利卡里看到了它，回想起曾听过的关于阿克拉如何凶残的种种传说，他终于知道渡鸦精灵警告他要提防什么了。但是，不知是鬼使神差，还是仅仅因为年少胆壮，他竟然拉紧肠线做的弓弦，把那支细细的箭射了出去。

黑羽精灵对男孩的确眷顾有加，箭矢偏离棕熊躯体很远。因此，阿克拉并没看到岩石上那个瘦小的身影，它迈着沉重但悠闲的步子跨过山脊，缓缓上路，没有留意到这个孩子。

足足过了一个小时，贝利卡里才敢从岩石上下来。他拖着发抖的身体，绕过峡谷，来到他放置第三个猎狐夹的

223

地方。这个夹子已经被拖离原来的位置，拴夹子的链条被生生扯断，像折断了的湿柳条。周围散落着一圈黑色的羽毛，夹子和岩石上溅满了鲜血。正是这只被夹住的渡鸦发出了警告——除了一只爪子和嘴壳，它被吃得一点不剩。这只鸟原本是飞来吃贝利卡里给狐狸准备的饵料的，不料却被夹住。看到阿克拉靠近，它惶恐地大叫，贝利卡里才听到了警告，没有在大棕熊吃渡鸦时靠近。于是，男孩活了下来——尽管渡鸦已经死了。

贝利卡里心惊胆战，但还是走向了最后一个夹子。他走得很快，一点也不敢耽搁。找到最后一个夹子，他又原路返回，健步如飞，只差跑起来了。然而，他还是适时地停了下来，拾起渡鸦的利爪和嘴壳，放进他斜挎在肩上背带里的小小护身符袋里。

离营地还有半天的路程时，他看见了许多渡鸦，但这次面对它们，他既不茫然，也不害怕，而是激动万分。

它们从南方飞来，像流动的黑云，约两百来只，十几只一群，在高高的天空平稳地飞向北方。领头的渡鸦们在前面翻滚翱翔，像游行队列的小丑在表演。——事实上，这些渡鸦的确是在引领一场声势浩大的游行。

贝利卡里望着渡鸦飞过最近的一座山头，然后一低头，便看见了前来的大部队。在远远的南方，深褐色的大地表面正在移动，婆娑摇曳——那不是热浪在起伏，而是鹿背在摇晃！

贝利卡里将阿克拉、恐惧和冬天统统抛在脑后，发疯似的跑下山去。看到营地时，他声嘶力竭地喊叫着，帐篷里的人都跑出来看发生了什么事。

　　"是图克图米！它们来了！"他大叫着。人们都听到了，都知道驯鹿再次回到了这片土地上。

　　就这样，第三天的故事——第三则记忆——结束了。

　　在"人类之河"流经的平原上，营火闪耀，营地里流传着成千上万的故事，这些故事在营火旁熠熠生辉，这三天发生的故事只是众多故事之一。只要那片土地上还有声音和记忆，这些过去的事情就会被永远铭记。

十一、荒原人的法规

1948年6月，整整一个月，我们都住在温迪棚屋。安迪一直秉持为科学事业献身的精神，勤勤恳恳地研究驯鹿，这让我不由得想起自己的身份来。我也勉强算得上半个生物学家，所以，为了良心得到些许安慰，我收集了一批生活在平原苔藓和地衣中的小型哺乳动物。我用的器材是三十多个普通的捕鼠器，放置范围很广，上面插有红布小旗，便于收集时容易发现。

一天，我随口要求奥泰克帮我查看一些捕鼠器，我自己查看另一些。一小时后，我查完了我那部分，在回棚屋的路上，正好碰上他，我俩便一同回去。他提着鹿皮口袋，走得极慢且小心翼翼，刻意不让包碰到自己的身体，好像里面装的东西弥足珍贵，经不起丝毫颠簸和摇晃。

出于好奇，我问他手里拎的是什么，他一时竟沉默不语，只是低低地咕哝着，拒绝正面回答，而且似乎还心事重重，我也就没有继续追问。

回到棚屋，我从标本袋里取出六只老鼠和旅鼠，把它们放到桌上。奥泰克皱着眉头，满脸困惑地看着我。我问他查看的捕鼠器有什么收获。他才突然回过神来，打开口袋，在黑乎乎的袋底摸索了一会儿，取出一团用苔藓小心翼翼包起来的东西。他一言不发地递给我，目不转睛地看着我将它展开。里面包的是一个捕鼠器，连同一大块巧克力色的泥炭，泥炭上的印迹清晰无误——是一只狼的脚印。

我很吃惊，转身望着奥泰克，问他带回这一块东西有何用意。他突然变得尴尬无比，拒绝开口回答我。我开始变得声色俱厉，而他张口结舌，说不出话来，最后竟然转身逃回了自己的帐篷。

后来，奥霍托来看我。在所有的伊哈米特人中，他一向是最直率、最大方的。我拿出奥泰克带回的奇怪的战利品给他看，请他解释它的意义。奥霍托似乎同样有口难言，但最后还是告诉了我答案。

如果你想说因纽特人的思维拐弯抹角，这确实是个典型的例子。但在我看来，这还是一个最好的例证，说明因纽特人在觉得有必要给拥有财富但缺乏理性的可怜白人提建议时，采取的方式往往十分慎重。奥泰克见到我的捕鼠器后，脑子里闪过的第一个念头是："用这样的玩意根本不可能抓到狐狸或狼！"他无论如何也想不到，白人会如此看重旅鼠和老鼠——或者说我兴师动众竟是为了抓这些不起眼的小动物。因此，在奥泰克看来，我的捕猎方式太不成熟，甚至幼稚可笑。作为我的结盟兄弟，他觉得自己有责任让我明白这一点，但必须选择一个合适的方式，既不会引起我的反感，又不至于显得愚蠢可笑。明白地说，奥泰克希望当我看到不堪一击的捕鼠夹旁那个狼足印时，他无需挑明我也能明白其意。

奥霍托将这一切向我和盘托出之后，我大为光火，感觉自己被当成了智力迟钝的孩子。我把奥泰克叫到屋内，费尽心思向他解释为什么我要的是老鼠，而不是狼。奥泰克觉察到了我很愤怒，在我竭力向他解释博物馆、科学，以及白人生活方式中其他令人费解的现象时，他全神贯注地听着，满脸严肃。

等我说完，奥泰克拾起我的一捆捕鼠夹，走进了荒原。第二天一早，我的解剖台上放着五只老鼠，奥泰克再也没有提及我捕鼠的事，也没再表现出要帮我提高捕猎技巧的兴趣。也许他只是对自己的所作所为感到羞愧：不管曾经怎样地迟疑不决，但他确实插手干预了我的事——而这已违背了伊哈米特人的一条根本准则。

这就是这片土地上的第一条重要法规——个人的私事神圣不可侵犯，除非营地的公共利益受到威胁，否则就算是邻居也无权以任何方式强加干涉。然而，这并不是说在一个人需要帮助的时候邻居也要袖手旁观。实际上，这片土地的第二条法规，也可能是最重要的一条法规就是——只要任何一个帐篷有食物、用具或人力，其他帐篷的人就不用担心缺失这些东西。

这一信条使得所有物质财富得到最大程度、最恰如其分的共享。然而，营地里依然存在个人财产——这种自相矛盾似乎令人难以理解。这么说吧，每件用具都是某个人或某个家庭的私有财产，但如果一位需要梭镖的陌生人来了，也可以随意取用任何梭镖。他不必征求所有者的同意——尽管他通常会这么做，所有者也不会期待或接受直接的补偿。用完以后，他归不归还都可以，因为梭镖此时已经成了他的财产，而不再是他借来的东西。

显然，人们并不会滥用这种制度，只有在真正有所需求的时候才谨慎地运用。这种机制对人们在荒原的生存大有裨益。需要梭镖的人，只要有时间和材料，总会自己制造一支；然而，紧急情况下需要从邻舍家拿走一支，邻居也会好意给他。

这种处理所有权问题的方法不同寻常，曾令我头疼，直到后来意识到它的重要性，我才坦然接受。我第一次来到伊哈米特人中间时，他们对白人知之甚少，对待我就像对待本族人一样。他们并不清楚我们在法律和习惯上的差异。比如，我有一支步枪，是我参加战争时留下的纪念品，被我视若珍宝。那是一支精准的猎鹿步枪，我走到哪儿都带着它，晚上也放在身边。但我很少用它，因为我从来不以狩猎为乐，也不喜欢射击运动。安迪和我也无需去打猎，因为我们很少缺食少肉——因纽特人总是保障我们肉食充足。

　　有一天，一行五人从"小山"来到温迪河畔的营地看我和安迪。天气异常恶劣，他们走了将近三天。因为没带步枪，也没有弹药，三天里他们只吃了两条小胭脂鱼，还是徒手从溪里抓来的。他们历尽千辛万苦，跋山涉水约60英里，才到达我们的营地，累得筋疲力尽，饿得头昏眼花，但他们没有开口向我们索要食物。

　　直截了当地索求有违礼仪。在荒原上，人们不会乞食；客人到达时，食物自会送到跟前。但我那时正忙于琐事，心不在焉地招呼了他们，便继续投入工作，而那五个饥肠辘辘的人则耐性十足地坐在那里等着。

　　后来，奥利克图克看到营地的河对岸山坡上有一只驯鹿，他立刻拿起我放在小屋旁的步枪，跑去捕猎。他去了一个多小时还未见回来，而我一直挂念着我的步枪。我怒气冲冲地跑到那几个等在小屋附近的伊哈米特人跟前，要求他们立即把枪还给我。对那几个人来说，我当时蛮横无理的举动和孩子般气急败坏的样子，一定令人难以理解，但是他们没有跟我计较。奥泰克笑了笑，安慰我说他们都饿坏了，奥利克图克只是借枪去打驯鹿。他相信自己已经解释得清清楚楚了，接着，便兴致十足地聊起了糟糕的天气。我没心情闲聊，因为我心情糟糕，就像那坏天气一样，心想如果因纽特人一时心血来潮，夹上我那把宝贝步枪跑掉了，那我可真是倒了八辈子的霉了。

终于，奥利克图克回来了，他把猎枪当作扁担，挑着那头鹿身上大部分可供食用的肉。枪管被鲜血染红，枪托也在岩石上擦坏了。奥利克图克将枪上的东西扔到门外的地上，只带着最美味的鹿舌和胸脯肉进了棚屋。他把枪靠在门上，把肉递给我，开心地笑着。我却对他连珠炮似的责骂起来。

可怜的奥利克图克！在之后和我相处的时间里，他在我面前总是显得极不自在。打那天起，他再走近我时，就像我是个有潜在危险的动物，时刻需要迁就和安抚。后来，我竭尽全力消除我给他留下的不良印象，但未能完全成功。现在，想起伊哈米特人怎样看待这些小事时，我就能理解我失败的原因了。

伊哈米特人原谅了我，或者更确切地说，他们从未因我幼稚可笑、自私自利的行为而评判过我。然而，在往后的日子，我一直被看作一个不幸的野蛮人，保护自己的财物就像母狼呵护自己的幼崽一样。但伊哈米特人没有以牙还牙，只要我认为有需要，我还是可以自由借用、保留他们的任何财物。如果我不愿遵守荒原上的处事原则，那也是我的特权，我并不会因此受到惩罚。

我提到的这两条不成文的法规，与这片土地上所有其他法规松散地结合在一起，形成了一套系统的行为准则，被称为"生活准则"。大大小小的限制与约束，巧妙平衡，也很灵活，但这些限制和约束是伊哈米特人决不会僭越的。很有可能正是由于这种法规的灵活性、个人解读的开放性以及对个案的适应性，我们所熟知的"犯罪"现象，在伊哈米特人的营地中才如此罕见。

总的来说，在所有白人描写因纽特人的故事中，大多在谈及他们背离了我们白人所制定的道德规范这一话题时，总是带着一种病态的、自鸣得意的满足。北极故事通常情节单调雷同，无外食人、共妻、谋杀、杀婴、虐待和盗窃之类。这些故事不仅提供了耸人听闻的噱头，也为自以为是的白人入侵提供了正当理由。他们打破伊哈米特人的法规，毁坏他们的信仰，为的是使原本在这片土地上没有一席之地的白人，最终取代那些土著民族。

就拿谋杀来说吧。如果你查看加拿大皇家骑警队近二十年来的报告，将因纽特人犯下的谋杀案数量，与加拿大任何省份或美国任何州在相应时段记录在册的谋杀案数量相比，就会发现谋杀在因纽特人的营地非常罕见。此外，许多所谓因纽特人的"谋杀"根本算不上谋杀，完全是迫不得已的善意之举。在现有因纽特人杀害白人的凶案中，可能有需要考虑的合理情况，那就是由于杀人者面临白人访客直接或间接的威胁，他们对这样的威胁无法理解而感到莫名的恐惧。我从未听说过因纽特人出于报复或谋利而杀害白人，他们只会出于自卫，不管是失手还是真心。这种杀人案的根本动机，一直以来都是恐惧。

除此之外，这些罕见的因纽特人谋杀案，其发生还有一些其他的原因，其中必须提及的是一些血腥的报复行为——尽管在北方的所有史料中，这类真实案例鲜有记载。还有一种情况是"发狂"杀人，凶手被一种叫作"北极歇斯底里症"[1]的奇怪病症所控制。当然，这种暂时性的发狂现象，并不仅仅局限于因纽特人。过去几年，美国和加拿大曾发生过数起因"发狂"杀人事件，其中有多起是由宗教狂热引起的。然而，因纽特人的"发狂"，很少能归因于他们自己的宗教信仰。因纽特人历史上最臭名昭著的一起群体性凶杀案，是在一位传教士访问当地村庄后发生的。当加拿大皇家骑警在村里调查这起凶杀案的相关传言时，发现一个人由于对我们基督教某些教义的模糊认识和误解而感到震惊和恐惧，他变得异常忧郁孤僻，最终疯掉了。他觉得自己是基督转世，并向大家宣告了这一消息，随后，一股歇斯底里的浪潮席卷了村庄。这个疯子接连杀死了好几个人，最后被一位因纽特老人制服、正法。村里几乎只有这位老人从不参与白人的宗教活动，因此，在这起案件中，唯有他保持了足够的清醒，果断处决了凶手。

我想表达的观点是，伊哈米特人绝不会为了谋利，或因其他冷血的原因而杀人。对于他们而言，只有在其他人

---

[1] 北极歇斯底里症的特点为：突然发作，极度兴奋状态可持续长达30分钟，经常伴有惊厥性癫痫发作和之后持续长达12小时的昏迷，伴有完全失忆症。在发病期间，病人可能会有向着极点方向一直跑，撕掉自己或他人的衣服，打破家具，吃粪便，逃离庇护场所，以及其他一些不合理或危险的行为。——译者注

的生命受到威胁时，才允许将杀人作为紧急状况下的一种解决方案。在伊哈米特人所有的民间传说中，杀人案例只占少数，且大多都是因为人们的生命安全遭遇内部威胁，而杀人成了唯一可能消除威胁的办法。比如，有这样一个例子——有个人受不了北极的漫漫长夜，发了疯，认为他的两个兄弟在密谋害他，就将他们杀死，进而威胁到了营地其他人的生命安全。他其实正是北极歇斯底里症患者。人们经过商议达成共识，为了整个族群的安全，必须除掉他，他才被杀死。

杀婴是另一个话题，传教士谈之色变却又津津乐道，也是哗众取宠的作家们的备选题材。令人悲哀的是，杀婴现象确实存在，而且只要有需要，就一定会继续发生。这就是问题的根本——有时候这种需要是人们逃避不了的，也是我们说啥也改变不了的；而且无论我们对因纽特人怎样说教，也无法动摇这种悲剧发生的必然性。

杀婴惨无人道，却是因纽特人被迫做出的选择。所有因纽特人，尤其是伊哈米特人都视孩子为珍宝，发自肺腑地疼爱他们。伊哈米特族父母对孩子表现出来的宽容大量、善良友好，远远超出我们的想象，更是我们的许多孩子不敢奢望的。生儿育女，将其抚育长大成人，是伊哈米特人热衷的事情，其痴迷程度远远超过我们。只是跟我们相比，他们繁衍后代的欲望更为原始。尽管父母对孩子疼爱有加，迫切希望看到自己的亲生骨肉长大成人，但他们有时会被一种更绝望的情绪左右。

要理解在荒原上杀婴到底意味着什么，你必须首先明白，在那片荒芜贫瘠的土地上，所有生命的价值都是按固定的等级制度来衡量的。在我们这些有能力反抗现实的人看来，这种制度相当冷酷无情。根据不成文的生存排序，猎人在家中最不可或缺，居于首位。他是养家之人，如果他死了，他的家人能否渡过眼前的难关都无所谓了，因为没有猎人的帮助，他们也活不长久。

排在猎人之后的是他的妻子。如果妻子不止一个，仅次于丈夫的则是最年轻的妻子，因为她的子宫可以孕育更多新生命，让种族得以延续。然而，即便是最年轻的也并非无可替代。在这片生活艰难的土地上，很多男人即使在日常工作中也可能会丧失性命，于是就会有大量女性剩余。年老的妻子很快就会丧失其优先地位，因为她们的子宫已无法孕育，不能再为族人添丁增后。

孩子必须排在男人和妻子之后。这确实很残酷，父母却无力左右，他们内心的绝望远远超过孩子。但是，失去了儿女，还会有新的生命代替他们。所以，父母只要承受住情感上的痛苦，只要子宫还能繁育，生殖器官还能起作用，他们就能再生出孩子。

老人排在序列末尾。老年男子的臂膀不复强壮有力，老年妇女的子宫生殖力不复旺盛，他们的来日所剩无多，随时面临着死亡的威胁。当伊哈米特人的营地面临生死抉择，当饥荒宣告着死神的降临，老年人就得做好先走的准备，自觉自愿地寻求死亡，以便家人能活得更久。伊哈米特族老人很少自然死亡，通常都是自我了结。在我们看来，自杀不合情理；但对伊哈米特人来说，这是一种伟大的、异常英勇的牺牲行为——因为最怕死的正是老人，最难承受死亡之痛的也是他们。

如此理性地探讨男人、女人和孩子的生命价值，似乎冷酷又违背常理，但是别无办法。如果成年的儿女先去世了，谁来照顾孤苦无依的老人呢？——除了狼还会有谁？如果母亲不在了，谁来喂养尚未断奶的孩子呢？——唯有风雪罢了。如果没有男人猎获鹿肉，妻子拿什么来养活家人呢？——留给她的，只剩下无尽的眼泪和死亡的威胁罢了。

荒原上的死亡顺序逻辑比死亡本身更残酷无情，也与死亡一样不可避免。然而，在伊哈米特人做出痛苦决定，面对深爱的家人走进冬夜这样可怕的一幕时，没有人不是拼了命似的逃避。但爱会战胜逻辑排序。许多家庭全体死亡，就是因为爱得强烈，不愿因为无情的逻辑排序，只考虑少数人性命而置全家性命于不顾。

的确，杀婴行为时有发生。我见过奥泰克和他第四个孩子卡拉克，也知道他的前三个孩子都活了一年不到。我见过奥泰克对卡拉克呵护备至，也见过他在这个孩子生命受到威胁时的绝望、抓狂和无助。在面临可怕的命运捉弄时，奥泰克只能眼睁睁地看着那三个孩子死去，那种无能为力是怎样的一种痛苦啊？我不愿去想也不愿去体会。

有些人批判因纽特人野蛮落后、残忍无情，甚至残害亲生骨肉，那就让道德家们去向这些人兜售高论吧！有些人鼓吹，应该将白人的仁爱扎进因纽特人黑暗而野蛮的内心，那就让道德家去说教吧！但是，不要让他们故作清高的论调传进奥泰克和他的族人耳朵里——不得不搭手协助死神的痛楚滋味，只有后者才知道。

在苍茫的大平原上，有个地方叫"亡童湖"，湖的一个岬角上有座小石坟。透过石头的缝隙，可以看到孩子细小的尸骨。坟冢上有许多风化褪色的东西，有用上等鹿皮做成的袍子，有当作礼物的鹿肉，有用木片雕刻的玩具，还有精心为孩子缝制的靴子"卡米克"。活人，抑或是死人需要的一切都有。

这个坟墓的故事关于一家三口。多年前，这家人独自住在湖边。有一年，父亲突然得了一种怪病，没能完成秋季狩猎，因而家里没有足够的食物过冬。据说，那年暴风雪来得很早，饥饿也随之而至。接着，狗群被煮来吃掉了。最后，妻子意识到，要让她的家人活下去，唯一的办法就是花上十天时间，徒步穿越冬天的荒野，到她亲戚的营地寻求帮助。

伊哈米特人没有提到女人在做出这一决定时想了些什么。她知道，她不能带上孩子，必须独自前往；但把孩子

237

留下吧，丈夫又病得太重，没法照料孩子，因为孩子还没断奶，家里也没有食物。没人提到女人当时的想法，只提到她做出决定后是如何做的。她把剩下的几块食物放在躺在睡台上的丈夫身边，然后把孩子埋在积雪下面，就出发了。

女人花了近两周时间，才到达亲戚的冰屋，其中有五天困在暴风雪中寸步难行。她颗粒未进，走了将近一百英里，总算安全到达亲戚的冰屋。几天后，她哥哥的狗群把她带回"亡童湖"，病重的丈夫得救了，活了下来。在随后的几年里，这对夫妇又生了许多孩子，有些至今仍然生活在这片土地上。但是，在他们的有生之年，女人和丈夫每年初春都会回到遥远的湖边，把崭新的衣服、食物和玩具放在他们第一个孩子的坟墓上。

还有"两性乱交"——对于那些把这个词带到偏远荒原的人而言，它和谋杀一样令人深恶痛绝。但是，从我与因纽特人打交道的经历来看，因纽特人世界里的所谓乱交，与我们土地上盛行的肮脏乱性完全不可相提并论。所谓"共妻"，实际上是荒原上"乱交"的唯一表现。而女人受雇卖淫、秘密性交易，以及和教会勾结、不加掩饰的婚外情，这些都是我们种族才有的罪恶，不属于伊哈米特人。

当一个男人必须长时间在外捕猎麝牛，或去看望远方的亲戚，又或去遥远的贸易站交换物资时，通常因为担心路途危险，他会把妻子留在家里。如果家里还有孩子，在非必要的情况下，拿妻子或孩子的生命安全冒险，更是愚不可及。当这个男人到达目的地时，那里的结盟兄弟会把他当作客人来招待。结盟兄弟在完全征得妻子同意的前提下，会在客人逗留期间，自愿让其与妻子同床共枕。

这确实与白人的法律相悖，但在我这个粗人看来，又似乎是完全合理的安排，尤其在荒原上根本不存在私生子问题，也不存在对亲生父子关系的嫉妒。对伊哈米特人来说，孩子本身至关重要，无论其来源如何，都与营地里的其他孩子一样受欢迎，至于孩子父亲是谁则无关紧要。一个质问孩子父亲是谁的人会被当作疯子。营地里的人们认为，客人留下的孩子和主人自己生的孩子一样，都是主人的孩子。因此，对任何孩子的到来，主人都应该心怀感恩。

这也许可以归为野蛮行为。但是，这有我们野蛮吗？我们不知有多少人，不仅抛弃私生子，还让孩子因为父母的"罪行"一辈子抬不起头呢！

至于盗窃和欺诈，在白人到来之前，伊哈米特人对这些词闻所未闻。显然，在这片土地上，所有权规则如我前文所述，盗窃不可能发生。

不幸的是，吃死人肉如同杀婴一样，在荒原上时有发生。毋庸置疑，这种行为对伊哈米特人和对我们一样，都让人切齿痛恨。不同的是，有些时候，伊哈米特人迫不得已，必须做出这样令人不寒而栗的决定，而我们却可以幸免。

十一、荒原人的法规

现在我已经列举了因纽特人作为一个种族的多种"罪行"，都是那些总在寻找借口干涉伊哈米特人生活方式的人们所指控的。伊哈米特人必须承受这样的谴责，毕竟，他们并非圣贤，不可能毫无过错。因此，只要这片土地上有偏离法规的行为，就存在犯罪的事实，这种情况没有任何种族可以避免。但是，也有某些力量为伊哈米特人所控制，并反过来指引他们的行动，将违法行为控制在有限的范围之内。理解了这些力量，我们就会认识到为什么伊哈米特人不需要我们的法律体系来维护他们生活的安全。

在伊哈米特族群里，绝对没有任何内部组织机构凌驾于人民之上。没有任何人，也没有任何机构，拥有除了魔法以外的其他任何意义上的权力。没有长老会议，没有警察，也没有政府议会。严格来讲，伊哈米特人的生活可以说处于一种无政府状态，他们甚至连固定的法典都没有。

然而伊哈米特人之间却相处和睦，秘密就在于他们齐心协力、共同合作——这样的合作只受人类意志和耐力的限制，绝不存在盲目服从或威吓屈从。相反，它出于对一套简单法则的理性服从，而这套法则是那些必须遵守其细则的人理解和认可的。

偶尔，会有人故意跨越不成文法的边界。比如，他可能不愿与空手而归的邻居分享他猎杀的鹿肉。我们来看看后续如何。

这个挨饿的邻居会出于报复，去杀死拒绝自己的人，从他手里拿走所需的鹿肉吗？根本不会。他会去别处寻求帮助，绝不会在言语上或行为上对那个置他的请求于不顾的人表现出任何公开的怨恨或愤怒。

这是由于在荒原上，有些东西是不允许与人类共存的，其中最要不得的便是愤怒情绪。如果一个伊哈米特人心存愤怒，就会和杀人狂魔一样危险重重，愤怒会让他罔顾法规，置自身和族群的其他人于危险之中。愤怒会驱使他无视自身所处的险境，从而自取灭亡。愤怒是一种奢侈品，伊哈米特人不敢沉浸其中。除了这些自然原因，伊哈米特人远离愤怒，还因为他们一直把愤怒视作野蛮、幼稚或不人道的表现。

只有孩子才被允许偶尔发发脾气，因为孩子不必为自己的行为负责。但是，如果一个成年人无法自控、乱发脾气，在旁观者看来是最丢脸的，因为愤怒是这片土地上唯一有失体面的行为。

因此，即使有人违犯了法规，伊哈米特人也从不会在愤怒中向违法者施以惩罚。不给同伴肉吃的人，只要自己愿意，去了同伴所在的营地，也必定受到热情款待。即便对他有怨恨，同伴也不会露骨地表现出来，肢体摩擦也绝不会发生。

然而，惩罚的方法还是有的。如果一个人一直无视"生活准则"，他会发现自己逐渐被族群隔绝、孤立。在渺无人烟的荒原上，再没有比这更具杀伤力的惩罚了——事实上，

十一、荒原人的法规

这样的惩罚极有可能让人性命不保，因为在这片土地上，人与人之间只有紧密合作才能生存。通常，违法者一旦开始遭受排斥，很快就会敏锐地认识到自己的错误，从而不敢再犯。因此，虽然没有公开的维护正义之举或社会性的打压，但目的总能达到，犯错的人几乎无一例外会再次回归族群，也不会永久背负骂名。法规不提倡以牙还牙。如有可能，回归的违法者还会成为营地的宝贵财富，大家将心照不宣地遗忘他曾犯下的过错，总之，就当一切不愉快从来没有发生过。

以上是对多数重罪的惩罚。对于小错，伊哈米特人则借助嘲笑打趣来惩戒，他们对这门武器的使用得心应手。如果一个有能力狩猎的人，却因懒惰或冷漠而使他的家人需要其他猎人来养活，那他就成了击鼓歌舞揶揄的主角或嘲讽的对象。只有脸皮够厚，面对这样尖锐的嘲讽才会无动于衷。然而，他也知道，只要自己重新担起责任，嘲弄的声音就会消失，并且随着时间的推移，对这件事的记忆也将从伊哈米特人头脑中全部抹去。

另一方面，如果有人由于后天残疾或是先天无能，没法完成分内的工作，或总把事情搞砸，那么法规也会网开一面。而在我们的社会，这些不幸的人可能会由于受到不公正待遇而心生怨恨，甚至变得十分危险。在伊哈米特人营地，对那些由于身体或精神上的种种原因而无法解决生活问题的人，人们总是给予无尽的理解和包容。比如愚钝又可怜的奥尼克沃，自我认识他以来，他从未成功猎获过驯鹿。他已经尽力了，但仍然需要别人的帮助才能使一家人免于挨饿。然而，据我所知，没有一个伊哈米特人觉得他是营地的负担而刁难过他。诚然，每个人都取笑他妄想成为伟大的猎人，但这只是善意的玩笑，奥力克沃自己也乐在其中。他甚至因为能给大家带来一点笑料，而感觉这是对自己无能的补偿。他是无数幽默笑话的灵感之源，但从来不会遭受残忍的奚落——那是对有能力守法却拒不守法的人才实行的惩罚。

荒原上，对身体的唯一惩罚方式是死刑，但与我们的死刑不同。它既不是一种社会惩戒行为，也不是对其他潜在作恶者发出的警告。它只是一种手段，使那些无法在他所反抗的这片土地上继续生存的人得到解脱，或是避免伊哈米特人遭受危及生命的外来威胁。

比如有人疯了（在伊哈米特人的信仰中，只有疯子才杀人），杀害或扬言要杀害他周围的人，只有在这种情形下，才会援引死刑。通常没有审讯，也没有正式的判决。可能就三四个人——通常是与凶手关系最密切或最关心凶手的那些人——会面并含蓄地谈到整个族群正面临的危险。其中一个人通常被指定来行刑，但他并不是我们所谓伸张正义的代表，因为他的任务不是施罚，而是把疯子的灵魂从肉体的痛苦中释放出来——如果他继续活下去，肉体的痛苦也将一直持续下去。行刑者将利落又仁慈地履行他的职责，因为伊哈米特人脑子里根本没有肉体或精神折磨的概念。事毕，行刑者遵从精神法规，请求死者灵魂的宽恕。如果他运气好，白人没有听到任何风声，事情也就到此为止了。但不少因纽特人因为执行了这种可怕的任务，如将自己疯掉的兄弟、父亲或儿子杀害，以保障其他人的生命安全，而被带上白人的正义法庭，饱受精神折磨，直至被绞死。

十二、迷失的卡库米

在这本书中，我用在荒原老萨满卡库米[1]身上的笔墨超过了其他任何人，一是因为他的人生浓缩了伊哈米特人的经历，二是出于一些其他的原因。他的故事是一个关于瓦解和没落的故事，也是他的族人伊哈米特人的故事。他的人生痛苦而悲惨，但这不仅是他一个人的人生，也是他们种族悲剧的一个缩影。

在荒原生活了很长一段时间以后，我才了解到他的故事。因为伊哈米特人对卡库米深恶痛绝，除非不得已才会提到他，而且总是匆匆带过，声音里满是恐惧。

即便是我的结盟兄弟奥泰克，也只有在我的再三央求下才会说起卡库米，而且每当我提及这个老萨满的名字，他总是显得惴惴不安。那个自以为无所畏惧的奥霍托也一样，

---

[1] 卡库米（Kakunee）只是化名，本书的续集《绝望者》中有所描述，其真名是波姆梅拉（Pommela），死于1958年。——原注

从不跟我费过多口舌谈论卡库米，往往说不了几句就把话题巧妙地转移到驯鹿或土地上去。

弗朗茨很了解卡库米，但即使是他在给我讲述卡库米的故事时，也隐藏着一丝不易察觉的紧张和不安。后来我才明白，这个以为自己有白人天赋、比原始土著更具优越感的混血儿，其实心底里也畏惧卡库米！

最初，我只能收集到一些模糊的线索，来解释伊哈米特人害怕这个老人的原因，这使我的好奇心愈发强烈。1948年初夏，我打算北上前往卡库米湖——萨满卡库米的两顶帐篷就搭在岸边，远离其余族人。任何准备工作都毫无必要，因为这个令人们惊恐不安的萨满，早已经由其他伊哈米特人，对安迪和我有所耳闻，并且已经有所计划，要将我俩置于他的掌控之中。

一个夏日，我从温迪棚屋的窗户随意向外望去，看见一个陌生人走过来，站在门边——像其他因纽特人一样没有径直走进来，所以我出去迎接他。

他个子不高，体形却比老赫克沃还要魁伟。两条粗短的腿微微分开，支撑着宽度和高度几乎等长的方正身子。但真正吸引我注意的是他的脸，我永远不会忘记卡库米的那副模样。

一想起他，我就会想到易落魁族人[1]雕刻的魔鬼面具，

---

[1] 易落魁族人（Iroquois），北美印第安人的一支。——编者注

华丽无比却又恐怖异常。卡库米的脸就像一个精心打造的魔鬼面具，似已经历数个世纪的风雨洗礼，如今已破烂不堪、千疮百孔。那张脸极为苍老，但除了岁月留下的痕迹，还有被人遗忘太久而造成的沧桑之感。

他的下唇又圆又厚，向下张开，露出一排残缺不全、颜色发黑的大龅牙，每颗牙都大得惊人，像是从恐龙下颌取出的化石。唇下的凹陷阴影里，挂着两三绺乱蓬蓬的胡须，从山羊般的尖下巴上垂下来。上唇也蓄着一撇胡须，稀稀拉拉，被没有擦净的鼻涕粘在唇上。他的眼睛如弹珠一般，小而黑亮，深嵌在眉骨里，在绷紧的、半闭的眼帘缝隙里闪着亮光，犹如大蜘蛛的黑眼睛在岩石下的黑洞中闪闪发光。他的前额像一块巨石，饱经风霜，沟壑丛生，上方是一头粗糙的、未经打理的灰白毛发，乱作一团。

这就是我们的首次见面。之后我们又见过许多次，卡库米用他惯用的伎俩，千方百计想让我和安迪与其他伊哈米特人为敌。

卡库米是我遇到的第一个故意撒谎的因纽特人。有一阵子，他对奥泰克和其他人造谣中伤，我差点对他的鬼话信以为真——我可从来没想到会碰上一个不说真话的伊哈米特人。卡库米尽其所能用谎言离间我们和其他伊哈米特人——他直接威胁他们，也间接威胁我们。只是因为我们不怕他的恐吓，敢于与他对抗，其他人才敢继续和我们做朋友。卡库米用各种花言巧语贿赂我、欺骗我、威胁我，让我甚为反感。尽管如此，我对这个人的性格产生了浓厚兴趣，并且越来越渴望打开他的记忆宝库——里面的宝藏多得令人难以置信，除他以外没人记得。

他说话从不直截了当，堪称拐弯抹角的艺术大师，所以他话中的微妙涵义常常让我摸不着头脑。但过了没多久，我便开始对他有所了解。后来，我也设法从伊哈米特族其他人口中听到了有关他的一些故事。

卡库米出生在"人类之河"岸边，离伊哈米特人现在居住的"小湖"上游不远。他的父亲名叫阿尔朱特，是一个萨满，声名远播，几乎响彻整个平原，甚至远在海边的人们对他也有所耳闻。在卡库米的童年时代，有上千伊哈米特人生活在"小湖"湖畔和"人类之河"沿岸。

阿尔朱特曾有三任妻子，几个儿子中最大的名叫卡库特，是个杰出的人，也是卡库米的劲敌。卡库米大约出生于1880年，那时这片土地还没有白人涉足过。1894年春，两艘独木舟从南方顺流而下，带着第一个陌生白人来到这片土地上。这人就是蒂勒尔。虽然当时卡库米还很少，但于他而言，蒂勒尔那次到访的细节至今仍然历历在目。

蒂勒尔在营地只待了一天，他不知道这条河会把他带向何方，不免有些担忧。作为热情好客的主人，阿尔朱特答应尽地主之谊，陪同蒂勒尔顺流而下，带他走出伊哈米特人所在的区域。独木舟离开时，阿尔朱特和长子卡库特划着各自的柯亚克一起陪同。

差不多一个月后，阿尔朱特和卡库特才回到家，他们绘声绘色地谈起白人独木舟里搭载的东西，令人瞠目结舌。卡库米听得热切，把这个陌生人的财富故事深埋在心底。

所有伊哈米特人谈起这些事时都啧啧称奇。但是，尽管他们都见过蒂勒尔的财物，也颇为欣赏，却并不羡慕这个白人。伊哈米特人安于现状，不贪求变化，所以对"人类之河"流域他们熟知的生活备感满足。过了几年，蒂勒尔曾送给他们的小礼物要么丢失，要么坏掉，他们对白人财富的记忆也日渐模糊。所有伊哈米特人都是如此，只有一个人例外。

这个人就是卡库米。他记得白人的所有财物，就好像它们本就是他卡库米的。他做了很多梦，这些美梦鲜活生动，白天也常常萦绕在他心头。他心里升起一种无法形容的强烈渴望，一种在伊哈米特人的语言里找不到贴切的词语来描述的贪得无厌、挥之不去的物质占有欲望。但他将自己的美梦隐藏起来，他知道根据这片土地上的"生活准则"，那样的梦想是邪恶的。因此，他一直对自己内心深处的秘密只字不提。

就在蒂勒尔顺流而下的那年冬天，阿尔朱特认为，家里两个年纪稍大的儿子已经不再是孩子了，该跨入成年人的行列了。所以，他开始教导卡库特和卡库米，把自己熟知的萨满秘籍传授给他们。很久以前，老萨满阿尔朱特就已决定，两个儿子要继承他的衣钵。

十二、迷失的卡库米

阿尔朱特向两个儿子细数这片土地上他所知道的一切神灵，并教会他们用一种古老语言念咒语。他向他们说明召唤凯拉——"空中风神"兼众人之神——的方式。他警告两个年轻人提防派贾、阿波帕和其他不怀好意、兴风作浪、带来危险的鬼怪，并解释如何掌控它们。

离春天到来还有一段时间，阿尔朱特再也没啥可教的了。现在该让他的儿子们自谋生路了。依照惯例，一个希望成为萨满的年轻人会寻找一个与世隔绝的地方承受磨难，然后在一个偶然的时机——比如在他坐着或躺着、精神恍惚的时候，会遇到一个"托恩拉克"（Tornrak，善意精灵）并与他交谈。之后，这个托恩拉克就成为新萨满的保护神，是未来在他需要帮助的时候，最强大、最值得信赖的依靠。

卡库特作为长兄，第一个单独出发离开营地。他离开了近两个星期，没有携带任何食物，旅途中颗粒未进。在此期间，狂风大作，暴雨肆虐，卡库特无处栖身，但他还是活了下来，回到父亲的营地，讲述了他的发现：

离开营地五天后，一场暴风雪迫使他停下了脚步。雪地上有块凸出来的岩石，他就蹲在岩石的背风处，待了一周甚至更久——具体多久，他也说不上来——一动不动，不吃不喝。大约在第五天，他以为自己已经死了，恍惚中却看见一根巨大的弯木棍从他脚下的雪地里探出来。棍子说着奇怪的话，他惊恐地听着。接着，那根棍子长出了长长的手臂，一节接一节，末端伸出几条蜘蛛似的腿，交错盘扎。

卡库特胆战心惊，拔出雪刀，向那东西猛砍过去。不料雪刀从手里滑落，他只好扑倒在那东西上面，与它翻滚的木头身体扭打在一起，直到最后将它制服。然后他站起来说：

"凯托拉克（Kaitorak）——你，森林之灵，现在是我的了！任何事都要听从我的指挥，以后不可以再在这片土地南边的森林里乱跑了！"

卡库特从精灵的背上折下一截树枝，缝进自己的护身腰带，回到了营地。就这样，卡库特找到了他的"托恩拉克"。

接下来出发的是卡库米，下面是他讲述自己寻找"托恩拉克"的故事：

天还未亮，我就离开了营地，前往北方。天气很冷，但我不觉得冷，肚子空了，我也不觉得饿。很快，我就来到一个人迹罕至的地方，雪地上连只狐狸的脚印也没有，只有我，形单影只。我找到一个冰冻的湖，在湖中心用雪搭了个窝，聊以栖身，然后坐下来等待。

许多天过去了，除了风，什么也没出现。直到一天晚上，从厚厚的冰层下面传来巨大的碎裂声。我马上想到人们说起过的那条住在湖里的"巨鱼"，于是起身，准备向岸边跑，但我的腿像灌了铅一样僵硬麻木，完全不听使唤。结果，我重重地跌倒在冰面上，躺在那里，如死人一般动弹不得。

我身下的冰层开始塌陷，随着轻微的声响，开裂了。冷水从裂缝中涌出，钻进我的嘴巴和鼻孔。我仍然躺在那儿，动弹不得。最后，我身下的冰沉入水中，我也跟着向下沉没。

　　起初，我的眼前一片漆黑，慢慢地，我看到绿色的水雾中，一个东西开始成形。那不是鱼，而是一个人的脑袋，没有身体，手臂和腿是直接从脑袋里伸出来的。最令人奇怪的是，这是一个白人的头，但不是我去年夏天在河上看到的那个人。

　　这是一张陌生的脸孔，长着浓密的胡须，冷峻的眼睛像天空一样幽蓝。我知道自己快要淹死了，挣扎着不让自己沉到水底，那个巨大的脑袋一直在我周围游来游去，大笑着，我耳朵里回响着可怕的冒泡声。我知道这是我的"托恩拉克"，我应该跟它搏斗，战胜它，以便将来它能帮助我，但我的肺里灌满了冰冷的水，我快要死了。

　　我不记得在冰下挣扎了多久，但我相信自己就要死了，因为我的脑海里一片空白。等我醒过来时，发现自己躺在冰面上，旁边是一个巨大的洞，黑咕隆咚的，里面的水还没有结冰。可是，我湿透的衣服已经冻住了，硬邦邦的，和身下的冰紧紧粘在一起，我太冷了。衣服犹如刚炼出的坚硬新铁，我使出吃奶的力气，在冰冷僵硬的毛皮大衣里扭动着，手上和身上的皮肤都撕破了。最后，我挣脱开来，赤身裸体地跑过湖面，霜冻也奈何不了我。

后来，我的族人告诉我，他们循着我的足迹在平原上找了一整天——我的光脚印在雪地上格外清晰。他们来到湖边，看到那个大洞，还有我那些结冰的衣服——看起来就像个死人一样躺在冰面上。他们不敢走近，怎么也不明白厚达十英尺的坚硬冰面为什么会突然开一个洞。

卡库米把这段经历告诉他的父亲阿尔朱特时，老人忧心忡忡。他不明白这意味着什么。他只知道卡库米没能征服他见到的精灵，他甚至担心卡库米可能反倒被这个精灵控制了。但他无法确定，因此，他什么也没跟面前的年轻人说。同时他告诉伊哈米特人，他相信卡库米获得了一个非凡的"托恩拉克"。

那年夏天，阿尔朱特死了，埋在这片土地常年冰冻的岩石下。和他埋在一起的还有他的弓、石烟管和萨满手杖，但他把魔法留给了两个儿子。

卡库特对从父亲那里继承而来的衣钵很满意。没过多久，他就开始履行父亲生前的职责。那些身体或精神抱病的人都来向他求医，有的被他治好了，也有的死了，但卡库特的名声在这片土地上与日俱增，人们都认为他心地善良、巫术高明。

卡库米则不然。自从在冰湖上初露身手之后，儿时那种躁动不安、无以名状的欲望就变成了无法抗拒的咒语。他那些奇怪的梦变得愈发生动，也愈发沉重，连他熟悉的、受他把控的精灵也没法让他断了这些念头。他常常想召唤住在湖底的无身白人头颅，但他又害怕，不知道自己能否控制住它，担心反而被它抓住，拖到水底置于死地。

　　卡库米狩猎很不顺利，也无心去做其他的事情。有一天，他耐性大失。打猎过程中，他想用那把质量上乘的麝牛角弓射杀一只三百步开外的驯鹿。那么远的距离要射中目标简直是异想天开！可是，他却大发雷霆，把弓砸到岩石上，摔碎了。他不知道自己为什么发火——其实他是想起了白人访客的步枪，那种枪在三百步之外射杀驯鹿完全不成问题。

　　他对伊哈米特人打造的东西，不管是工具还是武器，一概看不上。随着岁月的流逝，他的不满越来越强烈。如果他不是萨满，早就招来嘲笑了——只有技艺拙劣的猎人才会借口工具不得力。但是，伊哈米特人心中对他的恐惧却在悄然滋长。

　　这种情形一直持续到阿尔朱特死后的第五年冬天。那时卡库米娶了一个新娘，这事说来奇怪，他当时二十二岁，早已过了大多数伊哈米特男人娶妻的年龄。他之前过于沉迷自己的梦想了，因而耽误了娶妻。现在，他娶了一个年轻姑娘，如果传言属实，他真心爱她，就可以分散一些注意力，从时时折磨他的沮丧中解脱出来。他真的爱她。有天晚上，当他俩赤身裸体躺在冰屋睡台上时，他把自己在湖底遇到白色无头怪物并与之搏斗的事情一股脑全告诉了她。她年纪轻轻，比孩子成熟不了多少。她只是听着，却不明白卡库米向她吐露自己在冰湖的经历和对巨大财富的幻想，只是想努力摆脱它们带给他的重压。是的，她只是听到了，却不甚明了。有一天，她当着别人的面公然嘲笑她的丈夫。

"你就是个不切实际的梦想家！"她大声嚷嚷，"但我已经怀孕了，我总不能用你满心满脑子的梦想来喂孩子吧。还是给我点吃的吧，使我柔软的乳房充满乳汁，让我知道自己嫁了个像样的男人和名副其实的猎人！"

谁知道当时卡库米心里的想法呢？我猜想，他对妻子的爱已经死了，就像被箭刺穿的野兔那样，彻头彻尾地死掉了。在第二天黎明到来之前，卡库米已经从这片土地上消失了。风卷着雪花，刮了整整一夜，深深掩埋了他的狗拉雪橇留下的痕迹，没人知道他的去向。他没有告诉任何人他的计划，就连他的妻子也不会相信，他竟会疯狂到独自穿越茫茫荒原，去寻找白人居住的地方。

20世纪初，伊哈米特人对白人商人的住地还一无所知。在他们心里，那是一个遥不可及、虚无缥缈的地方，就像月球的白色表面一样冷寂。他们对白人的了解仅限于蒂勒尔的来访，以及一个名为昂格亚拉的人夸大其词、歪曲事实的描述。昂格亚拉住在滨海地区，曾经路过这片土地，他对白人情况的了解也多来自道听途说。他曾提到一个叫"伊格卢尤贾里克"（Iglu Ujarik，意为"石屋"）的地方，那里住着一些白人商人。

"伊格卢尤贾里克"就是丘吉尔镇，这个名字来自因纽特语，意为"一堆沉闷的灰色岩石"。这些岩石是18世纪的北极争夺战中，塞缪尔·赫恩为抗击法国而建造的堡垒留下的遗迹。卡库米驾着他的长雪橇向南时，就直奔"伊格卢尤贾里克"而去，但他并不知道距离有多远。

这是一次史诗般的旅程。经过三天的艰苦跋涉，卡库米穿越伊哈米特人的荒原，来到了森林。森林对于伊哈米特人而言是禁地，因为那里是印第安人的家园。印第安人老早就和内陆的因纽特人结下了血海深仇，森林里还充满了恶魔和精灵，也都站在印第安人一边。

尽管如此，卡库米还是踏过平原厚厚的积雪，进入了森林地带。他那狭长的雪橇在荒原平滑的雪地上跑起来得心应手，现在却成了他的累赘。黑漆漆的云杉树下是松软的积雪，雪橇一陷进去，横木就卡在雪地上，狗根本拉不动雪橇，卡库米只好走在前面，踏出一条小道。

卡库米不知道雪鞋这种东西，因为在硬邦邦的积雪平原上，完全不需要它；但是，在森林里，为狗开路的人就必须穿雪鞋。现在是考验卡库米的坚韧和智慧的时刻了。对于原始部落而言，要设计并完善一种新的设备，往往需要经历几代人的努力；然而，卡库米在一天之内就做好了一双"雪鞋"——尽管粗糙，却足以满足他的需要。他所造的鞋，不过是在脚上箍了一块东西，但真的挺管用。于是，这个男人驾着沉重的雪橇向森林深处驶去，雪橇上载着给狗吃的鹿肉。

森林一向被认为充满未知和邪恶，一些伊哈米特人认为树木是有生命的，自己会动，而且讨厌因纽特人的出现。一个因纽特人如果不得已要在森林中穿行和睡觉，会有五天的安全期限，一旦超过这个期限，树木就会合谋消灭这个入侵者。

卡库米已经在森林里待了近五天，森林带给他的恐惧与日俱增。但是，当初驱使他踏上征途的强烈愿望，又让他强忍着内心的煎熬。第五天下午，他来到一个大湖边，湖上小岛林立，岛上只有光秃秃的怪石，没有一棵树。卡库米在其中一个岛上搭营过夜。没有木柴生火，他就坐在一垛低矮的雪墙后躲避风寒。他又冷又怕，浑身发抖，绝望慢慢涌上心头。最后，他忍不住跳起来，疯狂地疾呼他在荒原遥远的湖泊下面遇到的水怪。

卡库米迷失了——迷失在深林里，也迷失在恐惧中。鹿肉快吃光了，他不敢继续往前，也不能回头。他害怕的东西太多了，但最怕的是"温迪戈"（Wendigo）——一个印第安狂魔，会吃旅行者的肉。湖泊四周的森林黑漆漆的，不时传来妖魔鬼怪的鬼哭狼嚎。第五天过去了，卡库米仿佛看到黑色的云杉丛林正围拢过来，试图挡住他的去路，这使他更加慌乱。他想，再过一天，云杉树就会越靠越近，那时他将无法前进，也没法后退，然后像一头落入陷阱的野兽，任由温迪戈处置。

他不知道"伊格卢尤贾里克"在什么方向，还有多远的距离，也说不清哪天可能会与印第安人的营地不期而遇——他们极有可能会杀了他。

卡库米站在雪橇边瑟瑟发抖，这些想法从他的脑海一一闪过。他向着黑暗尖声召唤他的水下精灵，可是没有回应，却见极光突然猛烈地闪烁，将荒凉的土地笼罩在一片柔和的紫光中——卡库米觉得这是个征兆。

那天晚上，他没有火，只能睡在雪橇旁，蜷成一团，背靠狗群，寻求温暖和保护。

胆怯的人，或者说头脑清醒的人，这种时候也许会回头。只有勇者——或受到无情蛊惑的疯子，才会继续向着前方未知的黑暗前进。在森林里的第六天黎明到来前，卡库米给狗套上雪橇，再次向南驶去。

显然，他完全不知道自己已经偏离路线两百英里。"伊格卢尤贾里克"在遥远的东方，要到那里，他早就应该沿着一条入海的大河向东而去。但是，他的路线太过深入内陆，因此错过了这条大河。现在，他来到一条向南流入森林的冰冻大河边。他只能沿着这条河流前进——森林太过茂密，即使他有勇气在危机四伏的黑暗树荫下行走，他那又长又笨拙的雪橇也无法通行。

第十天下午，他绕过一个河湾，意外地来到一座白人的棚屋旁。这个棚屋不过十平方英尺，但在卡库米看来，它非常巨大，充满了威胁。

这地方寂静无声，只听得到冰凌在河面上涌动时发出的轰隆声响。周围被积雪覆盖得严严实实，密不透风。屋顶有个锡铁烟囱，但没有烟冒出来。卡库米让饥饿的狗群停下来，手摸着护身符腰带，惊恐地看着小棚屋。终于，他僵直地走上前去，来到门边，却发现房门半开着。

没有窗户的棚屋里，雪已积得老厚。棚屋的一边，露出一张高高的木头床。卡库米看到有什么东西躺在那里，一动不动。他的心在胸膛里怦怦乱跳，但他的勇气还未完全丧失。他走进小屋，顿时惊恐地瞪大了眼睛——眼前是一幅骇人的景象。

那是一张白人的脸，满脸胡须，已经冻僵，冰冷的双眼像天空一样幽蓝。

卡库米的头脑过度紧张，在他看来，这张脸和他第一次作为"见习萨满"看到的那张脸没有什么两样。他不敢相信眼前是一具尸体，相反，他认为它正是自己在湖畔召唤的精灵。尽管惊恐万分，他却把这次可怕的相遇看作第二次机会——用来战胜之前从他身边逃走的"托恩拉克"。

卡库米嘴里一阵叽里咕噜，语无伦次，颠三倒四。他一步窜向前，一把抓住那僵硬而冰冷的头颅上的头发。现在，他正和"鬼怪"搏斗，想要制服它。房间里响起嘈杂的打斗声。那张脸被他拎起，在他瞪大的眼前摇晃时，卡库米隐约听到自己对着它厉声喝问。那无以名状的轰鸣声响似乎更加清晰了。这时，房间越来越黑，突然从这个因纽特人的视线中消失了。白人的头越变越大，直到大得如同整个世界。它那紧闭的嘴唇张开，声音排山倒海般从中迸发出来，化作断断续续的话语！

卡库米听到了他的"托恩拉克"说的话，但不是通过耳朵。那番话告诉他必须前往南方的森林，除此之外再无其他。对于那天发生的事情，卡库米再无任何其他记忆。他只记得，当他清醒过来时，发现自己躺在雪橇上，狗群正在河流崎岖不平的冰面上艰难前行。他永远也不会知道，他所见到的"托恩拉克"不过是一个年轻白人捕猎者的尸体——那时仍被贸易站惦记着——他是进入该地区的第一个白人，冬天时死于疾病。

卡库米对接下来的旅程印象不深，只留下一些模糊的零星记忆。直到有一天，他的雪橇从一个大湖湾里转出。隔着湖湾，他听到远处有许多狗争相吠叫，还看到木柴燃烧腾起的浓烟，以及许多建筑物和帐篷的轮廓。

他的旅程结束了。呈现在他眼前的是当时白人在北极地区设置的最靠北的内陆前哨站。他那奇怪的雪橇早已被人看见，人们从高高的岸边跑下来迎接他。

当年目睹卡库米到来的人中，有一名印第安人和两名白人至今仍然健在。这两个白人是怀特兄弟，一个是传教士，另一个是商人，都早已退休，整天沉浸在逝去的岁月里。

那个印第安人和两个白人都还记得卡库米。白人兄弟说起他的旅程都肃然起敬，因为他穿过了印第安人的腹地，如果被看见，很可能立刻被打死。

传教士和商人都打着自己的小算盘，想着如何利用这个从北方无名之地到来的陌生人。传教士把卡库米看作纽带，用来联系那些尚未听到上帝召唤的人。商人很快了解到，在荒凉的苔原地带深处，住着一个迄今还不为外人所知的因纽特猎人民族，他们的土地上到处都是价值惊人的北极白狐。

两人都希望卡库米能平安返回伊哈米特人身边，并说服他们来这个前哨看看，或者至少让卡库米成为哨所和荒原之间的联络人。这个商人曾住在滨海地区，对因纽特人的语言略懂一二。当时，他煞费苦心地学习卡库米的奇怪方言，还盛情款待了这个因纽特人。他把卡库米带回自己的小屋，送给他许多贵重的礼物——长久以来折磨着卡库米的朦胧梦想终于变成了现实。

商人允许卡库米在他的商店和储藏室随意走动，并向这个北方人展示了自己无穷无尽的奇珍异宝，北方人两眼放光，啧啧称奇。

传教士也在卡库米身上下了不少功夫。虽然他不会讲因纽特语，但也将一些小神像作为礼物送给了卡库米。这个因纽特人把它们当作威力无比的护身符，装进肩上的巫师带里。

　　现在，冬天就要结束了，而卡库米的回程还很漫长。传教士和商人都迫不及待地想让他尽快启程。

　　商人再次将卡库米叫到储藏室，赠予他大量货品。卡库米得到的东西之多，远远超出他的想象，却被告知这些东西不属于他，而是用来和他的族人交换毛皮的。他还被清楚地告知，下个冬天他带着毛皮再次回来时，得到的报酬将远远超过眼前雪橇上的。

　　贸易站的账簿上写着"卡库米"这个名字，后面还有注释："受雇于因纽特人土地上的当地商人"。传教士的脑海里也深深铭刻着卡库米的名字："北方住着许多没有宗教信仰的可怜人，这是第一个皈依天父之人。"

　　这对白人兄弟下足了功夫，也都有更周密的计划。但是，这些计划都付诸东流。因为他们只认识了卡库米这个人，却并未认识萨满卡库米心里的魔鬼。

　　三周之后，分别的日子到了，这个因纽特人离开贸易站折回北方。他赶着养得膘肥体壮的狗沿河而上，背上背着一支崭新的步枪。雪橇上的东西太重，无法再载上他，他只能在雪橇前后步行。这一细节显示出他的欲望有多么强烈——若是其他因纽特人，一定宁愿扔掉部分东西坐上雪橇也不愿步行，这几乎是不言自明的公理。

　　但卡库米什么也没扔，他继续步行。

　　大雪橇在河面崎岖不平的冰脊上嘎吱作响，狗群脖子前伸，绷直了挽具，头几乎要碰到脚下的雪地了，前行速度极其缓慢，但卡库米毫不在意。他不再害怕，即便是森林里的鬼怪也不怕，他不是带着大胡子白人给的护身符吗？他也不怕印第安人，他不是背着一支精良的步枪吗？他一边往北走，一边唱着萨满之歌，心中洋溢着狂热的喜悦——那是对财富的激情在熊熊燃烧，赤诚又炽烈。他的魔鬼——他的"托恩拉克"确实了不起，而他自己和他的魔鬼一样了不起。

在卡库米从贸易站出发几天后，是否确有五个人驾着平底雪橇，心怀叵念地跟在他身后，没人知道，因为印第安人之后对此只字未提。还有另一种说法，这五个人是白人传教士调教出来的忠实信徒，会听从他的告诫，不去伤害这个因纽特人。

尽管如此，还有一种可能——这五个年轻的印第安人打算从这个外乡人手里夺走一些财富。他两手空空进入他们的土地，离开时却满载而归，拥有的财富甚至连他们的酋长都望尘莫及。我相信他们并不是真的想杀人，尽管他们内心深处可能有过这一想法——毕竟，这两个族群之间的血海深仇由来已久。

我只能猜测他们有过那样的意图，但事实如下。

卡库米逆流而上，留下一条清晰的痕迹。晚上，他燃起熊熊大火，享用着雪橇上陌生的美食。他不再惧怕这片土地，对这里的鬼怪或人们也毫不畏惧，所以一路上没有任何戒备。

离开贸易站十天后，卡库米来到湖泊努埃尔廷图厄（Nu-elthin-tua，我们称它努埃尔廷湖）的南岸，在印第安语里，"努埃尔廷图厄"意为"睡人岛之湖"。卡库米跨过光秃秃的河湾岩石，在树木繁茂的滩头露宿。在躺下睡觉之前，他用云杉枝细心地为雪橇狗做了个窝——想要把那些财富运走，可全得仰仗这群狗的力气。火焰渐灭，他和衣躺下。即使在睡梦中，他也能感受到皮肤下那支步枪的刚硬有力。这种感觉比一个女人睡在身边更为美妙，卡库米觉得像和自己的妻子睡在一起，满足而惬意。

当印第安人的五支狗队来到黑漆漆的蓝色湖滨时，大火还未燃尽。卡库米的狗听到有人靠近，开始惊恐地狂吠，但它们的主人正沉浸在他的春秋大梦中，没有留意到狗叫声的异样。他以为它们只是对着狼吼叫。

直到五只雪橇从冰面上倾斜而下，驶上低矮的湖岸，进入他的营地，他才醒过来。只见五个皮肤黝黑、动作敏捷的人从雪橇上跳下来，迅速来到火堆前。只有一个人带着步枪，他们以为对方孤身一人，很容易对付。

卡库米坐起来，盯着眼前的陌生人，完全不明白他们叽里咕噜地在说什么。他一动不动地坐在那里，一副僵硬的死尸模样，印第安人完全看不透他眼里藏着什么秘密。

其中一个印第安人把自己的狗群解开，其他人径直走到这个因纽特人用云杉枝铺成的狗窝前，把他的狗掀到一边，让瘦弱的印第安人杂种狗占了狗窝。一时间，谁也没有留意卡库米，就在一刹那，他采取了行动。

未等印第安人看清，卡库米的步枪已经熄火，枪口闪着红色火光；三个印第安人还没明白发生了什么，就已经瘫倒在雪地上——他们未及行动，就被步枪沉重的铅弹击中，这种子弹威力无比，被击中的人再也动弹不得。

其余两个没被击中的幸运儿发疯般跳上自己的雪橇，仓皇地驶向湖面逃掉了，步枪沉闷的轰鸣声在他们的耳边响着，铅弹尖锐的呼啸声打破了湖面冰封的沉寂。

早上，卡库米继续前行，身后跟着三辆轻便的雪橇和狗队，用牵引索拉着。但是，在"努埃尔廷图厄"——睡人岛之湖湖畔，在大火燃烧后的柴灰旁，躺着三个印第安人。离开前，卡库米注意到每个死人的脖子上都戴着那种软金属塑造的小神像，便从肩带上扯下传教士给他的护身符，掏出里面小神像，嫌弃地扔在那些尸体上。传教士的魔法没能保护这些人免受愤怒之灾——那是萨满的"托恩拉克"赐予他的礼物。

卡库米驾着雪橇继续向前，赶在当天离开了森林，向连绵起伏的平原进发。他杀人不是因为自己的生命受到威胁——对此，他毫不在乎——而是害怕财富被掠夺。

十三、卡库米与恶魔

冰雪消融的头几天，卡库米和他的狗群又回到了"人类之河"岸边，整片土地都被湿漉漉的空气包裹着。河面的冰层已微微融化，他从河面穿行而过，看见了他几个月前离开的浅滩。

一个小孩首先看见了他，尖叫着跑进一座冰屋，大叫道：

"伊特基利特！伊特基利特基亚伊！（Itkilit！印第安人来了！）"

这是一句古老的警示语，已经有整整一代人没有用过了，但仍然保留了下来。在那血雨腥风的岁月里，印第安人部落经常袭击孤立无援的伊哈米特人营地，对他们大开杀戒。

再次听到这句古老的警示语，人们惊慌失措，纷纷从冰屋里连滚带爬地跑出来，搭箭上弦，扯掉梭镖尖上的生皮帽，准备迎接突然的袭击和巨大的危险。然而他们看到的不是一伙印第安人，而是一个人，而且是和他们一样穿着毛皮外套的人。他们放下弓箭，将梭镖插进地里——他们还不知道族群这次面临的危险将远远超过印第安人以往的任何一次袭击。此时，陌生人口中喊出一句熟悉的问候语，这让有些人放下心来：

"我来自正面——山脊的正面！"

然而还有一些人听出这是初冬时突然消失的卡库米的声音，人群再次陷入慌乱。因为在这之前，卡库特曾经对人们解释说，卡库米的"托恩拉克"在某天夜里找到了他，已经将他带去了来世。现在，高高的河岸上，俯视着河面的人群越来越密集，听出他的声音的人也越来越多。一个人低声说出了所有人的担忧：

"因诺（Ino）！一个鬼魂到了河上，死亡之人的鬼魂！我们该怎么办啊？"

卡库米看着那群手持武器的人，开始大喊："喂！岸上的人，来者是卡库米！我从卡布卢奈特人（Kablunait，即白人）的土地上回来了，给你们带了礼物！"

这本该是他载誉而归的重大时刻。他勇敢地战胜了漫漫旅途中那无以言说的恐惧，现在安全返回，带回的财富甚至远远超过来访的白人用独木舟运来的那些。

卡库米一次又一次地喊叫，但人群只是静静地站在河岸上，始终没人敢认他。女人从冰屋融化的缝隙偷偷向外窥视，因纽特犬站在四周，喉咙里发出低沉的吼叫——因为它们闻到了印第安狗陌生的气味，也吓得不轻。

萨满卡库特的冰屋与其他人家相距较远，直到这时他才从屋里走过来。卡库特尽管年纪尚轻，却是个聪明人，比营地的许多老人都要聪慧。他站在岸边，目不转睛地盯着他的弟弟，卡库米正停在离岸边几百英尺的地方。最后，卡库特转身面对那些在悬崖上观望的人，责备他们无端制造恐怖气氛：

"这是人！我的弟弟！不是他的鬼魂！你们何曾听过有鬼魂能把一群狗赶上'人类之河'的？"

紧张的情绪一下就缓解了。妇女和孩子从冰屋里蜂拥而出，他们急促的脚步踩在雪地上一簇簇又干又脆的褐色苔藓上，发出沙沙的声响。营地欢腾起来，狗群争相吠叫，经久不息。卡库米抵达岸边，走上前去和他的哥哥卡库特庄重地碰了碰鼻子，十几个男人跳下来帮他解开雪橇犬的缰绳。

人们聚集在这个死而复生的人周围，好奇地望着那辆被兽皮覆盖的长雪橇，上面堆放着他带回的所有财富。现在，他割开皮绳，露出兽皮包裹的货物。那是他的高光时刻——看到雪橇上那些精美绝伦的东西，人们啧啧赞叹，这声音听在卡库米耳里，简直让他比吃了蜜还甜。

五支步枪，一箱黑火药，一盒铅棒，一支滑膛枪，三箱茶叶，几袋面粉、盐和白糖，几匹布，斧头，雪刀和水壶——这些还只是那堆货物的一部分，但已经丰富得令人难以置信了。有那么一会儿，恐惧再次攫住伊哈米特人的心——以区区一己之力竟带回如此多的东西，真是匪夷所思。

然而，指尖的触感如此真实。毫无疑问，这是卡库米本人错不了；雪橇上的东西也是真真切切的。人们的恐惧渐渐消失，取而代之的是愈来愈强烈的兴奋和好奇。离雪橇最近的男人、女人和孩子将雪橇团团围住，开始自由地解密吸引他们的神奇魔力。他们挤到雪橇上，两只手好奇地抓起、撕扯眼前的东西，拿起来又丢下。东西在人们的手里传递，箱子被撬开，东西被打翻，泼溅在雪地上。面粉被泼洒在雪地上，只是因为不小心；男人把玩着步枪，并非出于嫉妒；他们对着锋利的短柄斧头情不自禁地高声赞叹，也并非想据为己有。

卡库米离开仅五个月，对此情此景一定甚为熟悉。然而，即使他明白眼前的人们"袭击"雪橇的真正意图，也不足以平息他内心魔鬼的不安。

他奋力挤进激动的人群中心，试着把他的东西全都放回雪橇上。但是，他刚一放回去，就有人立刻抓起来又传递开去，如此反复几次之后，卡库米开始失去控制。一个孩子刚把手指伸进撕破的面粉袋里，卡库米就踢了他一脚，由于人们太过兴奋，这个不可原谅的行为才没有受到质疑。卡库米心里一阵绝望。他忘了这些东西是用来交换毛皮的，只知道别人手里拿着他的东西——不错，他的！和白人商人的交易被他远远地抛在脑后。他对着毫不理睬的人们大声咒骂，铁青着脸，好像戴上了"愤怒面具"——这个面具一时半会儿已摘不下来了。

不可意料的事情就这样发生了。

卡库特先前一直在几英尺外默默注视着这一切，现在他走上前去，拿起一支步枪，欣喜地端详起来。在这片土地之上，他懂法并守法，所以他漫不经心地从雪橇旁转过身，把步枪挎在臂弯里，向着自己的雪屋走去。

这是他的权利。卡库米丢下不管的妻儿，使他肩上的担子更为沉重了，一支步枪对他来说帮助莫大。卡库米自己也有步枪——实际上足足有五支——一个人没必要、也不用贪求拥有他的双手使不过来的东西。伊哈米特人的信条是，每个人都会与邻居分享他的所有。

卡库特还没走出十步远，卡库米就看到了。他的行动如此迅捷，谁也阻止不了——当然，也没人胆敢阻止。他抓起一把锋利的斧头，一个箭步奔到他哥哥身后，狠狠砍向他的肩膀，卡库特根本来不及躲闪。

卡库特猛地转过身子，用那只空着的手迅速按住伤口，但鲜血仍然从指缝间汩汩冒出。他死死盯着弟弟的脸，良久，一阵可怕的沉默。雪橇旁一片死寂，伴着浓浓的不祥预感。除了卡库米吃力的呼吸声，什么声音都没有。

然后，卡库米开始大声吼叫，好让伊哈米特人全都听得清清楚楚。他的原话如下：

"雪橇上的一切都是我的，只属于我！卡库特，你好好给我听着，不要和我争论这个问题，除非你死了！"

此刻，围观的伊哈米特人心中不禁涌起一种亵渎神灵的感觉，他们正目睹有人公然无视与生命同样古老的法规，这在他们的记忆里史无前例。当然，卡库米不止公然藐视物质共享的法则，还严重违犯了另一法则——竟然因愤怒伤人，而对方还是他的亲哥哥。他真是疯了！

作为一名勇士，卡库特从不畏惧任何危险。然而，也许他意识到卡库米的举动过于疯狂；又或许，作为一个萨满，他读懂了弟弟眼里迸发出的恶魔般的毁灭力量。总之，他采取了以下行动：让枪滑到雪地上，然后慢慢走回自己的冰屋。恶魔赢了。现在，它完全不必藏身于卡库米的脸孔后面了，它可以肆意对"人类之河"沿岸的伊哈米特人施展它的淫威了。

卡库米拿着步枪回到雪橇旁，似乎没有注意到人们都消失了，河边空无一人。他小心翼翼地收好散乱的东西，放回雪橇上。一切准备就绪后，他套上狗群，把领头犬赶上冰面，带着它们逆流而上。在他身后，安静的营地里，恐惧开始蔓延。

在所有的活物中，伊哈米特人最害怕的就是疯子。按照规定，疯子必须死去，而且他的名字永远不能被活着的人再提起。可是现在，卡库特的营地要摆脱一个疯子带来的危险，并不那么容易。卡库米自己是萨满，不会轻易落入凡

十三、卡库米与恶魔

人之手而受到伤害。而且他已经离开营地，就连卡库特也没有勇气追他而去，直面他释放出来对付追捕者的妖魔鬼怪。

然而，人不敢去追，传言却可以发挥作用。第二天一早，卡库特将狗群从营地里赶出来时，消息已经沿着河流上下传播开来。"阿尔朱特的儿子卡库米回来了，他已经丧心病狂！"这些话无疑把萨满卡库米排除在了族人之外。一股不安的情绪席卷了沿河营地，所有人都听说卡库米回来了，营地里的一千多名男女老少，都担心他会制造麻烦。

还不到两周，这些担忧就不幸应验了。卡库特的营地爆发了一种怪病，有三个女人同时病倒，她们声称胸部"剧痛"（Great Pain），肺部无法呼吸空气。卡库特的魔法对这种新型恶症无能为力，没过多久，三个女人都死了。随后，人们口中的"剧痛"向河的上游蔓延，蔓延至湖边隐蔽的营地，直至整片土地。

那年春天结束之前，超过三分之一的伊哈米特人丧生，这种疾病将他们生生压垮。河边的许多营地，甚至没有人活下来埋葬死者。狼獾、狐狸，还有死人遗弃的狗，都靠伊哈米特人的尸肉长得肥肥壮壮。只有少部分人逃过一劫，他们逃离营地，分散在广袤的平原上，极力避开他们无力招架的夺命狂魔。在那些偏远的地方，幸存者因恐惧而与族人隔绝，苟延残喘，诅咒着卡库米。

"剧痛"席卷营地之前的那个冬天异常难挨，迟迟没有结束的迹象。尽管如此，却没有人饿死，人们只是感到虚弱无力；直至春天来临，卡库米从白人的住地带回的恶症，才击垮了这些饥饿的人们。当然，这种恶症也有可能是他从小棚屋带回来的——那间他自认为见到僵硬面孔恶魔的小棚屋。

夏天过去的时候，这片土地已经不复初春的模样。"人类之河"变得荒芜一片，只有河岸上匆匆垒起的坟堆表明这里曾经是人们的住处。之后的几年，在这条河沿岸，再也没见到过伊哈米特人规模宏大的营地，它现在已经发生了彻底的改变——成了"幽灵之河"。

尽管在所有营地里，人们病的病，死的死，但带来"剧痛"的卡库米却并未生病，而且吃得很好，什么也不缺。当看到发生的一切，知道所有活着的人都认为他是罪魁祸首时，他心里竟油然升起一股无名的得意，为自己能主宰生死而骄傲。他从藏身之处走出来，像幽灵一样穿行在垂死者的帐篷之间，毫不畏惧地进入充满死尸恶臭的营地，随手拿走他想要的东西，连遗属放在新坟上留给死人的东西也不放过。他还带走了三个女人，没有遭遇任何挣扎，因为她们害怕这个男人，放弃了一切反抗的念头。他的妻子——在他走后去了卡库特营地——是第一批死于"剧痛"的人之一，这正中他的下怀。他对着新妻子们唱歌，颂扬魔鬼的力量，魔鬼就是他的"托恩拉克"。

那一年，正是20世纪之初，是伊哈米特人史上最不幸的一年。只要还有人生活在荒原上，这一年就不会被遗忘。然而，充满灾难的并不仅此一年，在接下来的几年里，灾难接二连三降临到那些从"剧痛"中幸存下来的伊哈米特人身上。

瘟疫横行后的第三年冬天，有五座冰屋曾建在小河"图勒玛利古厄克库"（Tulemaliguak Ku）沿岸，这条小河流入烟波浩渺的"肋骨堆湖"；但到了次年春天，五座冰屋都已空无一人，因为头年秋天驯鹿没有经过该地。据说，有个人在春天来临前到这里看望他的兄弟，却只见到亲人们的尸体散落在离冰屋很远的地方，衣不蔽体，冰冷僵硬。这种情况通常是人们出于无奈的一种选择，虽然看起来有些疯狂，却可以在饥饿和死亡之间搭起桥梁，让最后一步走得更加果绝：垂死的人脱光衣服，用尽余力跑进雪地，这样死亡可能来得更快，漫长的痛苦也就随之结束了。

年复一年，这样的悲剧在平原上不断上演。人们的住地彼此分散，一个营地经常对另一个深陷困境的营地毫不知情，因而不能及时施以援手，最后知道情况时往往为时已晚。

尽管多年来饥荒连连、瘟疫不断，伊哈米特人的数量仍然开始慢慢回升。若不是命运之神似乎对他们的复苏颇为生气，在之后的岁月里故意跟他们作对，他们极有可能在规模上赶上先前的势头。

卡库米没有再回贸易站，但他曾经的造访却没被遗忘。

商人们还惦记着他，他们想到荒原未经开发的财富，就像矿工想到深藏在大山中的丰富矿脉。于是，商人们开始向北进发。他们将贸易阵地慢慢移到荒原的边缘，终于与平原上的因纽特人恢复了联系。

在20世纪20年代，一群伊哈米特人追赶着驯鹿来到南方的森林边缘，到达商人最北边的前哨阵地。联系得以恢复并迅速加深，商人与伊哈米特人的贸易开始了。许多荒原人获得枪支，买到面粉和猪油。一时间，所有前往商人前哨站进行交易的人都不必再忍受饥荒之苦，但隐藏的饥饿和疾病犹在。他们与白人接触越多，疾病就越加肆虐。

第一次世界大战发生的前几年，白狐皮的价格迅速飙升。贸易公司尽其所能游说伊哈米特人全力猎取狐皮。接着，战争爆发，狐皮的价格随之下跌，荒原边境上的商人立即停止了贸易活动。白人商人突然撤离，枪支弹药突然断供，伊哈米特人与白人之间的短暂贸易宣告结束。

到了1926年，仅有三百名伊哈米特人幸存。小小的营地一个接一个地消失。年复一年，在遭受饥荒的营地，出生的孩子越来越少，新坟的数量却不断增加。年复一年，由于一次又一次没能战胜最严峻的挑战，幸存者生存的欲望和意志渐渐被击垮。

最后，在孤独的驱使下，少数几个活着的伊哈米特人聚集在"小山"脚下那片古老的腹地，苟延残喘。要命的孤独感压得人喘不过气来，就连卡库米也回到伊哈米特人世世代代生活的湖畔，在他亲手摧毁的族人残余营地几英里开外的地方安了家。

随后，在战后经济繁荣时期，白狐皮的价格在伦敦、蒙特利尔和纽约等城市再次上涨，这一次，价格飙升至历史新高。商人们又想起了那些生活在平原上的伊哈米特人，于是，他们再次回来。从1926年到1930年，在荒原的边缘，唯利是图的商人们在不同时期经营的贸易站点不下七个。商人们再次向伊哈米特人分发步枪、子弹、面粉和茶叶。再一次，这一小群幸存的伊哈米特人按照商人的意愿行事。

这一次的打击来得更快。商人们再次撤离，到1938年，伊哈米特人营地的幸存者已经不足一百名；到1947年，仅剩四十六人。

自卡库米从南方返回的那天起，这片土地就开启了不同以往的生死模式。在这段时间里，我们对伊哈米特人没有给予任何援助，对我们来说，他们连垃圾堆周围游荡的老鼠都不如——那些老鼠至少还能得到我们一点施舍。直到1947年，我们才真正开始着手调查或改善荒原地区普遍存在的悲惨状况。直到1947年，我们才开始采取切实可行的措施来阻止伊哈米特人营地不可避免的死亡结局。直到1950年，我们才开始真正尝试纠正我们的疏忽之失，但这一尝试却无疾而终。现在，幸存的伊哈米特人已不足四十人，在幸存的女性当中，能够为伊哈米特人开枝散叶的育龄妇女寥寥无几。尽管我们口口声声宣称，我们已做好准备要弥补自己曾经犯下的疏漏之罪，但事实上直到我写这本书时，我们对伊哈米特人仍然是说得多、做得少。

我不明白为什么我们迟迟未有行动。这绝不是因为我们不知道伊哈米特人的存在。受雇于加拿大政府的蒂勒尔，早在1894年就向我们提到过他们。商人开展贸易活动需要许可证，而许可证由政府签发，所以政府当局至少早在1912年就已知道伊哈米特人的存在。显然，住在海滨地区的许多白人和土著人也都听说过荒原上肆虐的天灾。早在1921年，一名在丘吉尔镇滨海地区传教的传教士就曾发出报道，称内陆地区仅一个冬天就有近五百名男人、女人和孩子丧生。但他的报道落入尘埃，无人问津。不，那些负责民生问题的人不可能对此毫不知情，尽管这些事实长期瞒过了世人的眼睛。

在"剧痛"发生之后的黑暗岁月里，荒原上的人们苦于应对的事情异常繁多，其中萨满卡库米就是个不小的难题。

在饥荒时期，卡库米从不缺食物、枪支和子弹。如果他碰巧缺肉，就赶着自己的狗群，闯进打到猎物的幸运儿的营地，径直拿走他想要的东西。没人敢反抗。对一个不属于这片土地，而来自为非作歹的妖魔鬼怪的世界的人，谁又能反抗得了呢？

尽管卡库米有好几个妻子，也被他喂得很好，却没人给他生下孩子。所以，当明白自己无法生养时，他终于体会到那种痛彻心扉的绝望。他为自己生殖器的无能感到痛苦，这痛苦又助长了他那魔鬼般的气焰。他甚至偷走别人家的孩子，假装他们是自己的孩子。有几次，饥饿难耐的人们来到卡库米的营地，放下尊严、强抑恐惧，向他索要肉食。但阿尔朱特的这个儿子对于"施惠"全无概念。这些遭到拒绝、饥肠辘辘的人，只好折返自己的营地，有的甚至饿死在回家的路上。一段时间后，没人再光顾卡库米的营地，他独自和妻子以及偷来的孩子生活在一起，活着的人全都惧怕他、憎恨他。

卡库米偷窃通常是为了取乐或出于需要，但有时也是蓄意为之。我听过这样一个故事：

有个叫昂加的人，为了弄到步枪和子弹，冬天出发去了海滨。作为伊哈米特人，他勇敢无畏又固执己见，不愿屈从于命运的安排。因此，他花了近两个月的时间完成了这次长途旅行，带回了一支步枪和两箱子弹。那个冬天，他的家人和"小山"脚下所有的家庭都获得了充足的肉食。然后有一天，卡库米赶着他的狗群来到昂加的住地，进了冰屋。屋里的人吓得挤作一团，卡库米二话不说，拿起那把珍贵的步枪，便消失在雪地茫茫的夜色之中。

第二天，昂加不顾妻子的恳求和邻居的劝告，出发前往卡库米湖岸。他发誓，不把步枪安全地放回自己的雪橇决不回来。

那天天色很暗，雪雾低低地笼罩在山峦上。一些人站在冰屋外，祝福昂加此行顺利，昂加带着他的狗群，很快便从这些人的视线中消失了。昂加的妻子哭了，她解开"图格莉"，让头发披散开来，就像哀悼死者那样。

春天来临时，人们找到了昂加。他的尸体躺在卡库米湖南端的一块岩石缝里，据说是被一个叫"派贾"的女恶魔所害。但是，有颗子弹穿过了他的胸骨。

那是我待在这片土地上的最后一年，最后的一段时间，卡库米成了我的常客。他相信人们见到他与我平起平坐，会增加他在伊哈米特人中的威望，也有助于加强他对族人的控制。于他而言，或许更重要的是，我们的财物令他心中的贪婪恶魔无法抗拒。有一天，奥霍托提醒我和安迪，由于我们所拥有的财富，我们恐怕逃不过恶魔派贾的掌控，随时都有送命的可能。可是，这话也不全对。尽管卡库米可能恨不得我们立即丧命，但他还缺乏杀死我们的勇气。

我并没拒绝他的拜访，部分原因是，我总是不可遏制地感到他身上散发出的深深的寒意；但主要原因在于，他是我了解伊哈米特人的一个窗口，可以为我提供丰富的故事来源。然而，在离开前的最后几周，我们拜访了他的营地，在那里的所见改变了我和老卡库米的关系。

他有两座帐篷，一座是他自己和一个年轻的妻子住，另一座是一个年老的妻子和两个收养或——不，偷来的孩子住。两座帐篷都很大，但很脏，而且破旧不堪。我们被邀请进了主帐篷，里面的东西多得令人难以置信，好像我们在荒原腹地发现了一个从天而降的当铺。这里堆满了白人的货物，锈迹斑斑，毫无用处。至少有十几支步枪和猎枪的零件，除了一两支仍在使用之外，全都锈得不成样子。还有无数的锡罐，一个废旧的铸铁炉子（炉顶和炉底已经脱落），一些装不住水的锡铁桶，几盒金属废料和衣物，一个古老的爱迪生留声机（还有个圆形的唱片），以及长满锈的破烂工具和无穷多的其他东西，由于年深日久，疏于料理，大多数已经毁坏。此外还有一大堆伊哈米特人自制的工具、武器，甚至玩具。

我很震惊，因为眼前所见已不能称之为一个人的物资，而相当于整个族群的财富，堆在那里腐烂、化作尘埃，却只为满足一个人贪婪的占有欲。然而，这些物资大部分本该发挥作用，帮助伊哈米特人减缓走向灭亡的步伐，却被闲置浪费。卡库米的帐篷装满了整个族群的财富，但毫无用处；而其他帐篷内却静默无声，空无一人。

几星期后，卡库米到温迪棚屋来看我。他知道我们很快就要离开，想说服我们留下一些东西给他。见到他，我很不高兴，他贪婪成性，已到了不可理喻的地步，这让我感到厌恶。正是这种贪婪，使他不惜掠夺自己的族人，连死人都不放过。我命令他走开，并直截了当地告诉他不要再到我们的棚屋来。我当着其他伊哈米特人的面对卡库米说出了这些话，这对他的威望肯定是狠狠的打击。然而，他只是走回几百码外他自己的临时帐篷里，一直待在那儿。同时，我们离开前的准备工作也结束了。

可是，在离开前的最后一天，我开始从另一个更清晰的视角去观察卡库米。最后，我终于明白这场悲剧背后隐藏的一些东西——这些东西部分地解释了这个人身上显而易见的恶意。我不再愤怒，甚至心底生出一种意想不到的怜悯。卡库米曾被邪恶紧紧罩住，那邪恶就像斗篷一样密不透风。如今，这件斗篷破烂不堪，让我看到他长久以来遭遇的灾难。因此，我去了他的营地，从他临别的话语中，我明白了自己早该想到的事情。

在昏暗的帐篷中，卡库米蹲坐在他的睡袍上。当他终于开口说话时，却转过头去不看我，眼睛盯着从帐篷缝隙透进来的一道白光。他谈到伊哈米特人曾经人口众多、幸福美好的生活，声音粗野、强硬。然后他面对着我：

"现在，你们白人倒是看看，我的族人在哪里？你们沿'人类之河'顺流而下的时候，难道没有看见我的族人吗？难道你们没有看见遍地都是死人的坟墓，多得像平原上冒出的小山包吗？难道你没有听到我的族人谈论他们如何惨死的声音吗？

"那些鬼魂老是说起白人'卡布卢奈特人'，说他们拥有世上的一切，却贪得无厌，连我们赖以为生的驯鹿都要赶走，只给我们留下胸口的'剧痛'，直至死去！

"你们富有！你们白人的确富有！你们不缺茶叶、枪支和子弹，比起我的族人，你们简直富上了天。可是，我们同样富有！我们富有坟墓，富有鬼魂——这些全都拜你们所赐！"

　　这是我从阿尔朱特的儿子嘴里听到的最后一番话。直到那时，我才理解藏在卡库米背后的恶魔的全部力量，也才明白他也只是被恶魔深深欺骗的受害者。我离开他的帐篷，明白了一件事——也许也是这个老人自己永远都想不明白的一件事：他只是受了狡诈的恶魔的蛊惑——而将这个恶魔带至这片土地，并将之作为礼物深植于这个伊哈米特人的灵魂和肉体里的，正是我们白人。

十四、石人与死人

1948年6月底，最后一批掉队的驯鹿离开温迪河流域，结束了它们的春季迁徙，安迪的驯鹿研究也因此暂时告一段落。我们决定追随鹿群进入北部荒原，选择了昂格库尼湖（Kumanik Angkuni，意为"大湖"）[1]作为目的地。昂格库尼湖位于"人类之河"下游的中部，我们选择它，主要出于两点考虑。首先，据伊哈米特人所说，那里曾是最大的鹿群聚集地，安迪将会受益颇多。其次，它是内陆平原的腹地，对于我继续研究内陆人民的历史是个不可多得的基地。

蒂勒尔是到过昂格库尼湖的第一个白人，自1894年他造访该地以来，只有两三个白人到过那里。它弯弯曲曲的湖岸线在地图上还没有明确绘制出来。我认为它至少有四十英里长，但没人知道它到底有多大。

---

[1] 现在地图上标注的是"昂吉库尼"（Angikuni），我用的是因纽特人最初的命名。——原注

蒂勒尔当年经过大湖的时候，看到了一个因纽特人营地，可能有两百多人——这还只是沿岸众多营地中的一个，但他没有停留拜访。从赫克沃和奥霍托告诉我的故事中，我了解到，在20世纪初，昂格库尼湖畔可能有整个北极地区已知的最大的因纽特人营地群；现在，那些营地都空空如也，不再有人居住。但我还是希望去看一看，说不定能帮我解开伊哈米特人昔日生活的许多未解之谜。

奥霍托犹豫了很久才同意作为向导陪同我们前往，但在计划这次行程时，他的心情矛盾又复杂。三十多年来，没有任何伊哈米特人到过大湖，也没人敢沿"人类之河"顺流而下。因为那片水域沿岸已经见不到活人搭起的帐篷，只有低矮的坟墓和躁动不安的灵魂。奥霍托和他死去的父亲埃莱图特纳都出生在昂格库尼湖畔部落最大的一个营地。因此，他在青少年时代觉得这片土地特别亲切，曾被它深深吸引，但同时对这片死亡之地和亡灵之地又心怀恐惧，不敢靠近。

大湖之上的河流，长达两百英里，但景色极为单一，不外乎坟墓、急流和瀑布，若对其着墨过多，势必枯燥乏味。因此，关于这次旅行，我将略过其他，从我们造访昂格库尼湖的那天开始说起。奥霍托那天一直站在船头，当他认出名山基内图厄（Kinetua）——挺立于湖泊西边的那座巍峨大山时，我们知道我们的目的地到了——至少从地域上来说如此。我们向着基内图厄前行，进入乱石林立的峡谷时，汹涌的河水愤怒地掀起巨浪，我们的独木舟像醉汉一般，左右摇晃。最后，湍急的河水逐渐趋于平缓，停止了对我们的猛烈攻击，低吼声也随之停了下来。

进入基内图厄湾，水流开始下沉，湖水失去汹涌之势。巍然的基内图厄耸立在我们眼前，挡住了落日的余晖，我们只能在山的阴影里前行。遥远的北岸，落日投下一抹黄色的光芒，清晰地照在基内图厄米特人（Kinetuamiut）——伊哈米特人的昂格库尼湖畔部落——的古老营地上。昂格库尼湖畔，绿色的群山绵延起伏，一直延伸至我们前方的地平线。独木舟在平静的水面上缓慢行进。这样广袤的天地里，除了我们三个外来人员和一只白翼海鸥，再无其他任何活物、任何动静。基内图厄米特人早已消失在历史长河里，再也找不到一个活人。然而，这片土地并不像它表面上看起来那般荒凉。

我们在基内图厄山脚下靠岸，开始爬山。随着地势攀升，坡度越来越缓，我们一直爬上巨崖之巅。从山顶上，我们举目远眺，看到了河水漫过的片片泥沼地、连绵的山脊、蛇形丘陵和星罗棋布的小湖，最远可以看到大湖南端波光粼粼的湖湾。眼前是一片死寂的土地——但算不上荒凉，因为我们很快发现周围矗立着一个个人影，一动不动。

它们是人，但是石头人！扁平的石块颤颤巍巍地垒叠在一起，形成无欲无求的小石柱，遍及每个小山冈、每个湖畔和河岸。伊哈米特先民创造了它们，并将其命名为"伊努克休克"（Inukshuk，石人），多年以来，它们一直挺立在那里。这些渺小的纪念碑，孤独地守护着这片旷野，似乎终有一天会倒向脚下沉默不语的乱石坡。然而，它们不会倒下，会一直矗立，亘古不变，傲视寒冬的狂风和岁月的无情变迁。尽管它们面目模糊，却具备人的基本特征，看起来和人类如此神似。这些不成形的东西倒比我们博物馆里那些目光冷漠的雕像更为真实，更为活灵活现。塑造它们不是为了保留鲜活的记忆，也不是为了表达雕塑家手中暗藏的激情。伊努克休克之所以被创造出来，是为了守护活人，帮助人类对抗无限的孤寂。

当第一个人来到此地，忐忑不安地探索着周围这片未知领域时，在冒险深入前方的地域以前，他在某座小山上稍作停留，垒起了一个伊努克休克。然后，他向着茫茫无际的远方继续前行，只要回头还能看见越变越小的石人，他就觉得自己和熟知的世界还保持着一丝若有若无的联系。在身后的石人身影完全消失之前，旅行者停下来垒起另一个伊努克休克。于是，一个接一个，直到他结束旅程返回，或者不再需要借助石人把自己与现实世界联系在一起为止。伊努克休克不像大多数白人想象的那样只是简单的地标，或只是路标。实际上，它们是——过去是，现在仍然是——人类的守护神，使人类在浩渺无垠的宇宙无形的威胁下免于失狂。就像现在，我们站在基内图厄的顶峰举目远眺，看到这些无生命的石人站在那里，心里也倍感安慰。

凝望着昂格库尼湖畔群山上这些一动不动的石人哨兵，

我们三人沉默了很久。天色渐渐暗了下来，脚下的湖湾一片平静，这时，奥霍托的声音打断了我们的思绪。

"就是这里，"他说，"我父亲曾在这里搭起营地。如果他现在来到我的身边，如果我再次听到他那已经沉寂了两个冬天的声音，那也一点都不奇怪。"

后来，他信口说出的预言竟然应验了——但这个傍晚，我和安迪并没把他的话放在心上。随后，我们下山，划船经过基内图厄湖湾，在北岸倾斜的沙洲上搭起帐篷。那天晚上，我和安迪尽管筋疲力尽，但都没怎么休息。有好几个小时，我们躺在那里，毫无睡意，听着奥霍托的声音——他坐在帐篷外茫茫的夜色之中，用尖细的嗓音哼着悼念亡人的凄凉曲调。

第二天早晨，轻快又清新的微风吹进我们小小的旅行帐篷，头天晚上的忧伤气氛随之烟消云散。我站在帐篷外面，看着灿烂的阳光下这片广袤的山野美景，真是清雅脱俗。向北望去，座座光秃秃的雄伟山峰与白茫茫的天际相连，染上一抹若有若无的浅蓝。当风吹过山谷，越过遥远的山顶时，柔和的地衣和沼泽中密布的芳草随风而动，似乎焕发出新的活力。风给这块死气沉沉的土地带来了生机，风一来，孤独就被赶走了。

在我们的营地下方，昂格库尼湖清澈见底的湖面，在微风的轻拂下泛着波光，湖水如涨潮的海水般，涌向南边一条若隐若现的山脊。我们脚下，一条低洼而宽阔的地峡穿过湖面，消失在明亮的远方。

没有树，也没有其他参差不齐、朝向天空的物体破坏大地平滑的轮廓——波浪起伏的地形连绵不绝。但在一些荫蔽的幽谷里，却隐藏着几片"小森林"，每片"小森林"都由十来棵瘦骨嶙峋的云杉组成，却没有一棵高过一码。这些其貌不扬的可怜小树昂首向上，长到与浅浅的山谷齐平的地方，就被狂风拦腰斩断。由于顶部有无形的空气屏障阻挡，它们只能横向伸展，像是生长在玻璃下面。

风是这片土地的主人，但我们因为它的存在而心怀感恩。只要风一吹，黑压压的蚊蝇就只能躲在地衣下，无力发起进攻。很幸运，我们在昂格库尼湖畔吃的第一顿早餐没有受到蚊蝇打扰。随后，我们借着风势外出探索。奥霍托第一个离开营地，向内陆走去，说是去查看驯鹿的粪便以寻找它们的踪迹。我懒洋洋地看着他渐行渐远，身影慢慢变小，然后停了下来。我举起双筒望远镜，看到他在山脊上垒起一小堆石头。片刻工夫，石人堆成，奥霍托消失在高地后面，留下又一个伊努克休克站在荒原的天空下。

我们随身带了一份蒂勒尔绘制的草图，那是当时唯一标注了昂格库尼湖的地图。安迪看到一些死了很久的驯鹿，便去查看并测量鹿角。我沿着基内图厄湖湾的岸边前行，寻找蒂勒尔五十年前见过并记录下来的因纽特人营地。我走了半英里，来到一个岩石密集之地，这是蒂勒尔地图上标示的"埃尼塔营地",纸上的三个小三角表明,在蒂勒尔时代,这里曾有三座帐篷。

我环顾四周,终于发现三圈圆石,半埋在苔藓和地衣中。我走进其中一个帐篷圈(围成圈的圆石,用来固定帐篷底座,故名)的中心,发现了炉膛,里面有一堆烧黑的余烬,看起来像刚熄灭的一样,吓了我一跳。一时间,我差点以为这个营地昨天才被遗弃,它的主人随时都可能回来。我抬起头,在泛着银光的水面上搜寻,但没有一丝动静,幻象消失了。

这时我才记起,荒原上的一切几乎跟衰败和腐烂都不沾边。在这个风和日丽的世界,木料和骨头之类的东西似乎都能神奇地保持不朽。因此,半个世纪之后,它们仍然保持着最初的样子。我特别清楚地记得,我曾在森林以北约三百英里的地方——桦树生长的极限之地——发现了一卷桦树皮。那卷桦树皮原本应该是用来修复印第安人的某种独木舟的,却在那里目睹人们遭遇饥荒,至少经历了三代人。我发现它时,它仍然完好无损,一点都没腐坏。这种经久不腐的状况,对于要探寻遥远时代印迹的人至关重要。荒原地区,住帐篷和冰屋的人们留下的痕迹过少,不足以拼凑出他们的过去,但由于物质不会分解这一优势,剩下的东西尽管少,却被奇迹般完好地保存下来,用清晰的语言讲述着自己的故事。

我更加仔细地查看埃尼塔营地,发现了一个人的部分头骨，躺在一堆粗糙的黑发上。这堆毛发曾经保护主人的头骨免受冰雪的侵蚀和阳光的暴晒，现在则保护它经受住岁月的洗礼。附近没有坟墓，所以，头骨在向人们表明，当死神降临这个营地的时候，没人幸免于难，因此没人留下来执行法规——人死后必须要予以厚葬。还有进一步的证据表明悲剧发生得太突然——旁边就是曾经支起帐篷的珍贵木柱。帐篷布早已不见，进了老鼠和狼獾的肚子，但柱子还在。在这片土地上，全靠"小木柱"撑起帐篷，帐篷的支柱永远不会被遗弃，除非没人活下来继续使用它。

圆石圈内浓密的苔藓下也掩藏了其他一些东西：一个铜鱼钩，一个麝牛角瓢，还有一个白人曾用来卷线的木线轴。只有线轴属于我们这个时代，可能是蒂勒尔留给当时在基内图厄山下欢迎他的柯亚克船队的礼物之一。我发现的这些东西，全都默不作声，却在我的脑海里激荡起阵阵回音。它们向我诉说，埃尼塔营地在白人首次造访之后不久、商人的货物在这片土地上尚未普及之时，便遭遇了死神袭击。那个被阳光晒得发白的木头线柱以及种种工具的残片，无一不在告诉我，谁是夺去埃内塔营地人们性命的罪魁祸首。我知道，卡库米带回"剧痛"，是在蒂勒尔造访这片土地后还不到二十年，那时因纽特人还没有在荒原边境遇见过商人。

我离开埃尼塔营地，沿着西岸向前走去，经过一排排伊努克休克，那是孩子们玩耍时垒起来的——亡人之手堆起来的小作品，看着令人痛心。随后，我来到一个背靠巨崖的浅水湾。在这个隐秘之地，我发现一片柔软的绿色洼地，一直延伸至我在大湖上见过的唯一沙滩。那是一片绿洲，温暖又舒适。在那片绿草如茵的草地上，我发现了由一圈圈帐篷圆石组成的巨大营地。

周围大约散布着三十个帐篷圈，在人们在此扎营生活的最后时间里，其中至少有十八个仍在使用。像埃尼塔营地一样，这里也是突然遭到了遗弃。我在帐篷圈里里外外发现了奥霍托的族人用过的各种物品：这里有一个从女人头发上掉落的"图格莉"——一种宝贵的头饰，弃置在青苔中；那里有一段残弓，古老的弓弦依然弹性良好；附近有个石头肉窖，里面堆满了鹿骨和鹿毛——那是还未来得及食用的鹿肉腐烂后留下的。离沙滩较远的地方，还有倒立的巨大方形块石，冬季闲置下来的柯亚克就放在上面，以免被饿狗咬坏。柯克亚没有被狗发现，但已饱受岁月侵蚀——小船纤细的骨架依然完好无损，外皮却已消失不见，只剩下裸露的框架，像是纤弱、灵巧、肉被剥光的野兽。

行走在这些不明原因的悲剧留下的阴森可怖的遗迹之间，似乎阳光照射下的草地都变得阴暗了。我好像听到了那不幸的故事在回响，耳朵里充满含混不清的嘈杂声音，拼命想告诉我在这个可爱的隐秘之地曾经发生的事情。这些声音说，复仇女神袭击了这个营地，她来势汹汹、野蛮残忍，人们匆匆逃命，来不及带上自己最心爱的宝贝。但是，他们逃脱了吗？是什么样的恐惧让一个女人对这个精心雕琢的

十四、石人与死人

肉盘——一件经久耐用的宝物——弃之不顾，任其经受夏日阳光的暴晒而发白、碎裂呢？柯亚克和冬季雪橇都被弃置在营地，男人们又是如何逃走的呢？

在这个营地最后的岁月里，一定人数众多，因为帐篷都很宽敞，其中多数帐篷底座直径可达二十英尺——伊哈米特人现在的帐篷大多都是矮小的锥形帐篷，只有它们一半大小，通常住着七八口人，或者更多。昂格库尼湖畔的大帐篷，每座应该可以住下十二人，而且还很宽松自在。估算下来，生活在这个营地的人可能达到上百人，但他们似乎都离奇地失踪了。是的，失踪了——那么他们去了哪里呢？

我很快找到了问题的答案。在营地背后几百英尺的地方，有一块露出地面的黑色岩石，我在这里找到了那些人。他们各自躺在一个个圆顶的石头墓穴里——他们的长眠之地，周围放着一些他们生前用过的工具。因为空间有限，这些墓穴拥挤不堪，许多还重叠在一起，有些还要容纳多个亡灵。在一个地方，我数了一下，共有三十七个墓穴，都是在同一时间仓促建成的，或者修建时间仅隔几周。这些匆匆建起的墓穴结构简单，死者身边的工具匮乏——这些都表明死亡来得太过突然，没有时间举行隆重的仪式。很明显，整个家族同时灭亡，寥寥几样工具和武器要分配给家族众多的亡灵就显得不足，因为前往凯拉——天空之神的世界，要带好工具和武器以备不时之需。

趁着还没被恐惧击垮，我继续着进一步的搜寻。在主墓地的一边，我发现另一个地方，那里的死者没有得到应有的安葬，恐怕正是日渐减少的幸存者。他们惶恐不安，放弃了一切努力和挣扎。他们的尸骨就躺在苔藓中挖出的浅坑里，也没人费心为这些亡灵提供其永恒之旅中需要的工具。当这些赤条条的人被埋葬的时候，恐惧一定达到了顶点，而那时整个营地必定已几乎空无一人。如果有人还活着，随着坟墓的增加，他早就该搬走了——不能在死者安息之地搭建帐篷，这是荒原上一条亘古不变的法规，死者已经完全占据了这个地方，营地就得交给他们了。所以即便有少数幸存的基内图厄米特人，也一定会设法逃离这里。

在我离开营地之前，死者向我诉说了他们遭遇的恐惧。虽然除了尖厉刺耳的呼呼风声之外没别的声音，但那样说出的话我完全不会误解。我知道基内图厄米特人是怎么死的，不是因为饥荒——许多坟墓上都有鹿肉作为陪葬品；也不是因为暴力——死者的尸骨都完好无缺，没有任何伤痕。他们会死是因为收到了我们的"礼物"——卡库米故事中的"剧痛"。

我想，或许会有几个人幸运地逃脱了；但他们去了哪里，最终命运又如何呢？

离开洒满阳光的草地，我踏上向内陆延伸的褐色平原。在那里，我再次找到了问题的答案。离湖岸几英里的地方，我偶然发现一个小帐篷圈，仅由六块石头组成，估计连最简便的栖身之所都难以支撑。圈内赫然躺着一个因恐惧而逃离至此的人，狼獾按它的方式给他举行了葬礼。在随后的一英里范围内，我还发现两处岩缝，人的身体被草草地塞进去，也许是为了防止日晒雨淋和野兽的袭击。这些逃离了基内图厄山下湖畔营地的人，最终还是没能逃过死神的魔掌。

我走回湖岸，沿岸边走到河口，走了十英里。这一路上，我发现了另外三个大营地，人们同样死于那场瘟疫。除此之外，还有一个古老的墓地，显然早在"剧痛"到来之前就已存在。在那里，我见识了正常情况下基内图厄米特人如何照料死者——只要死神没有临近，只要时间充裕，他们就会精心料理死者的后事。一根灰色长杆作为坟堆的标志，坟顶用死者的冬季长雪橇搭成。入口整齐地码上石头，盖上柳枝。整座墓穴搭建颇具匠心，几乎保存完好。墓旁有梭镖、雪刀、弓钻、弓箭和一盏石灯——里面放着五根制作精良的石灯管，还有许多其他必需品。这表明死者离开这个世界时，已做好充分准备面对下一个世界。这个坟墓宁静安详，与发生瘟疫的营地附近的坟墓形成鲜明的对比。

转身返回时，我发现自己脚步匆匆，近乎歇斯底里地渴望再次见到活人。回营的最后几码地，我几乎跑了起来，奥霍托向我打招呼时，我对这个因纽特人报以热情的回应，吓了他一跳。奥霍托告诉我，他没有发现驯鹿，但在这片土地的北方，有一条驯鹿踩出的壮观大道。这样的安慰不顶用，我们原本期望在昂格库尼湖畔找到驯鹿，还指望着储备一些鹿肉，以便深入西北未知的地域继续探索。我们从温迪营地带来的食物快要吃光了，不敢贸然出发去更偏远的荒原——在那里，驯鹿恐怕永远不会现身。

因此，我们开始了百无聊赖的等待，一天又一天，一周又一周，尽量耐心地等着驯鹿的到来。可是，成群结队的蚊蝇很快耗尽了我们的耐心。它们也在如饥似渴地等着鹿群的到来，驯鹿没有来，我们就成了替代品。一连几天，我们三人被迫待在帐篷内，密密麻麻的蚊子和黑蝇挂在蚊帐外面，像活动的挂毯一样。我们躲进蚊帐里，逃过了部分嗜血蚊蝇的攻击，但还得忍受其他折磨。因为太阳毫不留情，帐篷罩住的小团空气缺乏流动，闷热难耐，连桶里的水都烫得出奇。那样的日子苦不堪言。不过，或许三天中有一天会刮起大风，于是，就像被谁施了仁慈的魔法一样，蚊蝇消失了，我们的禁足也得以暂时解除。一个有风的日子，我沿着昂格库尼湖岸闲逛了近二十英里，寻找活物的踪迹，结果既没看见鸟，也没看见野兽。另一天，我在一片洼地吓跑了一窝半大的松鸡。还有一次，我看见一支矛隼巨大的黑影，张着灰色翅膀低低地掠过山顶，尖叫一声就迅速消失了。但是，我一直没有看到驯鹿、北极野兔、地松鼠、狐狸或其他鸟类。

尽管空寂无人、空无一物，昂格库尼平原却给了我一份难得的礼物，那就是与奥霍托长谈的机会。因为我们实在过得百无聊赖，奥霍托也变得喋喋不休，而我机智地抓住了这个天赐良机。

　　　　十四、石人与死人

一天黄昏前，刮起了一阵猛烈的南风，奥霍托和我满怀感激地从牢笼般的帐篷脱身，爬上一座山顶，目光越过遥远的平原，搜寻鹿群的身影。跟往常一样，我们没有看到驯鹿。但那是个愉快的傍晚，我们就坐在山顶的碎石之间，抽着烟，等待残阳从视线中消失。然后，奥霍托向我讲起了伊哈米特人的起源和早期的生活。

"过去的情况跟你现在所见的不一样……"奥霍托开始说道，然后停下来，猛地深吸一口烟……

　　起初，天空中没有太阳。在那远古时代，大地温暖而干燥，地上没有积雪也没有雨水。灰色天空中的雷神"凯拉"知道，给大地带来生命的时辰已到。

　　首先，凯拉造出野兔和松鸡，带它们穿过黑暗来到地面上，令它们繁殖，直到足迹遍及隐秘黑暗世界里所有的山峦和峡谷。于是松鸡和野兔走进黑暗，照着吩咐去做了。

　　等到它们数量众多，凯拉看到它们庞大的群体，知道大地已经做好准备，于是带来第一个女人和第一个男人，将他们送至已准备好迎接他们的凡世。

　　凯拉不用眼睛即可明辨事物，黑暗或光亮对他毫无影响；但是，他忘了人在黑暗中什么也看不见。的确，男人什么也看不见。他俩只得忍饥挨饿，尽管遍地都是野兔和松鸡，这第一个猎人却什么也看不见，无法捕猎。

于是，女人站在高处，大声呼唤凯拉，寻求他的帮助。凯拉听见了，便把火送进黑暗，他们就有了光亮可以照明，也有了热源可以做饭。

女人的任务就是让火持续燃烧，因为这是凯拉送给她的礼物。男人把食指扎进炭火，变成燃烧的火把。于是，第一个男人举着火把照亮路途，在山上转悠，野兔和松鸡纷纷落入囊中。

就这样，这对男女每天吃饱喝足，平静地过了很长一段日子。后来，野兔和松鸡对猎人的火把越来越警惕，时常逃到地下或飞到空中。这对男女又开始挨饿了。女人又一次站上高山，大声哭诉她的痛苦，凯拉再次倾听了她的哭求并回应了她。凯拉让她在地上挖一个深不见底的大洞。

洞挖好后，凯拉吩咐女人用野兔的筋腱编制一条结实的绳索，将松鸡的翼骨磨成锋利的钓钩，女人按照凯拉的吩咐做了。

随后，凯拉吩咐女人将钓钩和绳子伸进挖好的深洞里先练练手。女人坐在洞旁，紧握绳子的一头，而男人站在旁边，将火把的光亮投进洞里。很快，钓绳突然被猛拉了一下。女人赶紧拉起绳子，从地底下拖出了第一只狼。但狼是食肉动物，不是给人吃的。女人便把它放开，吩咐它大量繁殖。狼听到女人的话，照做了。

　　女人一次又一次地把钓钩扔进洞里，每当有重物被钩住，她就把钩子拉上来。这样，她钓起了陆上所有的野兽：白狼"阿莫"（Amow），灰狼獾"卡克威克"（Kakwik），大棕熊"阿克拉"（Akla），红毛松鼠"希基克"（Hikik），卷毛麝牛"奥明穆克"（Omingmuk），以及世界上游走的其他所有野兽。然而，这些都不是女人想要的。她对每种动物都讲了对狼说的那番话，便把它们一个接一个都放了，然后把绳子又放下去。

　　陆地走兽钓上来后，她又钓到了空中飞鸟：大白鹅"廷米"（Tingmea）、长尾鸭"尤-尤尔尼克"（U-ulnik），以及所有较小的飞鸟。但这些仍然不是女人想要的，所以她对它们说了同一番话后，把它们放回黑暗中。

　　继空中飞鸟之后，女人钓到的是水中鱼类：红鳟鱼"伊奇洛阿"（Ichloa）、柔软的胭脂鱼"阿特纽"（Atnju）和所有较小的鱼类。但这些东西中还是没有一样是女人想要的，所以她对它们说了同一番话后，把它们放进湖泊和河流中。

　　现在，深洞里不再有新的重物上钩，男人对守候在洞边也渐感厌倦。他宁愿睡觉歇息，现在世间猎物种类多样，他很满足。女人就责备他，因为她和她后来的众多女儿一样固执——一定要钓到令自己中意的东西才肯罢休。

我们不知道女人在洞口逗留了多久，那时没有冬夏季节变换，也没有日夜更替。最后，绳子猛地一沉，差点从女人手里脱落。男人跳起来帮她，他们一起合力把腱绳从坑里拉了出来。这场拉扯战耗时费力，然而，男人和女人赢了，他们终于看到了"图克图"的王者鹿角——那可是第一头驯鹿啊！

女人高兴地叫出了声，她扔掉钩子，深洞闭合，随即消失。于是，女人对第一只驯鹿说：

"你到这片土地上去，迅速繁殖，让你的后代和其他生活在水里、陆地和空中的动物一样多。在未来的日子，我和我的子孙以及子孙的子孙，祖祖辈辈都将以你和你的同类为生。"

第一只驯鹿听了，用心记住了女人的话，于是，驯鹿变得遍地都是……

奥霍托讲完这个故事后，我们不约而同地向广阔的地峡望去，看见砾石堆和地衣上驯鹿走过时留下的条条路径。路径之多，像一张密不透风的网覆盖在大地上，不留一丝缝隙。我们静静地看着，最后，我问道："第一个女人和她的男人后来怎么样了？"

（奥霍托继续说道：）

我不知道第一对男女在黑暗世界里生活了多久。

只知道尽管驯鹿充裕，饥饿已经消除，男人的生殖器依旧干枯没有活力，女人的子宫仍然空空如也，像古老的头骨。要不是因为赐予新生命的"赫肯尤克"（Hekenjuk）——太阳出现，生活也许会一直这样继续下去。

赫肯尤克来到我们这里，是由于很久以前狼和狼獾之间展开的一场殊死大战。

在这片土地上的所有野兽中，狼獾"卡克威克"最强壮，也最狡猾，很快学会了在黑暗中猎食；可是狼"阿莫"永远也学不会，它瞎闯乱撞追赶驯鹿的时候常常撞到石头上，驯鹿一边嘲笑它，一边趁机跑掉。

在那些岁月里，卡克威克和阿莫共同生活在一个岩石的深洞里。有一次，它们在洞穴后面刨土的时候，碰巧发现了赫肯尤克明亮的面孔——凯拉最初将他埋葬于此。

阿莫开心地喊道："我们把太阳解救出来吧，这样黑暗中就有了光明，我就能看见了，猎杀时我也能大展身手啦！"但卡克威克可不希望狼变得猎技高超，他不赞成狼的做法，就把泥土踢回去，再次盖住太阳那闪闪发光的脸。

这就是战争的开端。那时候，所有动物和人类说同样的语言，它们交恶的时候，只用语言打嘴仗。卡克威克和第一只狼打斗的声音在周围的山丘上回荡，响亮如雷。阿莫聪明伶俐，卡克威克更是伶牙俐齿；最后，阿莫被打败，逃回了山洞，而卡克威克外出打猎去了。

卡克威克离开后，阿莫很快找到赫肯尤克，把它从岩石中放了出来。火红的太阳升上了黑沉沉的天空，黑暗消失了。卡克威克大发雷霆，高挂天空的赫肯尤克也吓得瑟瑟发抖；为了平息狼獾的怒气，太阳同意每天躲起来一段时间。于是大地上就有了日夜的变化。

太阳的出现也带来季节的变换。夏天狩猎不难，阿莫变得更强壮，所以白天也更长；但是，冬天猎鹿困难，卡克威克更强壮，太阳就必须更长时间地隐藏起来，所以白天很短。

然而，凯拉看到赫肯尤克在他毫不知情的情况下被放出来，勃然大怒。他撞击闪电划破长空，刮起暴风席卷大地。天空的愤怒如急流滩下的泡沫，"尼佩洛"（Nipello）——雨首先降落下来，"阿皮尤特"（Aput）和"希科"（Hiko）——雪和冰紧跟其后，还有绵绵冬夜肆虐横行的暴风雪。

正是由于上述事件的发生，凯拉至今都被人们称为"天气之神"。他的愤怒一直都在，我们的世界不过是他愤怒时任意揉捏的玩具。

奥霍托再次停了下来。傍晚的天空中，凯拉的怒气犹

十四、石人与死人

如茫茫黑夜正在加深，太阳在他面前敛起光芒，消失在愤怒的乌云背后。乌云像滚滚浓烟从地平线上喷涌而出，在苍穹之上蔓延开来。接着，在暴风雨笼罩下的山头某个地方，一只白狼发出阵阵悲鸣，回声在湖面上激荡，就像第一只狼为失去太阳而哀号一样。奥霍托接着讲述故事时，长长的回声破碎，消散了。

过了些日子，由于"生命赐予者"赫肯尤克的到来，女人的肚腹渐渐隆起，男人的生殖器充满精子。女人终于生下孩子——但不是人，而是狗！

女人的子宫孕育出一窝一窝的狗崽。好在那个时代，万物和人说着同一种语言，万物皆兄弟，狗也是人的兄弟。

在那些日子里，这对男女住在西边一个遥远的营地，旁边是一个广阔的内陆海。女人没完没了地生养。不久，这个淡水海滨的营地就挤满了女人生下的狗孩子。最后，狗孩子数量实在太多了，男人已找不到足够的食物喂饱它们。他渐渐厌倦了，就连它们的母亲——女人也渐渐厌倦了。于是有一天，她脱下鹿皮靴子，往里吹了一口气，用魔法把它变成了一艘大船。她把船放到淡水海里，又将她生下的大多数狗孩子放在船上。北风吹来，女人把船推开，风把船吹向南方，渐渐消失在她的视线中。

船继续向南飘行，经过我们的土地，进入茂密的森林腹地。船在那里进入河口，搁浅在沙滩上。

船上的许多狗都饿坏了，又晕船，所以一些狗游到岸边，进入森林。从此，它们就地定居下来，后来成了"伊特基利特人"——印第安人。

但是从北方吹来的风并没有停息。最后，船离开浅滩，继续向南漂去。没人知道它漂了多远，当它终于停下来的时候，其余的狗进入一片陌生的土地。在那里，它们成为"卡布卢奈特人"，就是你和你的同类的祖先。

当然，并不是所有的狗都被放进船里送走了，有些狗留在内陆海的营地，成了女人的宠儿。后来他们成了我和我的同胞的祖先，也就是最早的因纽特人，即第一批荒原人。

奥霍托话音刚落，天空便阴沉下来，大湖上空一片昏暗，狂风发出的怒吼盖过了远处狼的嗥叫。

我们脚下的湖岸，坚硬多石，荒凉孤寂，都曾是因纽特人的古老营地；它们此刻静默无声，就像这片土地上的亡灵一样。我隐约可以看见那些标记帐篷位置的圆石圈，中间的地衣已经长得老高。在圆石圈外，在山脊斜坡上，被冰霜冻裂的岩石像经历地震破坏而倒下的墓碑，那里是因纽特人长眠的地方。

岩石表面耸起的一座座小石丘，就像大地骨架上一个个灰色的疖子。沿着黑漆漆的海滨，一座座小石丘拔地而起，每一个下面都睡着女人的一个儿子，身旁放着他在世时使用过的工具。

十五、闯入无人之境

在随后的日子里，昂格库尼湖畔还是没有驯鹿的踪迹。在焦躁不安地等着它们到来的同时，我趁着刮风天的空闲，好好在湖泊北面的高原上搜索了几日。在砾石堆积的山脊上的许多地方，我找到了那些死者留下的更多遗迹。有一天，我捡到一块形状奇特的木头残片，我让奥霍托辨认，他说那是弩的残片。

这个发现令我异常惊讶。据我所知，因纽特人并没有使用过弩这种武器。我向奥霍托进一步追问，他告诉我，上一辈伊哈米特人经常用弹性麝牛角来制作弩，广泛地用来猎杀驯鹿。在昂格库尼湖边发现的弩残片也恰好证实了他的话。直到现在，伊哈米特人偶尔还会用云杉给孩子们制作弩，用来猎杀松鸡和其他小动物。

毋庸置疑，弩和伊哈米特人一样古老。但我好奇的是，制作这种武器的技术，他们是从哪里学来的？是从遥远的亚洲大草原学来的吗？如果是，为什么这门技术已经被其他因纽特人遗忘，而唯独伊哈米特人保留下来了呢？

伊哈米特人的远古历史笼罩着神秘色彩，奥霍托给我讲过他们的起源传说，那些故事也正暗示了这种神秘本质。奥霍托提到的第一个女人居住的神奇内陆海，可能指的正是我们熟知的大熊湖（Great Bear Lake）。伊哈米特人的许多民间传说都表明，大熊地区曾是他们的家园，而且没有任何故事表明荒原人有生活在海滨的经历。伊哈米特人的历史代代口耳相传，一致认定他们这个民族跟咸水生活毫不沾边。他们几乎所有的宗教习俗和颇具神秘色彩的禁忌无一例外都与内陆文化密切相关，而且始终围绕着"图克图"——驯鹿这一基本元素。内陆人的语言和习俗也进一步证明，原始因纽特种族曾发生过大范围的分裂，内陆民族的语言与海洋民族大相径庭——不仅在细微之处有诸多不同，而且缺乏与海洋知识相关的具体词汇。

这一系列差异存在于沿海因纽特人和荒原人之间，但认识这些差异对我们有什么意义？克努德·拉斯穆森（Knud Rasmussen）曾经做过大胆的猜测。他自己是半个因纽特人，在1921年至1924年间曾率队进行了第五次极地探险。他们从"人类之河"的河口贝克湖出发，沿河岸向上游刚走不远，就偶遇了一群在沿海生活过的内陆因纽特人，这群人曾遇到被瘟疫赶到北方的内陆人残余，并将他们同化。两大族群混居在一起，实际生活方式以内陆为主，民间传说则主要传扬海滨文化。然而，观察细致的拉斯穆森敏锐地发现，这群人身上有一种异乎寻常的古老民族的特质，而这种特质在其他因纽特人身上无迹可寻。通过与这群人短暂而密切的接触，拉斯穆森得出结论，他们代表了原生因纽特人最后残存的血脉，而现代所有的因纽特人都是其后代。但是，拉斯穆森从未见过伊哈米特人，也从未猜测到他们的存在。

让我回到这段从未有人记录过的历史空白中来，给你们讲讲弩是如何来到昂格库尼湖畔的山脊上的。

在基督诞生前几千年——一个早已被人遗忘的时代，亚洲东北部不断迁徙的族群中发生了一场新的运动，给当时生活在西伯利亚东部半岛的人们带来了不可抗拒的压力。这种压力来势缓慢，却不可阻挡，那些最终成为因纽特人祖先的人被迫往东、往北迁移。其中一些人可能迁徙到西伯利亚北极海岸。直到今天，那里还生活着一个叫"楚克其"（Chukchee）的民族，很像海滨因纽特人。

与此同时，亚洲逃亡者的余部继续向东，最终发现自己被困在一片狭窄土地的顶端，也就是现在的楚克其半岛（Chukchee Peninsula）。那时，半岛和北美洲之间很可能还有完整的大陆桥相连，但这并不重要，因为即便没有大陆桥，也可以跨越一连串海岛，穿越白令海峡（Bering Strait），那时从亚洲越岛到阿拉斯加很容易，就跟现在一样。西伯利亚不断扩散的压力迫使逃亡者穿越了大陆海峡。

也许当时阿拉斯加这片新土地已被印第安人的祖先占

领，其海滨甚至可能已掌握在先前被迫来到西伯利亚海岸的亚洲人手中，他们在海滨地区发展海洋文化并向东传播。因此，来自西部的新移民不得不穿过内陆，寻找无人占据的地方。可能他们穿越了阿拉斯加北部布鲁克斯山（Brooks Mountain）的荒原地带——一块不毛之地，极不适宜居住，最后才来到大熊湖畔——一片典型的平坦荒原。大熊湖北部和东部的苔原地带，与西伯利亚北部没有树木的平原极为相似，这让迁徙者们找到了家的感觉。在这片美洲的荒原上，这些来自西部的移民发现了一个似曾相识的世界——岩石遍地，沼泽、地衣繁多。不仅是土地，这里的野兽也同样熟悉：白狐、旅鼠和狼，以及许多其他动物，在西伯利亚和加拿大北部并没什么不同。至于驯鹿——在远古时代，亚洲平原上就有野生或家养的驯鹿驰骋，就像它们的近亲北美驯鹿在北美的荒原上奔跑一样。因此，一个曾以驯鹿为食的民族，要适应以北美驯鹿为生的新生活，简直易如反掌。他们自然会把曾在亚洲使用的武器和学到的技术照搬过来——弩最初就是亚洲人的武器。

随着他们从大熊湖畔扩散开来，这些新移民的生活开始受到两种新的因素影响。

每年春天，北美驯鹿都会迁徙至北极海岸。大约自两千年前开始，一些内陆居民在追逐季节性迁徙的驯鹿时到达了海滨。后来，这些人可能获取了有关海洋的知识，并且发展了海洋和驯鹿相结合的文化，就像今天巴瑟斯特湾

（Bathurst Inlet）的因纽特人一样。夏天，他们依赖北美驯鹿获取生活必需品；冬天，他们则从海洋猎获海豹和其他水生哺乳动物。

影响大熊湖畔荒原人生活的第二大因素可能产生不久。众所周知，许多世纪以前，人口过度增长的压力主要集中在加拿大森林以南的大草原上。在随后几次的人口增长浪潮中，这种压力逐步向北扩散。不久前，原生克里族印第安人被赶出平原，不得不进入北部森林腹地，向阿萨巴斯卡印第安人（Athapascan Indians）——齐帕威族是其中的一支——居住地的南边步步紧逼。

阿萨巴斯卡人在克里族人的进攻下节节败退，因为他们组织不力，或者说根本没有组织起来。他们只会突袭和伏击，无法有组织地应战，所以只好向北逃跑。最后，他们来到荒原，渐渐适应了以鹿为生的生活，跟随驯鹿的迁徙轨迹，四处扎营。

不可避免地，阿萨巴斯卡人会蚕食大奴湖附近内陆因纽特人的土地，因此，冲突、流血事件不断。1771年，塞缪尔·赫恩叙述他寻找科珀曼河的经历，写到一支因纽特部落被阿萨巴斯卡人屠杀的事件，事发地点现被称为"血腥瀑布"。这起事件广为人知，但它并非一起孤立事件，为了求得生存，两个族群之间的冲突一定由来已久，而且几乎一直持续到19世纪末。

正如阿萨巴斯卡人无法抵挡克里人的入侵一样，一向不好战的内陆因纽特人更无法抵御印第安人的一再入侵。最终，平原上的因纽特人被迫离开"大淡水海"（Great Freshwater Sea），向东迁徙。

伊哈米特人的民间传说，叙述了他们如何长途跋涉、历尽艰辛，寻找尚未被印第安人占领的生存之地。那些曾经追随驯鹿到达海滨的人，现在迫于生命威胁似乎逃到了东北，他们极有可能是从加冕湾（Coronation Gulf）经由昌特里湾（Chantrey Inlet）抵达北极海岸的。这些向北逃亡的因纽特人也发展了一种新型文化，以适应海滨生活的需求。平原上的其他居民则继续往东向着广阔的荒原推进，仍然传承了内陆民族的文化。

海滨文化逐渐形成多元、复杂的结构，经历多次变化、迁移，最终和当地群体融合。原始因纽特人早期的几个分支，都已经学会了以海洋为生。所以，他们分布范围甚广，西起西伯利亚，东至格陵兰岛。而那些到达美洲大陆后一直坚守在平原上的人，仍然坚持在平原上生活。他们在逃往东部大平原腹地的过程中，固执地坚守自己古老的传统，最终到达哈德逊湾西岸基韦廷地区的广阔平原。这里是南北走向的苔原地带，广袤无垠，总算使他们避开了印第安人的侵袭。在这片新的土地上，逃亡至此的第一批因纽特人后代交上了好运。

当白人大举进入加拿大北部大草原和森林时，印第安人对荒原构成的威胁方告结束。大约在1780年，伊德森印第安人大批死于疫病（主要是天花），因纽特人得以南移，沿"人类之河"而上到达森林边缘，在此建立起他们最南端的营地。从此，因纽特库整个流域都归他们掌控，沿岸形成越来越多的营地。

在19世纪初期那些平静美好的岁月里，到底有多少因纽特人生活在内陆的苔原地带，谁也说不清，肯定超过一千人，这个数字在1880年可能还得翻番。但是很快，一轮新型恶疾从南方袭来，对他们造成了毁灭性的打击，其严重程度是之前两千年都不曾遇到过的。

我清楚地记得在昂格库尼湖附近的山脊发现的那些发白的残骸碎片，但当时它们并没有引起我的注意。在我看来，它不过是又一件遗物，让人感伤，令人遐想，却只能弃置一旁。当时，我们无暇深思这么久远的历史，因为我们正为自己眼前的日子担忧，越来越焦灼不安。驯鹿的身影仍然没有出现，我们实在等不及它们来到昂格库尼湖畔的荒凉山脉，是时候采取行动寻找其他食物了。

我们试着在湖边挑选地点撒网捕鱼，可是一无所获。这就不仅让人奇怪，更令人害怕了。因为荒原上的其他大湖都盛产白鲑、湖鳟和狗鱼，只有昂格库尼湖捕不到鱼，这着实令人费解。

然后，我们试着捕鸟。但是，尽管我们费心劳神地追逐，一周内也只捕到三四只松鸡。事实上，昂格库尼湖附

十五、闯入无人之境

近的土地已经"死了"——这个词用在这里恰如其分。没有可进食的活物，只有进食者——蚊蝇和我们自己。

那时差不多是8月了，我们决定不再坐以待毙，而是采取主动，出发寻找驯鹿。一个阳光明媚的清晨，没有一丝风，山坡上的灰绿色地衣都挺直了脑袋。我们把衣物放进独木舟，准备动身。终于要离开了，我们都很开心。昂格库尼湖的气氛让我和安迪感到越来越压抑，对奥霍托的影响则更深、更糟。

我们划着独木舟从基内图厄湾一路向西，直到去路被一道巨大的地峡挡住。经过一番搜寻，我们找到一条河道，虽然很浅，但足以让我们拖着独木舟越过障碍到达后方的开阔水域。在那儿，蒂勒尔的地图就不管用了。可能因为我们穿过地峡时走了一条不同的水道，再也找不出地图上对应的地标和路线。现在，我们已经偏离了蒂勒尔曾经经过的狭窄河道，转向西边，进入昂格库尼湖另一片宽阔的湖湾——那是蒂勒尔不曾到过的水域。

天空万里无云，太阳下酷热难耐。冰凉的湖水在热浪的冲击下显得迷迷蒙蒙；山脚下的低地化成了起伏不定的幻影，如海市蜃楼般在我们眼前闪烁，无休无止。

周围万籁俱寂，只听得见船桨入水声和船头船舷下的潺潺流水声。湖面凝固不动，悄然无声。

岛屿突然跃入我们的眼帘，就像无声无息跃出水面的海怪。它们从地平线上升起，然后随着幻影消失，若隐若现地飘浮于空中。湖岸离我们越来越远，蜿蜒曲折，缓慢而不确定地移动着，让我们无法确定它究竟在一英里外还是十英里外。昂格库尼湖变得虚无缥缈，让人无从看清它的真实面貌和具体形状。朦朦胧胧的湖岸和岛屿让肉眼辨识不清，独木舟所过之处也没给大脑留下任何清晰的印象。

周遭的氛围令人昏昏欲睡，我们所有的尝试似乎都指向一个飘渺不定的梦。突然，奥霍托指着我们下游的水面。

"库维（Kuwee）！"他大喊道，"那里有条小河！"

他以一种我们说不清也道不明的第六感发现了湖湾里的一股纤纤细流——肉眼几乎看不见。在他的指引下，我们将独木舟转向波光粼粼、若隐若现的湖岸，驶向陆地，却发现那原来是一个奇形怪状的乱石堆。我们让独木舟在水面继续漂行，离湖岸越来越近，当近到可以用桨碰到岸上的圆石时，我们听到了一直在寻找的小河的声音。

这算不上一条真正的河流。这神秘的水源在湖面上突然闪现，又倏然消失在静谧的远方。然而，奥霍托叫它"库维"，名字听起来既友好又令人愉快。它发源于西北方向，流经白人从未涉足的荒原中心地带，消失在驯鹿到来的方向。基于以上原因，再加上我们希望在它的急流中抓鱼，我们沿着库维而上，把昂格库尼湖甩在了身后。

库维不深，像荒原上的大多数河流一样，随心所欲地流淌在圆石累累的土地上，并没有像样的河床。我们逆流而上，不断与浅浅的急流较量。第一天行程结束，我们无

十五、闯入无人之境

比颓丧——也许还要经历数天这样的曲折进程，我们才能确定是否走进了死胡同。

那天傍晚，我们经过河流的一个急弯时，看到了岸边的两个石人。我找不到贴切的语言来描述它们带给我们的那种如释重负的感觉，但我第一次由衷感受到伊努克休克的真正魅力。那时，我才真正明白荒原人在这片土地上遍地垒起它们的原因，也才明白它们默默无语地担负的重任。先前由于自身的渺小带来的沉重压抑感，以及感觉被吸进无生命的死亡真空中那种无休止的恐惧，在我们看到石人的那一刻彻底烟消云散了。我们冲着它们微笑，然后相视而笑，我们向那些沉默的生灵欢快地挥舞着船桨，虽然它们没有生命，却拥有生命的力量。

到第二天中午的时候，我们已经向着西边的陆地前进了很长一段距离。越往上游，库维越宽阔，轮廓也越清晰。这很奇怪，通常河流越靠近源头，水势越小。最后，小河流进一个湖泊。我们在湖边上岸，爬上山脊，看能不能找到一处安全的入口。

我们在山脊上俯瞰，只见幽暗、蜿蜒起伏的湖岸线一直向前延伸，但在遥远的西边一个山头上，又一个伊努克休克的微小身影映入眼帘。我们满怀信心，设定好路线，将船划进开阔的水面，向远处的石人划去。

就在我们离岸边仅剩一英里的时候，平静的湖面突然泛起惊涛骇浪——完全没有一丝征兆，就像炮弹突然逼临。

风并没有"乍起"，它只是一直存在啊！前些日子那种令人昏昏欲睡而又恐惧万分的平静不是被打破了，而是瞬间消失了！那一成不变的天空中，仍旧万里无云，可是在某个地点，好像就在独木舟移动的地方，刮起了一阵风——近乎飓风。

湖水不深，一眨眼的工夫，湖面激起的白色浪花，将我们的独木舟高高托起，又掂量着轻重一般将我们狠狠砸下。水花喷溅，灌进了船舱，奥霍托用茶壶拼命往外舀水，我和安迪则奋力驾着颠簸不已的小船向最近的岸边驶去。

这阵狂风气势汹汹，仿佛带着毫不掩饰的仇恨席卷而来，欲置人于死地，带给我的恐惧无与伦比。我想，之所以恐惧，是由于无端的袭击突如其来，来势之快，我们还来不及意识到它真实发生过，就被风暴卷入了水底。好在我们活了下来。但打那以后，不管是在荒原上行走，还是划着独木舟在平原上的江河湖泊中行驶，没有老水手那种情结[1]壮胆，我绝不上路。这种情结在身后守护着我，让我避开那些不可见又不怀好意的存在，以免在毫无防备的情况下被它们袭击。

我们靠近一处暗礁躲避狂风，独木舟在那儿剧烈地晃荡，直到风莫名其妙地消失——就像它莫名其妙地刮来一

---

[１] 老水手情结，出自塞缪尔·泰勒·柯勒律治（Samuel Taylor Coleridge，1772—1834）的诗歌"The Rime Of the Ancient Mariner"（《老水手行》，又译《古舟子咏》）。——译者注

十五、闯入无人之境

样。之后，我们沿着湖岸奋力前行，紧紧贴近岸边的岩石，就像老鼠紧贴着宽大房间的墙壁。

我们逆流而上，又走了五天。在瀑流太过湍急的地方，我们搬出衣物，放在我们周围平坦、潮湿的地方。山峦和山脊沉进泥沼里，只剩下黑色的脊背，就像在沼泽里打滚的水牛。河水似乎一下从地壳里涌了出来，把这片土地变成了颤动的巨大沼泽。这不是人住的地方，却是蚊蝇生长的乐土。这些吸血鬼饥饿时疯狂至极，密密麻麻爬满我们的身体，就像一块块活动的布匹。

在每一个急流处，奥霍托都展示了他非凡的捕鱼技巧。他用一段双股钓线在闪亮的锡铁鱼钩上挂上诱饵，站在急流旁边的岩石上，将鱼钩旋转着甩过头顶，扔进水潭最深处。然后，就如时钟运转一般准时，他不时地从水里拖出肉质鲜红的大湖鳟鱼。到了晚上，我们坐在篝火旁——在可以找到足够燃料的时候——吃烤熟的鳟鱼头；在没有火的情况下，我们也没那么娇气，就吃硬邦邦、血淋淋的生鱼肉。我们有限的口粮几乎已经吃光，只能尽情享受"鳟鱼盛宴"。但是，尽管我们吃得不少，却似乎没能从这种食物中吸取什么体力、精力和耐力。在北极荒原上，鱼类无法满足人们的营养需求，这是我们获取的第一手有力证据。

第五天，我们来到一处低洼地带，它几乎把河道上的一个小湖一分为二。在那里，我们发现了一个帐篷圈，是另一个营地去世的人们遗留下来的。但这个圈很小，也不太圆。更让人困惑不解的是旁边的船龙骨，它不像柯亚克的龙骨，倒更像我们独木舟的骨架。

奥霍托低声说："这是印第安人的营地。看，这是他们的'尤米阿克'——他们的独木舟。"

来自森林的印第安人在因纽特人这片环境恶劣的土地上居然没有迷路，还深入到这么遥远的地方，这简直叫人难以置信。但奥霍托说得对，这确实是伊德森印第安人在过去建立的古老营地。那时，以鹿为食的他们总是追随北迁的驯鹿，就像我们现在追随它们一样。对我们而言，这个发现令人振奋。这个营地以及我们之前看到的伊努克休克，让我们可以断定，库维通向某个主要河流或湖泊，而那里可能会有驯鹿出没。然而，这一发现又令人困惑不解，我的思绪飘回遥远的岁月——那时，伊德森印第安人驾着桦树独木舟穿过荒原，在河流湖泊上大开杀戒。

库维穿过小湖，指向北方。又一天，我们听到急流阴沉的咆哮声——幸好上岸去看了看，否则就被卷进了大漩涡。

我们爬上高高的河岸，目光越过倾斜的河面远远望去，只见烈日下有一片开阔水域，清澈见底、碧波荡漾，一直绵延至西边的地平线。这是个广阔的无名大湖，地图上没有标注出来，之前也没有白人见过，其西岸位于地平线以下。它像磁石一样吸引着我们不安分的好奇心，让我们毫无抵抗之力。地图上，这个本该重点标记的地方，却是空白的。我想，大多数人都渴望用粗糙的黑线条在空白的地图上勾勒出轮廓——这是一种本能，就像人人都渴望超越已知的界限，无论是身体上的还是思想上的。

但是奥霍托并没有我们那样强烈的渴望。他盯着闪闪发光的水面看了很久，有些闷闷不乐。当他终于开口说话时，我们看到他脸上露出前所未见的恐惧。

"我们最好返回。"他说，"就算在我们熟悉的死人中间扎营，也比冒险来这个从来没人来过的地方好！"

我们追问他为什么，原来他对我们现在站的地方一无所知。奥霍托的恐惧可以理解，但当我们坚持向前，并提醒他前方有友好的伊努克休克时，他还是抑制住了恐惧。在我们绕过急流到达参差不齐的湖岸，爬上独木舟之前，奥霍托停下来捡了一把小石子。一上独木舟，他就用一根生鹿皮线将这些小石子串在一起。我们驶过半透明的水面，当湖底越来越深，肉眼已无法抵达时，奥霍托小心翼翼地将那串小石子沿着船舷滑下，卵石沉入深深的水里，无声无息。

奥霍托的这些动作，是在安抚未知的生灵，它们可能藏匿在波光粼粼的湖水下面。

十六、鬼怪、恶魔与精灵

现在，该谈谈那些与伊哈米特人、驯鹿共同生活在荒原上的鬼怪和恶魔了。在我们发现那个无名湖之后，它们在我们的旅程中扮演了非常重要的角色。

在伊哈米特人的世界里，法规不仅制约人的社会生活，也制约人的精神生活，并以同样的力量作用于绝对的现实事物和抽象的迷信思想。同样的一套法规，既适用于人，也适用于不计其数的鬼怪。这些鬼怪被称为"其他存在"，数量众多，形态多样，连伊哈米特人也不能全都叫得上名来；对于有的存在，甚至不知该如何描绘，对其能耐也无法做出全面评判。因此，人们必须小心翼翼地遵守法规中最细微的指示，才能保护自己免受已知和未知世界的伤害。

正是透过"生活准则"的精细网眼，我才见到并有限地了解到荒原另一半世界的等级制度。卡库米和许多鬼怪联系密切，他了解我希望他谈及的这些话题，因而帮了我大忙。

他毫无保留地和我谈论这些事，我遇到的其他伊哈米特人也是如此，也许他们还没听说这些信仰为白人所憎恶，不能跟我们谈及。

这些精神实体中处于等级顶端的，是一些没有具体形态的自然力量。而统领这些自然力量的，则是天气和天空之神"凯拉"。凯拉是造物主，是伊哈米特人心中至高无上的众神之首。凯拉是最有威望的神，冷漠疏离，人类不过是他脚下的一介尘土。他既不要求自己的创造物对其卑躬屈膝，也不要求得到他们的顶礼膜拜。凯拉是刚正不阿的神，是自然之力造就的一切事物，而自然一向公正无私，不可能失之偏颇。

向凯拉求助是允许的，但人类祈祷发出的声音，有如蚊蝇哼哼似的，不能确保凯拉一定会听到并做出回应。这种客观、超然的特质，提升了凯拉神在伊哈米特人心中的威严。凯拉不是人类头脑简单的奇思妙想塑造出来的产物。对伊哈米特人来说，凯拉是万物之本。人们说起凯拉，既不恐惧，也不爱戴，实事求是，仅此而已。人类能做什么，不能做什么，凯拉从来不会关心，就像人类面对苔藓下的蚂蚁来来去去。凯拉也并非一种道德力量，伊哈米特人不需要精神裁判官来进行道德执法。但凯拉又是必不可少的自然之力，他是平原上刮起的风，是天空，也是空中闪烁的光，还是流水和雪花飘落的动力。他什么也不是，又什么都是。

凯拉没有特定的形象，这使外来者很难理解伊哈米特人心目中神的真正概念。但说到位居凯拉之下的神，人们通常很容易理解，其中最重要的就是太阳"赫肯尤克"（Hekenjuk）和月亮"塔克蒂克"（Taktik）。这两者都是现实世界中的真实存在。萨满在跳神时也造访过塔克蒂克，他发现自己见到的土地跟荒原毫无二致。

尽管塔克蒂克和赫肯尤克形态具体，但它们都是原始的力量，是凯拉的化身。这一双重身份使"阿莫"——狼将赫肯尤克从深深的囚禁之地释放出来这一寓言站得住脚；同时，这个寓言与现代宗教思想相符，大体上类似亚当和夏娃的寓言故事。事实上，人类学家从土著民族的民间传说中挖掘出的大部分精神信仰都不过是寓言故事。当我们意欲对土著民族的宗教进行肤浅的判断时，这一点值得铭记。

要理解由精灵、鬼怪和恶魔组成的另一半世界则更容易。这些灵怪要么修善，要么行恶，或者两者兼而有之。为了清楚起见，我姑且将它们分为三类。

第一类是作恶多端的超自然实体，通常为可怕的幽灵，行为荒诞诡异。从某种程度来说，它们其实代表的是人类或动物身上的终极毁灭力量，可能具有人类形态，用人类的方式杀人；也可能与动物相似，用牙齿和爪子伤人。

在这些恶灵中，排在首位的是"派贾"（Paija），一个体型庞大的女恶魔。她是个独腿女巨人，浑身披覆黑发，其独腿从生殖器官里长出来。冬夜里，派贾在野外四处游荡，有时她在雪地上留下的单脚足迹清晰可见——一行歪歪扭扭的巨型人类脚印。

关于派贾，除了传闻，没人能告诉你更多信息，因为见到她就意味着死亡，她的形象将在你脑海中凝固，永远无法用言语表达。我曾听说有人遇见过派贾，他名叫贾图，住在哈德逊湾海岸附近。

一个冬夜，贾图走在打完猎回家的途中，暴风雪狠狠吹打在他的脸上，铅灰色的雪花打着旋，积成团团乌云，就像黑夜里朦胧月光下的鬼影。贾图已经靠近他的冰屋，正要停下雪橇，他的家人在屋里突然听到呼啸的寒风中传来他的一声尖叫。尖叫结束，他喊出一个词——"派贾！"

好几个小时之后才有人敢出来打探究竟发生了什么事。贾图的一个兄弟——一个类似于萨满的人，戴着护身符带，拿着梭镖走了出来。他发现贾图站在雪橇旁，飘落的雪花已经没过了他的膝盖——他死了。他僵直地站在那里，双眼大睁着望着漂浮的雪雾——眼里是"派贾"的身影。因此，有人说贾图的兄弟是活着见过派贾的人，但其实他看到的也只是雪地里死人眼中对派贾的恐惧。

这个故事广为人知，我听说贾图和他的兄弟因此成了沿河两岸家喻户晓的名人。

派贾在所有恶魔中最为人忌惮，但她只是众多恶魔之一。另一个令人讨厌的妖魔是个山精，无毛的巨大肚皮在地上拖行，指尖上是从肉里长出来的邪恶之刀。据说，他常常在高山上潜伏，等人路过。他会小心翼翼地撕扯下受害者身体上的每一块肉，让其被活活折磨好几个小时，生不如死。

还有一个恶魔叫"威尼戈"（Wenigo），经常出没于森林，是个臭名昭著的食人魔。威尼戈也为北方印第安人所熟知，被称为"温迪戈"（Wendigo），是他们土地上最可怕的魔鬼。毫无疑问，这两个恶魔指的是同一个。这一点非常有趣，它说明尽管印第安人和伊哈米特人之间有着血海深仇，双方的文化却有许多相似之处。

这三个令人痛恨的恶魔，就像这个群体中的其他所有恶魔一样，并非一无是处。威尼戈劝阻伊哈米特人冒险进入密林深处，以免被伊德森印第安人屠杀，在这一点上其影响力巨大。派贾阻止人们在暴风雪肆虐的黑暗冬夜进行不必要的旅行——这是一番好意，因为很多人踏上这样危险的旅程都没能回来。至于生活在岩石堆中的山精，则负责阻止人们穿越危险重重的岩石堆。

有一次，我和奥泰克去温迪河湾附近的"鬼山"，山精就发挥了作用。奥泰克本不想去，却又不愿承认自己害怕，还是硬着头皮和我前往。我们拼尽全力，仍然行进缓慢。坚冰积得很厚，在地面上行走甚至比登山还要难，我们只好在岩石间跳跃着前进。即使穿着橡胶底的靴子，我也滑倒了好几次，摔得浑身生疼。奥泰克脚上穿着鹿皮靴，在苔藓覆盖的光滑石头表面根本没有抓力。用了两个小时，我们仅走了三英里，然后奥泰克滑倒了，腿卡进了岩石缝里。

他忍住痛，没有出声，但我到他跟前时，只见他眼里含着泪水，几乎站都站不稳了。奥泰克只得用步枪当拐杖，一瘸一拐地痛苦前行，我们花了七个小时才返回。如果奥泰克是只身一人，他可能还困在那个迷宫一样的邪恶岩石堆中，而山精又会趁机夺取一条人命。幸运的是，在我的全力帮助下，他没有倒下，勉强走回了温迪河岸，遭受的痛苦只是严重擦伤了一侧脚踝！

这些恶魔是否真实存在，并不是我要讨论的重点，但它们的确代表了真实或潜在的危险，所以并非毫无价值。

我任意分出的第二类则包括那些不可预知的精灵，它们有时仁慈，有时邪恶，有时善恶难辨——随情绪的变化而变化。其中，最有趣的要数"阿波帕"（Apopa）。它是荒原上的淘气小妖精，长得像人，但个子矮小，且严重畸形。它常常故意捉弄伊哈米特人，但并不总是令人反感，所以伊哈米特人对它宽容有加，除非它的玩笑开得太过头了。

阿波帕也曾捉弄过我，但这个鬼把戏至今仍然是个谜。

事情发生在我到荒原的第二年。一个秋日的下午，我和安迪坐在温迪棚屋里，安静地喝茶聊天。突然，小棚屋毫无预兆地猛烈摇晃了一下，就像老鼠在发怒的狗嘴里拼命挣扎。我们俩一下子跳起来，冲出门去，以为发生了地震。但我们站在河岸上，又没发现任何异样。一小群驯鹿在远处的岸边休息，看起来怡然自得，9月的日子很安静，让人昏昏欲睡。

带着一丝困惑和些许不安，我们回去继续喝茶。刚坐下，摇晃又开始了！锡铁杯子从桌上摔下来，椽子上的木板"咔哒"一声掉下来。我们大受刺激，再次跑到屋外，可还是找不到棚屋突然颤动的原因。

一些在附近扎营的伊哈米特人正好来拜访我们。为了弄清楚棚屋突然摇晃的原因，我去了他们的帐篷，描述了刚刚发生的事情。他们看着我，一脸茫然，好像听不懂我在说什么。我有些恼怒地质问他们是不是要说他们没有感到震动，甚至暗示是他们在故意耍弄白人。谁知他们看起来更加迷惑不解。这时，奥霍托突然笑了。

"卡库米的营地就在山那边，"他说，"也许他知道发生了什么事，这听起来像是魔鬼在作乱。"

我来到卡库米的帐篷，向他提出我的问题，他立刻给出了答案——好像他早已知道我到访的原因，一直在等着我一样。

"是阿波帕，"他告诉我，"阿波帕，那个淘气鬼。它正好从这里飞过——我看到空气在动，就知道它一定在附近。显然，它向下一望，看见了你的棚屋，见到两个卡布卢奈特人正在喝茶。阿波帕看到这样可笑的一幕一定忍俊不禁。它幽默十足。所以你瞧，它笑的时候，就震动了墙壁和地板，那就是你感觉屋子在晃动的原因。"

就是这样。这事就这样解决了。因纽特人也不再理会，对于阿波帕的小心眼和幽默感，他们也只是一笑置之。好吧，我想阿波帕也有其存在的价值，因为幽默感在这片土地上是稀罕之物。

在这第二类鬼怪中，除了阿波帕和其他一两个特别的恶魔之外，还有一大群，可以统称为"因努阿"（Inua）。它们不仅包括死人的鬼魂，在某种程度上，也包括无生命物体的灵魂，比如河流、岩石和植物等。因努阿有两种体型：小鬼"因努阿米基库尼"（Inua mikikuni）和大鬼"因努阿昂格库尼"（Inua angkuni）。两种体型的因努阿对人的态度都各有不同，有的凶神恶煞，有的仁慈友好。危险的因努阿来自死亡之地，由于去世后没有得到妥善安葬，或曾犯下某种罪行，或死时内心存有邪念——这些灵魂不愿留在死亡之地，于是又回到活人的土地上，有时还伪装成真人的样子。它们迷恋崎岖不平的山区，这也是为什么人们要对乱石林立的群山心存敬畏。然而，它们的活动范围并不局限于山区，还可能到平原上游荡，寻找一个可控制的生命，通过欺骗或恐吓的方式占有他，然后完全回到活人的土地上来。

在荒原上，我有一次最深切的体会。一个因诺（Ino），即单个因努阿，选择对我的结盟兄弟奥泰克下手，于是发生了下面的故事。我没有亲眼见到因诺，然而从奥泰克的反应来看，我确信这个因诺是一种令人毛骨悚然的存在。

这次事件也发生在温迪棚屋里，但时间是6月，每天只有暮光来来回回，没有夜晚。那天很晚了，我正补着笔记，安迪在小棚屋后面忙一些琐事。奥泰克和我们住在一起，当时正忙着把一块黑云杉木雕成一根新烟管。

不经意间，奥泰克抬头瞥了一眼窗外，想看看月亮是否已经升起，不料眼前所见却吓得他魂飞魄散。他像产妇一样尖叫着，跳起身来，夺门而逃。

午夜的宁静被这突如其来的尖叫声打破，我和安迪都吓了一大跳。过了好一会儿，我们才鼓足勇气决定去看看究竟什么情况。我们迈出脚步，才发现奥泰克还站在门外，眼睛死死盯着"鬼山"的斜坡，嘴里叽里呱啦地嚷嚷着。他显然想告诉我们他见到了什么，但嘴里发出的声音却含混不清，口水从他颤抖的嘴角流下来，我们什么也没听明白。安迪把他拉进棚屋，我手里拿着一把上了膛的步枪，四处巡视了一圈。除了河面一群晚归的野鸭嘎嘎叫着顺流而下，没有任何其他动静。

我回屋时，奥泰克正蹲在地上，自制力恢复了一些。他告诉我们，他见到一个冬装打扮的因诺，一双死人的眼睛紧紧盯着他。现在奥泰克确信这个幽灵刚刚已经决定要占有他，想到这一点，他就不寒而栗。

我们告诉奥泰克，他看到的不过是一只夜归的鸟飞过窗户时振动的翅膀，但他什么也听不进去。我们终于明白，他的恐惧并非凭空想象而来。因此，我们改变策略，我提出调制一种特别有效的"卡布卢纳魔药"，把因诺赶走。奥泰克脸上流露出感激的神情，令人心生怜悯。我走到桌前，把一些无害的化学用品倒进一个小瓶里，然后在瓶口盖上一张纸片，纸片上第一行写着——我想象力总是不够用——"上帝保佑国王"。

在我准备"魔药"时，安迪给这个因纽特人粗略地检查了一下身体。检查完之后，安迪有些担忧地告诉我，奥泰克的脉搏几乎是正常速度的两倍。此外，这个因纽特人正汗如泉涌，衣服都湿透了。一个人严重休克时才有的症状，他似乎都有，甚至包括呼吸急促。

我把小瓶递给奥泰克，他急切地抓过去，赶紧倒进嘴里，叫人看了心疼。但他接下来的反应却让我们始料不及。只见他突然两眼上翻，瞳孔完全看不见了。紧接着，他上气不接下气，歪倒在一旁，四肢不受控制地乱挥乱踢。很快，他的呼吸似乎完全停止了，嘴唇也变得铁青！

当时，我想我们也一定像奥泰克一样大汗淋漓——我们可不希望下次奥泰克的朋友再来拜访时，我们得向他解释他的死因。多亏了安迪——他全凭直觉，掰开奥泰克紧咬的牙关——否则奥泰克肯定没命了！原来奥泰克正在咽下自己的舌头！安迪设法弯着手指钩住他的舌头，将它拉回正常的位置，还因此被咬伤了手。因诺这次不太走运，只差一点就把奥泰克完全干掉了。

不久，奥泰克便缓过劲来。不到一个小时，他几乎完全恢复了正常，因为他对我们给他的"魔药"信心十足，尽管它最初的"药力"让人不禁捏了一把冷汗。后来，我怀疑他可能是癫痫发作，就问他以前是否发生过类似情形。但他发誓说这是第一次，并暗示希望神灵保佑这是最后一次。我终于确信他的症状只是惊吓过度引起的严重休克。不过，惊吓确因因诺而起吗？好吧，不管它是不是真正的鬼怪，它造成的惊吓还真非同小可。

奥泰克把我们给他的小瓶缝在自己的护身符带上。在随后逗留荒原的日子里，这个挂在他身上的小瓶，总是对我发出无声的谴责——我一向对那些用迷信来哄骗当地人的人嗤之以鼻，如今却犯了同样的罪过。

这个护身符让我想起三类灵怪中的最后一类，其中包括我们在前面已有所耳闻的"托恩拉特"[1]。它们是人类与自然力和恶魔做斗争的主要帮手；它们是善意小精灵，没有统称，更适合被简单地描述为一种力量，而不是超自然实体。

这类精灵通常依附在护身符上，尤其偏爱一个人在年少时获得的护身符。孩子一出生，父母就会设法找到某种动物力量，来帮助孩子平安度过一生。护身符——或被选中的精灵标志，最好是"地球上的东西"。因此，只要是来自地球的，即使是小昆虫也有效力。人们认为，甲虫和昆虫对防

---

[1] 前文是 Tornrak（托恩拉克），本章为 Tornrait（托恩拉特），或为别称。——译者注

御生活在地下的可怕山精和小矮怪尤为有效。护身符带上的装饰物，包括鸟爪和鸟喙，黄鼠狼和旅鼠等小动物的干皮，狼和狐狸等大型动物的牙齿和耳朵，有时甚至还有鱼的鳞片。我应该补充一点，佩戴这些东西并不意味着人会具备这些东西的某种物理属性。比如，黄鼠狼"塔佩克"（tapek，符咒）或类似符咒，并不能赋予佩戴者与黄鼠狼同样的力量或速度，但它对某种邪恶力量能起到特有的威慑作用。一个名叫哈洛的伊哈米特人，自称拥有无穷的超自然力，他的护身符带上别着一件袖珍毛皮外套和一双小巧的"卡米克"（兽皮靴），确保自己不会意外冻死或溺死。

护身符最好通过购买或别人赠送的方式获得，源头越远，威力就越强大。哈洛从东部的帕德利厄米特人（Padliermiut）手里买来的一颗海豹牙护身符，是帕德利厄米特人从滨海的达埃奥米特人（Dhaeomiut）手里购得的。这颗海豹牙历经迢迢千里，一路上威力不断增强。哈洛最终得到它的时候，付出了一艘新柯亚克的代价！一个好的护身符可是价值不菲的。

有种特殊禁忌可能与护身符有关，叫作"佩惠图"（pewhitu）。婴儿一出生，这类禁忌就随身而伴，通常是被禁止吃某种具体食物或者杀害某种动物。比如，奥霍托被禁止食用北方大狗鱼，阿诺蒂利克不能射杀、食用潜鸟，赫克沃不能碰鹿肝，塔布鲁不能杀旅鼠。如果违背禁令，死后可能就会变成因诺。这些禁忌实际上纯属纪律约束，就像我们的许多宗教禁令一样。

至于"托恩拉特"（Tornrait），它们不像护身符精灵那样容易获取，因为它们是荒原上最强大的善力。它们积极行善，不仅能保护主人——更确切地说，是朋友——远离邪恶，而且能主动出击，成就许多大事。一个人获取托恩拉特的方式多种多样，但通常必须经受身体上的巨大考验。所以，萨满们总把自己暴露在恶劣天气之中，忍受饥渴，直到进入催眠状态。等到强大的托恩拉特出现，人的意志就开始和一个特定的托恩拉特相抗衡。如果人赢了，该托恩拉特就终身为他效力；如果他输了，从这场磨难中回还的几率也不大。

不过，小托恩拉特则可偶遇。比如有一天，哈纳外出打猎时，遇见了一个他以为是恶魔的怪物。据他描述，它看起来像只动物，长得矮矮胖胖的，长鼻子上覆盖着浓密的毛发，仅有的爪子足有身体的一半长。这个怪物袭击了哈纳，哈纳勇敢地放下弓箭，与它搏斗。经过一番殊死较量后，这个托恩拉特——它确实是——放弃了搏斗，从此成了哈纳的专属精灵，给他带来无穷的好处。

有一种说法从托恩拉特和伊哈米特人的智慧两个层面，间接揭示了守护精灵和人的关系。如果发生一种情况（有时确有发生），托恩拉特无力帮助它的朋友，那人就会认为他的精灵是把懒骨头，然后二话不说让它卷包走人，而那个犯错的精灵只好哭着跑进平原，无事可干。

说到伊哈米特人的精灵和魔鬼，就不能不提到萨满。这些敬业的男人，是现实世界里伊哈米特人抵抗恶灵的主要帮手。因此，他们必须身强力壮且擅长防御。有一条几乎亘古不变的铁律——萨满必须是每代人中最聪明之人，因此在伊哈米特人的社会中，他们实际在无形中起着领导作用。他们不是传教士们希望我们相信的那种巫师，至少在伊哈米特人的土地上——卡库米的地盘除外——不是。他们不作恶，而是诚心诚意为人们造福。他们极少做出不切实际的预言，比如保证某次打猎一定会获得丰收——伊哈米特人相信，所有动物活动自由，不论是人还是神的意志，都不能影响野兽的行动。萨满也不会宣称有能力控制天气，因为天气变化是凯拉的旨意，他可没有耐心倾听人类的哀求。

可是，萨满能帮助人们解决具体的难题，也确实解决了很多难题。萨满作法时，会跟自己的托恩拉特协商，从而告诉族人，这次冬季出行是否值得冒险一试。他们还能设法缓解不明病症给人带来的痛苦，以及针对各种家庭和实际问题提出建议。在他们的能力范围之内，凭借经验和智慧，他们总能给伊哈米特人提供莫大的帮助，不管是否通过超自然的方法。同时，他们也并非全能，或者说与其他伊哈米特人相比，他们也并非卓尔不群。太过能干或过于强势的人不会受到因纽特人的欢迎，即便对方是萨满也不例外，他们的职责是服务人民，而不是控制人民。

与欣赏任何宗教仪式一样，观看萨满作法前也需要进行必要的心理预设，因为场面有时看起来会可怕至极，即使看客是对此充满怀疑的白人。萨满作法时，对场地要求不大，也不需要复杂的布景。伊哈米特人在帐篷里就地围坐成一个圈，萨满拿起鼓，眼睛半闭，脚拖地转着圈，并用古老的萨满咒语唱歌，观众跟着合唱——就像跳鼓舞一样，但要温和得多。

最后，鼓声中断，萨满瘫倒在地，缩成一团，然后是一阵可怕的沉默。几分钟之后，两个声音传来，萨满的声音之后，便是他的托恩拉特的声音——一种陌生而怪异的声音，完全不像人能发出来的。

萨满回神有时异常激烈，他可能会一跃而起，体力惊人，五六个人都拦不住；他可能会穿破帐篷，消失在黑暗之中，回来时浑身是血，精疲力竭。作法结束，萨满的身体通常会有所损伤，这对普通人来说几乎是致命的；然而，萨满总能从这种自残似的创伤中恢复过来。

但也并不总是如此暴力和血腥。大多时候，萨满平静地回到现实，轻声告诉观众他的所见所闻。如果营地遭遇麻烦，萨满可能会说，他的托恩拉特告诉他有人违背了禁忌。随后，会有很多人认罪。最后众人集体忏悔，以求问心无愧。

有的萨满拥有不同寻常的能力。其中有个二十岁上下的年轻萨满，曾是伊哈米特人，现在住在海滨。据说他非常有名，因为他的催眠能力能让鹿、狼、熊，甚至海象和海豹等海兽齐聚他正举行降神会的帐篷里。有时，他变出一堆动物，场面堪比动物园，把观众都挤到一边去了。碰巧，有个商人住在因纽特人营地附近。一天，萨满到他的前哨站造访，商人一时失策，竟对萨满的能力表示怀疑。一眨眼工夫，这个年轻的因纽特人就变出了执行特别任务的战船"北极星斯特拉号"（Stella Polaris）[1]。只见那咄咄逼人的钢铁船头，从棚屋穿墙而入，现场令人胆战心惊，商人吓得大叫起来，仓皇逃命。

达埃奥米特人对这个故事津津乐道，遗憾的是我没能亲临现场。然而，我有幸目睹了卡库米执行的另一项萨满任务——驱赶邪灵。

也是一个夏夜，一个因诺来到我们的营地。我们当时正在荒原的帐篷里招待卡库米和其他几个伊哈米特人。我并没发现谁看到了什么，反正除了卡库米，其余所有伊哈米特人突然陷入慌乱，打断了我们平静的聊天。他们四处躲藏，有的钻到被子底下，有的藏进毯子里，总之帐篷里能藏身的地方都不放过。我和安迪对这种古怪行为早已习以为常，只是静观事态发展，并没有大惊小怪。

卡库米站在帐篷中央，盯着入口，口中念念有词，像

---

[1] 取自"北极星斯特拉"行动：二战期间，芬兰政府将情报活动及资料、设备等通过该战船全部转移至瑞典，防止落入苏联之手。——译者注

嗅到恶狼气味的老狗。其余的人明显吓得够呛——因为他们暴露在外面的身体部位都在瑟瑟发抖——所以，我们估计周围有一个鬼怪。

第一轮惊吓逐渐过去，躲避者纷纷从藏身处爬出来，一个个看上去惊魂未定。这时，卡库米让所有人在自己周围坐成一圈，他挨个走到每个人跟前，直直地伸出手掌。每个人都给了萨满一件小东西，一撮烟草、一个黄铜空弹壳或者一根火柴。我和安迪给了他一点糖和一颗小口径的子弹。

卡库米蹲下身来，摊开毛皮大衣，盖住所有的礼物，等他再站起身来时，那些东西已经不见了。这个把戏简单，给人印象不深，但显然只是开场，是萨满进入主题之前的重要仪式。

接下来，卡库米向我借了一支步枪，然后煞费苦心地表明只装上了空弹壳。随后，他关上枪膛走到门口，把枪对着黑暗扣动了扳机。因纽特人对接下来会发生什么早有准备，只有我和安迪不知情——子弹的爆炸声吓得我俩跳了起来，卡库米和其余伊哈米特人对此都非常得意。

准备工作就此结束。这时，卡库米拔出一把又长又丑的刀，走到外面。

他离开了足足半个小时。我们偶尔能听到他嘟囔着听不懂的萨满行话。最后，他回来时，平静地宣布他遇到了两个因努阿——而不是一个——并将它们制服，用刀杀死一个，掐死了一个。大家都欢欣鼓舞，但不知怎的，我总

十六、鬼怪、恶魔与精灵

觉得整个过程看起来似乎不够真实——表演还算不错，但说服力不够。几周后，奥霍托承认，这一切都是为了满足我们白人的好奇心而演出来的！正如奥霍托告诉我的，仅仅为了娱乐我们而使真的鬼怪显灵是行不通的，所以因纽特人才体贴地安排了这个抓鬼的场景，既能让我们领略个大概，又不会让任何人陷入危险。

萨满的工具极为简单，几乎少得不能再少。手杖是一根高尔夫球杆似的木制短棍，中间绑着"塔佩克"。还有一件器物，全世界土著民族都知道，科学家叫它"牛吼器"，伊哈米特人称其为"米米奥"（memeo）。它是一个椭圆形的薄木片，边缘打有圆孔，一端系着绳子。萨满使用时，让它在人的头上飞速旋转，发出低沉的吼声，类似腹语，从几码开外的地方是找不到声音来源的。它主要用来为那些被病痛折磨的人，或者那些打破了禁忌、觉得自己有生命之虞的人驱邪。

伊哈米特人有诸多禁忌，比如禁止下雪之前制作皮质大衣，不准在雷雨交加的暴风雨天气之后动用铁器，鬼怪出现后二十四小时内不得进食，还有关于孕妇活动的许多禁忌，以及死亡发生时对营地活动的各种限制。这些看似毫无意义的禁忌，其实都是有现实依据的，并非仅仅只是超自然的仪式。

伊哈米特人有一笔特别珍贵的财富，那是一套有效的精神歌曲，统称为"伊林杰洛"（Irinjelo）。这些歌曲由父母传给孩子，可以用来帮助营地里的任何人，但其所有权得到小心保护。大多数歌曲专门帮助治疗某些疾病，人们认为这些疾病是由邪恶的鬼怪恶意造成的。

在我和奥泰克的一次荒原之旅中，我的胃突然发生严重痉挛，痛得死去活来。我很害怕自己得了阑尾炎，但无计可施，只能静静地躺在帐篷里，尽量不发出呻吟。奥泰克很担心，每隔几分钟就给我热茶喝，还不停地问我感觉如何。担心之余，他看起来似乎有所顾忌，一副心事重重的样子。经过几个小时的犹豫之后，奥泰克终于说出了困扰他的事情。他试探地问我，可否用他自己的"伊林杰洛"来治疗我的胃痛。他之所以犹豫，是怕我瞧不上他的好意——在他心中，我作为白人，对各种符咒应该了如指掌。事实上，我对他的符咒并没有信心，但又不想拒绝他的好意，所以，我告诉他我很感激他愿意帮忙。

于是，他端起一个装满水的锡铁杯，小心地举在身前，开始绕着我的帐篷慢慢转圈。他一边走，一边唱着自己的伊林杰洛。这是一首小调挽歌，曲调单一。每隔一会儿，他就停止唱歌，对着那杯水说话，催促恶魔离开，善心的精灵回来。这个过程大约持续了五到十分钟。随后，奥泰克回到帐篷里，把水递给我，让我喝下。

虽然我病得不轻，但能看出他还是担心我发笑或把水倒掉，显得可怜巴巴的。他急切地想帮我，但又担心我会嘲笑他和他的信仰。

好吧，我郑重其事地接过水，喝了下去，立刻感到想撒尿。一走出帐篷，我就尿了出来，尿液很烫，撒尿时很痛。我几乎认定奥泰克在水里放了什么刺激性药物——当然，我并没见到他这么做——又无论如何也想不明白什么刺激性药物可以这么快就发挥作用。

我全神贯注地思考着这个问题，胯部仍像被灼烧一般，我突然意识到腹部已经不痛了。奥泰克站在门口看着我，脸上带着笑，却有些紧张。我对他报以微笑，他立刻眉开眼笑，像个傻子一样，冲出去给我做晚饭。

我想这只是一个愉快的巧合，治好我的肯定不是什么信仰——至少不是我的信仰。当我感谢奥泰克的帮助时，问他怎么回事，他的回答很巧妙，言简意赅——好运伴水而来，厄运随水而去！

那天晚些时候，他再次欲言又止，像治疗我的胃痛之前那样。这一次，我主动问他出了什么事，他羞怯地告诉我，五天之内，我不能射杀鹿，否则就会像肚子中枪的鹿一样痛苦。幸运的是，在随后的五天，我们不必杀鹿；当然，我也不想跟奥泰克下达的禁令对着干，毫无必要。

在这一章里，我还没开始深入讨论伊哈米特人的精神信条。实际上这类信条很多，整体形成紧密联系的模式，与伊哈米特人的日常生活密切地交织在一起。我在前文中告诉你们的内容——从陌生人和怀疑论者的眼中看到的——可能会给人一种印象，即荒原上的伊哈米特人的信仰如阴影一般，笼罩着他们的生活。

然而，我从未感到他们为自己的原始脑袋想象出来的鬼怪和精灵所困扰。我越是了解伊哈米特人，和他们的认识越一致，得出的理性结论就越显得愚蠢。我们必须牢记，伊哈米特人属于他们自己的世界，他们对我们和我们的世界一无所知。因此，某些在我们看来不切实际的东西，在他们看来是无可争辩的事实。他们的信仰是几个世纪的产物，符合他们生活的需要和他们所生活的土地的实情。

他们相信！——这才是重点。而当我们决定把我们的宗教强加于土著民族时，很少考虑到这一点。

我认识一个白人老猎人，他曾经住在北极中心的南安普敦岛（Southampton Island）。他现在已经过世了，可能正在地狱里腐烂。但我一直记得我们在讨论让因纽特人皈依我们的宗教时，他说过的那番话。

"真该死！"他不由自主地破口大骂，"这些传教士能带来啥狗屁好处？他们先是粉碎了因纽特人的宗教信仰，然后扔给他们一本我们争论了两千年的破'书'。结果呢？这些可怜的蠢蛋死守着他们最低劣的异教信仰，其中还混杂着我们信仰中最差劲的部分，结果就是他们什么也不信，狗屁都不懂！"

　　　　　　　　　　十六、鬼怪、恶魔与精灵

也许我这位满嘴脏话的老朋友没有权利谈论宗教问题，但我认为因纽特人有这个权利。

下面就是一位海滨因纽特人在一位传教士对其进行了一周的热情教导后，对我们的宗教说出的一番话。虽然充满困惑，却很坦诚。这番话他是对当地一个商人说的，这名商人是个精明的白人，对当地人颇为同情。

"瞧你们过的是啥日子啊！那个'伊夸卢厄'（iqalua，传教士）跟我讲你们的信仰、你们的上帝，滔滔不绝讲了好几个小时啦。一会儿是长着翅膀的恶魔，一会儿又是天空和地下的鬼怪和精灵。我真是又惊讶又害怕。一定因为你是白人，而且能干又有钱，才能在你们的信仰带来的恐惧中幸存下来！你们上帝的法规不顾民心，那些恶魔和邪灵注视着你们的一言一行，还用可怕的死亡标准来评判你们，这些都让我胆战心惊！可是，虽然我害怕这一切，但还是为你们这些必须生活在这样的阴影之下的人感到难过，因为你们也是'女人'[1]的儿子，也是因纽特人的兄弟。我愿你们一切顺利，永远远离你们所谓的地狱！"

商人至今还记得那次谈话的点点滴滴。最后发现自己竟被一个异教徒怜悯，他并不开心。

如果你觉得因纽特异教徒或商人的异端邪说都不值得被

---

[1] 在伊哈米特人的创世传说中，因纽特人和白人都是第一个女人的后代。——译者注

倾听，那么你至少可以听听一个传教士的话。作为我们伟大宗教信仰的代表，他和一支印第安人部族共同生活了五十二年。他刚到那儿时，他们都还是异教徒。

我对他非常了解，也尊敬他，爱戴他。他刚正不阿，善良诚实，而且为了上帝的荣耀和教会，工作勤勤恳恳，我从未见过任何一个传教士有他这样的工作热情。

我们认识的时候，他的生命已经快走到了尽头。我离开他的蜗居没几个月，他就去世了。生前，他工作总是尽心尽力、一丝不苟，满怀爱心和信念，只为完成自己的使命。现在他的使命完成了，他所在地区的所有印第安人都定期去教堂，并自称基督徒。五十多年来，他成为这片土地最具影响力的人物。然而，老人却眼睁睁地看着一个原本近三千人的部落缩减至两千人不到，从兴盛蓬勃到衰败沉寂。剩下来的那些人，闲散懒惰，得过且过，身心颓废，他们在肮脏中生活，在污秽中死去。

他的使命完成了。圣诞节前的一个午夜，我坐在他的小棚屋里。那时我们的谈话已经结束，老人的目光越过我，凝视着我身后窗外的黑夜。他那因常年操劳而饱经风霜的脸颊皱纹横生，泪水悄然滑落。

周围寂静无声，我感到极度不安。那天白天，我在当地人猪圈般的屋子里待了一整天，听到一些令人难过的故事，在此我不想重复。傍晚时分，我来到他的屋子，心中对他充满了怨恨。

我对老人说话时，态度莽撞，用语残忍，对他既不公正，又欠考虑。然而他并没有责备我，也没有将《圣经》砸到我的脸上将我赶走，只是静静地听着我义愤填膺的怨怼。等我说完，他才絮絮叨叨、漫无目的地谈起他在这片土地上的生活。他用苍老的声音断断续续地讲述了对自己漫长一生的回忆。最后，他停下来，泪流满面。

我想离开。他付出了多年的心血，我却尖酸刻薄地攻击他，我感到羞愧难当。我还没来得及迈步，屋里又悄悄地响起他的声音。那声音极为柔和，却比我听过的任何声音都要沧桑。

"也许那样会更好？"他温和地问道，"你觉得如果我没有来到这里会更好？也就是说，如果我爱的那些人没有听到我的声音，我从没出现过，那样会更好？嗯，你这样认为。那我呢？我又作何感想呢？有时候我想，我被派来这里，对这些人来说真是一件坏事……"

随后，我怀着对老人辛劳一生的感念，离开了。他年事已高，即将面临死亡，没必要对自己和我撒谎。然而，我却多么希望他是在撒谎，而且是因为经不住我的挑唆，才不得已撒的谎。

十七、奥霍托的奇幻经历

从我们抵达昂格库尼湖，一直到我们沿着库维向北和向西前行，这段日子奥霍托一直魂不守舍。他似乎被一种巨大的恐惧笼罩着，而这种恐惧的程度远远超过了我们两个白人看到空荡荡的帐篷圈和散落的石头坟墓时感到的沮丧。我们没有见到驯鹿，只发现了它们早年留下的足迹。对奥霍托来说，这种打击更为沉重，似乎这些野兽不只是暂时离开了这片土地。他觉得自己陷入了伊哈米特人所说的地狱——糟糕透顶，没有驯鹿，也永远不会有驯鹿。

伊哈米特人的地狱和天堂在现实世界是同时存在的。所谓"天堂"就是人们只要有需求就可以找到驯鹿的地方。当大群驯鹿经过他们的土地时，伊哈米特人就亲眼见到了这个天堂。相对的，"地狱"就是没有驯鹿的地方，当平原上没有鹿群出没的时候，平原就成了地狱。

显然，奥霍托把伊哈米特人模糊的地狱概念和昂格库尼湖凄惨的现实等同起来了。因此，这块死气沉沉的土地带给他的冲击，比带给我们的要大得多——其实我们感受到的冲击已经够强了。他觉得自己像是被掏空了灵魂的躯壳，我们也感同身受。有时，我们觉得好像一切现实都在远离，我们正在虚空中穿行，因而感到越来越压抑。

我想，在我们的北部和西部探险过程中，发生在奥霍托身上的两件令人震惊的事情，或许可以从中得到解释。

我们沿着库维向北行进时，奥霍托脸上起了一个脓肿。一天天过去，脓肿愈发严重，开始发炎。但他完全沉浸在自己的悲伤情绪中，很少抱怨。我给他清洗过几次。四天之后，它变得愈发难看，所以我们冒险将它切开，可还是没有任何好转的迹象。起初，我以为是由于营养不良，奥霍托以前从来没有如此长时间不沾荤腥，仅靠白人毫无营养的食物过活。

我们到达库维源头时，奥霍托脸上的脓肿已经又大又深，我和安迪对此深感不安，就连这个坚韧的因纽特人本人也开始出现一些生理反应。他的食欲下降——这是因纽特人所能表现出来的最为严重的症状，对他们而言，没有什么东西比食物更重要。

在库维源头，离那个无名湖不远的地方，我们决定搭起一个舒适的营地暂住，等奥霍托的脓肿有所好转再说。奥霍托接受了我们用手势表达的提议，但显然并不在意。他给自己搭了个小小的临时帐篷，就钻了进去。直到夜幕降临，帐篷里一直没有任何动静。我们空着肚子长途跋涉，都累坏了，我一钻进蚊帐就睡着了。

大约午夜时分，令人毛骨悚然的尖叫声响起，一下子把我惊醒了。这种声音非人类能发出，远非单纯的疼痛能引起，充满了恐惧，又暗含凄惨。我不知道这可怕的叫喊声因何而起，吓得冷汗直冒。

我就那么躺了一会儿，但那尖叫声异常尖锐，不容忽视。安迪坐在他的被窝里，向我喊叫："天啊！这是什么鬼叫声？"

"我猜，是奥霍托吧。"我回答。然后，我连衣服都没穿，赤条条地从蚊帐里钻出来，抓起步枪，跑过乱石，冲向奥霍托躺着的小帐篷。

在我到达之前，尖叫声止住了，取而代之的是一阵低低的呜咽，好像他的声音完全被恐惧压倒，只留下类似动物发出的模糊回声。我一把掀开帐篷的门帘，由于用力过猛，门帘被扯破，部分篷布也从柱子上掉了下来。只见奥霍托蜷缩在里面，身体几乎把这个狭小的空间填满。他的眼睛死死盯着一根细细的帐篷柱，眼神空洞，犹如死牛的眼睛。他的嘴唇大张，大白牙在星空下闪耀着怪异的光芒。

我大声喊他的名字，但地毯上那个畏缩的东西对我不理不睬。恐惧的呜咽声仍然不停地从他的喉咙里冒出来。我感到一阵恐慌，因为我实在看不出周围有什么可怕的东西，竟使一个人恐惧成那样。有那么一瞬间，我以为奥霍托疯了，心想也许他犯了可怕的北极歇斯底里症，这种狂躁症可以把神志正常的人变成精神失常的杀人犯……太可怕了！我可不想跟一个疯掉的因纽特人一起困在这空旷的荒野里！

只能凭着本能行事了。我扔下步枪，抓住奥霍托的头发，使劲摇晃他，他倒了下去，撞在不甚结实的篷布上。然后，他使出吃奶的力气，直起身子，跪在地上，颤抖不已的手指向一根帐篷柱后面的一块空白帆布——我这才松了一口气。

这个手势无疑是对我的无声请求，他的眼睛正盯着我的脸。但他手指的地方，除了褪色的帆布和用小树削成的溜光立柱，什么也没有。

我还是不知道他恐惧的原因。最后，我捡起枪，不管三七二十一，将枪托使劲朝那根细长的帐篷柱抡去。对我来说，这只是释放紧张的一种方式，但凭着白人的傻福，我竟无意间做了正确的事。

奥霍托像泄气的皮球一样突然放松下来。他闭上眼睛，不规则的喘息慢慢变成了深长的呼吸。他蜷成一团，像条狗一样。突然间，我感到这一夜间行动的索然无味，而奥霍托已经开始鼾声大作了！

听着他一声接一声的呼噜，我这才察觉到成群的蚊子正叮在我裸露的身体上。我急忙跑回床上，将刚刚看到的情形添油加醋地向我那担忧的同伴诉说了一番。然后，我躺下来，却好几个小时不能入眠，耳边一直回响着奥霍托的鼾声。那鼾声仿佛在嘲笑我，在否认刚刚所发生的一切。

但它确实发生了，那不是沉睡的大脑产生的噩梦，而是实实在在发生过的噩梦。天亮了，我们穿好衣服去看奥霍托。他仍然沉浸在安恬的睡梦中，我用脚轻轻推了他好几下，他才醒过来。他也被自己如此深沉的睡眠弄得有些恍惚。说来也怪，因为过去的一周里，他除了打过几次盹儿，就没怎么睡过觉，脸上的疼痛使他根本无法入睡。

他静静地躺了一会儿，然后又大睁着眼睛，就像头天晚上那样盯着我。他的嘴巴向下一撇，摆出一副苦相。我心里咯噔一下："天啊！不会吧？又来？！"还好他只是翻了个身，去看被我的枪托抡过的柱子。然后，他开口了。

"是因诺！"他大叫，"它不见了！"

然后，他站起身，从破帐篷里爬出来。当他侧身经过时，我们都清楚地看到他脸上的脓肿差不多已经好了，不禁大吃一惊！头天晚上还在流脓的伤口已经干巴、结痂，开始长出健康的新皮肤。奥霍托小心地摸了摸脸颊上的坑洞，许多天来第一次露出了笑脸。

"瞧！"他转身向我们说，"现在因诺走了，我脸上留下疼痛过后的伤疤，它很快就会痊愈。我会忘了这事儿，因为我已经不痛啦！"

看来要求一个解释的时机到了。我提出了我的疑问，奥霍托非常爽快地给了我答案——显然他觉得欠我一份人情。听完他的话，我心里将信将疑。在清晨明亮的阳光下，这番话听起来完全像是胡说八道。然而，我盯着那令人费解的干疮疤时，又无法否认眼前的事实。听着他的话，我分辨不出什么是真实的，什么又是纯粹的幻想。

这个脓肿是魔鬼的杰作，这是奥霍托告诉我的第一件事。奥霍托对恶鬼因诺的描述很具体，他告诉我们，这是一个没有得到安葬的死人鬼魂，其身体被狼吃掉了。它此行的目的是让奥霍托脸上的脓肿溃烂，以此作为摧毁他的第一步。但这个恶魔没有在第一时间下手，直到头天晚上才决定采取行动。它伴随着黑暗而来，当奥霍托在疼痛中醒来，抬起头来时，正好看见它紧紧地贴在帐篷的柱子上，坏笑着朝他龇牙咧嘴。

奥霍托对我的及时出手千恩万谢。据他所说，当时我胡乱挥舞着步枪，嘴里还骂骂咧咧，这让因诺确信它不是我的对手。因此，它逃之夭夭了。于是奥霍托脸上的疼痛随之消失，到了早晨脓肿也快痊愈了。

我必须坦承，对奥霍托的说辞我并不相信。但我也知道，脓肿在三天内就消失了，这个自然愈合的过程的确短得离谱。

在因诺捣乱后不到一周，我们第一次见到昂格库尼湖时，奥霍托关于他父亲会回来的预言应验了。埃莱图特纳的身影出现在奥霍托眼前，声音回响在他的耳畔，开口跟他说话。

脓肿痊愈后的几天里，奥霍托恢复了乐天性情，可惜好景不长。一天又一天，我们依旧没有见到驯鹿，他又开始变得忧心忡忡。

我们沿着无名湖的北岸缓慢行驶。之前有一股神秘又阴险的大风差点要了我们的命，它留下的阴影久久挥之不去，我们只好胆怯地躲在高耸的石堤背风处。这些石堤是冰块受到挤压、冲到湖岸堆积而成的，周围的地势很低，被连绵的堤坝遮挡，我们从湖上完全看不到湖外的情形。那些低矮的岛屿在地平线上摇摆，让我们误以为那就是陆地；但很快它们又与包围我们的岩壁融合，消失不见。独木舟就像一个微小的原生动物，在一个巨大的碟子里漫无目的地晃荡。

视线所及，除了水，就是岩石边缘。我们在石堤的掩护下沿着湖岸盲目地前行，默默祈求不要被迫登陆，除非找到合适的地点。在危险的湖岸，除非湖面风平浪静，否则任何试图登陆的行为，都会导致独木舟被击得粉碎。

在三天的航行中，我们只找到五个地方可以安全上岸。从这些地方可以看到内陆，但我们被眼前所见吓了一跳——堤坝的另一边是一大片被水浸没的灰色土地，呈锥形，无边无际。这幅景象令人绝望，最可怕的是几乎完全没有驯鹿的踪迹。在荒原上，驯鹿踏出的足迹几乎遍地都是，纵横交错，而这里完全没有这种痕迹；只有零星几个脚印依稀可辨，可能是很久很久以前驯鹿留下的足迹。

这样过了几天，奥霍托一直郁郁寡欢，无法缓解。在他看来，我们不仅远离了活人的世界，而且已经完全走出他所了解的世界。对于这一点，他是十分肯定的，因为这里没有驯鹿，也从来没有出现过驯鹿。

一天晚上，我们发现了一个罕见的卵石湖滩，有几码长，挤在岸边岩石堆的缝隙里。我们感激地将独木舟靠岸，搭起了营地。没有木柴，我们也就没有生火。吃饭的时候，奥霍托一声不响。我们同样也很紧张，因而没有同他说话，也没有试图安抚多天来他那愈发沮丧的情绪。吃完饭后，这个因纽特人走到我跟前，悄悄地跟我借枪。

我知道周围没有猎物可打，而且天快黑了，夏末的夜晚已经很长了。我问奥霍托为什么要枪，他回答说："把枪给我吧——明天早上，想想我为你们做过的事。我知道你会给我的身体该有的照顾，你懂得必须要做什么。你不会将我留给狐狸和豺狼的，因为你是伊哈米特人！"

安迪大发雷霆。"自杀！"他大声叫道，"你觉得我们的野餐还不够味儿，要加点猛料我们才会高兴吗！"

显然，奥霍托的脑子里塞满了死亡的执念。当我意识到这一点时，路途中长期聚集的紧张，似乎达到了无法忍受的顶点，我也忍不住勃然大怒。

我告诉这个因纽特人，我决不会给他枪，我叫他将这个念头从脑子里抹去，否则我来替他抹去。他从我们身边走开，坐在岸边的岩石上，而我和安迪则把步枪、斧头和所有刀具——甚至包括奥霍托自己的——都收起来，藏在我们帐篷的铺盖下面。我们对这个人恨得牙痒痒，他好像故意要在我们前途未卜、找不到出路的情况下，加上这叫人无法承受的最后一根稻草。这种前路迷茫的紧张情绪令人不堪重负，我们的神经已经不堪一击，接近崩溃的边缘，大脑也失去了理智。我和安迪对彼此说，我们才他妈的不在乎奥霍托会怎样，我们生气只是因为不喜欢处理死人后事。藏好武器后，我走向奥霍托，用我知道的因纽特语言中最残忍的话狠狠地骂了他一顿。他没有抬头，也没有回应我。过了一会儿，我觉得自己太小题大做，有些自责。我隐约感到，这个人需要我们的同情和理解。如果说我们在空虚中感到孤独的话，那么他感受到的孤独将是我们的三倍。我忍住怒火，温和地对奥霍托说话，竭力弥补自己的过失，说服他不要寻死。

面对我的好言相劝，他仍然不作任何表示。于是怒火被再次点燃，我大步走回帐篷，一边走一边用英语骂他。

怀着对这个因纽特人满腔的愤怒，我和安迪回帐篷睡觉去了。我想把他从我的思绪中赶走，可是却睡不着，也忘不掉。

我们在帐篷里待了不到几分钟，一对黄嘴潜鸟疯狂的叫声打破了四周的沉寂。它们是许多日子以来我们听到的第一个活物的声音。但是，这叫声非但没能减轻我们内心的紧张，反而使我们更加害怕，因为它们疯狂的叽叽喳喳完全不是人类期待的那种有血有肉的生物发出来的。

它们的哀号还没结束，奥霍托的声音又加入进来。两种声音瞬间变成疯狂的合唱。奥霍托高声唱着单调的圣歌——这是伊哈米特人特有的歌曲，是知道自己快要死的人才会唱的歌！

合唱无休无止，一直持续到深夜，我紧紧抓住睡袋，粗糙的帆布把我的指甲都折断了。最后，困倦终于袭来，我睡着了，与可怕的噩梦一直搏斗到天亮前醒来。我躺在那儿，望着蚊帐上的白雾，很久才意识到歌声已经停止了。然后，我感到一阵不适。我仍然躺着，想到奥霍托已经走了，不适的感觉更甚。

天一大亮，我就去了奥霍托的帐篷。他不在。我开始四处寻找，但没有找到他。我又在堤岸的石堆中跌跌撞撞地奔跑，近乎疯狂。最后，我找到了他——脸朝下俯卧在岸边厚厚的苔藓上。

我在他静止的躯体旁站了好一阵，犹豫着，不敢去触碰他那破旧的毛皮大衣。当我俯瞰他时，光线更亮了，我看到他的毛皮大衣在均匀的睡眠呼吸中上下起伏。

真是如释重负！我对着他大叫，他坐起来，揉着惺忪的睡眼，我把烟袋和烟管扔给了他。要是他当时站着，我一定会伸出胳膊搂住他的脖子。

那天早上和我们一起共进早餐时，这个悔过自新的因纽特人显得心平气和。而我和安迪呢，恰恰相反——奥霍托还和我们在一起，我们都兴高采烈，甚至有些喋喋不休。然而，不同于上次被因诺困扰，奥霍托并不急于解释他头天晚上自杀情绪背后的原因。但是我们已经原谅了他，因此觉得有权知道是怎么回事。

过了好几天，我们才听到这一切。现在，我将它重述一遍。故事由奥霍托讲述，我整理。

当我还是"纽塔里克"（nutarik）——孩子的时候，我的父亲埃莱图特纳经常在"人类之河"上航行。他常常冒险去下游，有时远至希科利古厄克湖（Hicoliguak）。发生那场灾难以前，他住在昂格库尼湖营地，因而对这片土地极为熟悉。我父亲是个萨满，一个籍籍无名的巫师。他不像大多数人那样害怕鬼怪，因此，在人们纷纷弃河而逃之后，他还敢在河上继续航行多年。在昂格库尼湖遭遇大瘟疫之后，我的父亲几乎是唯一到过此地的伊哈米特人。

他热爱大湖附近的土地，尽管这种爱为空荡荡的帐篷圈和密布的坟墓带来的恐惧所冲淡。埃莱图特纳曾多次发誓，他要回到昂格库尼湖畔——那个他在孩提时代第一次见到驯鹿的地方，他的灵魂也将永远留在那里。

他死在我的帐篷里，在离这里很远的东部那个有商人的湖边，我把外出所需的一切物品放在他的坟墓里。我知道，他会带着这些东西，从他去世时所在的陌生之地，再次返回基内图厄山下的营地。

所以当我们第一次爬上基内图厄，眺望大湖周围那死气沉沉的大地时，我才会提起埃莱图特纳。我知道那座山，我熟悉那个地方。我还知道，埃莱图特纳的鬼魂一定就在附近的某个地方徘徊。这一认识让我感到幸福，但这种幸福又夹杂着恐惧，因为我虽然爱埃莱图特纳，却不爱鬼魂。

我们在基内图厄湾的岸边扎营才几天，我就知道埃莱图特纳已经发现了我。我看不见他的身影，也听不见他的声音，但我知道他就在那里。当我走过那片死亡之地时，他的出现既让我心安，又让我恐惧。

当我们离开昂格库尼湖，沿库维而上时，埃莱图特纳已经近在我的身旁。由于我们经过了坟地，我父亲的灵魂似乎变得愈加强大，我不时会听到那记忆中的声音在远处响起。当我们最终站在无名湖岸边时，埃莱图特纳低声告诉我——也就是当时我对你们说的话——我们应该回头，因为前路漫漫，一片死寂。

然而你们不肯回头，于是我们继续向前，进入陌生的水域。不幸的是，紧跟着我们的埃莱图特纳失去了力量，因为那里不是他的属地。所以当游荡于这条河上的魔鬼使我脸上起脓肿，想置我于死地的时候，他啥忙也帮不上。要不是你的魔法，魔鬼早就把我毁了。那时你们仍然不愿回头，我们继续前进。随着埃莱图特纳的声音渐渐变得响亮，我知道我们进入了他的世界，即鬼魂的世界。一天到晚，我都能听到他的声音，他跟我说话，一说就是几个小时，给我讲他年轻时的故事，讲这片土地上曾经发生的故事。

埃莱图特纳提到以前，纯洁无害的精灵在天空遨游，伊哈米特人的帐篷多如满天的云朵。我父亲说那时候驯鹿如此之多，"饥饿"这个词与伊哈米特人的生活毫不沾边。他还提到有一段时间，柯亚克队伍浩浩荡荡向北远行，来到一个叫作阿基林尼亚（Akilingnea）的汇合地。这个高高的山脊就在我们土地的边缘，海滨因纽特人会来这里收集木材，跟我们做生意。

我父亲的记忆回到更久远的过去，伊哈米特人的先民住在一个我们从未见过的大湖岸边，到西边得经过五十天的长途跋涉。埃莱图特纳告诉我，伊特基利特人如何从湖的南边和西边来到这里，攻击因纽特人，幸存者只能往东部逃离。许多人为了躲避伊特基利特人的袭击，一生都在向东慢慢迁徙，直到最后找到这片伊哈米特人的领地。

但是，埃莱图特纳谈得最多的还是驯鹿。他提到过去，驯鹿陆陆续续经过那些有名的渡口，前后要持续整整一个月。我父亲说到这些的时候，我正在你们的独木舟上向外望去，整片土地没有一丝生命的迹象。我的心情愈加沉重，茫然不知所措，不知道自己是否已经死了，到了一个没有驯鹿的地方，饥饿的鬼魂在平原上哀号，寻找不知踪影的驯鹿。

埃莱图特纳的声音越来越有力，但直到我们到达这个营地，我才再次见到我父亲。他就在岸边，站在我身旁。你们卡布卢奈特人看不见他，但你们走来走去的时候，他能看见你们。

就在那时，就在那个地方，埃莱图特纳说的几句话，让我想拿起你的枪，自行了断。我父亲没再讲过去，却把话题转向伊哈米特人和这片土地的现状。他谈到"饥饿"和"剧痛"。他谈到那些为数不多的杀手，以及喷溅到妇女和儿童身上的鲜血。他叫我留意你们，然后说：

"奥霍托，看啊，这些卡布卢奈特人也是第一个女人的儿子，和我们一样，也出自她的子宫。过去她曾打发他们离开这块土地——这片既属于我们、也属于他们的土地。在那个古老的时代，她曾不公正地对待他们。他们从来没有忘记这一点，也没有忘记我们曾是这位共同母亲偏爱的宠儿。他们又回来了，为复仇而来，他们乘着火车，带着'剧痛'和鲜血而来。他们带走驯鹿并将它们藏起来，不让我们看见，让我们知道了'饥荒'为何物。他们聪明无比，来到这里就是为了占领这片曾经属于我们的土地。

"你呢，我的孩子？现在，你和我同在这片死人之地，这很好。你们留在小湖岸边的帐篷里，只有邪恶。也许你回去的时候，那儿不会再有人出来迎接你。即使你熟悉的那些脸庞见到你仍然挂着微笑，但记住那只是暂时的，我说的是实话。总有一天，当你从一无所获的狩猎中归来时，再也不会有人来迎接你。

"我是'昂格奥科克'（Angeokok）——一个萨满。奥霍托，我是鬼魂，能看见你眼睛看不见的一切东西。在我年轻的时候，伊哈米特人是个伟大的民族，用人类的声音填满了这片大平原，但你知道他们的现状。冬天结束时，他们又将如何呢？那时，流经这片土地的河岸旁，可能又将增添不少新坟。

"奥霍托，我的孩子，那时他又将在何处呢？卡布卢奈特人在这里，他也在这里，但当他们不再需要他的帮助时，他又将去向何处呢？他的大限之期到来的时候，没有族人来埋葬他的尸骨。我儿子的尸骸将被狼群吞食，他的灵魂在这个世界上将永远得不到安宁。"

我的父亲埃莱图特纳就是这么说的。我知道他说的是真话，因此，我想借你的枪，结束这种等待。

可是，枪被藏起来了，我去找我的刀，刀也不见了。于是，我走到湖边，坐在茫茫夜色中，唱起了死亡之歌——我相信我的父亲埃莱图特纳的力量会把我带向死亡。然而黎明之前，他离开了我。我在乱石边找他，他已不见了。因此，我还活着。

那时，我失魂落魄，倒在苔藓上。想到自己孤独无依，我哭了。

十八、父辈的岁月

　　奥霍托寻死未遂的第二天，我们离开宿营地继续前行，周围的土地慢慢变了模样。太阳高高地挂在通透的天空。不久，我们就见到堤坝边拔地而起的群山，知道终于要告别连日来挡住我们视野的堤岸了。巍峨的群山向西边和南边延伸，湖岸开始向南弯曲。我们明白这里已是无名湖的尽头。

　　见到那些远山，我们就像航行结束时见到在码头上迎接我们的老朋友，于是鼓足劲向它们卖力地划去。奥霍托第一个发现，远处山脊那高低不平的斜坡褶皱里，有一些深色的斑点。透过望远镜，我发现那些斑点原来是树木，心底不由得欢呼雀跃。

　　我们向南边驶去，岩石堤岸开始崩塌、变低，继而消失不见。终于，我们见到了陆地——名副其实的陆地，从岸边隆起，形成一溜低矮的山脊。从旁边划过时，我们见到了山脊上无数驯鹿足迹织就的图案，星罗棋布，不禁开心得像孩子一样。

群山的低谷里，长着丛丛云杉。因此，那天早上我们几次上岸，仅仅为了生火取乐。其实我们除了一点面粉之外再无其他东西可吃，可坐在堆堆柴火旁边，看着蚊子和苍蝇被烧成灰烬，我们仍然感到快乐无比，不时放声大笑着。

后来，一团朦胧的灰雾突然掠过湖面，刹那间遮住了我们来时那条荒凉的路。雾霭只停留了一两分钟，还没等它散去，一道完美的彩虹就横亘眼前，顶点直达苍穹，形成一道壮丽的弧线，从湖的北岸一直延伸到南岸。是的，一道彩虹而已，但奥霍托发誓说那是一种吉兆。当我们再次驶进无名湖时，他坐在独木舟的船头，像狗一样用鼻子嗅着微风，想嗅出前方有什么在等着我们。

我们沿着湖岸前进了一段，突然来到群山间一个隘口前。我们透过这个隘口向外张望时，有一种奇怪的感觉，好像这个马鞍似的凹陷把我们隔绝在了现实世界的边缘。现在既没有石堤，也没有群山，没有什么可以遮挡视线。但在独木舟上，我们只看得见与视线齐平的山坳，而山坳以外的世界，完全看不到。我们好像正透过世界表面的一个小孔，窥探着另一个无垠的空间。

周围的土地早已变得温暖而友好，因此我们并不害怕。于是，我们靠岸登陆，向西走进隘口，这才明白为什么这里看起来像是世界的尽头。原来我们之前经过的连绵山脊形成了一条堤道的脊梁，将我们之前所在的湖和西边一个更大的湖隔开了。由北而来的群山到了这里山势陡降，渐渐形成一个漏斗形的狭窄地带。我们站立的地方，仅约四分之一英里宽，群山在这里暂时止住了延伸的脚步。而在我们南边，群山再次拔地而起，气势大增，堤道随之变宽，直到再次形成大漏斗，一路向南延伸。

我们穿过狭窄的地峡，惊奇地发现两个湖竟然没有连通。这个新湖更大，但水平面更低，足足低了三十英尺，这就是为什么我们之前有到了世界尽头的奇怪感觉。

我们站在这个新发现的内陆湖畔，越过冰蓝色的湖面，眺望无边无际的西边。奥霍托似乎在他的内心深处和湖水深处搜寻着什么。湖水呈现的色彩，令人讶异，像是一块透明的青金石，这是我在其他的湖中从未见过的颜色。奥霍托记起了那种色彩。在平原上，因纽特人总有一些玄妙的方法寻路。最后，他开口说道：

"这个湖叫图勒玛利古厄特纳（Tulemaliguetna），湖水注入最大的内陆水域图勒玛利古厄克（Tulemaliguak）——沿着它可以直达北方冰海！"

我们问奥霍托认出这个湖的依据，他说其实他从未见过这个湖，但一些细微的特征让他想起了它的名字——在伊哈米特人残存的帐篷间流传的旅行传说，详尽描述了这些细微特征。奥霍托说得没错，这的确是图勒玛利古厄特纳湖，我们站立的那条狭窄堤道恰好是荒原中部两大主要水系的唯一分界线。

因纽特库——卡赞河，和杜邦特河，长度都超过三百英里。这两条河在平原上各自奔流，直到在咸水边缘的卡米尼库厄克湖（Kaminikuak Lake，我们称之为"贝克湖"）交汇。但是，就在我们站立的地方，在这片荒原的腹地，这两大水系仅以一箭之遥再次岔开，沿着各自的河道向北延伸。

因此，从昂格库尼湖的东岸到图勒玛利古厄特纳湖的西岸，这片绵延近一百英里、东西走向的水域，将驯鹿的迁徙路线阻断，仅留有四分之一英里宽的大陆桥通行。

当我们走过堤道，返回独木舟时，看到脚下土地的砾石上，印刻着驯鹿深深的足迹，连顽强的地衣和苔藓也无法生长。多年来，在春秋两季向北、向南的迁移中，定有不计其数的驯鹿汇集到这个小小的地峡。这里是"鹿道"——驯鹿踏出来的最壮观的大道。这些印迹表明，驯鹿在今年的春天已经沿着这条路北上。

我们还发现了一排石人，斜着穿过地峡，排得整整齐齐，就像列队的士兵在等候检阅。相邻两个石人之间相隔的距离有一只独木舟那么长，一起组成连续的战线，好像在守卫着地峡，以抵挡来自北方的入侵，尽管——我们随后会发现——它们的真正作用并非如此。每个石人约三英尺高，头上长着一丛棕色的苔藓。这些灰不溜秋的矮大个儿，顶着毛茸茸的褐色脑袋，守卫着堤道。它们的存在无声地证明，我们并不是第一批来到这里的人。

奥霍托一看到石人就咧嘴笑了。他明白，驯鹿的队伍正在北边的某地汇聚，并且一定会涌进这条狭窄的"鹿道"。那晚上床睡觉的时候，他快乐无比，对等待驯鹿的到来没有一丝不耐烦。也许他已经知道鹿群什么时候会来，以驯鹿为生的伊哈米特人对这种事感觉灵敏，而我们对此却一概不知。

那天晚上，我们睡在"鹿道"的东岸。黎明时分，奥霍托沙哑的声音突然响起，打断了我们的睡眠。

"图克图！它们来了！"他咕哝着说。我和安迪仍然睡意蒙眬，一觉睡到天亮，才发现奥霍托早已不见人影。

我们昨天才到达这条地峡，今天鹿群就来了，真是机缘巧合！为了寻找它们，我们在这片死寂之地走了不知多少英里，直到来到西部边界，食物也快耗尽，现在终于找到我们朝思暮想的东西了。

我们爬出帐篷，看到石人在清晨微光下的轮廓。现在，它们似乎也充满了紧张的期待。第一缕晨风吹过，它们头上的干苔藓随风拂动，仿佛是在长时间的昏睡之后又活了过来。

奥霍托仍然不见踪影。于是，我和安迪向石人以南半英里远的地峡中心走去。光线越来越亮，我们可以看到遥远的北边山坡上向下流动的影子。我们坐在岩石上等待着。天色更亮了，那些影子的轮廓更加清晰，我们逐渐辨认出那些棒状的鹿角——在珍珠般莹白的天空的映衬下，像覆盖着天鹅绒般美丽。

它们缓缓走近，不慌不忙。它们一生中每年都会经过这条"鹿道"，从未在这条路上遭遇过敌人。光线变得越来越亮，我终于看见领头的是一只年轻雄鹿——它正沿着一条小路慢慢走来。就在它走到离最近的石人仅几码远时，风突然刮得又猛又急，石人头上的苔藓仿佛活了过来，狂乱地舞动着。雄鹿猛地停下来，叉开前腿，紧张地盯着石人。风吹向这只驯鹿，空气里没有危险的气息，那个奇怪的东西也停止了舞动，看起来没什么可怕的。

但是，雄鹿已经警觉起来，变得小心翼翼。它踩着乱石，谨慎地走到石头守卫者的东边，沿着与石人组成的斜线平行的线路前进——但保持着一定距离，它对它们的存在明显感到不安。

还有几十只雄鹿，心不在焉地跟在头鹿后面。头鹿沿石人线路走了一半，停下来不经意地看了一眼——好似感觉那些石人正不知不觉间向它逼近——突然撒腿跑了起来。它的尾巴上扬，其他雄鹿见了这代表麻烦的白色警示，也跟着跑起来。

这一小群驯鹿在石道上飞奔，不一会儿就到了长长的石人队伍的尽头。最后一个石人和湖之间仅有一个二十英尺宽的缺口。鹿群现在什么也顾不上了，纷纷挤进这缺口，只想着从身旁的石人阵营逃离。奥霍托就巧妙地潜伏在空地上的石头掩体背后，只等驯鹿进入它们自以为的安全地带，便扣动扳机。

连续三声枪响，最大的三头雄鹿应声倒进苔藓和岩石堆里。年轻的头鹿领着幸存者慌乱地跑过圆石堆，登上了地峡尽头南边山脊的斜坡。

奥霍托从藏身处跳了出来，跑向猎物。我们也快速跑过去。几分钟后，我们三人扛着令人馋涎欲滴的鹿肉，急匆匆地回到营火旁。

在随后的日子里，地峡上流动的鹿群越来越密集，最后汇成一股汹涌不断的洪流，比我在努埃尔廷湖看见的穿越"鬼山"的鹿群更为密集，因而印象更加深刻。在那狭窄的地峡，它们紧紧地挤在一起，连石人形成的"鹿栅栏"也无法为它们引流，在伏击道路上的"大洪流"中，石头卫士间不时涌出汩汩"溪流"。

随着驯鹿的到来，原本了无生趣的陆地开始呈现出勃勃生机。这种转变我曾在温迪河湾见过，只是场面远没有如此壮观。空空如也的辽阔天空好久不见鸟儿振翅，现在，黑色渡鸦们正在卖力地飞翔——它们不是三三两两地飞来，而是成群结队地蜂拥而至，和北边天际突现的雄鹰一起占领了这片苍穹。一天早晨，三只大矛隼几乎擦着鹿群的脊背飞起，在地峡上空低低地盘旋。它们飞走之后，一群粗腿的雄鹰在驯鹿"洪流"上空懒洋洋地拍打着翅膀，缓缓向南飞去。成群的海鸥紧跟着鹿群迁徙的步伐，给鹿群的身侧镶上一道白边，随时等待着像秃鹫一样享用腐肉。

陆地上，白狼如幽灵般穿过乱哄哄的鹿群，发出阵阵呜咽，灰褐色的北极狐则低声嗥叫应和着。就连毛色艳丽的地松鼠也仿佛刚从漫长的冬眠中醒来，突然间从沙丘里冒出来，它们的哀鸣声在长长的山脊和群山间回响。黄鼠狼"特里加尼厄克"（Terriganiak）从岸边的岩石堆里钻出来，自不力地吱吱叫着发起挑衅。狼獾故意混在迁徙的鹿群中，慢腾腾地走着。

显然，发生巨变的不仅仅是土地，还有奥霍托的内心。获得鹿肉的第一天，我们饥肠辘辘地坐在篝火旁，等着大块鲜肉在点点红炭上烧烤变色。就在那一刻，奥霍托终于露出了我们熟悉的那张面孔——是的，那是我们喜爱的面孔。他的转变并不仅仅是因为就要大快朵颐了，确切地说，是川流不息的鹿群，给他的内心注入了无可估量的生机。我又一次意识到，伊哈米特人和驯鹿之间的关联绝不仅仅是身体上的。就好像存在一个看不见的"驯鹿精灵"，要求伊哈米特人将其吃掉。鹿群出现在大地上，精灵就短暂出现；鹿群消失时，它也随之消失。

现在，驯鹿精灵与我们同在，我们先前经过的蛮荒土地不再让奥霍托充满恐惧。我和他在地峡上偶然再撞见古老的帐篷圈时，奥霍托也不再像他在昂格库尼湖看到废弃的营地时那样，陷入低落情绪。现在，他谈论着天底下每一件事，滔滔不绝，不说话的时候也笑容可掬，甚至抱怨我笑得不够，脸拉得太长。好几个小时，他一直取笑逗乐我们。

　十八、父辈的岁月

他聪明绝顶，惟妙惟肖地模仿我们白种人和其他伊哈米特人，逗得我们开怀大笑，以至于正在地峡穿行的驯鹿都好奇地转过脸来，朝我们的营地张望。至于鬼魂呢——就连埃莱图特纳和他那可怕的预言和警告都没有再被提及。

一天晚上，我和奥霍托坐在营地附近的一个小土丘上。在半明半暗的暮色中，我们倾听着"鹿道"上看不见的野兽行进中发出的响板一样的咔嗒声，沉稳而单调。我问奥霍托，是否愿意给我讲一讲有关埃拉伊图特纳和过去的故事。他非常乐意，任自己的思绪飘回到父亲埃莱图特纳年轻的时代。

在我父亲年轻的时候，我们在一条河边住过一段时间。这条河从最大的湖泊图勒玛利古厄克流出，静静向北流淌。我们的帐篷就在河边，共有六十多座呢！住在这里的人叫基克托里厄克托米特人（Kiktoriaktormiut），即"蚊子地之人"。那个时候，尽管大家都是伊哈米特人，但每个营地都有自己的名字。

基克托里厄克托米特人是我们种族中居住地最靠北的，也是当时唯一与外族人有来往的一群伊哈米特人。在那个年代，只有北方才有进入大平原的入口。南边，十分强大又容易动粗的伊特基利特人，向我们关闭了他们的土地大门；东边，是海洋和海滨人，但那时我们并不知情；西边，还有另一支伊特基利特部落，让我们非常忌惮——在古代，他们将我们赶出了西部平原，为此发生了大量流血冲突事件。

因此，我们只和北方人有往来。基克托里厄克托米特人守着我们土地的门户，我父亲那代人是平原北门的守卫者。

北方也是麝牛"奥明穆克"的家园。每年冬天，都会有猎人从南边伊哈米特人的营地来到我父亲他们的冰屋，加入麝牛捕猎队伍。我听说有些冬天，从南方驶来的雪橇达到上百辆。于是，这片土地北门的营地，就成了开怀舞蹈和尽情游戏的欢乐场。

通常情况下，每个基克托里厄克托米特猎人都会等着一个结盟兄弟从南方来，两人一道进行冬季狩猎。我父亲的结盟兄弟叫赫克沃——没错，就是住在"小山"脚下的那个人。我从赫克沃和我父亲埃莱图特纳那里听说过许多捕猎的故事。

通常，赫克沃在隆冬时节才来到北方营地。他会驾着他的大雪橇来，上面放满作为礼物的鹿皮和鹿肉，垒得老高。埃莱图特纳会热情迎接他的客人，并派人告诉其他冰屋的人，他将为自己的结盟兄弟举行隆重的歌舞盛宴。

当天晚上，人们齐聚一堂。埃莱图特纳的大房子里挤满了男男女女，几乎没有余地供舞者下脚。开始跳舞前，埃莱图特纳会吟唱一首赞美赫克沃的歌。曲毕，他会送给赫克沃一件礼物，通常价值不菲，在场的所有人都大声称赞。

接着，赫克沃一边跳舞，一边歌唱埃莱图特纳的慷慨大方，在歌舞结束时回赠礼物给他的猎人结盟兄弟。就这样，整个晚上，两人互赠礼物，想方设法超越对方。眼看着礼物越堆越高，冰屋里的人们兴奋得发狂。

女人们忙得不可开交。冰屋外面漆黑一片，她们就在雪地里燃起旺旺的篝火，并不时端着托盘进屋，里面盛着热气腾腾的鹿肉。不断有新的访客从偏远的营地到来，鼓舞声就不断从附近的雪屋传出。埃莱图特纳和赫克沃去拜访一家家冰屋，每到一处，都唱着新歌，互赠美妙的新礼物。到第二天早晨，他们多半在万分激动中已将自己所有的东西都送给了对方，于是各自拥有了结盟兄弟的所有财产！

有时歌舞会持续两三天，在允许睡觉的短暂休息时间，赫克沃和我母亲睡在一起——规矩就是这样。到北方来狩猎麝牛的人，不会带着家人踏上这趟艰难的旅程，这是一贯的规矩。因此，从遥远的南方来到这片土地门户的人，被允许和他结盟兄弟的妻子睡觉。如果结盟兄弟拒绝给他这样的热情款待，则会让整个营地蒙羞。然而，有一点你们得明白，如果女人自己不愿意，任何男人不得和别人的妻子睡觉，即使是结盟兄弟也不行。总之，这事最终得女人说了算。当然，当埃莱图特纳夏天划着柯亚克去南方的"小山"地区时，舱里也没有多余的空间容纳他的妻子。由于妻子不在身边，他到了赫克沃的帐篷，同样也被允许与结盟兄弟的妻子同床共寝。

在埃莱图特纳的营地，欢庆活动会持续好些天，通常这边活动还没结束，那边南方新来的猎人又开始了送礼物角逐。因此，在整个冬天的大部分时间，跳舞、唱歌和赌博活动此起彼伏，鲜少间断。

终于，赫克沃和埃莱图特纳决定出发去狩猎了。于是他们驾着各自的雪橇，带上狗队，揣上轻便的食物，出发前往图勒玛利古厄克湖西部的荒野，那是一片从未有人居住过的土地。

有时，他们要在乱石林立的群山间穿行长达两个星期，才会发现土壤裸露的地点——那是麝牛用脚刨开硬雪，寻找地衣和苔藓而留下的。一旦发现这样的地点，他们便就地建起营地，通常只是搭一个小型的临时冰屋。然后，他们带着两三只猎狗，徒步前进。

通常是夜间行猎。在那片土地上，冬季的白天只有一两个小时，而且麝牛在白天难以接近。因此，漫漫长夜，在"夜空之光"——极光拉出的长长光束或月亮精灵"塔克蒂克"升起时投射的微光中，猎人们静悄悄地行动着。

突然，狗群紧张起来，拉紧了套索，但悄无声息——它们受过训诫，闻到麝牛的气味时不得出声。这时两人爬上一座小山，可能会看到前方山谷里深蓝的雪地上有一小团黑影，他们知道那就是麝牛。这些毛茸茸的庞大野兽，长长的毛发垂到脚上，像在雪地里拖着一条大尾巴。它们沉重的身体就像覆盖着长长的黑色地衣的方形岩石，只有头看起来像是某种动物。

猎人看清麝牛所在的位置后，会从两个地方同时放出狗队：赫克沃或埃莱图特纳会绕一大圈到兽群的另一边去，两人用狐狸的颤叫声作为信号，当绕圈的人到达目标位置时，就发出信号，于是两个狗队同时被放出去。

两个狗队无声前进。它们像狼一样，不发出任何声响，向兽群靠近。一看到猎狗出现，麝牛就紧紧地挤在一起，形成一个圆圈，外围是牛角组成的铜墙铁壁，坚不可摧。

公麝牛围成的堡垒极具杀伤力，狗群或狼群休想活着将它攻克。但是它们对人类知之甚少。它们只知道，只要围成严密的圆圈，就能避开大多数危险。因此，当两个猎人小心翼翼地从山上靠近时，它们没有乱阵逃跑。猎人确保途中有石堆，以便必要时撤退，接着，便像影子一样悄然而至。

这时，微光闪烁的黑夜里，人扮的狐狸又叫了一声。狗群得到信号，向后撤退，形成一个大圆圈，远远地绕在麝牛群的周围。由于声音会使牛群受惊散开，漫山遍野奔逃，因而这一切都在悄无声息中完成。只有随"夜空之光"而来的精灵的窃窃私语和公麝牛愤怒的喷鼻声，不时打破夜空的寂静。

突然，沉重的拉弓声传来。又是一声——箭矢在黑暗中快速穿行，难觅踪影。只见箭落处，那毛茸茸的巨兽痛得跳起来，但只要还活着，它们就绝不会从阵形中逃离。

直到箭矢开始击中圆圈中心的母牛时，这些蠢家伙才有些慌神，阵形开始破裂——母牛狂蹬乱踢，把公牛赶离了原来的位置，坚不可摧的防线被打破了。这时，公牛已完全陷入恐慌，防御被攻破时，狗跳进混乱的兽群——它们一声不吭，这使得攻击更为可怕。

猎人收起弓箭，改用短矛刺杀。他们如敏捷的狐狸迅速跑动，在石堆间跳进跳出，时而跳起来寻找掩护，避开受伤的公牛发起的盲目攻击；时而沿着低矮的山脊拦截逃跑的母牛。也就一会儿工夫，一切都结束了。

猎狗被唤回后，便耐性十足地坐着，等待猎人把杀死的野兽屠宰完毕。随后，猎人在猎狗进食的当口，把肉堆起来，砍下麝牛头上珍贵的牛角，卷起毛茸茸的兽皮。

狩猎过程就此结束了，而把猎物运回营地需要花上三到四周的时间。这就是猎捕麝牛的方法。麝牛角可以做成汤匙、长柄勺和碗，最妙的是制成我的父辈在过去使用的弩。麝牛的肉和驯鹿的肉一样品质精良，而且更肥厚。兽皮用处不大，因为太重了，做不了衣服，不过可以放在冰屋睡袍下做垫子。

我，奥霍托，这辈子见到活的麝牛不过两次。基克托里厄克托米特人从这块土地门户离开的时候，麝牛已经消失了。先前，西边的伊特基利特人获得了白人提供的步枪装备，之后不久，麝牛就从图勒玛利古厄克湖附近的土地上消失了。

不过，我还听说了一些发生在图勒玛利古厄克湖的其他事情。其中，湖怪"昂格奥厄"（Angeoa）的故事，我记得一清二楚。

有一年冬天狩猎结束后，赫克沃没有像往年一样坐狗拉雪橇回家，而是等到春天，在我父亲的帮助下做了一个柯亚克，打算从水路返回南方。7月底，他俩在一个叫卡胡特纳的男子的陪同下，各乘着一只柯亚克出发了。驾着轻便的小船，他们沿着通往湖泊的河流逆流而上。在大瀑布处，河水通过一个黑森森的峡谷沉入地下，他们只好扛着柯亚克，越过苔原进入上面的水域。到达图勒玛利古厄克湖北边的湖湾时，他们发现湖面仍然覆盖着冰块，可那时夏天已经过去了一半。

这三人发现东岸有条通道，尽管人们总是沿着湖的西岸走，他们还是选择了这条东岸的通道。东岸的冰层已破裂，形成一条航道。三只柯亚克沿着这条航道前行，就像河鳟一样划开闪闪发光的水面。

我们伊哈米特人给图勒玛利古厄克湖起过一个奇怪的名字，叫"肋骨堆湖"。这个名字源于多年以前的一些事。我依稀记得，据说有一次人们在岸边发现了一具野兽的骨头。骨头太大太沉，即使双手使足了劲也抱不起一根来！关于这个最大湖泊的传说不止这一个，过去还有许多，都是讲述人们冒险来到湖心，再也没能回到陆地的经历，因为湖底住着巨兽。

那时候赫克沃和埃莱图特纳都很年轻。按照当时的习惯，在图勒玛利古厄克湖航行时，要靠近湖岸行驶。历代以来，从来没人尝试过横渡这片广阔的水域。因此，人们认为那些古老的传说只是用来吓唬孩子的。

起初，我父亲、赫克沃和卡胡特纳沿着东岸航行，一切顺利。到了第三天，他们来到一个没有冰层的深湖湾。由于他们急于离开图勒玛利古厄克，所以决定直接穿过湖湾到达南岸。

那是一个晴朗的夏日，寒冷的湖水将天空的碧蓝尽数吸收，天空如此明亮，就像刚下的新雪，洁白一片。湖水澄澈透明，闪耀着蔚蓝的光芒，即使是在风暴来临前的滚滚乌云下，人也能看到十桨深的水下。

赫克沃的柯亚克位于队列之首，三人都奋力划桨，因为他们急于在南岸登陆，而距离南岸还很遥远。埃莱图特纳大汗淋漓，口渴难耐，于是把桨直直地举到空中，直接用嘴接住从桨上流下来的涓涓细流。随后，他把桨再次扎入水里，目光顺着桨的方向看去。突然，他大叫起来，声音因惊恐而打着颤。只见船体下面，赫然出现一个巨大的影子，而且正在移动。

另外两人听到埃莱图特纳的叫喊，停下手中的动作，总算听清了他的话。

"昂格奥厄!"他大叫。

三人立刻高举船桨，奋力把柯亚克划向东岸。柯亚克像离弦之箭，贴着平静的湖面飞驶。但是，他们才划了几十下，赫克沃和卡胡特纳两船之间的水花便开始涌溅，犹如开水沸腾。高高涌起的湖水冲击着卡胡特纳的柯亚克，船迅速歪向一侧。卡胡特纳失去了平衡，胡乱地挥舞着长长的双头桨，但是柯亚克在水中打着旋，把他扔进了湖里。

一阵刺耳的声音响起，犹如急流上的漩涡发出的低吼。其余两人听到急流上卡胡特纳的尖叫，都转过身去。他是个好人，一定得帮他。然而他们刚转过身来，还没划出一桨，只见一个巨大的水泡破裂开来，一头全身溜光的黑色巨兽腾出水面。

在伊哈米特人的传说中并没有对这头巨兽的具象描述，但是，我父亲看到了它，说它有二十只柯亚克那么长，五只以上那么宽。它有一个直立的鳍，足有帐篷那么大。我父亲和赫克沃都没有看见它的头，也不相信它有头。

看到那个名叫"昂格奥厄"的湖怪破水而出，柯亚克上的两个人只好掉转船头向东岸划去，再也顾不上卡胡特纳。湖水太深，无论是弓箭还是梭镖都拿怪物没办法。

赫克沃和埃拉图特拉只管拼命划桨，直到柯亚克撞上岸边的岩石才罢手。柯亚克的薄皮被岩石划破了，他们也顾不上了。他们筋疲力尽，累得立不起身，只能拖着沉重的身子从船舱里爬出来，又艰难地爬上湖滩，在阳光下躺了很长时间，动弹不得。

我父亲第一个恢复了镇静。他摇摇晃晃地从海滩上爬起来，靠在一块大石头上，眼睛掠过炽热的蓝色湖面，望向远处的冰带。这个最大的湖泊一片平静，灰蒙蒙的水雾一动不动地悬在浮冰上。没有风，蔚蓝的湖水没有一丝涟漪。湖面上什么也没有，没有一丝动静！卡胡特纳和他的柯亚克都不见了，从水里腾起的野兽也没了踪影。

我可以告诉你，之后我父亲和赫克沃就将柯亚克扔在了那里。即便要了他们的命，他们也不敢继续在图勒玛利古厄克湖航行了。尽管如此，他们后来也差点丢了性命。因为他们原本计划乘柯亚克走五天的路程，后来却变成了在陆地上步行二十天。好在他们最后还是走到了伊哈米特人现在的居住地。这就是他们口中关于昂格奥厄的故事。打那以后，再也没有伊哈米特人敢划船到图勒玛利古厄克湖冒险了。

这次事件以后，如果人们想在夏天越过北门，到达阿基林尼亚——北方著名的汇合之地，他们就驾着柯亚克到图勒玛利古厄克湖的南端，在此留下柯亚克，再绕湖步行至基克托里厄克托米特人的营地，在那里借来柯亚克继续完成北上的行程。

埃莱图特纳经常给我讲阿基林尼亚之行，我也非常希望自己去过那个地方。那是一个巨大的山脊，位于伊特基利特库（Itkilit Ku）——印第安河（白人称之为"塞隆河"）旁边，就在我们这片土地的北部和西部。

印第安河发源于遥远的西南部，流经森林，向北流入最西部的平原，向东流入卡玛纳鲁厄克湖（Kamaneruak Lake），并最终注入大海。基克托里厄克托米特人营地旁边的河流从图勒玛利古厄克向北流出，然后和"人类之河"一样，都流入卡玛纳鲁厄克湖。

据说，在遥远的北方，有一片终年冰封的咸海，一些从咸海流出的河流几乎绵延至印第安河。在遥远的西北，有诸多湖泊相连，由此可以通往"红铜之乡"，那里住着一个奇怪而可怕的民族。

这些河流的特殊分布，使印第安河河口附近那道山脊成为闻名世界的贸易集散地。来到此地的，有来自卡玛纳鲁厄克的夸厄纳米特人（Quaernermiut），东部海滨来的达埃奥米特人（Dhaeomiut），*北部冰海来的尤特库希贾林米特人（Utkuhigjalingmiut），从北方来的哈宁加约米特人（Haningajormiut），以及从东南来的我们的表亲哈瓦克托米特人（Harvaktormiut）和帕勒勒米特人（Palelermiut）。南方的许多伊哈米特营地派人前来，还有从西北海域来的半人半兽——"伊贾卡"（Ejaka）。

所有这些人都带着物品来交易。伊贾卡带来在他们土地上发现的铜。我们带着陶泥——可以做成烟管、碗和锅，还有一些毛皮和木制品。从北海来的因纽特人带来罕见的护身符、海豹皮和白骨头——某些海生鱼类动物的牙齿。从东部来的达埃奥米特人带来铁和他们从丘吉尔镇的白人那里获得的东西。

但是，并非所有人都会参与交易。从东部、西部和最北部来的人，是为了获取木材。他们的土地上没有木柴，其中缘由，我们不得而知。印第安河会从遥远的西南某地携带不少大树，然后留在阿基林尼亚湖滨。海滨人来这里找到这些木材，在夏季短短几个月内，将死树打磨成雪橇滑板、梭镖杆、柯亚克龙骨和许多其他有价值的物品。在我父亲那个年代，人们将结实的树干打磨成这些东西，所使用的唯一工具，是将石头相互撞击、磨尖而成的。

那些来到山脊的人都是我们的兄弟，都是因纽特人——除了西北来的伊贾卡。伊贾卡野蛮而狡诈，尽管他们的语言属于因纽特语系，但与我们的很不同，有许多词语我们也不明其意。在某些方面，他们更像印第安人，法规也跟我们的不一样，是一个危险的民族。他们经常相互争吵，生气的时候就以梭镖相向，还经常用梭镖攻击我们营地的人。

所有这些陌生人都从湖的南边来到阿基林尼亚，只有伊贾卡除外，他们总从山的北边来。我们到达一个营地，打招呼时总说："嗨！我是从正面来的！从山脊的正面来！"时至今日，我们仍然这样说，就是这个原因。在过去，这表明来访者来自阿基林尼亚山脊的南面，而不是来自北面的危险的伊贾卡。

好啦，我从父亲和赫克沃那里听到的故事很多，这些不过是九牛一毛。我常常想，要是在那个年代自己是个成年人该多好哇！那样，就有干不完的大事，造访不完的营地。晚上，平原上的因纽特人还用大把时间尽情跳舞和歌唱。那时在阿基林尼亚山脊上的时光多美好啊！现在，那地方只剩下渡鸦和海鸥，海岸上再也没有营地。我父亲的时代结束了，我的时代也所剩无多，因此，对于我所熟知的世界，没有更多的故事可以讲给你们卡布卢奈特人听了。

十九、"鹿之民"拯救计划

　　快到8月底的时候，我们回到了温迪河湾，留下石人独自坚守阵地。那时，鹿群的先头部分已经赶在我们前面离开，安迪在"鹿道"上的研究也结束了。至于我，昂格库尼湖周围那片陌生之地，已将它们所知的一切全都告诉了我。它们上空只有死亡之音的回响，我更愿意回到伊哈米特人鲜活的声音中去。

　　回程波澜不惊，奥霍托发现他父亲的可怕预言没有应验，甚是开心。伊哈米特人虽然因为缺乏子弹而免不了挨饿，但仍然顽强地活着。我们待在这片土地的日子所剩不多，就把多余的东西送给了他们——差不多是我们绝大部分财物了。日子还剩最后一个月。这一个月里，我们与伊哈米特人、驯鹿一起度过。就像一直以来那样，只要后两者在一起，日子总是过得非常快乐，所有人都心满意足。直至现在，在这片土地上度过的最后那段幸福时光，仍然让我回味无穷……

鹿群为躲避即将到来的严冬，奔向南边的森林，我和安迪也该向荒原告别了。夜晚已经拉长，白天则相应缩短了。这是凯拉发泄怒气的季节，我们几乎见不到阳光或星光。灰色的云层从东边涌来，天幕低垂，压在我们头顶。我们站在山脊没精打采的苔藓上，水雾被驱散时，幽灵般的寒意扑面而来。这片土地气息奄奄，是时候回到我们自己的世界了。

我们的独木舟靠在岸边。经历多次艰辛的旅程，它已破旧不堪，船舷磨损严重。它旁边放着一小堆东西，是我们离开这片土地的一切所需。天正在下雨，一层细细的水雾笼罩在我们头上，冰冷、凄凉，犹如从死尸脸上淌下的灰色冷汗。

奥霍托和奥泰克帮我们把稀稀拉拉的衬垫罩在独木舟粗糙、破裂的龙骨上。

然后，奥霍托抽着自己的小小石烟管，那是一件小巧而匀称的半透明石头制品，别具匠心地包裹着一个黄铜的旧弹壳。我用白人的方式跟他道别，握过手之后，他取下嘴里的烟管，二话不说就递给了我。这份礼物用于告别，显然微不足道。可是，它真的微不足道吗？我知道那支烟管从一个世纪前开始流传下来，是奥霍托的父亲埃莱图特纳的烟管。它在这片土地上的见识，是任何活人都比不了，也永远比不了的。它应该随奥霍托一起进入坟墓，作为他生命尽头相伴左右的熟悉物件。现在，它却将和我一起，离开这片土地。它躺在我的掌心，温暖地冒着烟。这让我想起一些事，如果要在"卡布卢奈特人"的世界听到伊哈米特人的发声，这些事我非说不可。

我想，我的结盟兄弟奥泰克在流泪，但那也许只是寒冷的东风把水雾送过小山时，吹到我们所有人脸上的一层湿气。毕竟，他为什么要哭呢？白人要离开这片土地，把它还给伊哈米特人了。我们不会再回来了，在未来几年之内，大约也没有任何东西能把我们再带回大平原了。

水流携着我们的独木舟顺流而下。抵达河口时，我回头望了一眼。但这最后一瞥没有留下任何有价值的记忆，浓雾遮住了"鬼山"和岸边棚屋黑黝黝的屋脊。于是，我转过身来，遥望前方。破旧的独木舟沿着狭长的湖湾，划向努埃尔廷湖的开阔水面。

我们沿着努埃尔廷湖岸航行了近一周，才来到最北面的湖湾。在湖湾那如迷宫般林立的荒凉小岛中，经过一番艰苦的寻觅，我们总算找到一条入海的曲折通道：思勒威厄扎湾（Thlewiaza）——大鱼河。一进入那条河，我们就忙个不停，无暇再想"小山"脚下的土地。独木舟驶过第一个急流时，像受惊的野兽一样一跃而起。船冲到急流边上，停了下来，这让我们狂跳不已的心暂时平复下来，继续沿着河道向前。多年以来，走过这条河的白人最多不过三四个。短暂喘息之后，急流又向我们咆哮而来。

思勒威厄扎湾是伊哈米特人的土地上流入东部海域的唯一河流。沿河而下几乎不可能，更别提要逆流而上进入平原的中心地带了。这条河不是在流动，而是疯狂地倾泻在大地上，其所过之处就像庞大的地下冶炼厂喷出的巨大矿渣堆——那是地狱之火熄灭后的模样。河水在混乱中愤怒地咆哮着，任性地泼溅到大地上，向四周漫流，疯狂地涌过碎石滩涂。

五天时间里，我们仅走了一百英里。很快我们就放弃了数一数急流数量的打算，因为急流接连不断，常常绵延数英里，其间很少有平静的水面，令人胆战心惊。这些急流留给我们的深刻印象，其他任何河流都无法企及。

这个季节其实已经不适合乘坐独木舟了，但我们别无选择。不管是冒着风雨，还是毫不留情的雨夹雪，我们只能硬着头皮向前。一开始，我们担心食物太少不够吃，但很快就庆幸没带更多的食物。多数时候，我们之所以能躲过急流的冲击而免遭毁灭，就是因为独木舟足够轻巧，每一次，岩石都只是向它张着饥饿的大嘴，却没能将它咬碎。

在这次磨难中，我记忆里只有两个画面与危险的乱石和奔腾的水流无关。

一个画面是两只雄鹿站在山顶，摆出一贯的姿势怒目相向，向对方发起无声的挑战。只那么一瞬，暴风骤雨就扫过我们的头顶，遮住了两只庞然大物，我就再也看不见它们了。

另一个画面是岸边的一个石堆，我们误以为是石人。在我们沿着这条河航行的前五天里，没有见过一丝痕迹表明曾有人路过这条湍急的河流。当我们看到"石人"时，便奋力摆脱水流，上岸仔细察看，结果发现它并不是石人，只是在孩子的坟头堆起的一小堆扁平石块；一些石块已经被狼或狐狸用鼻子拱开了，白骨散落在砾石中。

唯有这两段记忆有所不同，剩下的全是混乱的噩梦：黑魆魆翻滚的巨浪，高高溅起的白色浪花，以及独木舟龙骨下隐约可辨的黑色岩石。

思勒威厄扎湾最终把我们带出了荒原，但过程中它野蛮、粗暴，还清楚地向我们发出警告：若有任何返回的念头，最好趁早打消。

9月下旬，我们的独木舟被哈德逊湾的浪潮吓得有些畏缩不前，汹涌的巨浪击打着船身，高高溅起的咸水花让舟身的伤口一阵刺痛。独木舟已经成了枯木朽枝。有一次，陆上刮起暴风，一时间风雪交加，让人睁不开眼，我们鏖战了整整一天一夜。有那么一瞬，暴风雪差点卷走独木舟，要了我们的命，幸亏我们找到一处暗礁才得以脱险。海水泛着绿，冰冷刺骨，我们在齐腰深的水里站了几个小时，直到潮流转向，风势渐小。

我们驶向北方，最终在爱斯基摩角（Eskimo Point）[1]那

---

[1] 今阿维亚特（Arviat）的旧称。——译者注。

连绵的黄色沙丘后找到了栖身之所。在暗礁上度过的一夜已经让我们明白，没法指望乘着这艘伤痕累累的独木舟继续向南，抵达一百多英里以外的丘吉尔镇了。在爱斯基摩角等待一周后，我们被一架四处巡视的加拿大皇家空军飞机载走了。在飞机上，我最后一次凝望着荒原那亘古不变的容颜，渐渐地，它消失在我的视线中；随它而去的，还有住在荒原深处、我深深了解的伊哈米特人。

我的荒原之旅结束了，但我仍与荒原紧密相连。那维系之线，除了大脑网膜里的记忆碎片，还有一种更为强烈的情感。真情实感发乎于心，对于荒原上的男男女女，我永远感激不尽，是他们借我以智慧的双目，让我有幸透过过往岁月的黑暗虚空，瞻顾了掩埋在时间长河里的遗迹古物，走进了荒原先民的生活日常和心灵深处。这是荒原人赠予我的珍贵礼物，值得我用文字来回馈、来反哺。

回到城市的这些年中，我仍然持续关注着伊哈米特人的情况。我热切地寻找来自荒原的零星新闻，设法将它们拼凑在一起，以便继续了解我离开之后伊哈米特人的日子。然而我的发现令人震惊，难以言表。离开荒原时，我曾天真地以为，伊哈米特人再也不会经历那些黑暗的岁月，当他们与多舛的命运抗争时，我们再也不会袖手旁观。我深信，弗朗茨、安迪和我所做的一切，以及我们向政府所作的详尽报告，会结束半个世纪以来白人世界对伊哈米特人不闻不问的状况。然而，我大错特错了。

以下是关于伊哈米特人的后续。

从1949年冬至1950年早春，伊哈米特人再次遭遇饥荒袭击，其残酷之势丝毫不亚于从前。要不是偶然发生的一件事，这次饥荒早就夺走了人们的性命。1950年3月，一个自由摄影师兼记者碰巧来到北部荒原，他发现伊哈米特人的北方兄弟民族帕德利厄米特人正在饥荒的绝境中挣扎。他的报道被几家有影响力的报纸刊登在头条，引起了轰动。4月底，加拿大皇家空军接到政府指令，向伊哈米特人和帕德利厄米特人紧急空运物资。食物送进去了。不久，官方发布的新闻将这次人道主义援助吹得天花乱坠，因而没有读者进一步深究这样的事后高调救援行为有何意义可言。没人会去思考，再次被遗弃的伊哈米特人，又是怎样和死神苦苦抗争，才挨过了上一个漫漫冬日。没人会问，为什么这样的悲剧，会再一次重演。

这类事情被容许一再发生，更是令人难以置信。1949年夏，脊髓灰质炎在伊哈米特族群中爆发，政府当局才来到"小山"地区。但这次造访显然姗姗来迟，并没能及时阻止这种疾病给这一族群造成的巨大损失。

最初，米基的儿子夭折了，那是伊哈米特人当年出生的唯一孩子。接着，卡库米最年轻的妻子伊特库特去世了。小因诺蒂的母亲豪米克和英雄老猎手赫克沃瘫了，赫克沃的儿子奥霍图克也死了。赫克沃和豪米克被送往丘吉尔镇接受治疗，总算活了下来。但是，尽管政府机构有人目睹了他们的糟糕情况，伊哈米特人仍然又一次被遗弃了。

1950年春，一家商业性渔业公司从丘吉尔镇飞到了努埃尔廷湖。这家公司仅欠缺一样东西就能让它的渔业冒险获得成功（湖里有的是鱼，努埃尔廷湖是一个未经开发的水库，盛产巨型湖鳟和白鲑），那就是廉价劳动力。加拿大政府急于鼓励在北极地区发展工业，立刻想到，新公司欠缺人手，那些残余的伊哈米特人不是正合适吗？当年夏天，加拿大皇家骑警飞到"小山"地区，不顾伊哈米特人的反抗，将他们抓住，送到渔业公司仁慈的手中。一则新闻指出，采取该措施完全是为了因纽特人的利益——他们可以通过协助白人，让自身免于遭受未来的灾难。

我尚未了解到随后发生的所有细节[1]，只知道渔业公司一年后经营失败了。伊哈米特人再次被迫放弃了他们依赖土地挣扎求生的基本技能，却在一年后再次被抛弃，于是只好再次努力回到昔日的生活方式中去。——这无疑是30年代因纽特人与商人之间关系的再次重现，却是在政府的主导下发生的。1951年，伊哈米特人再次被遗忘在他们的土地深处，这可能是最后一次，也是致命的一次。

这一事件的第一部分，政府的官方声明非常有趣，所以我将它全文摘录如下：

---

[1]《绝望者》一书中记录了这些细节。——原注。

空运饥饿的因纽特人撤离一百三十英里

4月25日渥太华（加拿大通讯社）：西北地区恩纳代湖畔，一群原始因纽特人正面临饥荒，将被空运至一百三十英里外的努埃尔廷湖。

今天，驻渥太华的西北地区委员会官员称，这一小群人被认为是以驯鹿为食的因纽特人中最后的幸存者。他们正考虑推行一系列计划，全面扶持这群人。

几周前，因纽特人面临饥荒的第一批报告抵达渥太华。据估计，挨饿的人有三十多个。加拿大皇家空军随即派出一架飞机，向该地区空投了食物。

今天，在曼尼托巴省的丘吉尔镇，驻丘吉尔堡（Fort Churchill）的陆军军医、陆军少校×××说，因纽特人正挣扎于饥荒边缘。他乘坐飞机将一位在丘吉尔镇陆军医院接受治疗的因纽特妇女送回该地区后，为他们做了检查。

少校×××说，因纽特人因膳食不足引发的不良反应已经从多方面得到体现，其中包括皮肤疾病。由于没有恰当的交通工具帮助他们获取食物，作为不二选择，他只能将药品送到丘吉尔镇西北三百英里的地区。

因纽特人所处地区偏远，缺乏交通工具，难以救助。

这份报道是一份典型的宣传材料，宣扬本大洲白人为帮助北极土著人做出的努力，因此值得仔细审视。我们一直被塑造成因纽特人的守护者和保护神，为他们付出了满腔热忱。但一番审视之后，这样的形象立刻崩塌。这样的报道完全是大言不惭，是为了逃避人们的谴责——针对一项仍在持续的巨大罪行——从而求得良心上的安宁。

如果你不知道文中所提到的所谓"计划"是关于努埃尔廷渔业公司的计划，如果你不知道这些计划最后都不了了之，也不知道直到1951年12月在我写这些的时候，政府所谓对伊哈米特人的"扶持"根本没有任何进一步的举措，那么该新闻稿的第二段读起来确实振奋人心。

第三段更是令人吃惊不小。它声称，直到1950年春，政府才第一次收到伊哈米特人遭遇饥荒的报告。那么，我和安迪在1947年和1948年提交的报告呢？我们当时将报告直接呈交给了负责因纽特行政事务的政府部门，无法相信它们竟会被忘得一干二净。然而，它们一定是被彻底遗忘了，如同弗朗茨在1947年春天提交的报告一样；顺带被遗忘的，还有政府本身在那一年采取的行动。显然，很多事情都被忘到了九霄云外。

然而，即便上述这些与事实不符的真相被曝光，最后一段也为其提供了一个解释和借口。"因纽特人所处地区偏远，缺乏交通工具，难以救助。"也就是说，如果我们所有善意的努力都付诸东流，那不是我们的错。我们已经尽力了——问心无愧。

　　也许吧。但我不会心安。我说过，伊哈米特人有恩于我，仅凭这样的恩情，我也不能接受以彻底遗忘他们作为解决土著民族命运问题的方案。是的，我拒绝接受这样的方案，所以写了这本书，希望能为基内图厄山下灰色的石坟堆对我说的话赋予形式和内容。伊哈米特人曾借给我慧眼，让我看到白人视而不见的东西。现在作为回报，我要把自己的声音借给他们，让白人听听他们的无声呐喊。

　　或许我讲得太迟了，那么我所做的也许不过是纪念一个死亡部落的光辉岁月。可是，伊哈米特人的故事并不仅仅只是他们的，我写到的很多关于他们的故事，同样也是整个北美大陆成千上万的印第安人和因纽特人的故事。

　　如果说我只是为伊哈米特人成功写出了墓志铭，他们的悲剧也许还可以结出果实——尽管也许只是苦果。也许这些文字能帮我们以一种崭新的诚实态度，去审视那些居住在隐秘河流、冰封海岸和森林深处的人们的生活。如果真能这样的话，我也算是报答了自己所受到的恩惠。

　　然而，仅仅把一些人的毁灭过程记录下来是不够的；仅仅对我自己所处的社会进行严厉批评，对我们家门前发生的不公正现象、愚蠢行为和玩忽职守的罪行进行揭露，也仍然不够。还有一个亟待解决的问题，即如何采取措施，避免伊哈米特人的悲剧在北极寒冷地带的人们身上重演。解决这个问题的办法可能复杂多样，但都必须以一项主要行动为基础。

　　我们必须首先，并且立即采取行动，帮助因纽特人和印第安人摆脱长期以来困扰他们的营养不良甚至完全饥饿的状况。我们要真正帮助他们——不是通过提供施舍的方式，而是帮助他们学会自食其力。慈善救济对原始人和对文明人一样，都只会帮助其走向毁灭。持续提供基本生活物资只会造成依赖，而这种精神上的依赖是致命的。此外，到目前为止，我们提供给土著居民的食物对他们来说并不是食物，而是一种慢性毒药，它造成的营养不良会击垮他们的身体，作用几乎等同于完全的饥饿。是的，我们绝对不能再提供"食物"了。我们要做的是提供给土著居民在自己的土地上获取食物的方法。

　　显然，面粉和发酵粉不能作为替代品。北极地区不产这种性质的食物，北极只有肉。问题就在这里：我们怎样才能保证北方土著居民有肉吃，而且数量充足？

　　我们先来看看曾经红肉供应充足的北极地区的现状。驯鹿的命运就是北方土地上一切生物命运的缩影。一些最重要的动物已几近灭绝，比如麝牛、独角鲸和露脊鲸。至于其他动物，数量也都大大减少了。陆地和海洋不再像过去那样为人类生长庄稼、提供食物。一直以来，我们在这片土地上恣意杀戮，它现在拥有的这个不吉利的名字——荒原——名副其实。海洋动物也遭到大肆捕杀，而且现在仍在继续。东部海岸的海豹猎捕船队捕捞无度，捕鲸船早已将鲸这种大型海兽消灭——它们曾自由出没于哈德逊湾和北美大陆之巅。随着鲸群的消失，整个因纽特部落也消失了。

然而杀戮远远没有结束。海象曾是海滨因纽特人生活中最重要的海兽，但由于连年遭受加拿大皇家骑警、商人和传教士毫无节制的捕杀而数量锐减。他们捕杀海象的目的只是为了用它们的肉来喂狗，但事实上捕杀量远远超出需求量。1949年，一家获得政府正式批准的商业工厂在丘吉尔镇建立，主要加工白鲸——它们通常被称为"白鳕"。这些海兽的肉被运往南方，喂养毛皮农场的狐狸，或者为花园提供肥料。在北极的诸多岛屿上，由于海洋哺乳动物的消失，许多因纽特人被迫以鱼勉强糊口，现在连鱼也被夺走了。1949年，新斯科舍省（Nova Scotia）的船队在一个地区开辟了一个新的渔场，那里的因纽特人几乎完全靠鱼为生。尽管几个北极专家提出强烈抗议，这家渔场仍然得到政府的全力支持；幸好当时有军队在场，他们坚决反对这种公然的抢劫行为，否则这家渔场早就让那里的因纽特人再次陷入了饥荒。

整个北极地区的情况无一例外都是如此。只要有经济利益可图，即使是以伤害北方土著人民的命脉为代价，我们也在所不惜，毫不犹豫。在当局大谈"保护"的同时，政府的一个部门却从运动员手里接过数千美元，允许他们乘坐政府飞机，飞到驯鹿生活的中心地带，杀死伊哈米特人的食物——而这种恶行，仅仅被他们视为一项运动爱好。当局颁布了狩猎法，保护日益减少的提供肉类的野生动物——供白人"娱乐"使用，比如进行体育运动和狩猎比赛；却禁止土著居民使用这些动物——而他们仅仅是为了生存。

某些专家支持对北极动物进行大肆屠杀，同时声称，如果因纽特人和印第安人想要成为我们中的一员，从长远来看，就必须学会吃我们的食物。这完全是为肆意破坏北极食物寻找合理的借口。但它真的合理吗？因纽特人和印第安人仍将主要生活在北极，所以他们将一直保持自己原有的饮食习惯，只要有肉吃就够了。更重要的是，他们永远需要脂肪和肉类中的特殊营养。北方原住民必须改变他们的饮食习惯——这种主张愚蠢至极，就像建议我们种族应该放弃我们本土的基本产品，而选择从遥远地区进口的奇怪食物一样不可理喻。

问题是，我们该如何让北方民族拿回被我们夺走的食物呢？答案是，我们必须尽一切所能。北美驯鹿为我们提供了一个典型例子。如果白人的自私自利得到压制，那么荒原重新产出人们所必需的食物就相对容易多了。目前，由于政府的默许，驯鹿已经接近毁灭的边缘，如果数量进一步减少，它们必将走向灭绝。但情况还没糟到无可挽回的地步，它们仍然能够得到保护。我知道这一点千真万确。作为一名科学家，我花了两年时间实地研究了这个课题。荒原剩下来的驯鹿还足够多，因此，只要予以充分保护，这个物种就能迅速复苏，而且一定会复苏。驯鹿的真正价值在于它们不仅是荒原因纽特人幸福生活的保障，对于生活在森林里的约四万印第安人，以及整个加拿大北极地区残存的八千因纽特人，它们也同等重要。尽管现在很多因纽特人主要依靠海洋产品为生，但他们的祖先都曾是捕猎驯鹿之人。事实上，只要有驯鹿，这个时代几乎所有的因纽特人都会心甘情愿向驯鹿求助，并且心怀感激。

野牛注定要灭绝，因为它们曾与我们争夺我们热爱的土地；而鹿群不同，它们生活的土地，没有任何居住者想要占领。这片荒原永远长不出小麦或肉牛，只能长出一种粮食作物——驯鹿。荒原可以养活大量驯鹿，也许多达五百万头。它们曾达到过这个数目。而要回到这个数目，它们需要的仅仅是恰当的保护和一点时间。这种保护不是针对狼的捕杀，也不是针对当地人合法且正常的消耗，仅仅针对我们白人。直接来说，就是禁止白人狩猎和捕获驯鹿；间接来说，还要限制制造业对弹药和枪支的生产和销售。只要我们能绝对禁止白人猎杀驯鹿，并限制出售给土著人的弹药量和武器种类，剩下的事情交给鹿群就行了。除此之外，我们还应采取进一步的举措，绝对禁止任何人在任何地区以娱乐为目的猎杀任何物种，因为当地人的健康离不开这些物种。当然，由于长期疏于使用猎杀技能，可能会有一段时期，印第安人和因纽特人的生活会变得更加艰难，但他们不是傻瓜，会做出调整，尽快让猎杀行动取得成效。

我们现在提倡的那些所谓权宜之计，代价高昂且毫无用处，终将退出历史舞台。以赏金鼓励捕狼者的愚蠢机制也毫无意义。在北极地区，周期性的流行疾病会消灭过多的自然捕食动物，以限制它们的数量——自然界一直以来都在发挥这样的作用。大自然能够，也确实在进行有效的控制。只有我们人类是它无法控制的掠食者，我们必须自我控制。

许多政府官员不无悲伤地抱怨说，印第安人和因纽特人似乎不可能融入我们的现代社会。

生活在马更些河口的阿克拉维克因纽特人（Aklavik Eskimo）却是个例外。偶然的情况下（不是我们给予的直接帮助）这些人得到一个恰当的机会来适应我们的生活方式，而他们也充分利用了这一机会。但是，为什么不是所有的北方土著都能成功适应呢？因为身体饥饿的人，智力也匮乏。智力匮乏的人在应对艰巨任务时不能做到游刃有余，原始种族要适应我们的文明更是难上加难。只有吃喝不愁的人才能理解和应对新出现的陌生问题。因纽特人在适应环境方面，能力尤为突出，在吸收新思想、操作机械和其他方面也都天赋异禀。如果摆脱营养不良及其造成的副作用——疾病，因纽特人自然能快速且理智地适应白人的世界——阿克拉维克人已经充分证明了这一点。

当然，即便他们愿意做出改变，也不可能在一夜之间从冰屋走进办公室。要使北方原住民作为一个整体融入我们，成为我们社会的一部分，权宜之计是先把他们作为粗放型劳动力来看待。很多情况下，我们也正是这样尝试的。更好的解决办法是让他们逐步过渡，但过渡的基础必须是他们经济完全独立，且这种独立应与他们现有的知识水平和生活经验相符。

这个要求听起来很苛刻，却是加拿大和美国政府在过去三十年已经充分了解的一大解决方案，实际上也是他们率先提出的方案！我指的是最初在美国阿拉斯加实行、后来被加拿大效仿的"驯鹿饲养计划"（Reindeer Grazing Scheme）。简而言之，该计划是进口与北美驯鹿极为相似的亚洲驯鹿，并把当地人培养成牧民。每个土著村庄都有自己的鹿群，这些鹿群使人们在蛋白质供应方面实现独立自主，同时也为他们提供可销售的商品。

但这个方案的实施情况却出人意料。在阿拉斯加，它落入某些白人之手，成了他们谋求利益的手段。在加拿大，它纯粹是作为实验开始的，到现在，其影响力也仅限于马更些三角洲附近的少数因纽特人，效果也非常有限。尽管如此，这个方案已经被证明可以解决加拿大每一个因纽特人的经济独立问题。它之所以没有得到推广，原因只有一个。那就是，它遭到重要利益集团的竭力反对，而且这种反对之声来自政府高层。这些唱反调的人中的头领与牛肉产业密不可分，他们坚持己见，声称加拿大负担不起驯鹿饲养产业。然而，其实不难证明，发展驯鹿产业——说它是"产业"，名副其实——投入的初始成本，可以很快以直接收益或间接收益的方式得以收回。我们盲目投入资金，以慈善的方式帮助因纽特人，实际浪费巨大；而如果驯鹿产业发展起来，这部分开支就完全可以省下来——间接收益即来源于此。

北极地区约有两百万平方英里的土地全部或大部适于饲养驯鹿。北美驯鹿占据了大部分地区，但并非全部；而保护这些野生北美驯鹿，并不会对亚洲驯鹿的引进构成严重障碍。

引进亚洲驯鹿，对其进行放养，以之作为一项产业在整个北极地区推广，可谓一举两得。首先，它将与北美驯鹿和海洋动物一起，为北方人提供所需食物。其次，它将为北方人的过渡提供坚实的经济基础。这种过渡势在必行，北方人必须经历，否则只有死路一条。只要过渡顺利，因纽特人（还有大量北方印第安人）将会持续产出可供销售的商品。当今世界是个无肉不欢的世界，而且从长远来看还将继续如此。在阿拉斯加，亚洲驯鹿肉已经被白人广泛食用，甚至曾一度被船运到南方的西雅图，作为一种奢侈食品来分配和销售，直到美国动物保护组织施加压力，该项贸易才停止。有鉴于此，加拿大北极地区的因纽特人同样可以做好，甚至做得更好，因为他们可以进入繁忙的丘吉尔港（尽管由于使用率低，正面临严重的财政困难）。从丘吉尔港到欧洲有最便捷的海上路线，能快速为欧洲提供急需的动物蛋白。因此，在丘吉尔镇建立肉类加工厂——不是为给毛皮农场的狐狸准备白鲸肉，而是等待鹿群兴旺，将亚洲驯鹿或北美驯鹿的上好红肉备好，用船运销海外——定会带来可观的经济收益。这个方案看来合情合理。目前，我们在加拿大中部的大草原上生产马肉罐头，用铁路运输一千英里，再靠湖泊和海洋货船运至欧洲，卖给人类食用，已获得丰厚利润。

不仅如此，我们还可以安排将冻肉从丘吉尔镇通过哈德逊湾铁路公司——其南线铁路运营亏损严重——运往南方，这样，冻肉在加拿大各地都能方便购得。

也许这会给我们的牲畜饲养业带来一定的竞争，但我认为并不会给我们普通大众带来多少麻烦。

哈德逊湾西岸的内陆荒原，至少能放养二十万头亚洲驯鹿，这样一群驯鹿每年所产出的鹿肉足以使北极中部的所有因纽特人实现完全的经济独立。

在结束经济稳定这个话题之前，我必须提及这样一个事实——帮助土著居民实现经济独立的必要性，显然当局在原则上早已接受。他们多年来也一直在提出类似的设想，比如在荒原上建立绒鸭产业或白狐皮农场等。但在过去二十年里，人们提出的这些设想和其他建议，没有任何一项得到认真贯彻执行。它们只被当成纯粹的"面子工程"。坦白说，我不能保证亚洲驯鹿和北美驯鹿计划一定能满足所有要求，但若要实现政府一贯坚持希望实现的目的，它不失为一种有效的方法。

随着健全的经济体制的逐步建立，从土著世界到我们世界的通道就会打开。只要他们愿意，就能跨越现在横亘于我们之间的鸿沟。到目前为止，为将这一鸿沟缩小，我们只尝试过一种方法，那就是让北方民族直接进入我们复杂而陌生的生活，一次性实现质的飞跃。例如，一些传教士到北极地区，长期过着艰苦生活，以便在一年或十年之后，能在一些异教徒部落培养出一批基督徒。这种大跃进式行为导致的后果是，所谓的皈依者对于他们口中所念之词背后的意义一无所知，就像我们对于上帝眼神背后的意思无从了解一样。这些传教士勇敢无畏，但也危险异常。他们受政府委托，承担了北极几乎所有的教育工作，但教育内容却相当贫乏。在大多数教会学校，因纽特人学到的是如何唱赞美诗、如何祈祷，除此之外别无所学，而这些内容对他们来说毫无用处，因为对他们现有的生活毫无裨益。这样的"教育"让他们困惑不解、苦不堪言，因为目前所学只让他们对现状感到模糊的不满，却没教会他们如何进行必要的改变。然而，教会学校的制度对我们依然有利，因为政府不用在此事上花费税款，还可以免受常见的批评——因为很少有人敢于或乐于批评大公无私、勤勉卖力的传教士。显然，我们只需要培训一批理性而又智慧的本土教师，让他们回到自由健康的族人中，把所学的知识传授给他们。关键是不能强迫他们。如果北方原住民乐意，他们会自愿理解并接受白人的宗教、经济和政治信条。那时，北方的教会至少可以宣称，他们的新成员就是如此，而不像现在的土著基督徒——

完全是愚弄和迷惑的产物。

在我看来，这个观点极为明智，但传教士并不认同。他们一直奋力把北方土著人的教育工作掌握于一己之手，且至今仍在为此奋斗。这是一场由对立的宗教团体引发的斗争，却使因纽特人陷入更为危险的境地。因为对立的宗教团体经常卷入非基督徒的冲突之中，这时，土著人的灵魂——以及身体，就会被他们利用，成为斗争中的棋子。

当然，除非我们向北方民族提供他们所必需的纯物质设施，否则他们没有真正的机会来适应我们的文明。适当的学校、适宜的医疗设施（最好有本土医生）以及公平诚实的经济待遇——这些都是基本条件。

给一个临死的人一杯水可能值得称赞，但是，如果我们明明有能力制止那个人死亡却任其死去，则是卑鄙的。实际上，我们一直在向北极地区垂死的人们分发一杯杯水，并对这种善举自吹自擂。显然，我们的态度草率且善变：一方面，我们义正词严地谴责其他国家所犯下的暴行；另一方面，我们对自己国家的残忍却视而不见，百般容忍。显然，我们既愚蠢又目光短浅，我们不仅伤害了因纽特人和印第安人，也伤害了我们自己。

二十、来日方长

　　我在前一章提出的观点，绝不是一个理想主义梦想家朦胧而乐观的绮丽幻想。大部分内容甚至根本算不上我自己的想法，而是别人提出的主张，他们比我能力更强，更了解我们在北极所面临的困境。而且，值得庆幸的是，我有证据表明这些想法切实可行，只要我们真心希望看到它们实现，就能轻易地付诸实践。我可以告诉你们一个地方，在那里，一个因纽特部落拥有我提出的北极土著人所需要的一切条件。这个地方就是格陵兰岛（Greenland），因纽特人的远东前哨。在那里，丹麦政府多年来一直推行一项开明的政策，即让土著人民自己当家做主。这项政策无情地揭露了我们所做的努力有多愚蠢，一切不过是装模作样，骗人骗己。

　　在如今的格陵兰岛上，没有因纽特人，只有格陵兰人。这些人中，有的血管里流淌着纯正的因纽特血液，有些是混合血统，有些是纯正的丹麦血统，但他们同属一个民族。

在这片土地上，有许多因纽特教师，在为所有血统的孩子建造的教室里教书。格陵兰土著人不仅参与教育，也接受教育，而且没有任何限制。一个有纯正因纽特血统的人极有可能在完成格陵兰的学校教育之后，由政府出资，去丹麦完成大学教育。这些人毕业回到格陵兰岛时，就成了那些留在当地的人的老师。这样，古老的过去和我们现代文明之间的巨大差距就迅速得到了弥合。在这里，非常有必要戳穿一个流传已久的谬论，即如果我们设法把因纽特人弄进南方的学校，他们就会身染我们的疾病而死。这种事在丹麦没有发生过，在北美也没有发生过——当然，前提是因纽特旅行者原本就很健康。

曾有一些人在巴芬湾（Baffin Bay）的冰堆上用梭镖猎取海豹，现在他们的后代不仅在学校里教着书，还在工业企业中扮演着重要角色，而且角色类型还在不断增加——不是仅作为粗放型的劳动力，而是作为与其他人处于同等地位的人。他们经营着庞大、高效、利润丰厚的渔业公司；他们在气象站帮助操作复杂而精密的科学仪器；他们协助管理那些政府所有、政府经营的贸易站——这些贸易站直接与民众打交道，获取的利润仅够维持服务即可。实际上，现在的格陵兰人已拥有自己独立的经济体系，只是暂时受丹麦行政管理人员的监督，等到当地居民能够全部接管之时，监督随即终止。

格陵兰人（Greenlanders）受到严格的保护，不受商业剥削。在我国，商业剥削对北极地区有着致命的束缚。那些善于利用原始种族的心血来发家致富的白人，被禁止进入格陵兰，他们在那里没有立足之地。

天然食物资源受到健全并强制执行的法律的保护，即使在格陵兰最偏远的因纽特人居住区，也很少发生饥荒。一旦碰到糟糕的季节或发生其他意外事件，人们度日艰难时，政府会立即采取行动，全力以赴，绝不会等到迫于舆论压力或情况变得危急的时候才采取行动。

格陵兰大部分居住地与我们的北极地区一样，在性质上其实不利于欧洲人居住。但格陵兰人是自己土地的一部分，他们具有因纽特人的身体和精神特质，早就学会了如何在这个荒凉之地生活、繁衍。因此，格陵兰人在这片土地上不仅自己生活得快乐逍遥，在目前灾难连连的时代，甚至有能力对世界其他国家做出贡献——未来也一样。

让我把话说得更明白一些：格陵兰土著人不是为贪婪的白人获取经济利润的奴隶，他们不需要政府的监护，也不是政客们拒绝给予投票权的累赘；相反，他们是一个新兴民族，充满活力，理解包容。这得益于一个人道的白人种族的远见卓识，格陵兰的因纽特人现在属于这个白人种族的未来——而未来也属于他们。

因此，你们看，这是行得通的。

目前，加拿大境内的北极地区还是一片未经开垦的处女地，其主要资源仍深埋于冰川和岩石之下。随着时代的变迁，这种状况将会改变。在不远的将来，正如俄国人已经在做的那样，我们将在我们唯一没有开发过的边境地区生活、工作和积累财富。我们不会像现在这样随意开采地表资源，而是会设计一个长期的开发计划。当这样的时刻到来（一定不会太遥远），想想在荒凉的北国就有现成的人手，这会给我们带来什么样的好处！因纽特人正是这样一个民族。他们将是最得力的伙伴，他们充满智慧，能力超群，能独自在荒凉的世界生活和工作，却不会感到严重不适，而且不需要任何价值不菲的防护措施——换作我们白人，一定离不开这样那样的防护。

　　如果因纽特人能够从我们强加给他们的梦魇中解脱出来，就能跟我们一样，成为这个世界上有价值的公民。他们的未来将不再囿于自己土地上贫瘠的乱石之中，伊哈米特人的苦难也将在人们的脑海里烟消云散。在许多地方，甚至"人类之河"沿岸，新的欢声笑语会再次响起，充满生活的喜悦，发自内心深处；尽管现在，那里只有被遗忘的幽灵的声音，如诉如泣，徘徊不去。

　　这一切都可能实现——如果真的实现，我们就赚大了。

　　奥泰克才一岁的儿子因诺蒂，在未来面临漫漫冬日时，不必因为食物匮乏而将自己亲生的孩子抛弃在黑暗的雪地下，这样的日子会成真吗？因诺蒂的母亲永远不用担心有一天，为了让因诺蒂的孩子在寒冷的冰屋里多活一会儿，自己必须走进冬夜永不回还，对吧？

也许在奥泰克之子因诺蒂的时代，一个伟大民族的力量会重新焕发生机。假以时日，它将成为我们的力量，伊哈米特人也将成为我们的族人。

那时，"人类之河"流域那血液凝成的黑色印迹，将从卡布卢奈特人的记录中抹去。

专有名词对照表

- A -

Akilingnea　阿基林尼亚（内陆北部伊哈米特人最大的汇合之地）

Akla　"阿克拉"（大棕熊）

Aklavik Eskimo　阿克拉维克因纽特人

Alaska　阿拉斯加州

Alberta　亚伯达省

amaut　"阿莫特"（因纽特女性衣服上用来背孩子的一块布）

Amow　"阿莫"（狼）

And No Birds Sang　《没有鸟儿歌唱》

Andrew Lawrie　安德鲁·劳里（一位动物学学者，作者的同伴，昵称 Andy 安迪）

Angeoa　昂格奥厄（湖怪名）

Angeokok "昂格奥科克"（萨满）

Anisfield-Wolf Book Award 阿尼斯菲尔德–伍尔夫图书奖

Apopa "阿波帕"（鬼怪）

Aput "阿皮尤特"（雪）

Aryans 雅利安人

atamojak "阿塔莫贾克"（荒原人用灌木叶自制的烟叶）

Athapascan Indians 阿萨巴斯卡印第安人

Atinhuit 阿廷休特（阿莱卡霍信仰的神灵）

Atnju "阿特纽"（胭脂鱼）

atteegie "阿蒂吉"（贴身穿的毛皮大衣）

- B -

Baffin Bay 巴芬湾

Bathurst Inlet 巴瑟斯特湾

Belleville 贝尔维尔市

Bering Strait 白令海峡

Brochet 布罗谢

Brooks Mountain 布鲁克斯山

- C -

Canadian Centennial Medal 加拿大百年勋章

Chantrey Inlet 昌特里湾

Chesterfield Inlet 切斯特菲尔德湾

Chipewyan Indians 齐帕威族印第安人

Chukchee Peninsula 楚克其半岛（Chukchee"楚克其"，族名）

Churchill 丘吉尔镇

Coppermine River 科珀曼河

Coronation Gulf 加冕湾

Cree Indians 克里族印第安人

- D -

Deer Lake 鹿湖

Dhaeomiut 达埃奥米特人

Dian Fossey 戴安·福西（美国动物学家）

Dubawnt River 杜邦特河

Dundurn Indian Reserve 唐腾印第安人保留区

- E -

Ejaka "伊贾卡"（半人半兽）

Eskimo Point 爱斯基摩角（今 Arviat 阿维亚特）

- F -

Farley Mowat 法利·莫厄特

Fort Churchill 丘吉尔堡

Francis Harper 弗朗西斯·哈珀（美国博物学家）

Frank Banfield 弗兰克·班菲尔德（作者的动物学同学）

- G -

Ghost Hills "鬼山"

Governor General's Award 加拿大总督奖

Great Freshwater Sea "大淡水海"

Great Pain "剧痛"（肺结核）

Great Slave Lake 大奴湖（又称大斯雷夫湖）

Greenland 格陵兰岛

Greenlanders 格陵兰人

- H -

Halo Kumanik "哈洛库玛尼克"（哈洛湖）

Haningajormiut 哈宁加约米特人

Harvaktormiut 哈瓦克托米特人

Hastings and Prince Edward Regiment 黑斯廷斯和爱德华王子团

Hekenjuk "赫肯尤克"（太阳）

Hicoliguak 希科利古厄克（湖名）

Hikik "希基克"（松鼠）

Hiko "希科"（冰）

holiktuk "霍利克图克"（毛皮风雪大衣）

Hudson Bay 哈德逊湾

- I -

Ichloa "伊奇洛阿"（鳟鱼）

Idthen Eldeli Indians 伊德森埃尔德利印第安人

igloo "伊格鲁"（泛指房子）

Iglu Ujarik "伊格卢尤贾里克"（石屋）

Ihalmiut 伊哈米特人

Innuit 因纽特人

Innuit Ku "因纽特库"（"人类之河"）

Inua "因努阿"（魔鬼，单数 Ino "因诺"）

Inua angkuni "因努阿昂格库尼"（大鬼）

Inua mikikuni "因努阿米基库尼"（小鬼）

Inukshuk "伊努克休克"（石人）

iqalua "伊夸卢厄"（传教士）

Irinjelo "伊林杰洛"（伊哈米特人的精神歌曲）

Iroquois 易落魁族人

Itkilit Ku "伊特基利特库"（Indian River 印第安河，白人称为
　　Thelon River 塞隆河）

Itkilit 伊特基利特人（即印第安人）

Jacques Cartier 雅克·卡蒂埃（法国探险家）

John Goddard 约翰·戈达德（美国探险家）

Kablunait 卡布卢奈特人（即白人，单数 Kabluna "卡布卢纳"）

Kaila 凯拉（天气之神，也是因纽特人的创世主）

kaillik "凯利克"（毛皮短裤）

Kaitorak "凯托拉克"（森林之灵）

Kakumee Kumanik "卡库米库玛尼克"（卡库米湖）

Kakut Kumanik "卡库特库玛尼克"（卡库特湖）

Kakwik "卡克威克"（狼獾）

Kamaneruak Lake 卡玛纳鲁厄克湖

kamik "卡米克"（兽皮靴）

Kaminikuak Lake 卡米尼库厄克湖（即 Baker Lake 贝克湖）

kayak "柯亚克"（因纽特人的单人划子）

Kazan River 卡赞河

Keewatin 基韦廷

kiktoriak "基克托里厄克"（蚊虫）

Kiktoriaktormiut 基克托里厄克托米特人

Kinetua 基内图厄（山名）

Kinetuamiut 基内图厄米特人

Kiviok 基威沃克（神话人物，驯鹿精灵的孙儿）

Knud Rasmussen 克努德·拉斯穆森（丹麦人类学家）

komatik "科玛蒂克"（雪橇）

Konetaiv "科内泰夫"（飞机的隆隆声）

Kumanik Angkuni "库玛尼克昂格库尼"（昂格库尼湖，意为"大湖"）

Kuwee "库维"（小河）

- L -

Lac La Ronge 拉克拉郎（地名）

Lake Agassiz 古阿加西湖

Lake Ennadai 恩纳代湖

Landing Lake 兰丁湖

Lost in the Barrens 《迷失在荒原》

- M -

Mackenzie River 马更些河

Manitoba 曼尼托巴省

memeo "米米奥"（牛吼器，萨满的器物）

milugia "米卢加"（黑苍蝇）

- N -

National Outdoor Book Award 国家户外图书奖

Never Cry Wolf《与狼共度》

Nipello "尼佩洛"（雨）

nipku "尼普库"（肉干）

Norse sagas "诺斯萨迦"（北欧传奇）

North American Native Plant Society 北美原生植物协会

Nova Scotia 新斯科舍省

Nu-elthin-tua "努埃尔廷图厄"（努埃尔廷湖，意为 "睡人岛
之湖"）

Nunavut 努纳武特地区

nutarik "纽塔里克"（孩子）

- O -

Officer of the Order of Canada 加拿大官佐荣誉勋章

Omingmuk "奥明穆克"（麝牛）

Ontario 安大略省

Ootek Kumanik "奥泰克库玛尼克"（奥泰克湖）

Otto Sverdrup 奥托·斯维尔德鲁普（挪威著名极地探险家）

- P -

Padliermiut 帕德利厄米特人

Paija "派贾"（独腿恶魔）

Palelermiut 帕勒勒米特人

Pas 帕斯镇

People of the Deer《鹿之民》

pewhitu "佩惠图"（护身符禁忌）

Phony War "假战"

Port Hope 霍普港

- Q -

Quaernermiut 夸厄纳米特人

Queen Elizabeth II Silver, Golden, and Diamond Jubilee Medal 伊
丽莎白二世银、金和钻禧勋章

- R -

Reindeer Grazing Scheme 驯鹿饲养计划

Reindeer Lake 驯鹿湖（又译赖恩迪尔湖）

Report on the Dubawnt, Kazan, and Ferguson Rivers and the North West Coast of Hudson Bay 《关于杜邦特河、卡赞河、弗格森河和哈德逊湾西北岸的情况报告》

rock-tripe "岩肚子"（苔藓）

Royal Canadian Mounted Police（RCMP）加拿大皇家骑警队

RV Farley Mowat "法利·莫厄特号" 考察船

- S -

Samuel Hearne 塞缪尔·赫恩（英国航海家）

Saskatchewan 萨斯喀彻温省

Saskatoon 萨斯卡通市

Sea Shepherd Conservation Society 海洋守护者协会

Southampton Island 南安普敦岛

Stella Polaris "北极星斯特拉号"

- T -

Taktik "塔克蒂克"（月亮）

tapek "塔佩克"（符咒）

Terriganiak "特里加尼厄克"（黄鼠狼）

The Desperate People 《绝望者》

the Muskeg Express "马斯基格快车"（通行在沼泽地里的列车）

The Star Phoenix 《凤凰星报》

Thlewiaza "思勒威厄扎"（大鱼河）

Tingmea "廷米"（鹅）

Tingmea Ku "廷米库"（小鹅河）

topay "托帕伊"（帐篷）

Tornrak "托恩拉克"（善意精灵，又称 Tornrait "托恩拉特"）

Truman Capote 杜鲁门·卡波特（美国作家）

tuglee "图格莉"（一种木质头饰）

Tuktoriak "图克托里厄克"（驯鹿精灵）

Tuktu "图克图"（驯鹿）

Tuktu-mie "图克图米"（驯鹿群）

Tulemaliguak Ku 图勒玛利古厄克库（河名）

Tulemaliguetna 图勒玛利古厄特纳（湖名）

- U -

Uh-ala "尤-阿拉"（长尾鸭，又叫 U-ulnik "尤-尤尔尼克"）

Ularik 尤拉里克（神话人物名）

ulu "尤卢"（妇女用的弯刀）

umiak "尤米阿克"（小船）

Utkuhigjalingmiut 尤特库希贾林米特人

- V -

Viking 维京人

- W -

Wendigo "温迪戈"（印第安食人魔，伊哈米特人称其为
    Wenigo "威尼戈"）

Windy River 温迪河

Winnipeg 温尼伯市

参考文献

[1] 北极博物馆 . http://www.kepu.net.cn/gb/earth/arctic/life/index.html.

[2] 词典编译委员会编译 . 新牛津英汉双解大词典 [Z]. 上海：上海外语教育出版社，2007.

[3] 陆谷孙主编 . 英汉大词典 [Z]. 上海：上海译文出版社，1993.

[4] 潘明元，曹智英 . 鹿之民 [M]. 太原：北岳文艺出版社，1998.

[5] 王松涛 . 语言政策发展与语言保护意识演进——加拿大因纽特人个案研究 [D]. 中央民族大学，2012.

[6] 夏德富主编 . 世界人名翻译大辞典 [Z]. 北京：中国对外翻译出版公司，1993.

[7] 周定国主编 . 世界地名翻译大辞典 [Z]. 北京：中国对外翻译出版公司，2007.